著名作家、中国作协副主席 **何建明** 作序推荐

一部成就霸主事业的辉煌史！一部艰辛创业的苦乐史！一部走向没落王朝的屈辱史！

他智慧超群，善用策略，文武双全，英勇无畏；军事上，他有勇有谋，善于用计，是难得的好将才；
艺术上，他富于文采，会填词、演戏。但他不够沉稳，喜欢冒险，过于冲动。

郭雅洁◎著

李存勖

后唐庄宗

百花洲文艺出版社

图书在版编目(CIP)数据

后唐庄宗李存勖 / 郭雅洁著. — 南昌：百花洲文
艺出版社，2020.1
ISBN 978-7-5500-3491-4

Ⅰ.①后… Ⅱ.①郭… Ⅲ.①传记文学-中国-当代
Ⅳ.①I25

中国版本图书馆 CIP 数据核字(2019)第 271530 号

后唐庄宗李存勖　　郭雅洁　著

责任编辑	杨　旭	
特约编辑	张立云	
装帧设计	潇湘悦读	
出 版 者	百花洲文艺出版社	
社　　址	南昌市红谷滩新区世贸路 898 号博能中心一期 A 座 20 楼	
电　　话	0791-86895108(发行热线)0791-86894717(编辑热线)	
邮　　编	330038	
经　　销	全国新华书店	
印　　刷	三河市嵩川印刷有限公司	
开　　本	889 毫米×1194 毫米　　1/16	
印　　张	15	
版　　次	2020 年 1 月第 1 版第 1 次印刷	
字　　数	200 千字	
书　　号	ISBN 978-7-5500-3491-4	
定　　价	39.00 元	

赣版权登字　　05-2018-518

网　　址　http://www.bhzwy.com
图书若有印装错误,影响阅读,可向承印厂联系调换

序

· 何建明 ·

青年作家郭雅洁曾创作和出版过《宝玉记》《梁山群英会》等两部历史题材的长篇小说。这对一位年轻人来说,很不容易。近日,我又欣喜地读到了她的另一本新作《后唐庄宗李存勖》。新作一改她以前的言情风格,以战争来铺写小说中的人物命运。其作品中的人物个性鲜明,情节惊险有趣,语言精练简洁;对文章结构的把控也张弛有度,做到了循循善诱,渐入佳境,有较强的可读性。

《后唐庄宗李存勖》描述了庄宗传奇的一生,既写了庄宗事业的辉煌史,创业的艰辛与苦乐,又写了他的屈辱史。在年轻作家的笔下,庄宗智谋、果敢,为士卒先,治军有方,令万人景仰,诸侯归心。但他成功以后,放纵自己,骄傲自满,贪图安逸,丧失信义,人心向背,最终导致迅速亡朝。

小说形象地刻画了庄宗独特的性格。他智慧超群,善用策略,文武双全,英勇无畏。军事上,他有勇有谋,善于用计,是难得的好将才;艺术上,他富于文采,会填词、演戏。但他不够沉稳,喜欢冒险,过于冲动。有两次他亲自诱敌出兵,险些丧命。一次是在洹水河诱刘鄩出来时,被困埋伏圈,幸亏夏鲁奇突围救主;还有一次是杨刘城一仗,梁兵深居营中,久不发兵。为诱贺瑰、王彦章出来,晋王涉险亲自出营诱敌,被梁军包围,陷入险境。搭帮李存审及时赶来护驾。他性格固执，有时过于自信，听不进旁人意见。如第十五章写到梁将贺瑰嫉妒谢彦章才华，将其暗杀后，晋王认为，梁将帅不和，离灭亡不远了，下令进发汴梁。周德威劝阻道，梁军士气正旺，应避其锋芒，立栅固守，以逸待劳。存勖不听，以致在胡柳陂一仗丧失良将。

庄宗是个十分重感情的孝子。他以父亲的遗愿为己任，同时对母亲关怀有加，言听计从。成家后，他对皇后刘玉娘宠爱有加，以致过于迁就、放纵她。他喜欢戏剧，爱屋及乌，也很喜欢伶人，因与伶人没有保持应有的距离，从而失去天子的威仪。伶人在他面前越规，很是放肆。

一生贡献巨大的庄宗，自父亲晋王李克用病逝后，他继承王位，仅十余年时间，先后灭燕，打败后梁，赶走契丹强敌，又将蜀纳入版图。他在位期间，统一了北方。他是一个不可多得的军事奇才。在他五岁时，李克用在三垂冈当着众将士的面，称他是"奇儿"。十一岁时，昭宗对他寄望很高，赐名"李亚子"。庄宗二十四岁时，就破潞州夹寨，打败梁兵，扭转局势。当时，连能征善战、百战百胜的梁太祖朱温也不由地感叹："生子当如李亚子。"毛泽东对李存勖评价很高，认为"李存勖之断"，是"识时务之俊杰"。

但庄宗登基后，因不善于治理朝政，过度宠幸伶人、宦官，又有皇后刘氏干政，吝啬敛财，导致同光王朝速亡，令人扼腕叹息。北宋政治家、文学家欧阳修《伶官传序》中，总结了后唐庄宗李存勖得天下后又失天下的历史教训："忧劳可以兴国，逸豫可以亡身。"李存勖登基后，骄傲自满，耽于享乐，骄奢淫逸，因此很快就亡国了。吕思勉说："后唐庄宗为人，颇似唐太宗，其用兵之剽悍或且过之，然政事之才远落其后。"

小说围绕庄宗李存勖铲奸除逆，坚持正义，匡扶大唐的爱国主题，复活了历史，再现了生活场景。此书写了一场又一场的战争，场面恢弘，波澜壮阔，刻画了一系列鲜活的人物形象，主要有英勇善战，对爱情忠贞的李克用；富有军事才华，深明大义的刘夫人；贤良的曹夫人；凶狠阴险、贪淫好色的朱全忠；狡猾的耶律阿保机；智勇双全的述律平；善用谋略，一步百计的刘鄩；足智多谋，性格沉稳的周德威；冷酷无情，恩将仇报的张文礼；雄才大略,骁勇善战的李嗣源;宁死不降的"王铁枪"王彦章;全才张承业;六亲不认,囚父杀兄的燕王刘守光;公正廉洁,善于谋略的郭崇韬;能歌善舞,无比美丽,却贪得无厌的刘玉娘;墙头草朱友谦、康延孝;才华横溢却淫昏的蜀王王衍等等。尽管他们的人生经历有所不同,他们的性格表现大相径庭,但作者通过大量搜集、挖掘史料,栩栩如生、细腻地将他们描绘出来,使人物一个个都跃然纸上,收入眼底,读者留下了深刻印象,进而了解了历史,增强了对历史及其人物厚重感的认识,并从中受到启迪,或追思学习,或鄙视唾弃。由此,亦可说作者为还原、丰富历史做了一件有益的事情。这是非常可贵的。

　　文学创作是条漫长的路,尤其是写历史小说,需要多种才华和能力。希望郭雅洁不畏艰辛,继续坚持下去,而且相信她会越写越好。

2019 年夏于上海

　　(作者系中国作协副主席、中华文学基金会理事长、中国报告文学学会会长,全国劳模,第十二届全国政协委员,新时期著名的报告文学作家)

后唐庄宗李存勖

HOUTANG ZHUANGZONG LICUNXU

目录 MU LU

序 …………………………………………………… 何建明 001

第一章　费尽周折小存勖降生　刘曹二夫人情同姐妹 ………… 001

第二章　唐昭宗赐妃李克用　李存勖得名"李亚子" ………… 012

第三章　刘季述废黜昭宗　孙德昭复辟旧唐 ………………… 022

第四章　韩全诲巧施美人计　失皇宠崔胤遭罢相 …………… 032

第五章　昭宗被困凤翔城　朱全忠篡唐建梁 ………………… 041

第六章　晋王赐子三支箭　李克宁觊觎王位 ………………… 052

第七章　朱梁围困潞州城　三垂冈大败梁军 ………………… 062

第八章　李存勖偶得贤内助　赏歌舞玉娘露头角 …………… 071

第九章　陈夫人弃俗修道　牛存节义保泽州 ………………… 078

第十章　三诸侯晋阳会盟　周德威计取柏乡 ………………… 090

第 十 一 章　急称帝守光惹祸患　贪美色梁太祖殒命 …………… 098

第 十 二 章　友珪弑父惹众怒　欲篡位友孜被诛 …………… 109

第 十 三 章　存勖义释王铁枪　夏鲁奇突围救主 …………… 117

第 十 四 章　李存勖大战刘鄩　张承业怒斩德伦 …………… 126

第 十 五 章　契丹兵败走幽州　胡柳陂德威升天 …………… 138

第 十 六 章　张监军劝阻称尊　文礼叛乱弑王镕 …………… 148

第 十 七 章　扫奸除恶晋军围镇州　光复唐朝李存勖登基 ……… 157

第 十 八 章　李嗣源夜袭郓州城　王彦章三日破德胜 …………… 166

第 十 九 章　郭崇韬博州筑营分兵势　友贞亲小人远贤臣亡朝 … 173

第 二 十 章　笼络权臣玉娘夺后位　宠伶官敬新磨乱宫规 …… 183

第二十一章　全义公报私仇　王衍淫昏亡蜀 …………… 193

第二十二章　刘后密诏杀崇韬　李绍琛反叛被诛 …………… 203

第二十三章　朝廷失信魏州兵反　嗣源剿贼身陷困境 …………… 215

第二十四章　刘后吝财失军心　洛阳兴教门兵变 …………… 223

第一章 | 费尽周折小存勖降生
刘曹二夫人情同姐妹

一般的妇女怀孕 9 个多月就生孩子，曹夫人已怀孕 13 个月还无任何要生产的迹象。为了她生产的事，李克用几乎把所有晋阳城知名的郎中都一一请来晋阳宫。眼看日子一天天过去，曹夫人依旧安静地挺着个大肚子。郎中们查不出曹夫人晚产的原因，也医治不好她。这可把她丈夫河东节度使李克用急坏了。这一日，李克用突然失去耐心，当他问及郎中曹夫人为何晚产这么久，郎中摇头说不知。"呛"地一声响，寒光凛凛，李克用拔出剑来，怒喝郎中道："快说！你到底有无本事马上让夫人顺利生产？如若不行，明年的今日就是你的祭日。"郎中顿时吓得魂不守舍，浑身瑟缩着，"扑通"一声跪倒在地，鸡啄米似的不停磕头求饶："李……李将军，对对对……对不起，不是小人不想查出曹……曹夫人晚产的原因，而是因为……""哪来那么多屁话！我只看结果。""是是是……是。"郎中无奈地答应着。他自认倒霉，相传李克用喜怒无常、性情残暴，今日他总算目睹了。为了调节紧张情绪，他一个劲地做深呼吸……雕龙附凤华丽的红木椅子上,曹夫人微笑着对李克用说:"不必这么急于杀郎中。就算杀了他,我现在也生不出孩子。这位郎中与我素未谋面,无冤无仇,不会故意不医好我。他也是医术有限,无能为力,无可奈何。请夫君理解他。"李克用说:"杀了郎中我可以消气。夫人不必再替他人求情。既然郎中无能,就不该活在世上害人。"曹夫人继续笑着,耐心地劝解李克用说:"夫君若想处死郎中,不费吹灰之力。但夫君想过处死郎中,自己会有所不值吗?夫君是当朝天子——昭宗皇帝的得意将领,骁勇善战。曾镇压庞勋起义军、黄巢起义军,立下赫赫战功。天下无人不佩服夫君。如你杀死这个郎中,天下人却不会佩服夫君,只会说夫君欺凌弱小、残暴不仁。妾身仰慕夫君多时,嫁给夫君深感荣幸。自嫁入李家以来,夫君对妾身百般恩宠,妾身无比感激。俗话说:'金无赤金,人无完人。'夫君哪里都好,就是脾气稍暴。妾身知道,夫君并非糊涂人,不会乱杀无辜,激起民愤。希望夫君能修身养性,压压性子。'《灵枢·百病始生篇》说,喜怒不节,则伤脏。'……"曹夫人出口成章,口若悬河,她用一张巧嘴把李克用驳倒。李克用笑着对曹夫人说:"夫人仁德之心令我佩服。好吧!既然夫人替郎中求情,本将军就放了他。"曹夫人忙对郎中说:"还不快谢过李将军。"郎中怯怯地朝李克用和曹夫人跪拜,连连感谢他们不杀之恩。李克用叫他还不快滚,废物。郎中浑身哆嗦着,马上从地上爬起来,抱头狼狈离去。

　　几天后,已近深夜,曹夫人还在书房挑灯夜读。她正捧着一卷帛书看得入迷,突然觉得肚子疼,想是要生了。于是,她吩咐丫环雪雁将此事禀报李克用,赶紧请稳婆来宫中接生。雪雁急急忙忙去了。

　　李克用得知此消息,十分高兴,拍手道:"哎呀!谢天谢地,夫人总算是要生了!"他边说着边差一家丁速办此事。家丁没领会李克用的意思,还没走出房间,他又掉转头慌慌张张跑回来,疑惑地问李克用:"将军,请稳婆是要快还是要好?"李克用不高兴,眉头一皱,说:"当然是要又快又好。"家丁还是不明白,抓耳挠腮,说:"据小的所知,晋阳城最好的稳婆家离晋阳宫很远,而晋阳宫附近也有几个水平一般的稳婆……"李克用狠狠地瞪了他一眼,道:"哪来那么多废话?这样简单的事情都办不好就给我滚回去。"家丁只好不再多问,边走边心中喃喃自语:"只要是稳婆都能接生,我就近找吧。"家丁快马加鞭渐渐走远,身影越来越小,远处,夜色深重如恶浪,一下子就吞没了他的身影……

李克用快步来到曹夫人房中,只见曹夫人躺在床上一动不动,肚子疼得双眉紧锁,冷汗直冒。李克用看了心疼,紧紧地握着曹夫人的手,温柔地道:"夫人,肚子很疼吗?为夫在此。稳婆就到。辛苦你再忍一忍!"李克用温暖有劲的大手,紧紧地抓住曹夫人洁白无瑕的纤纤玉手。两只手如两颗心,融到一起,紧紧相连。虽然曹夫人觉得很疼,但有心爱的丈夫陪在身边,她感到心中无限温暖。她尽力打足精神,冲李克用笑了笑,轻轻摇头,用微弱的声音说:"不疼,不用担心!"李克用把曹夫人的手攥得更紧了,放在自己温暖的胸口。仿佛他们俩的手心里藏着一只小飞虫,稍微漏些缝隙,小飞虫就会飞走。

稳婆请到了,她要李克用出门回避一下。李克用低头亲了一下曹夫人的手,说:"本将军不走!我要在这里一直陪着夫人。"稳婆严肃地加大嗓音对李克用道:"李将军,女人生孩子男人不得在场,这会影响你的鸿运。"李克用说:"胡说!真才实学决定运气好坏。只有努力才能带来好运。事在人为!我从不相信运气,才有今日。所以,本将军要陪夫人生孩子,谁都别想让我走出这个房间。"曹夫人也请求李克用听稳婆的话,在门外等她。可李克用依旧坚持在屋内陪着曹夫人生产。稳婆感到很无奈。正当李克用和稳婆僵持不下,这时,门外,李克用的正室刘夫人扶着他母亲秦老夫人缓缓过来了。秦老夫人威严地大叫一声道:"放肆!用儿,别胡闹!女人生孩子,男人本该回避。生完孩子再陪夫人不迟。"见到母亲,李克用马上像只被驯服的野兽,变得温驯,扑倒在地给母亲叩首请安。稳婆忙着接生,屋子里除留了两个丫环帮她烧水递毛巾外,其他人都一起出屋去,各自回房休息。李克用走在最后,他恋恋不舍地挪着步子出去了。

"嘎吱"一声,门关了。一扇门把世界分为两半,阻隔了曹夫人和李克用。李克用无奈地背着手,在门口徘徊着。冬天本来就冷,被阳光抛弃的夜晚更加冷得吓人。北风有恃无恐地刮着,经过每家每户的门窗,见缝就钻,贼一样地潜入,用寒冷袭击着人们……家丁关心李克用,问他是否要先回房睡觉,待曹夫人把孩子生下后再来。反正这里有稳婆在,李克用又帮不上忙。没想到李克用十分生气地呵斥家丁："本将军属你管吗？瞎操心！要睡你自己睡。"家丁只好不再说什么。因李克用前不久在战场上受了伤还未痊愈，现又在走廊上吹风受寒，他突然一阵咳嗽起来。家丁忙回李克用的房间帮他把黑色天鹅绒斗篷取来，要给他披上御寒。李克用却一手推开，说："拿走，不用。"家丁只好把斗篷拿在手里，想着李克用在这里难站，家丁马上又回头给李克用搬来一把椅子，好让李克用走累了坐下歇息。没想到李克用好像没看见这张椅子似的，继续背着手在走廊上走来走去。时间一分一秒追赶着走过去。一个时辰过去，又一个时辰过去，连续几个小时过去，等得油灯熄灭，天都亮了，却始终不见这扇门打开。按理这么长时间曹夫人应该生完孩子了，李克用心想，该不会是难产吧？万一夫人和孩子只能保住一个，或者都保不住，他该怎么办？他不敢再往下想。想到这里，眼眶里弹出两颗硕大的泪珠，在他被风吹得冰凉的脸上炸开了花。

　　李克用由于整晚没合眼，又在走廊上吹着冷风走个不停，此刻，他又累又饿。但他依旧没有心思休息，哪怕就在家丁搬来的那把椅子上歇息片刻。他像镇宅的石狮子，立在门口，岿然不动。他把没瞎的那只眼睛对准门缝，苦苦地往里张望——尽管隔着这么远，里面朦胧一片。他时不时把耳朵贴在门上，仔细倾听里面的动静……

　　直等到朝霞万丈，太阳拨开云雾，爬上光秃秃的树杈。李克用终于盼来开门的那一刻。不等李克用开口，稳婆就低着头走出来，重重地叹息一声，说："李将军，请恕罪！老生学艺不精，接不了这个生。"李克用恭恭敬敬地朝稳婆一鞠腰，拱手道："大娘谦虚了！本将军相信你的水平。"稳婆愁眉苦脸地说："我真的胜任不了。"李克用不耐烦地吼叫道："别啰唆！你是嫌给你的钱太少了吗？告诉你，本将军有的是钱。只要你好好给夫人接生，事后必有重赏。"稳婆边摇头边哀叹道："实不相瞒，曹夫人生了这么久还生不出来，恐怕凶多吉少呀！"李克用听了很生气，面目狰狞恶狠狠地说："你敢诅咒夫人？万一夫人死了，你就等着给她陪葬吧！"稳婆只好不再吭声。李克用叫屋里人都出去，他和曹夫人安静地待一会儿。

　　等人都走了，屋里只剩李克用和曹夫人。李克用把门关好，坐在床边，背靠着床头，静静地看着曹夫人。想起未来，曹夫人担忧地说："夫君，晋阳城最好的郎中都医不好妾身，妾身怕是要死了。真舍不得离开你！我走后，你千万别伤心难过，要好好保重身体……""快别说了。"李克用忙一手紧紧地捂住曹夫人的嘴，一手拿自己的手帕替曹夫人揩泪道："只要为夫在，一定不会让你死。晋阳城的郎中不行，为夫差人到京城去请医术更高明的郎中。"曹夫人说："京城离晋阳千里迢迢，妾身命在旦夕，恐怕时间不允许啊！""那怎么办？难道叫我眼睁睁看着夫人和我分开？"面对生离死别，李克用心情无比沉重，眼睛再一次被苦涩的泪水包围。曹夫人说："吉人自有天相。事到如今，只能看天意。"李克用紧搂着曹夫人，说："不管怎样，总之，我不会让你离开我，永远永远！"夫妻一起啜泣着……

哭着哭着，不知何时，李克用竟然睡着了，迷迷糊糊梦见他在山间羊肠小径上走着，远近都是山，似乎一直延绵至天边。淡淡的白色的山雾随意地弥散着，一会儿遮住头顶枝头的一簇翠叶，一会儿又缭绕开去，卷向蓝天一隅……一切都好像在与他捉迷藏似的。他飘飘然仿佛走在仙宫……沿着山路，走到一处，忽闻杳杳钟声，李克用循声望去，只见两座青峰开处，前面不远的山腰上有一座金碧辉煌、雕梁画栋、规模宏大的庙宇。李克用快步来到山脚下，通往庙宇山门筑有一段宽阔的石阶。石阶上，几个身着黄衣的年轻和尚，手持笤帚在专心地清扫着从石阶两旁的高大的树丛枝上被风摇落的紫红色残花瓣。李克用拾阶而上，入得庙内，巨大的香炉中，紫烟腾起……李克用继续进入大殿内。佛前，寥寥几位香客，正在默默祈福……李克用仰头欣赏着一座座雕工精美、栩栩如生的佛像，正在这时，身后有人扯了一下他的衣襟，他转身一看，是个双目有神，手拿一串念珠，肥头大耳的胖和尚。李克用心下寻思，他根本不认识这位胖和尚，胖和尚却满脸绽放着慈祥的笑容，提醒李克用快回家，莫要在外面贪玩，家中夫人难产。李克用叹道："夫人难产，我已请晋阳城最好的郎中们看过，他们都没有办法。"胖和尚听了，微笑道："记住，你回家后，马上设坛请道士作法，需用十七人，二分之一披甲持矛，三分之一击鼙鼓，六分之一吹笙弹琵琶，再调四十九人围着产房大声喊叫，左三圈右三圈，夫人定能顺利生产。"李克用将信将疑，谢过胖和尚，但头一次来此地，不知归路。于是，他向胖和尚问路，道："师傅，我迷路了，不知道回去的路。请问你知道晋阳宫怎么走吗？"胖和尚听了，微微一笑，挥挥袖子，顿时天昏地暗，飞沙走石，刮起一阵旋风，将李克用卷到半空中。李克用生怕跌个粉碎，惊得睁开双眼，醒来才发现这是一场梦。奇怪，刚刚庙中胖和尚与他所说的一席话还记得清清楚楚。见曹夫人醒着，李克用马上把这个梦讲给曹夫人听。曹夫人听了，说这是神人托梦，眼下反正没有别的法子可想，不妨照梦中胖和尚所说的一试。她请李克用先祭拜天地，再请道士作法。李克用依言照办。

说来也巧，当晚深夜，刚做完道场，曹夫人就发作生孩子。稳婆教曹夫人如何生孩子，告诉她什么时候该放松，什么时候才真正用力，要把力气都用在刀刃上，免得到了关键时刻却已经疲了，使不足力。经过一个多时辰的努力，只听"哇"地一声啼哭，新生儿降生。稳婆先是手脚麻利地替曹夫人盖好被子，再给新生儿洗完澡，裹好襁褓，抱出房间。房外，李克用和刘夫人带着几个家丁早已等候多时。稳婆喊了一声："李将军恭喜恭喜！晋阳宫喜添贵子！小公子真是世间罕有的俊俏啊！"李克用听到了欣喜万分，小心翼翼地从稳婆手中接过儿子，果见儿子容貌不凡。他仰望天空，心怀感恩道："感谢上苍，母子平安。"想着，祖辈的努力，加上他半生戎马辛劳，才创下今天晋阳宫这么大的家业，希望将来长子不要做纨绔子弟，勤勉好学，效忠唐室，干出一番伟业。于是，他为怀中的长子取名为李存勖，众人都说好名字。

稳婆任务完成了，李克用正准备打发她走，卧在床上的曹夫人忙和李克用说："这么晚了，稳婆也够辛苦的，生孩子也多亏有她的指点，使妾身轻松许多。不如今晚让她在晋王宫休息一宿，明日天亮了请她用过早膳再走。"李克用听曹夫人的意见，马上改变了主意。稳婆确实也累了，这两天助产，稳婆日以继夜，没休息好都在其次，心里没少担惊受怕，说实话，她也想留在宫中快些休息，睡个好觉。为此，她甚是感激。稳婆又叮嘱曹夫人这个月要多卧床休息，女人坐月子很重要，不能下凉水，不能吹风，如果月子没坐好，将来会落下许多病根，难以治好。曹夫人谢过稳婆的温馨提示。李克用心情好，重金打赏稳婆。稳婆自是高兴。但她回想前两天曹夫人难产的场景，仍心有余悸，差点性命不保，幸亏有惊无险。虽然李克用对他人脾气暴躁，但对夫人百般体贴、爱护，言听计从，是一个合格的好丈夫。

自从曹夫人生了儿子，李克用明显地对她关爱有加，去她房里看望的次数更多了。虽然大多数时候，李克用和刘夫人说他是去看儿子的，且当初纳妾时，也是刘夫人主动提出的，但刘夫人心中还是难免有些伤感，为人妻却不能生养，实属一大憾事，只是她不便说出来。

刘夫人陪伴李克用多年，李克用熟知她的秉性。近日他看刘夫人峨眉微蹙，脸色暗沉，有些郁郁寡欢，知道她有心事，却故意不说破。

刘夫人心想："曹夫人得子得夫宠，不知我的正室位置还能保多久？照此下去，如果曹夫人有意与我争位的话，那我该怎么办？"想到这里，她又想，如果不是她结婚多年没有子嗣，丈夫李克用就不会纳妾。纳妾原非李克用本意，只因李克用是李国昌众儿子中最有出息、最被器重的一个。近年，李国昌身体抱恙，担心自己活不久，就和李克用的生母秦老夫人商量，把权力继承给李克用。除此之外，李国昌还有一个心愿，即在走前还能见上李克用的儿子——自己的孙儿一面。可是，儿媳刘夫人肚子太不争气。因此，他们建议让李克用纳妾。知道父母的意思后，当时李克用很不高兴，说他这辈子只爱刘夫人一人，没有儿子就没有儿子呗，他不在乎。父母当时急了，本来李国昌就病体未痊，这一生气使他本来病弱的身体更加雪上加霜。解铃还需系铃人，为了让丈夫宽心如意，秦老夫人私底下找儿媳刘夫人谈话，希望她能理解他们做爹娘的这份苦心，多替李克用及李家的将来着想，好后继有人。秦老夫人说了半天，当时刘夫人心中很不悦，但她没有马上表现出来，她只装作若无其事地不断微笑着点头，表示应允。等秦老夫人走远后，她却气得砸杯子、砸花瓶的，屋里碎响声一片……屋外，伺候她的贴身丫环紫云闻声赶来劝刘夫人消气，问她为何生气。刘夫人本不想说，但还是说了。她告诉紫云实情，紫云替刘夫人打抱不平，小声说："天下有何事难得了夫人？夫人是李将军的智囊，为他立了多少大功，这种小事情对于夫人而言更加不算什么。"刘夫人哭笑不得，说："虽然我极不情愿，但秦老夫人的话并非没有道理。我不能这么自私，为了自己获得专宠，就让李将军断子绝孙。我知道李将军深爱我，前一阵子，为了纳妾的事还和父母反目。都是我耐心劝慰他，天下父母，哪个不希望自己的儿女好，不要生气。可如今我生气了他不知道，他若知道了定会依着我。但我不能这么做，聪明人不做糊涂事。我还是要瞒住他，不让他知道我难过。"说到这里，刘夫人叮嘱紫云："千万别提今天秦老夫人来过我这里，更不能提我为纳妾生气的事。"紫云连连点头，答应说："请夫人放心，紫云一向谨遵夫人命，守口如瓶。"

等到李克用从外面回来，刘夫人和他说自己最近越来越喜欢孩子了，希望家中能有个小孩，只可惜她不能生，想让李克用纳妾。李克用顿时很不高兴，说："别人生的孩子，夫人你对他再好，在他的眼里也远不及亲妈。血浓于水，夫人以后就知道了。"刘夫人笑着道："没关系，我不在乎。只要李家有后，只要孩子是你的，且对你好，将来能继承祖业，我就心满意足了。"李克用觉得刘夫人的话也有些道理，他无话可说。但想想，今后若有了别的女人，他就不能再一心对刘夫人好了，因此心情沉重如刀绞。沉默半天，他突然激愤地说："在我没有真正决定纳妾之前，你还是再好好考虑一下吧！难道你不爱我了吗？你就这么狠心把我往别的女人怀里推吗？"刘夫人心里说："怎么可能？在这个世界上，我只喜欢你，我活着，所做的一切也都是为了你。"但是，她想，既然已经决定为夫纳妾，就不能举棋不定，自相矛盾。于是，她违心地说："我已经好好考虑过了，不会再改变主意，你不是曾经答应，什么都听我的吗？怎么这次不听了？"李克用争辩道："别的都可以听你的，但让我远离你，我是断断不听的。你知道，我不能没有你，你是我的左膀右臂，更是我的心肝肺腑。"为了让李克用接受她的建议，刘夫人不仅没有哄他，反而很庄严地批评他，说："你怎么还像个长不大的孩子？！你不纳妾，难道你真地想断子绝孙吗？"李克用伤心至极，无话可说，从来不流泪的他，一下子不知从哪飞来重重泪水，盖住了他的视线，他一气之下，甩袖夺门而去。身后，刘夫人也转过脸去，趴在床上，泪流不止，哭成了一个泪人儿。哭了半响，她泪眼朦胧，对着空屋摇叹自语："克用，以后你自然就会明白我的良苦用心，我怎么会舍得把心爱的丈夫让给别人，一切都很无奈啊！"

转眼小存勖要满月了，亲朋好友纷纷来给小存勖送礼物，以表庆贺。刘夫人很喜欢小存勖，也想借此机会和曹夫人亲近，培养感情。为此，早早地在小存勖满月前，她就特地到绸缎庄精心挑选几块色彩明丽的上等布料，请有名的裁缝和绣娘，为小存勖做了几套漂亮的衣服，她亲自送去。

快到曹夫人门前，门关着，刘夫人听见屋里传来人说话的声音。她赶紧放慢脚步停了下来，侧耳倾听。她隐隐听到丫环雪雁尖声细气道："夫人，你与那刘夫人相比,不论是出身背景还是自身条件,有哪一样输给她?难道夫人就一直委屈自己位居人下?夫人何不替自己打算,利用小存勖帮自己争宠,反客为主,取而代之?"听到这话,刘夫人胸口像被人捅了一刀,疼痛无比。她的心里十分紧张,不知道曹夫人会作何回答,她更加走近了门,仔细地倾听着。只听屋内,曹夫人义正词严教训雪雁道:"放肆!休得胡言乱语!我怎能乘人之危,做出如此有违道德风化的事来?况且,不该自己得的东西想都不要想。"雪雁问:"正妻又不是天生的,为何不能取而代之?我跟随夫人多年,一心只希望夫人好。世态炎凉,位高权重,众人巴结,位卑贫贱,连亲戚都不想来往。人活在世上要有斗争精神,和自己斗,和他人斗,和天地斗。强者是斗出来的,世界是属于强者的。夫人斗赢了那刘氏,地位高了,我们就不用怕她了,我跟着夫人也更加风光了。"曹夫人叹口气,无奈地说:"谁不想高高在上,谁不想风光?但是,这世界上比利益更珍贵的是情谊。自从我进李家门以来,刘夫人对我一直都是以姐妹相称,对我也情同姐妹。有什么好东西,总是想着我,和我一起分享。李将军对我好,她从不争风吃醋。《论语·里仁》说,'小人喻于利,君子喻于义。'刘夫人对我这么好,我怎么能不知恩图报呢?真是难为刘夫人了。如果她能生孩子,我不嫁入李家,她与夫君之间的感情就更加完美。只可惜,世事难遂人愿,刘夫人真是一个好人啊!"雪雁依然坚持自己的观点,说:"人为财死鸟为食亡。夫人与刘夫人之间有利益冲突,谨防她害你,请夫人还是多留一个心眼吧,以免陷入险境啊。"曹夫人怒道:"你不必再说了,任何人都别想离间我和刘夫人之间的感情,我相信我的眼睛是不会看错的。"听到这里,刘夫人心中甚是欢喜,如拨云见日,一下子开阔不少。她伸手敲门……

一会儿,门开了。曹夫人微笑着亲自把刘夫人迎进屋。进了屋,刘夫人和曹夫人寒暄一阵后,把来意说明,就叫身后随身陪伴她的两个丫环紫云、翡玉将礼品盒献上。曹夫人收到礼物,谢过刘夫人,并叫雪雁把她箱子里的那对陪嫁七彩玉镯拿来。雪雁说,这可是曹夫人最心爱之物。曹夫人说,她与刘夫人的情谊更宝贵,速去取来。雪雁便不再说什么。

俄顷,雪雁双手捧来一只别致的黑漆镶螺钿八宝盒。曹夫人打开盒盖,一道柔和的光彩映射在刘夫人眼里,她睁圆了眼睛,刘夫人自小也是出身贵族，各种稀罕宝物见多了，她一眼就能辨认出这对彩玉镯子价值不菲。她客气地推脱着："如此贵重之物，我岂敢夺人所爱？妹妹还是自己留着吧。"曹夫人说："这是妹妹的一片心意，请姐姐务必要收下。贵重之物配尊贵之人，姐姐身为将军夫人，玉镯戴在姐姐手上，只希望能为姐姐更加增辉生色。"刘夫人说："既然妹妹如此诚心送我这对手镯，那我就不再客气了。"曹夫人说："都是一家人，姐姐是正室，今后我还仰仗姐姐过日子哩！"刘夫人说："妹妹是名门闺秀，本可嫁入豪门当正室，偏偏却让你来这里做偏房，真是委屈你了。我反正做了多年正室，尽享恩宠，心满意足，不如接下来让妹妹来当正室，我当小妾。我一定好好辅佐妹妹，如何？"曹夫人听了，忙跪下磕头，说："姐姐，这万万不可啊！请你务必答应我的要求，一辈子做正室。"刘夫人一副为难的样子，搓着手，左右徘徊，说："妹妹，你这是何苦呢？姐姐也是为了你好啊。"曹夫人跪在原地，说："姐姐如果真替妹妹着想，为妹妹好，就赶快收回成命吧！否则，我长跪不起。"曹夫人的诚意让刘夫人感动了，她边忙扶曹夫人起来边说："妹妹快快请起！地上凉，既然如此，那恭敬不如从命，只是以后就只能一直委屈妹妹屈尊为妾了。妹妹深情厚谊，真是令我感激不尽，终身难忘。"曹夫人见刘夫人答应她的要求，才起身又坐回椅子上，说："做正室，我从未想过，也不该我想的。我仰慕李将军和姐姐已久，能和你们成为一家人，我已很感激上苍，这是我这辈子的一大幸事啊！"刘夫人说："李将军确实智勇双全，至于我，只是无名之辈，无足挂齿。"曹夫人说："姐姐太谦虚了！"刘夫人说："妹妹品貌贤良端庄，知识渊博，能言善辩，不仅我喜欢你，相信人人都会喜欢你。俗话说，家和万事兴，只要我们姐妹俩同心协力，你在家里管家务事，我在军中出谋划策，共同辅佐夫君，照顾好这个家，相信我们家会越来越兴盛，家业更大。"曹夫人听了，连连点头表示赞许，说："姐姐说得好，这是一定的。"

想到此次是来送满月礼的，但还没看到小存勖，刘夫人就问曹夫人："小存勖呢？他长得好吧？"曹夫人告诉刘夫人小存勖在里屋睡着了。刘夫人微笑道："既然小存勖睡了，我不便打扰，改天再来看他，你们好好照顾他，我们是好姐妹，你的孩子就是我的孩子，以后有什么事情需要我帮忙的，尽管开口。我会尽力办到。"曹夫人感激地说："谢谢姐姐，那是肯定的。

承蒙姐姐多日来的悉心照应,妹妹在李家才生活得这样幸福快乐。日后,姐姐有什么事需要用得上妹妹的,也尽管差遣,我必将赴汤蹈火,在所不惜。不求同年同日同月生,但求同年同月同日死。"一会儿,聊完了,刘夫人起身作别,曹夫人要相送,刘夫人却拦住曹夫人说:"你我既是姐妹,就不必拘于那些世俗之礼了。你坐月子需要静养,快回屋休息,不要出来吹风。"曹夫人只好不舍地目送刘夫人出门远去。

从曹夫人那里回来,刘夫人回想曹夫人主仆二人的对话,不禁感叹,她没白对曹夫人好。紫云说:"曹夫人为人谨慎,说不定她对夫人好只是暂时的。因她刚进李家,根基未稳。或许她想先熟悉环境,日后再与你争宠也未可知。夫人防人之心不可无啊。"刘夫人说:"防只是防小人,既然知道曹夫人是正人君子,还何须防她?我要把她当作亲姐妹,尽我所能对她好。这样,才不辜负了我们姐妹之情。"翡玉在一旁,赞叹道:"夫人不嫉妒曹夫人受宠,真是好胸襟!"刘夫人苦笑着,轻轻摇头说:"不想开点儿又能怎样呢?上天对人是公平的。这世间的好处总不可能一人占尽呀!"

第二章 | 唐昭宗赐妃李克用
李存勖得名"李亚子"

　　落日熔金、规模宏大、金碧辉煌的皇宫内,唐昭宗正在和几位文臣欣赏歌舞,吟风咏月。突然,太监刘季述从门外快步进来,禀告唐昭宗:"河东节度使李克用得胜回朝。"唐昭宗听了,龙颜大悦,说:"传他上殿。"刘公公说:"奴才这就去。"说着,他便匆匆转身出了大殿。

　　一会儿,李克用进来了,见到唐昭宗,他马上恭敬地跪倒在地,高声道:"微臣叩见吾皇,万岁万岁万万岁!"唐昭宗道:"晋王平身,不必多礼。你在外征战辛苦了!来,来,和朕及众臣们一起好好乐乐吧!"李克用面泛难色,略微皱眉,对皇上说:"皇上,微臣乃一介武夫,既不通文墨,不会吟诗作赋,也不懂欣赏,坐在这里显得不伦不类,恐怕扫了诸位雅兴。"唐昭宗道:"晋王多虑了!你们都是朕的爱臣。和你们在一起,朕很开心!你就不要推辞了。"说完,唐昭宗即吩咐刘公公速命下人为李克用添一张桌椅,并摆上同样的好酒好肉、名贵点心和奇珍异果。刘公公领命退去。不一会儿,四名小太监在刘公公的指挥下,片刻将桌椅摆好。众文臣皆纷纷劝留。李克用心想,皇上盛情相邀,其他文臣又没有嫌弃的意思,我就不要多想,免得扫了皇上雅兴。于是,他勉强留下了。

歌舞一曲了了,又上新曲。舞池中,一个个妆容靓丽、衣裙时尚的宫女,伴着优雅的宫廷乐,踩着节拍,尽情地舒展着柔柔的腰肢,挥舞着飘飘长袖,花蝴蝶似的翩翩起舞,看得李克用眼花缭乱。皇上和文臣们轮流作诗,李克用听得云里雾里,听了几句就不再听了。他只对美酒感兴趣,端起精致的三角青铜杯,自斟自饮,喝得正欢,以致没把握好酒量。不一会儿,他的两颊似涂抹了浓浓的胭脂,突然头一低,竟歪在椅背上睡着了……

"晋王!晋王……"睡梦朦胧中,李克用听到皇帝在唤自己,同时感到有一只手在轻轻拍打着他的背部。他醒来,猛然一惊,尴尬地从椅子上下来,跪倒在地,请求皇上降罪。唐昭宗微笑着说:"爱将效忠朝廷,保家卫国,战场拼杀,车马劳顿,不辞辛苦,来京师告捷,何罪之有?"李克用环顾四周,看看那些文臣都不见踪影,又问其他大臣呢。唐昭宗告诉李克用说:"他们早走了。见你睡着了,不忍心惊扰你。等了半天,不见你醒,天色不早了,担心你出宫路上不方便,家人挂念太久,不得不叫醒你。希望晋王莫要见怪才是。"李克用抬眼望窗外,晚霞淡去,银钩般纤柔的新月早已挂上树梢。李克用正准备辞别皇上。皇上说:"晋王屡建军勋,为大唐立下汗马功劳。朕今天想给你一个特别的赏赐,望你不辜负朕的期盼,保家卫国,忠心不改。"李克用心中正在猜想皇上会赏他什么时,只听唐昭宗轻击三下掌,从宫门外娉娉走来一个女子,端庄秀美,衣冠华丽,珠光宝气。

好生面熟!李克用想了半天总算记起来了:是她,陈贵妃。还记得出征前,皇上摆宴为他饯行。佳宴上,皇上让宠妃陈贵妃为他献舞并斟酒。看到陈贵妃的身影,他想到刘夫人,陷入相思,眼神呆呆的。"晋王,晋王。"唐昭宗误以为他是因为见到陈贵妃黯然销魂,忙叫他道。李克用才回过神来。唐昭宗笑眯眯地说:"朕的陈贵妃如何?"为让皇上高兴,他当面夸了几句陈贵妃,说:"陈贵妃美若天仙,能歌善舞,皇上选妃的眼光真好!"唐昭宗顿时仰头哈哈笑道:"从未听爱将夸赞过朕宫中的嫔妃、歌姬漂亮。莫非爱将对陈贵妃心动?"李克用忙把头摇个不停,说:"皇上误会了!微臣不是这个意思。皇上宠妃,做臣子的怎敢起贼心,那是活得不耐烦了。"唐昭宗笑叹道:"非也非也。晋王是朕的爱将，你在朕心中的位置更胜于爱妃。若没有像爱将这样保家卫国的勇士，我如何能稳坐江山，又如何拥有这些妃子？"说得李克用一时不好说什么。唐昭宗继续说："晋王，既然你也喜欢陈贵妃，那朕就割爱，赐你们大婚，如何？"李克用连连推辞，说："皇上万万不可，万万不可呀！"可他越是推辞，皇上越是盛情。最后，唐昭宗想出一个办法，使他答应。唐昭宗道："既然晋王执意婉拒，朕也就不勉强了。要么你看这样行吗？此事看天意。出征在即，如果晋王这仗能胜，朕就将陈贵妃赐予你，日夜陪伴你左右，使你天天开心。如果败了，就说明你与陈贵妃无缘。"李克用无奈，只好暂且应允。

回到营中，李克用把此事告知刘夫人，问她该怎么办。刘夫人含笑说："圣上盛情美意，不可辜负啊！我祝贺你！"李克用皱眉说："夫人，你明知我对你一片真心，除却巫山不是云。求你别说风凉话！哎呀，急死我了，快帮为夫想法子，怎样做到既胜仗归来，又能不让皇上将陈贵妃赏赐给我。"刘夫人笑着说："得一美妾有何不好？夫君多虑了！"李克用长叹一声说："我本只是随意地夸赞陈贵妃两句，不料圣上曲解我意，要将陈贵妃赐予我。这万万使不得啊！我们夫妻多年，难道夫人还不了解我？"刘夫人止住了笑，表情变得严肃，轻轻摇头说："皇命不可违，此乃天意。也许你和陈贵妃有这段姻缘，你就安心接受这门亲事吧！"李克用哭笑不得，只好不再说什么。

想到这些，李克用望一眼陈贵妃。半明半暗的大殿上，陈贵妃仿佛是从李克用的梦里走出来的，有些半真半假。

李克用叩谢皇恩，说他会择个黄道吉日来接陈贵妃回晋阳宫。皇上却笑嘻嘻地说："朕刚看过了，今天就是好日子。朕赐你二人今天就成婚配。哈哈哈！"李克用还在犹豫着。站在皇上身后的刘公公皱了下眉头，小声提醒李克用道："晋王还不快谢圣恩？难得的好事。可别辜负了圣上一番美意。"李克用心想，既然我争不过皇上，就只好暂时答应他，以退为进。于是，他说："非常感激皇上厚爱，恩赐良缘，微臣欣喜万分。以后陈贵妃不能天天陪伴在皇上身边，在这分别之前，微臣衷心恳请皇上，让微臣和陈贵妃一起再为皇上表演个节目，聊表敬意。不知圣上意下如何？"唐昭宗望望陈贵妃，说："爱妃有何想法？"陈贵妃点头说："只要皇上高兴，臣妾非常乐意。"唐昭宗就笑着对李克用和陈贵妃说："好，朕等着你们的好节目。"李克用说："皇上，微臣还有一个小小的请求，不知皇上是否恩准。"唐昭宗问："何事？但说无妨。"李克用说："微臣想换一身行头，这样显得更有感觉。"唐昭宗听了，笑着点头说："好，好。"说着，他叫陈贵妃带李克用去更衣室挑选戏服。

李克用跟着陈贵妃来到更衣室，他忙把更衣室的门关上，朝陈贵妃下跪道："娘娘千岁在上，请受微臣一拜。"陈贵妃吓了一跳，上前边扶李克用起来边说："晋王快快请起。皇上已赐婚，妾身不再是娘娘，而是将军的小妾。将军对妾身行此大礼，妾身受不起。"李克用坚持跪着，言辞恳切地说："实不相瞒，我借故邀请娘娘一起为皇上献艺，是因有一事求你帮忙，望你不要拒绝。"陈贵妃心想：李克用是朝廷最大的功臣，最强的割据势力，皇上对他是又爱又怕。爱他作战勇猛，克敌有方，怕他哪天起了谋篡皇位之心，他无力抵御。皇上想来想去，想了条美人计，即将我许配给李克用。目的是一来笼络君臣之间的感情，使李克用对皇上深怀感激。二来要我千方百计迷惑他，让他陷入感情漩涡，听从我的教导，一辈子做个忠臣。三来，要我暗地里监视李克用，防止他有野心谋朝篡位。此事是皇上深思熟虑所作出的决定，怎会轻易改变？李克用找我帮忙，无非是想找我做说客。可是，我已经答应皇上，又要我反悔。这岂不令我难堪？于是，她淡然一笑，道："将军乃一代名将，智勇超群。什么事情还能难倒你？我一柔弱女子，有何能耐为将军效劳？"李克用很认真地说："此事说来请娘娘不要见怪，我也是为娘娘的前程着想，并非我不喜欢娘娘。娘娘跟随皇上，受尽宠爱，无尚荣耀。倘若降尊为卑职小妾，实在委屈娘娘。因现在恰逢乱世，战事连连，我长年出征在外，处处都藏有凶险，时刻有性命之忧，也几乎无暇照顾妻儿父母，所以恳请娘娘三思！"陈贵妃听了，泪水盈眶，道："既然将军不喜欢我，为何要在皇上面前夸赞我？"李克用急了，忙用手帕给陈贵妃拭泪，解释说："对不起，娘娘，让你难过了，我并没有那个意思啊。你确实能歌善舞，美貌无双，我不能说昧心话。只是人对感情要专一。我心中已经有了至爱——我妻刘氏。我本无意纳妾，因刘氏无子，才无奈纳曹氏为妾。尽管如此，如果皇上执意要将你嫁给李某，而娘娘又不嫌弃李某，那李某自会迎娶你回家，好好相待。"陈贵妃这才渐渐止住泪水，平定情绪。接着，李克用对陈贵妃耳语几句，陈贵妃默默点头。

二人换好戏服，准备表演。李克用舞剑，陈贵妃奏乐。皇上虽不是很懂剑术，但为了活跃气氛，鼓励他们，他拍手连声叫好。等他们演完，皇上又叮嘱李克用日后要善待陈贵妃。李克用朝陈贵妃使眼色，陈贵妃忙对皇上说："臣妾不要离开皇上！"皇上温语抚慰陈贵妃，说："放心地去吧！晋王会对你好的。"陈贵妃说："如果晋王要反悔呢？"皇上说："胡说。"陈贵妃说："不信你问晋王。"李克用在一旁点头，说："俗话说，君子不夺人所爱。微臣已有爱妻，陈妃是皇上的宠妃……"皇上打断李克用的话，责备陈贵妃说："不要再任性了！事情就这么定了。你们都走吧！"说完，皇上转身出殿。

皇上踱步来到御花园，每逢皇上心情烦闷，他总喜欢到这里来散心。御花园里四季如春，到处栽满了奇花异草，芳香袭人。皇上沿着弯弯绕绕的花园小径，走到一口莲池旁，驻足俯望，碧水映天，水中大大小小的金鱼成双成对自由自在地游着。皇上想起陈贵妃，往事一幕幕，令人难忘。但陈贵妃马上要离开自己了，而且是永远的离开。顿时，他不禁心中悲叹："朕的爱妃，从此以后，你就像水中的金鱼，与你的新郎双宿双飞。而你与朕，虽然还在一个世界里，却恍如隔天。希望你能理解朕的苦心，如果有来世，我们再做夫妻。"

话说陈贵妃离开皇宫，随李克用连日赶回晋阳，择日举办婚礼。婚后，李克用对陈夫人，就像对刘夫人、曹夫人一样关心。三个夫人之间，也相处和睦，从不争风吃醋，家和万事兴。李克用有刘夫人这样充满智慧的贤内助辅佐，李家日益兴盛。

光阴似箭，转眼几年过去，李存勖已长成一个帅小伙。他天资聪颖，家境好，父母很重视对他的教育，不仅给他请来名师，还言传身教。尤其是母亲曹夫人，她出身于汉族贵族官宦之家，曹夫人几乎把所有心思都花在爱子李存勖身上。平日里她手把手地教导李存勖做人和学习传统文化经典，加上朝中文武大臣常出入晋阳宫，耳濡目染，使李存勖有个很好的成长环境。因此，他比一般的同龄人更加出类拔萃。

在李存勖五岁那年，荆州一战，晋王李克用打败了昭义节度使孟方立。为了庆贺潞州城失而复得，那晚李克用在三垂冈山上大摆酒宴，犒赏三军，还安排了歌舞，借以助兴，情景见诗：

> 黑夜在燃烧！
> 温暖了整个世界……
> 一支支火把，
> 点亮英雄们的眼。
> 他们心中坚信：
> 前途将一片光明！
>
> 山林本来一片寂静。
> 寥若的星辰
> 黯淡地闪着幽光，
> 风呼呼地吹着，
> 像巨人的呼噜……
> 置身林中的战士，
> 在伶人的歌声舞影里，
> 一起饮着烈酒，
> 互相谈论战场上，
> 方才惊险的一幕幕……

记忆最深的节目，是一位伶人演唱西晋陆机的组诗《百年歌》。他的嗓音清亮空旷，他深情地歌唱着，声音仿若天籁之音。他一开口，众将士立即安静了下来，认真地倾听。只听他唱道：

> 一十时。颜如薫华晔有晖。体如飘风行如飞。娈彼孺子相追随。终朝出游薄暮归。六情逸豫心无违。清酒将炙奈乐何。清酒将炙奈乐何。
>
> 二十时。肤体彩泽人理成。美目淑貌灼有荣。被服冠带丽且清。光车骏马游都城。高谈雅步何盈盈。清酒将炙奈乐何。清酒将炙奈乐何。
>
> 三十时。行成名立有令闻。力可扛鼎志干云。食如漏厄气如熏。辞家

观国综典文。高冠素带焕翩纷。清酒将炙奈乐何。清酒将炙奈乐何。

四十时。体力克壮志方刚。跨州越郡还帝乡。出入承明拥大珰。清酒将炙奈乐何。清酒将炙奈乐何。

五十时。荷旄仗节镇邦家。鼓钟嘈嘈赵女歌。罗衣绰粲金翠华。言笑雅舞相经过。清酒将炙奈乐何。清酒将炙奈乐何。

六十时。年亦耆艾业亦隆。骖驾四牡入紫宫。轩冕婀娜翠云中。子孙昌盛家道丰。清酒将炙奈乐何。清酒将炙奈乐何。

七十时。精爽颇损膂力愆。清水明镜不欲观。临乐对酒转无欢。揽形修发独长叹。

八十时。明已损目聪去耳。前言往行不复纪。辞官致禄归桑梓。安车驷马入旧里。乐事告终忧事始。

九十时。日告耽瘁月告衰。形体虽是志意非。言多谬误心多悲。子孙朝拜或问谁。指景玩日虑安危。感念平生泪交挥。

百岁时。盈数已登肌肉单。四支百节还相患。目若浊镜口垂涎。呼吸嗔嚘反侧难。茵褥滋味不复安。

当伶人唱到百岁时,声音悲壮凄怆,众人唏嘘落泪,李克用也早已泪流满面。他现在正当壮年,事业处于蒸蒸日上的鼎盛时期,犹如花开正茂,可是,时间会流走,人会老,想到老年他将行动不便,心中无限感伤。但他又想,自己后继有人,膝下儿女众多,长子李存勖是一块带兵打仗的好料子。他慨然捋了捋胡须,指着李存勖,对众兵将们说:"我儿李存勖是军事奇才!二十年后,等我老了,他能继承我的事业。"在场的兵将们都纷纷夸赞李存勖。面对父王和众人的赞扬,李存勖感到心中有一股强大的力量在鼓舞他上进。从此,李存勖更加努力了。他天天坚持练武、学兵法,博览群书,为日后成为最杰出的将军打下了良好的基础。

李存勖十一岁那年,代父进宫面圣,唐昭宗从他的相貌、言行举止判定他将来必有大作为。

话从头说起。时值夏末秋初,天气逐渐转凉,李克用打败了汾州节度使王行瑜,在出征回来的路上,突然淅淅沥沥下起了雨。李克用淋了些秋雨,吹了些冷风,回到晋阳宫,竟病倒了。

晋阳离长安路途遥远,李克用无法迅速抵达,正心忧如焚,床侧陪伴他的刘夫人建议说:"长子存勖虽然年纪尚幼,但仪表堂堂,智勇双全,可以让他代为入朝面圣。一来可以增长他的见识,二来可以锻炼他的胆量。"李克用觉得甚好,当日,他命人备好车马,安排几名家将和李存勖一起到长安。

首次到长安面圣,李存勖十分兴奋,心中充满着好奇。

云海,那轮红彤彤的太阳走了,它散播于天地间的光彩也收走了,天色渐渐暗沉下来。李存勖和他的车马仆从,赶了一天的路,在一个村落就近找了家客栈住下。酒足饭饱后,李存勖和家将们说,想出去散散步。家将们劝李存勖早些睡下,明日一早还要继续赶路。半夜里,李存勖睡不着,独自悄悄起床,到附近的林子里散步。

黑夜是一个蒙着面纱的美人,月光如水,洒满整个树林。走在林间的小路上,踏着松软的落叶,吹着带有草木清香的微风,李存勖感到自己仿佛要醉了。他望着月光,走到哪,月光寸步不离跟到哪。他突然想到母亲,平时在家,母亲总是陪着他,无微不至地关心他、爱护他。他心里感慨道:"旷野的夜空点亮星辰,仿佛无数烛光。脑海里映着母亲慈祥的微笑,就像天上数不尽的星光,无法关闭。世界是光明的,也可以是黑暗的。睁开双眼,可以寻找光明;张开双臂,可以创造光明。只要想光明,到处将光明一片!"

李存勖继续走着,脚下的路似乎没有尽头。李存勖想,他的人生还很漫长。他出生在名门贵族,在平辈中又是佼佼者,被父母看重,任重道远啊!想到这里,李存勖心里暗自发誓,一定要更加勤奋刻苦,像父亲一样,成为一员猛将。

经过一番快马加鞭地赶路,不几日,李存勖他们就到了皇宫。站在殿门外,望着远处规模宏大、造型典雅、华丽无比的宫殿群楼,他感到一种无比的庄严和神圣。他心中不由感叹:"皇宫就是皇宫啊!父王的晋阳宫和这儿相比逊色多了!"

待太监刘季述传了皇上的口谕,传李存勖进宫,李存勖才叫家将在宫外等候,他进殿面圣。李存勖步履轻快地来到朝堂上,行完君臣之礼后,他向唐昭宗说明来意。他先请唐昭宗恕罪,说其父李克用身体不适,不能亲自来面见圣上，然后把这次战况详细地禀报给唐昭宗。唐昭宗听到捷报，面泛喜色，夸赞李克用说："你父亲李克用武功高强，作战骁勇，参与镇压黄巢，攻破长安有功。"接着，唐昭宗又说起李存勖的爷爷："你祖父李国昌，本名朱邪赤心。他忠于大唐，因镇压庞勋兵变有功，受唐懿宗赐名为李国昌。此后，你们祖辈都姓'李'了。"李存勖说："是啊，作为忠臣的后代，草民倍感荣幸！"唐昭宗微笑着说："大唐正是需要像你祖父、父亲这样的忠臣啊！你回去了代朕问候他们。"说完，他即刻吩咐宫女端来鸂鶒酒卮、翡翠盘，赏赐给李存勖，李存勖当即叩首拜谢唐昭宗的赏赐。

李存勖领了奖品，正准备告退，他注意到唐昭宗方才脸上的微笑突然之间变为愁云，便关切地对唐昭宗说："皇上看上去好像有心事呵！"唐昭宗叹了口气，说："嗯，朕近日在思考一个问题。"李存勖说："皇上英明神武，应该不是难事。"唐昭宗苦笑了一声，说："是啊，满朝文武都这么信任我，我不自信也不行啊。"李存勖说："谁都有自己的人生使命和所需克服的难题，权力越大责任越大。皇上的难题即朝廷的难题。目前，皇上内受制于宦官，外受制于藩镇。宦官不难解决，藩镇难。"这话说到了唐昭宗的心坎上，他惊讶地说："哎呀，小小年纪，看问题、分析问题就如此透彻。说实话，大唐已进入了颓势，现在国家四分五裂，藩镇割据，民不聊生，朕也想重新挽回我朝的盛世局面。可惜，总觉得鞭长莫及呀！为此，朕经常头疼失眠。对此，你有何高见？"李存勖沉思片刻，说："首先要看清局势，只有找到了问题的根本才能真正解决问题。如果只是发现哪方造反就平定哪方，这只能表面上解决问题。而从根本上解决问题就比较难了，不仅要具有好的谋略，还要具备过硬的实力和好的时机。其次要关心百姓，争取百姓的支持。这些说起来都容易，落实起来会遇到各种问题。"唐昭宗叹口气，说："是啊。人人都想当皇帝，可皇帝这个总指挥官不是那么好当的呵！弄不好，就亡国败政。"李存勖点头。唐昭宗看着眼前这个模样可爱、聪慧过人的李存勖，心里特别喜欢。他离开宝座，下来抚摸着李存勖的背，语重心长地说："朕很看好你！俗话说，虎父无犬子。你父亲13岁时，就能一箭射中两只在天空飞翔的大雁。听说，你的箭法更胜一筹。朕看你相貌清奇，气宇非凡，言语聪慧，日后一定会超过你的父亲，前程无量，成为国家的栋梁之才，拥有荣华富贵。希望你将来不要忘记孝忠大唐！"李存勖郑重地说："草民定将皇上的话铭刻在心！努力奋进，争取为大唐效力。"唐昭宗深情地望着李存勖，一直微笑着。他沉思半晌，说："正逢乱世，大唐需要你这样的人！朕刚想了一个好名字——'李亚子'，将此名赐予你，希望能勉励你奋进，成为一代名将，这也是朕对你的殷切期望。"李存勖再次谢过唐昭宗。

　　得到唐昭宗的封赏和赐名，李存勖心里特别甜。一路上，他骑马疾驰，满面春风。他望着远方的波澜起伏、秀丽多姿的山影，心潮澎湃，感怀道："飞奔，驾一匹快马，像一阵旋风，领千军万马奔驰沙场，杀他个昏天黑地，威震大唐雄风！我是乱世中从天而降斩奸除恶的战神。我到之处，贼寇乱党闻风丧胆，个个对我俯首哈腰、服服帖帖。昭宗赐我名'李亚子'，希望我不忘国家的栽培，效忠朝廷，平定中原，还支离破碎的大唐一个完好的山河！"

　　回到晋阳宫，李克用问及李存勖皇上这次赏赐了什么，李存勖如实道来。当李克用得知皇上赐李存勖名为李亚子且对他寄望很高时，惊喜万分！不久，"李亚子"这个名字就传开了，家喻户晓。

第三章 ｜ 刘季述废黜昭宗
　　　　｜ 孙德昭复辟旧唐

　　朱全忠占据了兖郓等地，兼任宣武、宣义、天平三镇的节度使，但他还不满足，又会同魏博军，攻打李克用，占领了洺、邢、磁三州。当时，朱全忠是势力最大的藩王，大局被朱全忠所掌控，宫中大小事，皆由朱全忠说了算。昭宗失去了号令天下的权威，助长了宫中太监们争夺皇位的野心。

　　昭宗光化三年（公元900年）十一月的一天夜里，宫外北风呼啸，宫内却春意盎然。几步有一个大火炉，释放出光与热。少阳院内，夜宴才刚刚开始……舞池里，典雅的廷乐响起，宫女们霓裳舞动，婀娜多姿，餐桌上，美酒佳肴，色香味俱全。昭宗坐在上席，太子及群臣们一个个脸上笑开了花，竞相为他斟酒敬酒。昭宗赏着歌舞，饮着美酒，吃着美味，不久就醉倒了。待他醒来，屋子里空空的，群臣、宫女们已散，餐桌上杯盘狼藉，没有侍从相陪，昭宗独自带着醉意，摇步回宫。屋外，黑夜茫茫，灯火阑珊，星月满天。昭宗抬起醉眼，遥望远方，心中感怀："今夜，我的笑容如昙花一现。酒浇透了我的心，温暖着我的身子，却迷乱了我的眼。我的脚步摇晃，整个世界都围绕我转。天上明月是我心，不论圆缺，总把夜来点亮。江山如画，只见满眼亮光。"

回到宫中，大殿里一群仆从正在窃窃私语。昭宗好奇地走近，躲在一根大柱子后面倾听。

"昭宗是个懦弱无能的皇帝，连自己的宠妃都送给河东节度使李克用作小妾，是因为他畏惧强权，有意拉拢李克用。"

"要是昭宗像刘公公那么有胆识，有魄力，朝政就不会这样衰败。"

"是啊，但刘公公不可能做皇帝，文武百官都认为太子李裕德才兼备，可以扶植。"

"废话。自古以来哪有太监做皇帝的？希望昭宗早日退位，太子李裕好早日继皇位。"

"我有秘密消息，左军中尉刘季述、右军中尉王仲先、枢密使王彦范和薛齐渥等人一起暗中谋划，想要废黜昭宗……"

听到这里，昭宗跳出来，醉醺醺地用剑直逼着讲此话的太监说："大胆奴才！你把刚才的话再重复一遍！"小太监吓得直打哆嗦，说："奴才不敢，奴才不敢，皇上息怒！这不是奴才的主意，奴才只是受人指使……"昭宗怒目瞪着宦官、侍女说："该死的！连你们也欺负朕，说朕无能。"说罢，昭宗一阵剑舞，方才活生生的宦官、侍女们，马上如秋风扫落叶，躺倒在地。大意铸成错，昭宗却浑不知觉。他醉醺醺地笑着，满嘴胡话……

且说当晚，昭宗杀人的消息很快传到刘公公那里。刘季述暗自欣喜，拍着手自语："一场好戏就要开始了！"

刘季述急忙更衣，赶往中书省，把昭宗杀人的事情告诉宰相崔胤。崔胤听了，顿时惊呆了，半天才缓过神来，说："不可能！这是谣言。皇上向来英明，不会做出如此荒唐之事。刘公公，您一定是弄错了！"刘季述冷笑一声，说："老奴也希望这不是真的。人命关天，此事不可忽视。我是内臣，宫里的地形我很熟悉，进出方便。要么现在我们一起进宫查看一下？眼见为实嘛！"崔胤说："近日公务繁忙，老臣疲惫不堪，请刘公公体谅，待老臣合眼休息一晚，明日天亮再与你一起见皇上。"刘季述说："此事急要，如不及时赶过去，恐怕皇上会继续草菅人命。你我身为朝中重臣，爱护大唐子民，都有责任在身。夜深人静,谁不想安枕入梦? 贵府门外,一千弟兄都在等你。"在刘季述武力的淫威下,崔胤缄口结舌,无话可说,只好答应。于是,崔胤随同刘季述,还有刘季述率领的一千禁兵,火速赶往东宫……

迈进,迈进

像一阵旋风

突袭

分不清人脚、马蹄

串串火舌吐出

把目光的炮筒瞄向天空

瞧! 一群野狗在垂涎大地

都是我的! 都是我的!

整个世界

都听我号令!

少阳院前,门一阵阵地抽搐着,哀嚎着。刘季述、王仲先与宣武进奏官程岩等十几个人,围在门前。刘季述敲门手脚并用,毫不斯文。宫内的侍从,不知道情况,以为是强盗误入。只听宫内仆人呵斥:"敲什么敲,不要惊扰了皇上睡梦! "刘季述亮起娘娘腔:"我是皇上身边的刘公公,有紧急军情要启奏皇上,快快开门,延误军机是要杀头的! "声音是那么熟悉,侍从听出说话者确实是刘公公,但他想,刘公公来了也不能开门,听皇上的,来者一概不理。因此,他迟迟不肯开门。刘季述等不及了,说:"死奴才,再不开门,等攻进来了,头一个不放过你! "侍从心生畏惧,只好开门。

门,对于君子,那是一面神圣不可侵犯的铜墙;对于小人,那仅是层一戳即破的绢纱。门一开,刘季述等人破门而入,鱼贯进宫。入得宫门后,刘季述迅速排兵布阵,在每一扇门都留下士兵。等刘季述、王仲先登上大殿,外面的将士们呼声一片,突然冲入宣化门,冲到思政殿前,见宫人就杀……

夜幕深重,此时,正在酣梦中的昭宗,隐约听到窗外一片嘈杂。伴随着刀剑声,昭宗心慌意乱,正准备披衣起床看个究竟。一阵快节奏的脚步声直奔房来……来不及点灯,借着远处屋外的暗光,昭宗模模糊糊看见一个手持利刃,巨大的黑影朝他扑来,昭宗命悬一线,吓得魂不附体,如惊弓之鸟,顷刻滚落御床。他起身往外跑,门外,刘季述和王仲先就像黑白无常,一起架住昭宗的臂膀,使他无力挣脱。

"大胆奴才,你们要干什么?想谋反么?"昭宗斥责刘季述二人。刘季述冷笑一阵,说:"王子犯法与庶民同罪。皇上也不例外!"昭宗争辩:"朕怎么听不明白?朕何罪之有?朕苦心一片,日夜为朝政、为百姓谋求福利,憔悴了龙颜,难道这也是罪?"刘季述说:"皇上先不要激动。人证物证俱在。昨晚你醉糊涂了,杀人不眨眼,爽了一把,现在清醒了,该反思了,痛苦了!"昭宗心中一惊,无话可说。他知道,此刻多说无益,刘季述正在势头上。

刘季述当众审讯昭宗一番,证据确凿,昭宗百口莫辩,不得已只好伏法。事情按计划进展顺利,刘季述十分得意。他振振有词,对崔胤说:"皇上目无国法,乱杀无辜,如此昏君,怎么能领导文武百官、治理国家呢?废黜昏君,拥立明主!这不是叛逆,是国家大计。"四周禁军林立,杀气腾腾,都是刘季述他们的人,崔胤为保己命,只好暂时应允。想到立新君要用传国玉玺,刘季述问昭宗:"玉玺呢?请你马上交出玉玺!"昭宗摇头,不说话。刘季述吆喝身后的两名禁军将领,说:"搜!"禁军便走上前,在昭宗身上摸来摸去。昭宗十分反感,冷笑道:"哪有玉玺随身携带的道理?"刘季述尴尬地笑一声,说:"玉玺在哪?"昭宗说:"存放在该放的地方。"王仲先打岔道:"刘公公,皇后一定知道玉玺在哪。"刘季述窃笑了一下,转身又对昭宗说:"万分感激皇上昔日对微臣的关心与扶持。因皇上犯的是头等大罪,不能随便放行。但群龙不能无首,在新君继位前,委屈皇上在此多待几日。时候不早了,臣等告退。"说完,刘季述、崔胤等人纷纷散去,偌大的少阳院,一下子又回到夜一样的沉寂。

微火摇曳

夜色苍茫

风企图泯灭一丝柔弱的希望

铜墙铁壁来挡

在微笑美丽的面具后

野心变成利器

透过心灵的窗户也看不到

陷阱

总是布在温柔的花草丛中

谄佞像一杯毒酒

香甜醉人

却一口毙命……

昭宗做梦也想不到，平时恭恭敬敬的刘公公，居然勾结恶势力来反他，想着这些，昭宗的心凉似这寒夜。

……

天亮已经很久了，也没有人来救昭宗。朕的那些忠臣到哪里去了？皇后到哪里去了？云海茫茫，昭宗带着这些疑问，把寻找的目光，交给天空和远方。

时间一刻刻过去，在等待中，刘季述又来了，且带着一大波人来了。何皇后及宫中嫔妃也都来了。

有同伙撑腰，有禁军壮胆，刘季述肆无忌惮，对昭宗说："皇上身体欠佳，倦怠朝政，朝廷内外众人都认为皇上应在东宫颐养天年，让太子代理国政。"昭宗说："昨天与大家游乐饮酒，喝多了点，不慎失手，何至于如此？"刘季述拿出文武百官的联名状，禀告昭宗说："这是百官的意思。请皇上暂且移驾东宫，等事情安定，再恭迎皇上回朝。"昭宗无比愤懑，一群贪生怕死的朝臣，无从指望他们相救了。他无奈地苦笑两声，刘季述不明白昭宗这是同意还是拒绝，他催促道："事已至此，已无回转余地。请皇上交出玉玺，以免伤了君臣和气！"事情发展到这一步，大局已定，何皇后劝昭宗，说："皇上，快答应军容使！"昭宗哀叹一声，摆摆手说："给他吧！"于是，皇后立刻取出传国玺印，代昭宗交给刘季述。

得了玉玺，刘季述不但没有一句感谢的话，反倒教训起昭宗来了。他当众大骂昭宗如何昏庸无能，以致国家衰败，民不聊生，言辞尖酸刻薄，不堪入耳。昭宗并不辩驳，任其凌辱。

次日早朝,刘季述对百官宣读一份诏书,说昭宗有令,让太子李裕继承皇位,并改名为李缜,以昭宗为太上皇,何皇后为太上皇后。虽然崔胤等大臣怀疑此诏书又是假的,但他们一时找不到证据,只好遵旨。

初十,太子继皇帝位,刘季述把少阳院改名为问安宫,并派左军副使李师虔率领士兵包围问安院。

进入深冬,天气一天比一天寒冷。往年,昭宗从没感到冬天有这么寒冷和漫长。今年,他和皇后、嫔妃和子女们,被囚禁在这里,刘季述命令他的部下,除了给一点少量的劣质食物和水,保证昭宗他们不饿死,其他东西,包括过冬的衣服、棉被等一律不给。

呜呜呜……
是风声还是哭声?
近处是落魄的哭声;
远处是笑傲的风声。
有什么分别?
哭声里满是哀怨,
风中带着冬的寒冷。
都是一片凄凉!

昔日的欢歌笑语,
早已淹没在时间的海涛里。
就算回忆的海潮,
偶尔从退却的往事堆里
翻出一些发光的贝类,
今日的不堪,
也只会刺痛人心,
催生悲泪,模糊视线
……

寒枝抖动着，

它并不知道冷。

美人抖动着，

薄衫挡不住风寒。

每一个冬天过后，

大地回春，

花叶满枝。

这一个春天过后，

不知美人身在何方？

……

再酸楚的眼泪，

也不能融化牢房的铁锁。

昭宗没有眼泪。

看不到希望，只有等待，

他的心在滴血

……

转眼到春节，宫廷内外，张灯结彩，家家户户团团圆圆，喜迎新年。在这喜庆的日子里，隔着一墙，问安院外，刘季述和他的部下，把酒言欢，歌舞升平；问安院内，昭宗及太后等依然饥寒交迫，绵绵哭声诉说着凄凉。

春节前，李缜曾想，新春佳节，家家户户都相聚一团，享受天伦之乐。他作为人子，也该尽孝心，带份礼物，到问安院慰问一下亲人，但他想起刘季述曾说，任何时候，不许他踏进问安院半步，问安院附近也不能去，否则……想到这些，李缜深深喟叹。

"皇上，你为何闷闷不乐，有什么心事吗？"皇后看见李缜大清早不吃不喝，一直瞅着窗外发呆，便关心地问。李缜缓过神来，想着自己懦弱无能，连一点小事也不能做主，他泪流满面，喃喃地说："朕十分想念先皇！先皇近在咫尺，就在宫中，父子却不能相见。眼睁睁看着先皇幽禁问安院，朕却束手无策,朕哪是一国之君? 刘季述才是!"皇后紧张地说:"别激动! 小声点! 你不怕惹恼刘大人,让我们过那种不见天日、挨打受骂、忍饥受冻的日子吗?"李缜继续垂泪,说:"都怪朕无用。"皇后边轻轻地用丝巾帮李缜拭泪边说:"别自责了,不是皇上无用,是某些人太坏了。"李缜说:"怎么办? 难道任他们嚣张,把先皇关一辈子?"皇后眉头一皱,说:"听说宰相崔胤也对刘季述不满。我们不如找他帮忙?"李缜表示疑惑,说:"要不是崔丞相他们畏惧刘季述,也不会酿成今天的局面。"皇后说:"别怪他们了,当务之急是尽快救出先皇。我们要团结一切可以团结的力量。"说着,她对着李缜耳语一番。李缜觉得有道理,当下应允。他即刻下一道密诏,请崔胤深夜进宫,只说近日从邻国进贡了一批奇珍异果,特邀他来共同品尝。

夜里,崔胤来了。李缜示意崔胤坐下,然后摈退左右下人,只留皇后在旁。崔胤给皇上、皇后请安后,看看桌上丰盛的果品,笑着说:"如果臣猜得不错,皇上召臣来的目的不光是为品尝鲜果吧?"李缜沉思片刻,说:"不瞒您说,确实另有所托。打从先皇被幽禁,朕的心中就一直没好受过。朕的一切都是先皇赐予的,怎么忍心弃他于不顾? 可是现在宦官当权,皇帝只是徒有其名。朕当心刘季述等拉帮结派的,不好对付啊!"崔胤默默地点头,微笑着说:"皇上爱父之心天地可表! 对先皇禁闭问安院一事,文武百官,包括微臣,皆心怀不满。刘季述一行人,利欲熏心,道德缺失,乱了君臣纲常,以下犯上,理当诛之!"李缜听了十分感动,说:"难得大家一片赤诚! 百官之中,属崔丞相最有威望。朕现口拟圣旨,命你牵头找人协助处理好此事,争取在岁末年初彻底铲除奸佞,你有问题吗?"崔胤赶紧跪下,恭恭敬敬地说:"皇上万岁! 皇恩浩荡,微臣领旨,愿全力以赴,万死不辞!"

接到圣旨后,翌日晨,崔胤召集所有门客共商营救先皇一事。有的怕麻烦,主张妥协放弃,有的则赞同拨乱反正。

"不是我们不爱国,也不是我们不想救先皇。只是在危难时刻,保命要紧呵! 刘季述及其朋党人多势众,我们就算冒着生命危险,估计也是飞蛾扑火,自取灭亡。不如归顺他,保住乌纱帽,给自己留条生路。"妥协的理由看似很充分,懦弱无能的人总是披着仁德的幌子装睿智。只有真的英雄,才有迎接挑战的智慧和勇气。赞成拨乱反正的门客认为:为人臣子,理应忠君爱国,鞠躬尽瘁，死而后已。表面上看，刘季述一伙人多势众，难以对付，其实不然。君子们志同道合结成朋党，坚不可摧。而小人之间没有朋党，小人所喜好的是地位和私利，所贪图的是钱财。他们在利益相同时，相互勾结；利益冲突时，相互残害，六亲不认。所以，假朋党不堪一击。例如，商纣王尽管拥有众多臣子，但人心涣散，导致国家灭亡；周武王仅三千臣子，同心同德，国家兴盛，就是这个道理。

崔胤听完门客们的发言，他沉思片刻说："大家都说得很好，崔某万分感激大家的关心与厚爱。昭宗被囚禁，是众臣的耻辱。昭宗身陷囹圄，饱受屈辱、磨难，现在是救主护主的关键期，恳请大家马上献计献策！"崔胤把话讲完，刚才兴致勃勃赞成拨乱反正的门客，现在也像扑岸的浪花退回大海，灿烂的晚霞隐逸夜空，归于沉寂了。良久，门客们都毫无主意，面面相觑。突然，一个人站出来说："光靠在座的要救出先皇的确是天方夜谭，必须增设援兵。潘镇各部，晋、岐、吴、蜀四镇军力雄厚，其任意一支，都可以与刘季述匹敌。不过军力最强的还属梁王朱全忠。晋王李克用、岐王李茂贞、吴王杨渥、蜀王王建都不是他的对手。朱全忠神勇，如有他出面，营救先皇不在话下。""可是，潘镇各部岂是我们这些人所能掌控的？"崔胤摇头叹道。门客想了一下说："三个臭皮匠，顶个诸葛亮，请不到朱全忠，我们可以多请几个武功高强的人。机会总是有的。"一句话点醒了崔胤。崔胤高兴得拍手连连叫好，接着说："好！好！趁贼人不备，我们来个偷袭。我命令你们立刻秘密行动，找人暗杀刘季述及其党羽，确保不被刘季述他们发现。"门客们得令，到处征集刺杀刘季述的义士。

时间紧迫，征集到三位义士：护驾都头孙德昭、周承晦和董从实，崔胤万分高兴。为表忠心与诚意，崔胤拿刀割断衣襟，用嘴咬破指头，写了一封愿与孙德昭、周承晦和董从实三人结为义兄弟，同生共死讨贼的盟约。三义士看了都十分受感动，立下誓言一定竭力除贼，救出先皇。为了表示谢意，当晚，崔胤请孙德昭等三义士在一家位置较偏的饭馆小聚。他要了一个小包间，点了一桌丰盛的酒菜。饭前，他为三义士敬酒，再三嘱咐他们，暗杀刘季述等的大事拜托他们了，然后与孙德昭等三义士边吃边商量具体行动……

崔胤问孙德昭等三义士有何良策。孙德昭说："不入虎穴，焉得虎子。待夜深人静，神不知鬼不觉潜入府邸，'咔嚓'一声，送刘季述归西……"崔胤皱眉,说:"这样不是不行,只是王仲先等人老奸巨猾,为居家安全,防盗防刺客,设下重重防护,高墙之内还有好些个护卫日夜巡查,想要靠近他多难!"孙德昭说:"那我们该怎么办?"崔胤说:"看这样如何?"他示意三义士凑拢来,一阵耳语后,三义士拍手称好。

　　翌日,即天复元年正月初一,天还没亮,百官各自乘坐马车,纷纷赶往皇宫早朝……

　　刘季述出门时,一只乌鸦在头顶上叫,他厌恶地掀起轿帘,天空差不多和乌鸦一般黑。一张张树叶,早已被寒风一气搜刮干净!路旁抖瑟的树枝,像一只只瘦弱难民的手向他伸过来。"唉,掐指算算,昭宗被关在问安院近一个月了。可怜的昭宗、何皇后,真是一对苦命鸳鸯!我敢肯定,他们的末日很快就要到了。"他心里感叹,"新年第一天,不想这些,晦气!"他意识到什么,马上提醒自己。

　　当刘季述快到皇宫时,突然,"嗖——"地一声,从路边的乱林里窜出一支暗箭,直射向刘季述的马。马腿中箭,栽倒在地,马车停在原地。刘季述惊慌失措,浑身发抖,跳下马车,撒腿就跑。他跑到前面,有士兵拦住他去路,他又往回跑,后面追兵更多。正当他呼喊:"来人呐,救命啊!"人群中有一个人哈哈大笑起来,这人就是周承晦。他告诉刘季述说:"刘季述你中埋伏了!逃不掉了!"说着,他命令士兵们拿下刘季述,将他捆绑起来。

　　趁着天黑,周承晦等相继擒获了刘季述的全部余党,共二十余人。

　　一会儿,一阵马蹄声驰来,问安院门被敲响,一个熟悉的声音说:"启奏皇上,刘季述及其党羽都被杀了,恭迎皇上复位!"昭宗、何皇后等听到消息又惊又喜。随着一声惊雷似的闷响,门锁被打破的那一刹,闪电撕碎乌云,光明驱走黑暗,撼动人心!李缜和崔胤等文武百官皆穿着朝服,整齐地跪在问安院门外,迎接老君主。昭宗登上长乐门城楼,接受百官的朝贺。恢复了帝位,昭宗欣喜万分,他重重奖赏了这次复辟有功的孙德昭、周承晦和董从实三人,并在凌烟阁悬挂三义士画像,留他们在京师,赐号"三使相"。孙德昭还被赐名为李继昭,号称"扶倾济难忠烈功臣";另外,昭宗将李缜降为德王,恢复本名李裕。昭宗还下令,要把刘季述的尸体陈放在大街上,昭告天下百姓,造反者的下场就是这样……

第四章 | 韩全诲巧施美人计
失皇宠崔胤遭罢相

远航
月亮挂着云帆
看不见的风浪，四面八方涌来
今日，月亮之下是故乡
明日，又会在哪

夜海茫茫
明月驱不尽黑暗……
皇帝的尊位
充满诱惑
镶嵌在周围的
不是昂贵珠宝，
是虎豹豺狼的目光……

　　话说昭宗复位不久，新一轮的争权篡位又开始了，而且一场比一场激烈。有件事叫崔胤无论如何也想不通，是他处心积虑挽回了一个朝代，是他和孙德昭、周承晦和董从实三人结兵救了皇上的命，凭什么有人轻松摇尾乞怜，就能讨得皇上欢心，得到禁军军权的宝印。所以，那天上朝，昭宗将掌管禁军的帅印交给韩全诲，问众臣有无异议时，崔胤气得吹胡子瞪眼睛，说："皇上，韩全诲文不能安邦，武不能定国，却身居要职，委以重任，微臣不服。近年，朝中不少宦官蒙蔽圣听，卖官鬻爵，草菅人命，弄权不法，甚至挟持天子。如田令孜挟持僖宗、刘季述挟持皇上。宦官之乱始于宦官专权，为了防止宦官再次扰乱朝政，微臣恳请皇上三思而后行。"翰林学士韩偓劝崔胤说："崔丞相此话是否过激？皇上，依臣之见，凡事不能走极端，否则易生事端。"崔胤毫不客气地把话顶回去："哼！万一哪天皇上再被太监挟持怎么办？你担负得起吗？"韩偓见崔胤如此顽固，一阵摇头，不再多言。韩全诲听了，顿时心里打鼓，一阵慌乱、紧张，他想："岂有此理，姓崔的公然与我和宫里的太监们作对！以后定不饶他！可是，崔胤如今是皇上身边的红人，与他正面冲突，会惹恼皇上……"想着，他敢怒不敢言。昭宗为缓和矛盾，笑着对崔胤说："全诲多年跟随朕，悉心侍奉，朕很了解他，相信他不会辜负朕。"君无戏言，圣旨已下，不可收回。崔胤知道事情已无回旋的余地，不如给昭宗卖个面子吧。于是他点头，赔罪道："皇上圣明！刚才微臣言语唐突，望皇上恕罪！"昭宗从崔胤的神色中看出他心口不一。退朝后，昭宗叫崔胤留步，他笑着说："崔丞相现在可有时间陪朕下两盘棋？"昭宗自复位后，和崔胤走得更近了，他们经常约在御书房一起下棋或在御花园散步。

　　几只云雀在树上叽叽喳喳，飞来飞去，相互打闹着。御书房内，侍女的身影如春天惊艳的桃花，几缕淡淡的茶香袅袅四散……昭宗和崔胤围坐在桌边，两双眼睛游移在棋子间。为了让昭宗高兴，崔胤总是故意让昭宗的棋子。一盘棋下来，昭宗开局得胜，他嘴角翘起，双目盈笑。往日昭宗赢棋，看到昭宗笑，崔胤也跟着笑。今日，崔胤怎么也笑不起来。昭宗观察到这一变化，拨乱已摆好的棋子，闷闷不乐地说："不下了！"崔胤好奇地问："皇上赢了，怎么也不下了？"昭宗叹口气，说："朕知道你不开心。其实，朕唤你来，是想和你谈谈。"崔胤低垂着眼皮，一副没精打采的样子。昭宗说："你是否对全海有看法？不妨实说。"崔胤低叹一声，随手拾起一颗棋子，说："下棋最重要的是布局。因此，下棋制胜的关键是总揽全局。对于棋局来说，每一颗棋子都同样重要，不可小觑任意一颗棋子。即使是小小的一兵一卒，也可将对方置于死地。如何根据局势，摆布好棋子，这就看下棋者的智慧、远见与魄力了。生活中，我们既是棋子又是操盘手。宦官之患，源于宦官专权。刘季述乱政，好不容易平定了，我不希望皇上再放权给宦官，皇上的安危即是大唐苍生的安危。"昭宗觉得崔胤说得有理。他点头说："是朕一时糊涂。眼下，我们应该怎样做？"崔胤思索片刻，说："自杨复恭开始，左右两军就靠卖酒曲养活。如果禁止北司、藩镇贩卖酒曲，允许老百姓自造酒曲，这样军权将得到一定的遏制。"昭宗觉得此计甚好，满口允诺，马上令宫人备笔墨拟诏。

酒曲禁令颁布后，一片怨声，韩全海反应尤其剧烈，一接到禁令，他就气得咬牙切齿。当日，韩全海快马加鞭，赶往李茂贞居所，请他一起商量对策。

几日后，李茂贞来宫中面圣。他跪在昭宗跟前，告诉昭宗，自从酒曲禁令下来，短短几日，军中便乱糟糟，士兵们纷纷要求退伍。他们反映，在军队里吃不饱，没法打仗，然后，他将一叠厚厚的士兵申请退伍名册呈献给昭宗，并恳请昭宗撤回禁令。

李茂贞走后，昭宗即刻召崔胤入宫，把此事告诉崔胤。崔胤冷笑一声道："有谁看到这些士兵退伍？就算推行酒曲禁令，也没有严重到让禁军们生活不下去的地步啊！过去军中不造酒曲不也一直好好的吗？一定是有人从中作梗，造谣生事，夸大其词，怂恿士兵闹事。"昭宗问："是谁扰乱军心？"崔胤叹道："如果猜得不错，此人是皇上身边的人。"昭宗想了想，摇头道："不会吧。谁这么无聊？"崔胤道："右神策军护军中尉韩全海刚上任就遇到酒曲禁令一事，心怀不满，于是托人说服皇上消除酒曲禁令。岐王李茂贞和韩全海素有往来，听说最近二人关系日益密切。韩全海虽为宦官，但有操纵朝廷的野心。他生性狡诈，如果他联合强藩，后果不堪设想……"说得昭宗紧张起来，他问崔胤有何良策。崔胤眉头紧锁，心想："朱全忠是潘镇中势力最强的一支，如有汴军协助，战胜韩全海就有望了。"想到这，崔胤对昭宗耳语一番。昭宗听了，连连点头。

从此，在朝上，崔胤不再向昭宗禀报重要的国事，只谈一些无关紧要的事。不久，韩全海便觉察到了这一点，他找人暗中窥视崔胤的举动。几天后，他果然发现了问题。这天，探子来报，说发现崔胤神神秘秘进了御花园，一会儿昭宗就来了，二人一见面，崔胤就把一只袋子交给了昭宗。韩全海问探子，袋子里装的是什么？探子说，袋子封紧了，什么也看不到。韩全海生气地叫他滚，再也不要出现。说毕，他扔了一包银子过去，探子捡起地上的银子，跑出门，翻了个筋斗，就消失在高墙外的密林里……

皇宠已失，韩全海心中无比难受，他邀几个小太监一起来家中小酌，酒入愁肠，泪花满面。窗外，夕阳披着霞云，降落人间，他恍惚看到一群身着霞裳的仙女翩翩起舞……韩全海突然想起英雄难过美人关这句话。

从这天起，韩全海又忙起来了。他在京城招募了十几名才貌双全的宫女，然后专门请了京城有名的乐师，对宫女们强加训练，让其能歌善舞。准备好后，韩全海下请帖，宴请皇上和百官到府中一聚。

接到请柬，昭宗一直犹豫是否要出席韩全海的宴会。听宫里的小太监说，韩公公亲自来接他了，正在宫门外候着。昭宗出门前，告诉何皇后，崔胤担心这是场鸿门宴，劝阻他别去。何皇后分析说，韩全海和崔胤不和，崔胤自然劝皇上不去，其实，在她看来，去与不去关系都不大。韩全海是皇上的手下，不去，韩全海也不能怎样，去，就要小心。此二人斗法，他们都是皇上身边的人，皇上理应防备，和他们保持距离，以免被牵连受害。何皇后正说着，韩全讳又打发小太监来问昭宗何时动身。昭宗叹息一声，又纠结了一阵，还是去了。

夜宴将至，赴宴的马车纷至沓来，韩全海站在大门外迎接宾客，笑容和西天的霞彩一样灿烂，宾客都快到齐了，仍不见昭宗。那边在一遍遍催促韩全海发话吃饭，这边韩全海火急火燎等昭宗驾到。他一边眺望远方，一边擦着额上冒出的汗，等了老半天，终于等来两顶大轿，昭宗和崔胤到底还是踩着蜗步慢慢悠悠来了。

见到昭宗，韩全海忙迎上前请安，然后说："皇上光临寒舍，蓬荜生辉。现在离开餐时间还早，厅里人多嘈杂，要不微臣陪皇上先到后花园逛逛，此时玫瑰开得正艳。"昭宗说："好吧！那朕和崔丞相一起到你的花园里看看。"

三人进入园子,转到一处,昭宗心中感慨,虽然这里不如御花园奇花异草种类繁多,但花花草草都照料得很好,枝繁叶茂。他向来喜欢草木的幽香,沁人心脾,感觉很舒服。走着走着,突然一阵优美的琴音袅袅而来,昭宗听得入神,赞美演奏者的琴艺高超,韩全海便引着昭宗和崔胤循着琴音朝前走去……

穿过一片绿意葱茏的小树林,可见一口种满荷花的池塘,微风拂过,碧波微漾,天光水影交错,流光四射……韩全海指着池塘中央的亭子,说这是府上最令他喜爱的景致之一。昭宗放眼望去,一个造型精美典雅的亭子里,有两个衣裙鲜亮的年轻女子,绿衣女子在弹琴,红衣女子在起舞。听着醉人的琴音,赏着动人的舞蹈,一时间,昭宗感到自己仿佛身在瑶池。

曲终,昭宗热烈地鼓掌,表扬两位女子才貌双馨。"还不快拜见皇上!"韩全海说。两位女子忙跪下行礼,韩全海又忙着给昭宗介绍她们,他告诉昭宗,穿红衣的是他最近收的一名义女,京城人,小名叫秋霜,从小能歌善舞,穿绿衣的是娇兰,说到秋霜时,秋霜朝昭宗点头微笑,她笑起来更迷人了。昭宗说:"朕喜欢爱笑的女子!秋霜,能否再为朕跳一支舞?"秋霜爽利地点头。一会儿,娇兰抚琴,秋霜伴随旋律起舞,跳着跳着,她来到昭宗面前,邀昭宗共舞。昭宗和秋霜手牵手,踏着欢快的曲调起舞,舞步飞扬,他们仿佛是一对相恋的蝴蝶,一会儿飘飞在柳枝间,一会儿又落定在萋萋芳草上,一会儿沿着长廊云步,一会儿又绕着石桌椅旋转,直到跳出一身大汗,直到西边红霞飞上他们的面颊。

"皇上,时候不早了,宴会要开始了,客人们都在等着咱们哩!"想着宴会差不多可以开席了,韩全海道。崔胤也跟着说:"是啊,皇上,咱们回屋吧!"昭宗嘴里答应着,却舍不得放下秋霜的秀手,韩全海发现了这个小秘密,心里暗自高兴。

晚宴上的歌舞,更让昭宗对秋霜记忆犹新。秋霜作为主舞,打扮得华美无比,她的每一个舞姿,都令昭宗动容。舞罢,秋霜举起酒杯敬昭宗,昭宗高兴地说:"姑娘也爱喝酒?不知酒量如何?"秋霜道:"秋霜不胜酒力,但如果皇上喜欢,秋霜愿舍命陪君子。"昭宗拉着秋霜的手,叫她坐下一起喝酒。从落日熹微,喝到月光朗朗;从人声鼎沸,喝到阒无人声。眼看着渐深的夜幕送走了一波又一波的宾客,他小声提醒昭宗:"皇上,时候不早了,何皇后还在盼着皇上回宫呢!我们回宫吧!"昭宗"嗯"一声,却并未起身,仍和秋霜继续饮酒。崔胤想,再喝下去,昭宗要醉了,他不好说昭宗,就对秋霜说:"夜深了,皇上龙体不适,需要早些回宫休息。请秋霜姑娘自重,不要纠缠住皇上不放!"秋霜显出一副无辜的样子,嘟着小嘴说:"皇上,都说宰相肚里能撑船,崔丞相怎么就容不下一个小小的秋霜?秋霜不明白哪里触犯了丞相。秋霜只是一介女流,因仰慕皇上多时,只想讨皇上欢心,别无所求。"昭宗笑着对崔胤说:"丞相,秋霜姑娘多么可爱,要么咱们不喝多了,一起来两杯。"崔胤叹息一声,只好作罢,又坐下来陪昭宗。这时,韩全海过来了,他对昭宗、崔胤:"皇上和丞相是难得的贵客,今夜不醉不归呵!"说完,他转面对秋霜说:"女儿,你可要好生侍奉皇上,留不住客人,拿你是问。"话说昭宗喝完两杯酒后,崔胤又开始催促昭宗快快回去。秋霜继续劝酒,挽留昭宗道:"皇上,秋霜有句心里话想和您说,不知当讲不当讲。"昭宗道:"但说无妨。"秋霜说:"今日一见陛下就感觉自己无法自拔,秋霜不奢望当贵妃甚至母仪天下的皇后,秋霜只想入宫,日夜都能见到皇上,请皇上原谅秋霜的痴心妄想。"昭宗认真地看着秋霜,乍明乍暗柔弱的油灯下,秋霜看起来是那么美丽。见昭宗没反应,秋霜立刻跪下叩首,接着说:"秋霜明知自己错了,但还是无法控制自己喜欢和想念皇上,秋霜有罪!"昭宗扶秋霜起来,说:"喜欢一个人不是罪。朕也很喜欢你呀,秋霜。你是一个好姑娘。有机会,朕会考虑让你进宫。"秋霜十分激动,说了些感谢的话。崔胤气得说不出话,恨不得马上回家,抛下昭宗不管,但他还是强忍住心中的怒火,耐心地引经据典,对皇上好言相劝。崔胤提醒昭宗,周幽王得褒姒失天下、商纣王迷苏妲己亡国,君王不要为了一己之贪恋,而置国家、国民的安危于不顾,最终导致亡国亡家。昭宗哪里听得进去,摆手说:"这里没有周幽王,更没有褒姒。说完没?说完了赶快走。"崔胤在屋里踟蹰不前,韩全海在一旁说:"丞相还不走?难道想气死皇上吗?"崔胤叹一声,这才拿行李走。崔胤前脚走,韩全讳后脚跟上,借口说要送送崔胤,其实是有意回避,好让昭宗和秋霜独处。

喝酒时,你一杯来我一杯。夜再深,有美人相伴,昭宗一点也不觉得困乏,反倒越喝越带劲。

翌日晨,天还没亮,昭宗睡梦朦胧中听到一阵女子微小的啼哭声。他睁眼一看,惊呆了:他光着膀子躺在一张陌生的床上,身旁秋霜坐在床边边哭边穿衣服。昭宗紧张地问秋霜发生什么事了?秋霜说:"皇上,昨晚您喝醉酒后……"昭宗安慰秋霜说:"别哭了,朕会对你负责,一定早日接你入宫。"秋霜说:"我想马上随皇上进宫,时刻与皇上在一起,今生今世永不分离。"昭宗答应了,当天就带着秋霜回宫。

从此,秋霜就能自由出入皇宫。昭宗因听不进崔胤的逆耳忠言,终归上当了,秋霜破了崔胤和昭宗之间的约定。从秋霜入宫起,他们的机密就开始外漏。即便是他们在朝上瞒得了韩全海及众臣,但秋霜总是趁人不备,将偷看的机密泄漏给韩全海。这样一来,韩全海又重新掌握了宫中动向。

这日,秋霜又背着昭宗悄悄来到内侍府。秋阳无力,苍白了大地,寒风刺骨,抖瑟着枯枝败叶。一个朝代,开始腐败,有如秋风扫落叶,摧枯拉朽……"大人您好! 大人您好! "老远听到这个声音,秋霜就知道,准是韩全海又拎着鹦鹉在闲逛。

等秋霜把锦囊里密奏告诉韩全海后,并提醒他:"韩大人,崔胤向皇上举荐朱全忠,想让朱全忠灭掉所有宦官。他们已经计划好了,我们不能坐以待毙啊! "一句话让韩全海没了逗鸟的心思,他把鹦鹉丢地上,一屁股坐下,呆愣半天。秋霜又说了些宽慰韩全海的话,就走了。

韩全海苦恼着,他回去把太监们召集起来,告诉他们崔胤的阴谋,太监们一个个十分恼怒。一个小太监着急地说,都火烧眉毛了,韩大人可有良策? 韩全海摇头,说:"我正为此事发愁。小太监低叹着说:"怎么办怎么办,连岐王李茂贞也帮不了我们。皇上被崔胤下了迷魂药。除了崔胤外,谁的话也听不进去。要么我们趁着军权没收回,赶紧叫禁军造反! "韩全海呵斥道:"不可! 那是死罪! "小太监退一步说:"不造反,那鼓动禁军们去闹事呢? 让皇上急一回。"韩全海听了,沉思片刻,继而高兴地拍手道:"有主意了! 弟兄们等着看崔胤的好戏。"小太监们瞬间个个愁云荡去,脸上逐渐露出喜色。

没几天,崔胤果然出事了。京城里到处风传着,崔胤被罢除相位的消息。崔胤走在路上,有旁人指指点点,说他是佞臣,罪孽深重,误君败国,罢相不解恨,应被灭门。崔胤听到了,心里十分难受,他回忆着每一个环节,找不出一点纰漏。事发当天晚上，有乞丐打扮的士兵在崔府大门口放鞭炮，敲锣，吸引群众围观，然后当众大声公布他的罪行。士兵嗓音洪亮，恨不得让全长安城的人都知道。只听那士兵一遍又一遍重复着喊叫道："崔胤你出来！我要和你算账！你蓄谋已久，克扣军饷，置我军于死地。害得抛头颅洒热血、保家卫国的士兵们受尽虐待，饥寒交迫，无家可归。家中父母妻儿等着我们拿军饷养活，你却夺了我们的卖命钱，老人饿死，妻子离去。你让士兵无家可归。还我们的钱！还我们亲人的命！"

"浑话！"崔府内，正在伏案研读经书的崔胤听到府外诋毁他的话，愤恨地弃下手中书卷，激动万分，再也坐不住了。树活一张皮，人活一张脸。他心想：是谁这么恶毒，令我颜面无存？他走出书房。门外，崔夫人头戴凤冠，身披粉绿色毛绒裘衣，莲步移来，身后还跟着两个提灯笼的丫环。看到她们的身影，崔胤有些心疼，他想，此时崔府上下恐无人睡得着。

"崔郎，外面吵吵闹闹的，是怎么回事？"崔夫人忧心道。崔胤微笑着，送夫人回房休息，说："几个泼皮闹事，夫人受惊了。睡觉！睡觉！我崔某行得正坐得端，身正不怕影子斜。不要搭理，一会儿他们自然无趣而返。"崔夫人摇头，小声说："最近我心里慌乱得很，你出门在外要小心呵！"崔胤故作镇静地说："夫人多虑了！我是老江湖了，还能有什么事？哼！要倒霉也是那些不自量力的人。"

崔府被闹得一宿不得安宁。第二天，崔胤准备出门早朝。门一开，一伙禁军就阴魂不散地围了过来。崔胤扫视一眼士兵们，说："昨晚是你们在我府上闹事吧？谁指使你们来的？"一个士兵说："是我们自己要来的，你侵犯了我们的利益，傻瓜才不反抗呢！"说着，他打算把昨晚敲锣喊的话重复一遍。刚说几个字，崔胤打住他的话："行了。这个段子，我能倒背如流了，不必浪费唇舌。我知道，一定是韩全海让你们来害我的，想不到韩全海如此阴险！"士兵说："不关韩大人的事。男子汉大丈夫敢作敢为，你敢得罪人，就不要怕遭报复。"领头的士兵提醒小兵说："不要和他说这么多。"说着，领头的士兵从衣兜里掏出一纸欠条，说："老头，其实解决此事很简单。如果你还我们钱，我们立刻就走。"崔胤接过纸条，看也不看，就撕碎扔在地上。领头的士兵冷笑一声说："好。你不给，我们就抢。"说着，他一声令下，其他士兵跟着他一起抢劫街市上的商贩和百姓的财物，有的士兵看到年轻漂亮的姑娘，还当众调戏，一时间叫喊声、哭声……乱作一团。"这些士兵和强盗有什么两样？"崔胤目睹此暴乱，叹息着。他走过去叫领头的士兵快快住手，可那领头的士兵不搭理崔胤，依然和士兵们一起欺负百姓。很快，士兵扰民的消息就传到昭宗那里。待崔胤赶到大殿，韩全诲、张彦弘等人已抢先一步在殿前哭诉。崔胤正准备跪下请安，只见昭宗扭过头去，正眼也不看他，说："崔胤，你骗得朕好苦啊！朝廷不需要你这样的人，你走吧！以后朕再也不要看见你！"说完，昭宗生气地一甩袖子，转身就走了。得意的娘娘腔在耳边告知崔胤："方才皇上恨不得马上杀了你，念及旧日君臣恩情，只罢免你相位。今后，你不必再来朝中。"崔胤气得半死。他离宫前，和韩全诲说："罢免我，你想得太美了！如果我猜得不错，皇上只是一时气糊涂了才这样做的，很快就会收回成命，召唤我到他身边。你等着瞧！"韩全诲在背后，笑着与张彦弘等说："这人死到临头还自欺欺人。"

　　窗外月亮幽幽地发光，满天星皆是遥远的灯烛。早晨，蜘蛛们还在忙于结网捕捉蚊虫，不等天黑，久无人烟的破庙开始有了新的主人。他们一进来，就把这里当作自己的家，仔细清扫每一个角落，重新摆设破桌烂椅，在墙角铺上厚厚的干草，把它变成了温软的床。

　　"今晚我们就睡在这里，委屈夫人了。"崔胤说这话时，双目盈泪。崔夫人微笑着说："崔郎这是哪里话，只要我们能在一起，我就心满意足了。"崔胤十分感动地说："能与夫人共度此生，真是崔胤莫大的福气。"崔胤一把紧紧地抱住夫人，二人久久不能分开。多么温暖的时刻！

　　晚上，家人已入睡。崔胤悄悄地爬起来，他在黑暗中燃起一支烛。墙挡住来势汹汹的北风，护住一点烛光。北风嚎叫，不断敲打着门窗，崔胤却充耳不闻。微弱的烛光下，崔胤正专心致志伏案模仿昭宗笔迹，拟一份伪诏，写好后，天明，他托人送给朱全忠。

第
五
章 ｜ 昭宗被困凤翔城
　　　朱全忠篡唐建梁

　　朱全忠接到诏书后，马上召见敬翔。

　　敬翔来到王宫，见朱全忠面露喜色，便问："王爷唤我来有何贵干？"朱全忠将诏书递给他。敬翔翻看完诏书，哈哈大笑，朱全忠问："你笑什么？"敬翔说："恭喜王爷！贺喜王爷！天赐良机！天赐良机呀！"朱全忠含笑道："什么良机？"敬翔说："昭宗被韩全诲劫持，救出皇上，对王爷非常有利。"朱全忠忍不住笑道："可是，挟持皇帝这么大的事，怎么京城里一点风声都没有？倒是崔胤被罢相的告示到处张贴。我怀疑这份诏书是假的。"敬翔笑答："王爷，成大事何必拘细节。就算诏书是崔胤伪造的，但韩全诲勾结藩王，别有用心，他挟持皇帝是早晚的事。崔胤想借王爷之力除掉宫里的宦官，这样他便可放心地一手把持朝政。可他想不到的是，王爷能除掉姓韩的，但也不甘久居人臣。""好！好！说得好！"朱全忠连拍几下手，赞叹道。敬翔继续说："王爷现有河南、山东、徐州之地，兵力雄厚，堪称强藩之首。我看，王爷只要不居功自傲,天下早晚将纳入王爷之手。"朱全忠神气地说:"下一步,兵临长安,平定西岐。"说到征讨,朱全忠立刻展开一张地图,二人比划着,共商作战计策。

朱全忠挥兵长安的消息很快传到韩全诲那里,韩全诲清楚地听到传信的宫人是这样和他说的:韩全诲劫了帝驾,朱全忠是奉了圣诏发兵长安,以保护帝驾。"一派胡言!"韩全诲只能在心里骂道。因为他清楚地知道,此时,追究诏书的真假已毫无意义,汴州离长安只要一天时间就能赶到,朱全忠就是一支搭在弦上的箭,已瞄准了他。怎样逃过此劫?韩全诲心中盘算,进退两难啊,韩全诲自语。当今天下谁不怕朱全忠?别说岐王李茂贞,就算是晋王李克用,也畏惧朱全忠三分。朱全忠要来长安,兵马未到,长安城的官民们就已不安起来了,家家户户收拾家当,跑得动的逃,跑不动的躲,大街小巷一片纷乱的逃亡景象……

很快,昭宗也从宫人那里知道长安城混乱的局面。这天早上,宫人火速跑入宫中,跪倒在昭宗跟前,气喘吁吁地说:"不……不……不……不好了,长……长安城里的人,有的说韩全诲要劫持皇上,有的说朱全忠要篡夺帝位。皇上,我们该怎么办?"昭宗放下手中书卷,叫宫人再说一次。宫人把方才的话重复了一遍后,昭宗正准备出宫一探究竟,不料,他还没迈出门槛,迎面走来两个禁军,手持铁枪,挡住了他的去路,门外,还有更多的铠甲士兵从四面八方涌来。昭宗知道自己被包围了,怒目问挡路的士兵:"大胆!你们都不想活了吗?!竟敢阻拦朕的去路。"一个禁军说:"皇上息怒!您是不能出宫的,外面危险。为了保护您,禁军已包围了皇宫大殿。如有冒犯处,恳请皇上宽恕谅解!"昭宗只好退回来。昭宗心里忐忑不安,他在殿内来回踱步,他正思虑着该怎样解燃眉之急时,一会儿韩全诲就带着李继筠、李彦弼等一起来到大殿,几位大臣一起施礼道:"臣等参见皇上!恭请皇上圣安!"昭宗先叫他们平身,随后问韩全诲:"韩中尉,有人说你要劫持朕,门口这些禁军都是你叫来包围朕的吗?"韩全诲阴险地笑着说:"皇上不要误听谣言,梁王朱全忠大军逼近长安,想劫持帝驾前往洛阳,要皇上禅位给他,我们请求皇上驾临凤翔,然后组织军队进行抵抗,以保护皇上。"昭宗严词拒绝去凤翔,并对韩全诲的话表示怀疑,他说:"全忠对朕忠心耿耿,为何突然要劫持朕?"韩全诲说:"准是崔胤怂恿的,他一向和朱全忠走得近,皇上罢免了他的相位,所以……"韩全诲话尚未说完,昭宗十分恼怒,说:"荒唐! 你们同侍一主,作为国家栋梁,却彼此容不下对方,互相残害,朕早已看不下去了,大唐江山早晚要毁在你们这些愚臣手里。"一句话让本来滔滔不绝的韩全诲无话可说。他转头,暗示李继筠、李彦弼等继续好言劝说昭宗跟他们去凤翔。不等他们开口,昭宗就恼怒地说:"走! 朕不想看到你们!"韩全诲一行人只好退出大殿。

小窗外,一阵凉风带着草木的芳香袭来。昭宗走至窗边,眺望远方,层林尽染,霜叶如花,几只鸟雀儿蹦蹦跳跳,在枝头展示歌喉,声音清脆又婉转。它们开心的劲头,似乎不知道什么叫烦恼。昭宗突然想出宫走走,或许草木的恬静,能使人忘忧……

"韩大人吩咐,没他命令,皇上不得出宫!"昭宗双脚还没迈出门槛,门口的士兵就迅速冲过来,刀斧相逼,威胁昭宗。昭宗只好退回大殿,心中苦笑:"朕的皇宫什么时候易主了?"

不能出宫,昭宗只能在宫里转悠。他来到乞巧楼,站在高高的楼顶,任风吹起黄袍,吹乱发须。大风咆哮,风之疾劲让他有些睁不开眼。他眯缝着眼,抬头望远空,白云悠悠,雁阵南飞。昭宗突然伤感道:飞鸟成群,朕作为一国之君,身边竟然无人可使唤。想到被逆臣挟持,身不由己,孤独无助,昭宗不禁泪流满面。

昭宗在宫里四处逛着,他走到寿春殿时,只见远处现出一片红光,火苗不断地向上跳窜,烟雾缭绕……"后宫着火了! 韩全诲想烧死朕的家人吗?"昭宗自语,急忙赶去救火。

才到思政殿,昭宗就跑不动了,他倚在栏边休息,火苗可不休息,想着何皇后、嫔妃及诸王此时命悬一线,他又继续飞奔。昭宗来到后宫,只见李彦弼正举着火把,要引燃浇了油的殿宇。昭宗忙大喊:"够了! 不要再烧了! 赶快救人! 朕答应你们,带皇后、嫔妃及诸王一起去凤翔还不行吗?"李彦弼把火扔到一边,笑道:"皇上若早答应,不就什么事都没有了?"昭宗哭笑不能。"灭火! 快! 快救人!"方才李彦弼还带头引火,现在又带头灭火、救人,这可忙坏了一群人。等他们救出困在后宫的皇后、嫔妃及诸王,身后的后宫已被大火吞没。昭宗携家眷一起上马,跟着太监们走。

韩全诲挟持昭宗走远了,百官才敢进皇宫。国不可一日无君,他们围着一张空宝座,谈论着如何解救昭宗,商量了半天都无果,大伙不是摇头就是叹气,最后有太子太师卢渥站出来说:"既然在座各位都没有办法,不如请出崔丞相?"一官员心存疑惑,说:"可是崔丞相被罢免官职,找他显得朝中无人……"卢渥打断他的话,说:"做大事不拘小节,救出皇上才是要义。崔丞相忠心爱国,也是被奸人陷害才遭此劫。"众人觉得卢渥的话有理,纷纷附和。

卢渥应百官之托,来到开化坊崔胤住所。见了崔胤,卢渥开门见山道明来意,把昭宗的危险处境告诉崔胤,希望崔胤不计前嫌,领导百官救皇上于水火。崔胤说:"天子安危事大,解救皇上刻不容缓。虽然没有把握,但我会尽力。"卢渥激动地说:"太好了!有崔丞相慷慨助力,相信皇上定会福泰平安。"当下,崔胤挥毫写下一封书信,交代太子太师卢渥,务必将此书信带回请朝中让两百名官员一一在上面签字,然后给朱全忠。卢渥一切照办,然后派使臣王溥将联名书送给朱全忠。朱全忠收到联名状,同意西征,但他有个要求,即要崔胤说服昭宗立诏:第一,命令户部侍郎韩偓、赵国夫人宠颜向朱全忠表示慰问,并赐给朱全忠玉带;第二,请朱全忠立派蒋玄晖速来凤翔,伴于圣驾左右,以保安全。崔胤与群臣们暗中商讨,韩全诲联合岐王,挟持昭宗,皇命危在旦夕,若没有朱全忠协助,击溃韩全诲毫无把握。崔胤自知朱全忠为人阴险反复,求助于他是一步险棋,但眼下形势紧急,实在别无他法了。

当朱全忠的要求满足后,他立刻率兵将来到凤翔城下。李茂贞在城上看到朱全忠,与他搭话:"梁王上当了!你误听他人谣言,被骗至此。皇上来我这儿,是为了避祸,并没人劫持他。"朱全忠答复说:"韩全诲就是劫皇上之人,我今天就是来问罪,迎接皇上回宫的。岐王如果不是韩全诲的同谋,就请把皇上送出来。""这……"李茂贞回头看看韩全诲。韩全诲不耐烦地说:"不必与朱全忠废话,他是在引诱我们交出皇上,让我来对付他。"说着,韩全诲毫不客气地指责朱全忠:"这真是贼喊捉贼!谁不知你早已计划好了,发兵长安,是为了劫持天子。西征是不满足于现有的辖地,而疯狂地扩大版图,害得百姓妻离子散,陷入战灾。"朱全忠抵赖,叫屈。二人舌战了半天,也争不出个胜负。韩全海知道朱全忠死也不会服罪,他只有胁迫昭宗诏令朱全忠返回镇所。接到诏令,朱全忠身边有人说,皇上被韩全海挟持,恐怕这是李茂贞的意思吧!他们不必在意,应该继续攻打凤翔。也有人说,凤翔城易守难攻,固若金汤,不如暂时答应撤兵,回头再决计如何解救出皇上。朱全忠觉得此计甚好,于是,他遵旨退兵。城楼上,李茂贞一行乐坏了,说挟天子以令诸侯,朱全忠这么快就灰溜溜地夹着尾巴跑了。

话说,朱全忠离开凤翔城后,并未回镇所,他率军把凤翔周边的小城逐个歼灭。李茂贞等得到仗败的消息,脸都气红了,他立刻要昭宗拟一道勤王的诏书,火速向各个藩镇发出。

天复二年正月,晋王李克用趁朱全忠不备,派大将李嗣昭率领大军攻取了原本属于朱全忠的慈(今山西吉县)、隰(今山西隰县)二州,直逼晋南的晋(今山西临汾)、绛(今山西新绛县)二州。朱全忠连吃败仗,他意识到,如果李克用再攻克晋、绛二州的话,晋军将与李茂贞形成东西夹击之势,后果不堪设想。于是,朱全忠率领主力部队对晋军拼死展开反击,他们不仅收复了失地,还围攻了晋阳。此仗,虽然李克用靠一支"敢死队"的偷袭,保住了晋阳,但晋军元气大伤,再也无力救援凤翔。

李克用兵败后,其他各藩镇勤王的计划瓦解了。听说,朱全忠正带领五万大军重回关中,李茂贞只好硬着头皮自己集结兵力准备作战。

没有了各大藩王勤王的军队,只见浩浩荡荡,频频掷来的雨弹。雾气迷濛,阻挡着视线,风带着春寒,化作无形的刀刃,朱全忠大军,艰难地前行着,一个月后,才进驻虢县。

李茂贞原以为朱全忠大军刚与晋军交锋,又长途跋涉,会不堪一击。他打开城门,与朱全忠正面交锋,结果溃不成军。李茂贞带着残兵败将,狼狈地逃回凤翔城。朱全忠立刻建营垒,包围凤翔城,为防李茂贞挟唐昭宗突围,逃到西蜀,朱全忠派大将孔勍攻取凤州(今陕西凤县)。李茂贞的兄弟李茂勋带兵来援救,还没进凤翔城,在三原一带,就被朱全忠手下的大将康怀贞、孔勍击败。李茂贞为报仇,夜袭奉天(今陕西乾县),俘虏了倪章等将。偷袭成功,李茂贞重回自信。几天后,他打开城门,与朱全忠的大军正面交锋,再次损兵折将,败回凤翔城。

　　两次惨败,李茂贞决计死守凤翔。朱全忠无计可施,只好守在城外,静候时机。连日大雨,朱全忠军队内疾病和瘟疫流行,士兵们思乡想家,而短期内又无法攻城,军心开始不稳。这天,朱全忠也有了班师回家的念头。他手下两员大将高季昌、刘知俊却反对朱全忠退兵。他们说,茂贞已经困惫,为何舍此而去?还说,天下英雄,视此一举,并将他们事先商量好的计策告诉朱全忠,即假撤兵,引诱李茂贞率主力出城作战,然后围而歼之。朱全忠觉得此计可行,吩咐依计行事。

　　春去秋来,九月初的一天,朱全忠军营中一队骑兵向东疾驰,称是去迎接援军,突然一名叫马景的骑士脱离队伍,跑进凤翔城西门向李茂贞投降。马景向李茂贞报告,朱全忠大军昨夜已逃回河南,现在大营之中留下的是不足万人的老弱残兵,如果此时发起攻击,必然会大获全胜。如若不然,这一万多人也会在今天夜里偷偷地撤走。李茂贞信以为真,匆忙集结大军出城攻击,陷入了朱全忠大军埋伏。李茂贞兵荒马乱,正想逃回凤翔,发现朱全忠的骑兵已占据城门,堵住了他的路。李茂贞被逼战场厮杀,惨败而归。

　　从此,李茂贞再也不敢出城交战,朱全忠围困凤翔。在凤翔几近断粮之际,李茂勋再次尝试前来援救,却被朱全忠的大将孔勍击败。

　　李茂贞又借保护天子铲除祸心为名,请求平卢节度使王师范、行军司马刘鄩等救援,可惜最后都以失败告终。李茂贞无计可施,不得已与朱全忠签署城下之盟。李茂贞将韩全诲等七十余名宦官全部杀死后,将唐昭宗送出了凤翔城,交给朱全忠。

　　朱全忠把韩全诲等的头颅献给昭宗,同时,派遣偏将寇彦卿奉上表章,提出迁都洛阳的要求:不仅天子及朝臣们要携家眷迁走,长安的居民也要按户口册籍迁居到洛阳。并且他把具体的计划方案娓娓道来。昭宗心中焦虑:"唉,此事朕答应也不是,不答应也不是。不答应,得罪了朱全忠,答应,得罪了长安百姓。得罪朱全忠,可能人头落地,得罪百姓,败坏名声。"寇彦卿见昭宗半天不语,笑着说:"皇上无异议,那就是默许了?""过段时间再说吧!"昭宗说。不料,寇彦卿却相劝道:"皇上,梁王可是脾气暴躁,杀人成性呵！还望皇上三思而行，不要敬酒不吃吃罚酒，尽快给梁王一个满意的回答。"说完，寇彦卿大摇大摆走了。"你们竟敢要挟朕！"寇彦卿走后，昭宗气得喘不过气来，骂道，"什么世道，君不君臣不臣，到底朕是皇帝还是朱全忠是皇帝，为何周围的人都听朱全忠的，难道就不怕朕迁怒吗？"

昭宗把迁都洛阳一事告诉何皇后，何皇后也没有办法回绝朱全忠迁都。昭宗顿时疯了似的，气得敲桌打椅。何皇后静静地看着，心里十分痛苦，等昭宗发泄完了，她知道昭宗喜欢喝酒，温柔地安慰他道："既然没有办法对付朱全忠，就只能顺从了。只要一家人能活着，在一起，臣妾就知足了。酒能解千愁，要么我叫侍女拿酒来？"昭宗点点头，木偶似的坐在地上，一动不动。一会儿，两名侍女把昭宗平日最爱喝的酒拿来。酒入愁肠，肝肠寸断，香醇的美酒麻醉了昭宗，他将所有事情抛之脑外，意识开始模糊……

元宵节这天，蒋玄晖和中使共同押送中尉韩全诲、张弘彦等二十人的首级，并告知四镇士兵皇上返回京城的日期。第二天，朱全忠要昭宗派中使骑马前去华州请崔胤来凤翔，崔胤以患病为托辞不来。朱全忠责怪昭宗，说崔胤是功臣，不该罢免他。于是，昭宗下诏恢复崔胤相位。

元月底，昭宗回到长安，再次复位，驾临长乐楼，下诏大赦天下。朱全忠因救驾有功，被授予"回天再造竭忠守正功臣"的光荣称号，并由东平王晋升为梁王。百官相聚，齐祝贺。寒风凛冽，大地萧条，树枝和花草，褪尽了颜色。弱不禁风的树叶和花朵，总是经不起雨雪风霜的百般摧残。昭宗放目远天，阳光温存，足下，斑斑点点的幽影里，暗藏着春生的温暖。他企盼美好的未来，希望大唐从此太平。

乱世难太平。平静的日子还没两天。这日上朝，崔胤把他下令要内侍省将内官第五可范以下共七百人赐死，各道的监军及小使全由本道的节度使处斩的事上奏昭宗。顿时，此案引起朝臣们的愤慨，他们痛骂崔胤不该草菅人命。昭宗龙颜大怒，要将崔胤问斩。崔胤被打入大牢，在昏暗的天牢里，崔夫人来探访他。崔夫人问崔胤有无办法使他出狱，崔胤沉思片刻，说只有朱全忠能救他。崔胤即刻在狱中写了一封信，托夫人送给朱全忠。朱全忠见信后，应崔胤的请求赶往皇宫向昭宗说情。虽然崔胤死罪可免，但是活罪难逃，昭宗再一次罢免了崔胤的相位，将其贬为庶人。

话说,朱全忠急于篡唐,迁都洛阳一事却迟迟未得到回音。他等了数日,一日终于收到昭宗派晋国夫人可证送来的诏书,说皇后分娩后身体尚未恢复,想等十月份再去洛阳宫。朱全忠非常生气,自语:"借口!定是那狗皇帝心怀叵测,有意拖延。"朱全忠立刻把寇彦卿叫来,给他调遣军队的令旗,交代他不管用什么办法,一定得让昭宗当天迁往洛阳。

即日,寇彦卿来到皇宫,拜见昭宗。"怎么又来了?不是告诉过你们,朕十月份会去洛阳吗?"昭宗看到寇彦卿,有些厌烦地说。寇彦卿诡谲地笑着说:"皇上,乔迁大喜要趁早,何必拖到十月呢?梁王派在下来请皇上现在就动身去洛阳。"昭宗还没回话,寇彦卿又急急地指着宫门外,说:"皇上是自己走,还是叫人抬?我想,抬没有那么舒服吧?会把你捆成粽子。"昭宗怒道:"大胆!是朱全忠叫你来绑架朕的?"寇彦卿点头,又摇头,继而哈哈大笑说:"不是绑架,是请。"无奈,昭宗只有立刻收拾行囊,带着皇后、妃子和皇子等跟寇彦卿走。

路上,昭宗坐在华丽的皇家马车上,听到外面吵吵嚷嚷,人声鼎沸。他好奇地掀起一角轿帘,看到路边,密密麻麻的人群,像蚂蚁搬家似的,排着浩浩荡荡的队伍,缓缓向前涌动……昭宗问马车夫:"为何路上这么热闹?"马车夫告诉昭宗:"皇上有所不知吧!这是前一阵子刚从长安迁来华州的百姓,根还没扎牢,又被迫举家迁往洛阳,遭罪呀!"昭宗哀叹一声。走着走着,昭宗听到华州街道上,有百姓大骂崔胤:"天呐!国贼崔胤把朱全忠召来颠覆大唐,害我们落到这个地步……"旁边的百姓,都跟着起哄,一起骂崔胤。"大唐要被颠覆了。"昭宗想着,心情无比沉重,悲泪盈眶。

自从昭宗迁都洛阳后,整座洛阳城都陷于朱全忠的掌控中,朱全忠篡位的野心路人皆知。为了对付朱全忠,崔胤招募新兵,重建了一支内卫军,日夜勤加操练。可惜崔胤所训练的兵将,没有野外实战经验,在朱全忠大军面前不堪一击。崔胤战死后,残存的禁军都各自溃散逃亡。没有禁军保卫,昭宗身边只有一群无御敌能力的王子、小黄门侍者以及在内苑供奉击鞠的两百多个小孩。朱全忠为了更好地控制昭宗,一次当昭宗经过谷水顿时,他设局杀害跟随昭宗的所有侍从,将自己手下的士兵安排在昭宗身边伺候。如此一来,昭宗就成傀儡了。事发当天,朱全忠备好美酒佳肴,宴请昭宗及他的侍从们。朱全忠在宴会厅的餐桌与餐桌之间设有幄幕，昭宗万万没想到这幄幕中还暗藏玄机。昭宗进宴会厅大门时，里面暗无天日，几盏油灯发着昏暗的光。昭宗跟随朱全忠七拐八绕走到一个小包间，才坐下。他打趣朱全忠道："怎么朕来你这里像进了迷宫一样？分不清东南西北。朕转晕了！一会儿吃完饭你可不能撇下朕一人，朕还怕走不出去。"朱全忠哈哈笑两声，说："皇上请闭眼。有什么不一样的感觉？"昭宗闭上双眼，说："很幽静。能听到窗外溪流声，还有欢快的鸟鸣，朕好像置身在春天一片暖意的树林。"朱全忠笑着说："对。如果不是这些幄幕，挡住了其他包间宾客的高谈阔论声，皇上无从清晰地听见这些美妙的声音。接下来，微臣为皇上准备了更为美妙之音，请皇上欣赏！"说完，朱全忠击两下掌，鱼贯进来四位妆容靓丽的年轻美女，兵分两路，侍奉昭宗、朱全忠饮食。一会儿酒菜差不多上齐了，朱全忠再击掌，乐队进来开始演奏，还伴有一群舞女翩翩起舞……昭宗惬意地享受着，当饭吃到一半，突然从幄幕后急匆匆跑出一个名叫许昭远的医官，"扑通"跪地，向昭宗告发说内苑的人阴谋叛变。昭宗叫他不要慌、不要急，如实将详情禀报。听完许昭远的话，昭宗恍然大悟，捶胸顿足。内苑的人怎会突然之间叛变？许昭远定是受人指使，颠倒黑白，其话不可信。此事的主谋应该是朱全忠，他事先在帷幕后安排好了伏兵，杀光了朕的侍从啊！可一切知道得太晚了，又没有缉拿凶手的证据，仅凭推测，是说服不了人的。

　　昭宗知道自己剩余的日子不多了，从那以后，他天天嗜酒成性，不问世事。不久，昭宗在椒殿遇害，享年三十八岁。

　　唐天元元年（公元 904 年）八月十一日晚，朱全忠命令蒋玄晖带领龙武军军官史太等一百名士兵，以有紧急军情要奏报皇上为由，借机包围内宫，行刺皇上。时值二更时分，一阵粗鲁的拳头将椒殿大门擂得山响。贞一夫人对敲门者说："夜深了，皇上已入睡，有事请明天再奏报！"门外，蒋玄晖疯狗似的大叫："开门开门！快快开门！有紧急军情要当面奏明皇上，贻误战机可是死罪呵！"贞一夫人犹豫片刻只好打开门，放蒋玄晖他们进来。宫门打开后，为防止有人逃离现场并出宫通风报信，蒋玄晖等见人就杀。他在每扇门边留下十名士兵。一会儿，蒋玄晖急步来到殿下，用剑对着昭仪李渐荣,逼问:"快说,皇上在哪里?找不到皇上,宰了你!"李渐荣央求道:"请院使不要伤害皇上!"此时,昭宗正抱着壶酒,喝得半醉,一听到这话立即起来逃命。蒋玄晖持刀快步跟上,李渐荣没有武功,且手无寸铁,只身护驾,被蒋玄晖一刀毙命。昭宗惊恐地躲到梁柱后,随着刀落,顷刻间昭宗倒在血泊里……"请将军刀下留情!本宫新诞下一子,尚不满周岁。小宝宝不能没有娘啊!"椒殿内,蒋玄晖抓住了何皇后要杀她,何皇后苦苦哀求道。蒋玄晖见何皇后年轻貌美,顿生怜悯。他想:"一介女流,对梁王的霸业构不成威胁,就积点德,放她条生路吧!"想着,他大手一挥,对手下人说:"回去啦!梁王只命令咱们杀唐昭宗。"说完,蒋玄晖带领兵将门撤离了椒殿。

昭宗驾崩后,哀帝李柷即位,何皇后被尊为皇太后,居积善宫,号为积善太后。

丧夫后,何太后天天茶饭不思,以泪洗面,憔悴不少。这天,她又在屋里哭诉:"苍天啊!先帝英年早逝,哀帝李柷年方十七,你叫我们孤儿寡母的怎么活呀?"想到朱全忠要篡位,很快就会杀她母子,自己已走投无路,何太后悲观绝望。她把绸缎拴在梁上,站在凳子上,正准备了结此生。这时,门外飞进来一个熟悉的身影,跪在地上说:"太后千岁,千万不要想不开呀!活着就有希望,办法总比困难多。"太后擦干眼泪,她回头瞅瞅阿秋,摇头道:"大唐快要葬送在本宫手里了,本宫愧对列祖列宗。你说,本宫还有什么办法可以保住大唐呢?"阿秋说:"有一个人或许能保大唐,太后忘记了大恩人?"听到这句话,何太后转悲为喜,跳下凳子,边扶阿秋起身边说:"地上太凉,起来说话。"阿秋一字一顿地说:"那晚,他刀下留情……"说到这里,何太后马上明白了,"本宫怎么会忘?"何太后顿时陷入回忆。半晌,阿秋打断何太后的思绪,笑着说:"太后觉得这样如何?"何太后蛾眉微蹙,说:"恩公是梁王手下的一员骁将,单靠他一人之力恐怕不是梁王的对手啊!"为此,何太后下懿旨,让阿秋、阿虔去见蒋玄晖、柳璨等大臣。

朱全忠势如破竹,不久又攻下荆襄。朝中大臣柳璨等畏惧强权,不但不指责朱全忠的罪责,反说朱全忠有南征大功,请旨让朱全忠荣升为相国,总制百揆,兼任二十一道节度使。朱全忠对此荣封并不满意,退朝后,他遣蒋玄晖去说服柳璨要哀帝让位给他。蒋玄晖把朱全忠的意思带到,和柳璨商量一番后，二人还是决定按照魏、晋以来传统的礼数来办：晋封朱全忠为魏王，加九锡，入朝不趋，赞拜不名，兼充天下兵马元帅。朱全忠十分恼怒，当天在朝堂上，直接拒绝诏命，不愿受赐。

柳璨素日与王殷、赵殷衡等不和。散朝后，王殷、赵殷衡二人悄悄在梁王面前诋毁蒋玄晖与柳璨等欲延唐祚，暗自怂恿人反梁王。梁王震怒，说要杀了蒋玄晖与柳璨。

柳璨知道此事后非常害怕。翌日，他快马加鞭连夜赶往汴州，想找梁王解释。不料，梁王不愿见他，柳璨只好无功而返。刚回到洛阳，柳璨就遇到宫人来传何太后旨，请他代为保护传禅太后母子俩安全，柳璨含糊地答应了。当日，蒋玄晖、张廷范也接到太后同样的谕旨，他们都答应了。

王殷、赵殷衡又密报梁王，诬蔑柳璨、蒋玄晖和张廷范，入积善宫夜宴，对太后焚香为誓，兴复唐祚。梁王一气之下，命令王殷、赵殷衡马上收捕蒋玄晖、柳璨和张廷范。当天，蒋玄晖等三人都被杀害。

杀了蒋玄晖后，朱全忠来到积善宫，当着何太后的面将阿秋和阿虔乱棍打死，再将何太后杀死。这时是天佑二年（公元906年），朱全忠还以幼主李祚的名义，废皇太后为庶人。

朱全忠正想篡夺帝位，因战事耽搁了一年。唐昭宣帝天佑四年，朱全忠大赦改元，国号大梁，废昭宣帝为济阴王。

第六章 | 晋王赐子三支箭
李克宁觊觎王位

话说打从天复二年朱全忠围攻了晋阳,晋王李克用兵力损伤惨重,无力救援。他只能眼看着昭宗被困凤翔,后被朱全忠杀害。为此,李克用长期情绪低落,以致积郁成疾。唐昭宣帝天祐四年,朱全忠改元称帝,李克用更是愤恨,导致病情恶化,从此一病不起。

原来李克用只知朱全忠神勇善战,上源驿一事后,他看清了朱全忠的为人。

二十四年前的一天,李克用经过汴州时,驻军封禅寺。朱全忠盛情宴请李克用和他的监军李景思及侍从到上源驿一聚。朱全忠和李克用曾有过口舌之争,当时,周德威担心朱全忠会对李克用不利,力谏李克用回绝此宴。李克用犹豫一番,最终还是带上程敬思、史敬思、郭景铢、周清四位大将,领三千兵马,前去赴宴。

朱全忠出城迎接李克用及众兵将。入城后,朱全忠把李克用引入公厅,好酒好菜招呼他们。席间,二人称兄道弟,一起话家常,一起聊当年联合平定王仙芝、黄巢叛乱的光辉事迹，十分亲热。

等酒过三巡，李克用有了醉意，朱全忠连击三下金钟，只见两厢跑出八个大汉，各仗一口宝剑，急上厅来。李克用惊慌道："梁王，你这是要干什么！"朱全忠起身，笑眯眯地说："晋王误会了，光喝闷酒没什么意思，我唤他们来舞剑，给您解闷。"李克用赔笑道："好啊！叫他们来厅里舞吧！"朱全忠便令八人进厅来舞剑。史敬思忙起身拔剑，对八个大汉道："剑不是这么舞的，待我舞给你们看！"说着，史敬思挥剑挡住这八口剑。

这时，门外有炮声，随后士兵蜂拥而来，喊杀声震天，将宅子紧紧包围。

史敬思奋力抵挡八个大汉，朱全忠正要趁乱溜走，被周清、史敬思二人拦住，他们将剑架在朱全忠的脖子上。性命攸关，朱全忠只好收兵，叫人开宅门放李克用等出去，再作打算。

不料，李克用等人喝醉了，摇摇晃晃，虽出了宅门，却被突如其来的一场大火困在上源驿城中。正当李克用等人即将被烧死，突然电闪雷鸣，风雨大作，雨浇灭了大火，李克用才有一线生机，他在四将及众兵掩护下，杀逃出去。经过一番生死搏斗，损兵折将，李克用总算侥幸逃出虎口。

从这以后，朱全忠与李克用结下仇怨。

唐天佑五年（908 年）正月十九日，晋王李克用病危。他脸色苍白，手脚冰凉，鼻子里只有出的气，没有进的气。刘夫人急传太医为李克用就诊，太医替李克用把脉号诊后，给他扎了几根银针，放出一些毒血，李克用的嘴唇又渐渐红润起来。太医出了屏障，外面，刘、曹、陈三夫人紧张地询问太医李克用的病情。太医默默地摇头，歉疚地对刘夫人说："惭愧啊！刘夫人，老夫无能为力。晋王之症，乃情志难酬，使其气血失调，他已成内伤，非药物可医。刚才老夫为李克用扎了银针，勉强留住了一口气。实不相瞒，李克用命在旦夕，请准备后事吧！"连太医都没有办法了，刘夫人知道李克用凶多吉少。

得知李克用病入膏肓，长子存勖与其余七子存美、存霸、存礼、存渥、存义、存确、存纪及李克用的五弟李克宁与十三太保，还有军中大将都赶了来，众人坐在屏障后，个个满脸愁容、心情沉重……

等李克用醒来，睁眼看见刘、曹、陈三位夫人坐在床边啜泣不止。他告诉三位夫人，他刚去了一趟鬼门关，半路上被人劫了回来。三位夫人听了，想起快要和李克用诀别,个个愁眉苦脸,伤心欲绝。自从李克用生病以来,刘夫人没有睡过一个囫囵觉,她两眼泛红,容颜憔悴,日夜守护在李克用的身边,照顾着他的饮食起居。李克用睡着的时候,她静坐床前,时不时观察他的病情,一有加重赶快叫太医;李克用醒着的时候,她伺候李克用喝药吃粥,陪李克用说话解闷。李克用握着刘夫人的手说:"感谢夫人陪伴身边,这段时间辛苦你了!"刘夫人说:"这是为妻应尽的本分。"李克用感慨说:"夫人自嫁入李家以来,伴随克用转战南北,饱受战乱之苦。今我命在旦夕,以后家里的事情就托付于你了,请你多担待。"刘夫人连连点头说:"夫君,我尽力而为。"李克用脸上露出欣慰的笑容,又说:"夫人宅心仁厚,心胸豁达,智勇双全,有你为我支撑着这个家,我放心了!"说着,又看看曹、陈二位夫人,继而对三位夫人道:"我走后,你们要协助刘夫人一起照顾好老人小孩,切记勤俭持家,公私分明,不以权谋私而负国家。"刘、曹、陈三位夫人齐声允诺。

正说着,外面传来张承业的声音。"承业不是在潞州前线吗? 不知潞州军情进展如何?"李克用想着,对刘夫人道:"快请承业来见我。"

三位夫人出了房间,刘夫人把话带到。张承业轻着脚步,绕过屏障来到内室。他看到李克用病容憔悴、形如枯槁,心酸不已,感慨病来如山倒,当年英姿勃发、桀骜不驯的李克用不知去哪里了……

"承业,你怎么回来了?"李克用问。张承业说:"得知殿下病重,我与李嗣源一起特地回来看望您。"李克用又问:"潞州战事进展如何?"张承业缄默不语,他担心李克用知道实情后,情绪激动,恶化病情。李克用说:"不妨如实说来。"张承业含泪道:"朱晃(原名朱温,唐僖宗赐名朱全忠,即位后改名朱晃)调集青州、陕州、冀州诸路兵马,共计十万大军包围潞州,周都督手中兵马不过五万余,虽互有胜负,但实难解潞州之围。此次奴才与大太保回来,一来是为看望您,二来也为搬救兵。"李克用叹道:"老夫征战一生,却未能扶保社稷,平定朱梁,有愧唐主呀!本王身体抱恙,潞州是管不了了。复唐大业、托孤之重任,都托付承业你了。你虽是内侍臣出身,但为人忠正,处事深谋远虑,我麾下无人可及。我考虑再三,决定立犬子存勖继承老夫之志。存勖虽骁勇善战,富于谋略,但毕竟年轻,不谙世事,还望承业日后多多教诲！"张承业道："承业这条命是晋王救回来的，您是承业的再生父母，您的事就是承业的事。承业愿为晋王赴汤蹈火，肝脑涂地。"交代完后，张承业退下之前，李克用要张承业唤三位太保进来。

一会儿八太保李存璋来了，跪在地上。李克用说："存璋十岁起就跟从我身边，情同父子，忠诚之心，可表天地。我将立长子存勖继嗣王位，存勖年纪尚轻，恐有人不服，如有人心存不轨，存璋尽可杀之。存勖的安危我就拜托你了！"李存璋泪流满面，叩首说："存璋感激父王培育之恩，定不负嘱托！"

存璋退下后，李克用又召见五弟李克宁。李克用感叹道："想我朱邪世家祖辈征战沙场，保家卫国，何等荣耀。这些年，兄弟们一个个相继而去，只剩你我兄弟二人，如今我也快撒手人寰了。"李克宁说："兄长吉人自有天相，凡事能遇难成祥、逢凶化吉，多少战争磨难都经历了，这次生病也一定会痊愈。"李克用摇头叹息："不可能了，我的身体我清楚。"说到这里，李克用夸赞李克宁一番，说他为人仁孝，是众兄弟中最贤良的。然后把自己打算立长子李存勖继承王位的事告诉李克宁，并说希望他走后，李克宁代他严加管教存勖，助他一臂之力，成就大业。李克宁含泪答应，李克用又要李克宁传唤大太保李嗣源进来说话，李克宁便退出屏障，叫李嗣源前来。

李嗣源听说李克用要见他，快步来到李克用的房间，跪地拜道："儿臣嗣源拜见父王！"李克用端详着李嗣源——雄姿英发，一表人才。他缓缓地道："嗣源十三岁便随我征战云州、阴山、长安、平山等地，你智勇双全，行事恭谨，劳苦功高，为人友善，可继承王位呵！"李嗣源道："谢父王器重和教诲！孩儿不才，不敢生此邪念。父王嫡长子存勖存父王雄风，才华横溢，胆识过人，嗣源愿终生辅佐少主人成就伟业！"李克用听了，备感欣慰。他想，能得到嗣源辅佐，存勖如虎添翼。于是，李克用说："我赐你柱国将军之号，永镇各太保之首。"李嗣源忙磕头谢恩。

李克用交代完后事，即令人把屏障撤掉。众人知李克用临终前有训谕，一个个神情悲恸，双目噙泪，静跪床前。"呜呜呜"窗外寒风在纵情嚎哭……李克用深情地望着众人，缓缓地道："感谢在座各位的关心！本王不久将离世，真的很舍不得就这样匆忙地离开，我生前恨未能擒拿朱贼，还我李唐河山。我本有九子，庶长子落落亡于潞州，现还有八子。嫡长子存勖，仁孝忠勇,可继承本王遗志,其余庶子七人当尽心辅佐存勖!我把一切都托付给诸公了,望勿负我心!"说完,李克用指着墙上挂着的金帛箭囊,说:"亚子把箭囊取下来给我!"李存勖依言照做,他小心地把金帛箭囊拿下来,双手捧上给李克用。箭袋里装有三支雕翎箭,这是朱邪家的传家宝,大唐贞观年间,拔野跟随唐太宗李世民征讨高丽时,用它建立过丰功伟绩。李克用抽出这三支雕翎箭,郑重其事地对李存勖说:"亚子,为父戎马一生,如今志未成却要身先死。今生,我还有三个愿望没有实现,众多儿女中,你是为父最引以为豪的一个,为父现在把祖传宝箭交给你,希望你完成我的心愿。如此,我死而无憾。"说着,李克用先抽出一支雕翎箭,神情庄重地道:"此箭代表我的第一桩心愿,打败朱梁,匡复大唐!奸贼朱晃弑君篡位,我与他相争十年却未能平定国贼,是我此生的一大遗憾。"说完,李克用就将这支雕翎箭交给存勖。紧接着,李克用再抽出一支雕翎箭,道:"此箭代表我的第二桩心愿:幽州刘仁恭背晋降梁,你要代我讨伐刘仁恭。如果你能攻下幽州,河南就如探囊取物了。"说着,李克用将第二支雕翎箭交给了存勖。然后,李克用手握最后一支雕翎箭,道:"此箭代表我的第三桩心愿:耶律阿保机曾与本王换袍易马,义结金兰,并答应与我一起光复大唐,后来他却背信弃义,依附朱全忠,希望有朝一日我儿能打败契丹。""孩儿谨记父王教诲!请父亲放心,孩儿一定不负所托!"李存勖接完雕翎箭后,给李克用磕三个头,双目垂泪道。一会儿,李克用心口深感剧痛,医治无效,享年五十三岁。

　　李克用亡故后,晋阳文武群臣、亲朋好友、街坊邻里都纷纷前来悼念。李克宁、张承业忙于置办丧事。前堂,李存勖跪在父亲灵柩前,悲痛欲绝,守灵三夜等不再赘述。只说,料理完丧事后,择日李存勖在晋阳大营举行即位大典。晋阳文武群臣皆在场,李存勖击鼓号令三军。李克宁主持大典,他立于点将台上,高声道:"诸位听令!遵晋王遗嘱,立少主人李存勖继嗣王位,李克宁位居首辅。在点将台前,文武官兵拥戴存勖,立誓永不相负!"李克宁撩袍跪倒,叩首高呼:"晋王千岁!祝晋王千秋大业,一统江山,雄霸天下,传承千古。"身后,文臣武将也都跟着他一起跪拜、呼喊。

　　继位大典上,众口一词,典礼结束后,军中议论纷纷。有一李克宁的旧部说:"李存勖只不过是个乳臭未干的毛头小子,又没上过战场、立过战功,凭什么让我们尊他为王？"马上有一波人跟着起哄："是啊，是啊。李存勖会作战吗？我们跟着他有前途吗？""那你说谁当晋王合适？"……李存颢趁机站出来对众兵将说："论亲疏、资历，当然王叔李克宁是首选。"接下来，李存颢开始了演说。他鼓动兵将们拥护王叔李克宁，支持改立李克宁为晋王，并承诺他们，事成之后，无官的授官，有官的升官，统统大加赏赐。演说后，不少兵将纷纷响应李存颢。

话说李存勖继位后，李克宁回家的路上，脚步沉重，他感到一种莫名的落寞。一轮新月高高在上，一会儿钻出迷云，一会儿又诡秘地跳出来。李克宁无心赏月，他似乎心事重重。他羡慕李存勖，年轻有为，叹自己同为朱邪世家之后，武艺高强、仁孝贤良，到头来却要任小辈使唤。

回到家，李克宁一声不吭，他在院子里的大树下舞剑，剑气逼人，打落满地树枝，但任凭李克宁怎么舞，也驱散不尽心中的惆怅。

"喜欢什么，想要什么就努力去争取呗！光宣泄情绪是没有用的。"见李克宁不痛快，孟夫人一眼看穿他的心思，直接地说。李克宁掩饰内心，边舞剑边说："夫人休得胡说。子承父业，侄儿李存勖继承哥哥王位，天经地义。我李克宁是什么人，断不会生此邪念。"孟夫人说："朱晃也能这么想就好了。成王败寇，现在谁敢说朱晃不是好皇帝？只要你有本事夺得王位，一切就由你说了算……"李克宁打断她的话，怒道："不要再说了，我不会做不道德的事。妇人不得干政，快下去！"孟夫人只好转身走了。她没走多远，听到身后有下人来报："李将军，六太保李存颢求见！"李克宁说："让他进来。""是！"下人应允着告退。

孟夫人听有人来找李克宁，顿感好奇，就悄悄躲在墙角偷听二人谈话。

"六太保深夜来访，不知何事？"李克宁问。李存颢张望四周，说："我有要事相告……"李克宁挥手摈退下人。李存颢把同党的意思传达给李克宁，并劝说道："兄弟们的意思也是我的意思，派资论辈，王叔是继承王位的最佳人选。众望所归，可喜可贺！兄弟们誓死拥护您！他们在盼着您回话。"李克用听了心中哭笑不得，他思虑片刻，严词拒绝，说："你们的意思我明白，回去告诉众将士，一心辅佐好存勖，不要再有这种想法。"李存颢又说："王叔，现在李亚子借您之名，号令三军。等他羽翼丰满，岂会把您放在眼里？自古以来，辅佐君王的功臣，都没有落到好下场。如韩信帮刘邦打下江山，刘邦却将其诱至长乐宫杀头。又如伍子胥尽心辅佐吴王夫差，后来吴王赐剑命他自杀。诸此之事屡见不鲜。我等苦心，请王叔斟酌！王叔威名赫赫、勇冠三军，兄终弟及也不为过啊！"这时，孟夫人从墙后走过来，称赞存颢说得真好，又转面对李克宁道："夫君，别犹豫了！将士们求贤若渴，你就顺应军心，答应了他们吧！"这次，李克宁终于被说得动容了。

当晚，李存颢把李存质、符存审与史敬镕唤来，几个人在密室商议谋反之事。李存质听李存颢说要擒获曹夫人、李存勖母子，将他们献给朱晃，并向梁称臣，以换取河东、大同、雁门三镇，上可保官爵，下可免战乱。李存质当时义愤填膺，深表不满。他对众人说："老晋王尸骨未寒，怎可欺负人家孤儿寡母，卖主求荣？潞州告急，需要我们军民上下一心，抵御外敌。现在可好了，敌军未破，我们军中先起了内讧。诸位良心何安？"说完，他气冲冲地走了。不等存质走出密室，李存颢忙对李克宁嘀咕两句。"站住！"李克宁厉声喝住李存质。李存质来不及回头，一道寒光闪过，李存质被利剑刺倒……李克宁提醒在座其他人："如有异心者，下场就是这样。"接下来，气氛沉闷，在座其他人皆敛声屏气，再不敢吭声。

翌日晨，李克宁接到一张由晋王府送来的请柬。他把存颢召来，把请柬给他看，并狐疑道："该不会是我们的人暴露了目标，存勖借会宴群臣为由，要对我们暗下杀手吧……"存颢眉头紧皱说："王叔心存戒备是好事，无论存勖有无察觉，我等已是箭在弦上，不得不发。趁王叔赴宴之机，我们令九太保符存审率兵包围晋王府，擒拿李存勖。"李克宁说此计甚好，这才放心。

这天，天空灰蒙蒙的，愁云笼罩，要晴不晴要雨不雨。受邀的大臣纷纷赶到晋王府武英殿赴宴，李克宁如期赴宴。待晋王府宾客到齐，李存勖当众手捧晋王印玺，跪在李克宁跟前，说："叔父，侄儿昨夜思考再三，决定还是将王位让与您。侄儿才疏学浅，自知难堪大任，叔父为人仁厚，久立功勋，在府中、军中颇有威望，且先王在世时，经常将政事交给叔父，叔父经验丰富。请叔父务必答应侄儿这一请求，侄儿在这里多谢了！今后，侄儿誓死追随叔父左右，建功立业。"李克宁大惊，慌忙下跪叩拜，说："大王即位，乃先王之遗命。臣受先王托孤之重，理当尽心竭力辅佐大王，怎敢心存此意？"李存勖再三推让,李克宁说:"大王新上任,年纪又轻,或许一开始会有人不服从您,但待日后您建立了功勋,自会在他们之间建立威信。期间,我会尽心尽力辅佐大王。"李存勖听了,不再推辞,他坐回原位,招呼众臣尽情吃喝。

酒菜还没上齐,席间李克宁突然起身出去了,存颢随即紧跟出来。二人在一僻静处小声说话。存颢问王叔去哪里,李克宁本想说打算叫九太保撤兵,但自觉说不出口,就改口说想出去走走,心里有些纠结。存颢提醒李克宁说,军中兄弟们用心良苦,王叔切不可有妇人之仁,否则前功尽弃。李克宁轻叹一声,说:"我哥哥李克用临终前将侄儿李存勖托付给我的情景还历历在目。方才李存勖又对我作出让步,请我继承王位,我实不忍心……"存颢说:"机会难得,紧要时刻,王叔举棋不定,会坏大事的。"李克宁依旧六神无主,问:"那该怎么办?"存颢说:"九太保的精兵已调集,估摸着这时已将王府团团包围,待会儿我们的士兵冲进大殿,只等王叔一声令下,就可将李存勖手到擒来。"李克宁不好再说什么,只好点头同意,一切按原计划进行。

为避嫌,李克宁和李存颢分散回到各自座位上。一会儿,酒过三巡,客人们正在吃饭,突然门外一阵喧闹,喊杀声一片。李存勖拍案而起,瞬间大将安金全领五十名亲兵举刀涌入殿门,捉拿了李克宁和李存颢,并将他们分别绑起,众人惊愕。这时,一士兵神色慌张,气喘吁吁跑进英武殿,对李存勖道:"启禀晋王,九太保率兵攻陷西门,正往晋王府杀来。大太保领兵奋起抵御,保护晋王安全。"李存勖对士兵说:"一定要大太保李嗣源活捉九太保符存审前来问话。"士兵应允着告退。

只听李存勖审问犯人道:"李克宁和李存颢你们贼胆包天,互相勾搭,狼狈为奸,设计让九太保符存审调集一千兵马包围英武殿,企图捉拿我母子,将我们献给盗国贼朱晃,然后投奔他。为此,你还杀害了李存质。该当何罪!"李克宁故作镇定,矢口否认说:"冤枉啊!贤侄你误会叔父了,都是自家人,我身为朱邪家族子孙,有世袭爵位,锦衣玉食,生活无忧。我犯得着自毁前途和声誉吗?如果我想继承王位,刚侄儿还在禅位于我,我一口答应就行了。侄儿,你说是不是?"李存颢在一旁忙不迭点头说:"是是是,我们怎么会放着好好的日子不过,来冒犯晋王呢?请晋王赶快放了我们!"李存勖痛苦地摇着头说:"当初,我怎么也不敢相信这一切是叔父所为。刚听到有人告发你时,我还斥责此人,不要污蔑叔父。但铁证如山,事实摆在眼前,我还能说什么?叔父,亏我多年敬重您,您太令侄儿失望了!"说着,李存勖叫手下带人证物证。一会儿史敬镕、李存瑰一起来了。李存瑰手里还捧着李克宁亲笔写给朱晃议和称臣的降书,文中提到将曹夫人、李存勖作为人质。李克用叫李存瑰念来听听,李存瑰便一字一顿念来……

李克宁见形势不妙,他情绪异常激动,怒骂道:"逆子!逆臣!我李克宁平日待你们不薄,为何恩将仇报,背叛于我?"史敬镕淡淡地说:"对不住了,将军,在密室的时候,我本来想劝您坚守正义,悬崖勒马,及时回头。可是看到李存质一片好心却讨不到好报,我不得已选择了告发您。"李存瑰泪流满面,说:"儿子大义灭亲,实在情非得已,愿父亲黄泉路上走好。父亲,您是个仁厚、贤良的好父亲,只是您对于名利太过贪恋,以致聪明一世糊涂一时,被小人所左右,行此不义之举,铸成大错。您听不进良劝,残害忠良,父亲已经错了,儿子不能再错。如果我不这么做,要死的就不止父亲一人。请父亲原谅孩儿!来世我们再做父子,孩儿一定好好尽孝道……"李克宁仔细一想,这个时候,不知九太保符存审与大太保李嗣源周旋得怎样了。因心中还怀有一丝希望,他依然抵赖,他声嘶力竭呵斥李存瑰道:"逆子,你满口胡言!今生今世我不要再见到你!走!给我滚得远远的。"

忠孝不能两全,父亲不能理解自己,李存瑰心里感到十分难过。正在这时,一阵厚重的脚步声传来,大太保李嗣源来了,他身后押解着九太保符存审。符存审像新娘一样羞答答地勾着头,不敢抬头示人。见到晋王李存勖,符存审站着不动。"跪下!"李嗣源踢他一脚说,符存审依旧不跪。李存勖说:"算了,他爱站,就让他站着好了。"李存勖问符存审:"是谁指使你攻陷西门,偷袭晋王府?"符存审不说话。李存勖说:"你不说,那就请史敬镕说。"史敬镕就把事情娓娓道来:"那天夜里,我从密室出来,回想李存质无辜被杀那一幕,心有余悸。但我知道,李克宁阴谋篡位是不义之举,我必须设法阻止,以慰先王李克用在天之灵。于是当夜,我一个人悄悄来到晋王府求见曹夫人,将六太保李存颢、九太保符存审勾结李克宁预谋篡位的事如实禀报给她。"

"接下来的事情,本王更清楚,由本王说。"李存勖接着史敬镕话说,"曹夫人得知李存颢、符存审勾结李克宁预谋篡位，马上令人把李存璋、张承业、李存勖、李嗣源、安金全请来共商对策。张承业献计：李存璋领王府亲兵伏于府内，以防生变。次日一早，晋王约李克宁及众文武来府内会宴。大太保李嗣源则调集亲兵防守晋王府。此后依计行事，在座各位都知道了。"说完，李存勖百感交集，说："这次多亏了承业、嗣源、存璋。否则，现在被绑在这里的将是本王啊！"

事情已经水落石出，李克宁再无法隐瞒。他幡然悔悟，道："臣自知犯下滔天大罪，不敢苟活于世。请大王赐臣一死！"李存勖哀叹说："侄儿并不想处死叔父。只是国有国法，家有家规。如果本王这次不秉公执法，以后就难办了。侄儿自小备受叔父疼爱，很怀念这份叔侄亲情。叔父一生，光明磊落，战功显赫。唯独这次不小心，听小人怂恿，误入歧途。"李克宁双目噙泪，心情沉重，说："善有善报，恶有恶果。一切都是我心生邪恶，咎由自取，因果报应，晋王无需惋惜。只是我临走之前，还有一事相托，望晋王答应。"李存勖说："但说无妨。"李克宁想着倘若自己和孟氏都走了，李存瑰就成了孤儿，无依无靠。于是他哽咽了，说："请晋王放了我妻孟氏，篡位之事，与孟夫人无关。"说到这里，孟知祥、李存瑰都一起向晋王跪下，给孟夫人求情。晋王李克用生前很赏识孟知祥，任他为左教练使，并把女儿许配给他。李存勖考虑到孟、李两家沾亲带故，孟知祥又是得力助手。于是他就做个顺水人情，法外开恩，说："李克宁、李存颢和符存审互为勾结，阴谋篡位，三人罪恶滔天，理当诛其全家。但考虑到李克宁之子李存瑰觉悟高，主动自首，孟夫人一介女流也已悔过自新，此案从宽处理。孟夫人、李存瑰母子不予追究律法责任。李克宁贵为王叔，赐一口宝剑，以了断恩怨，李存颢和符存审推出去斩立决。"听到李存勖的判决，李克宁、孟知祥、孟夫人、李存瑰四人一并磕头谢恩。

一会儿，李存勖叫手下人捧来一口宝剑，李克宁跪地接剑。李克宁自刎后，李存勖令人将其厚葬，李克宁之乱就此平定。

第七章 | 朱梁围困潞州城
三垂冈大败梁军

话说李存勖平定李克宁之乱后，正值李克用的丧期，晋文武大臣皆纷纷前来悼念。正在潞州抗战的周德威，这一天也接到存勖的来信，他认真读后，悲痛地和手下将领们说："晋王千岁旧疾发作，已谢世归天。晋王嫡长子李存勖继承王位。王叔李克宁、六太保与九太保三人不服，串通一气，决计挟持曹夫人、李存勖母子，篡夺王位，归附朱梁。幸亏及时发现，将其正法，平定了内乱。大丧之期，晋王召本帅班师回晋阳，以悼念先王之灵。"说毕，他将信给身旁的大将李存审，并叫诸将官互相传阅。李存审看完信，道："少主召我等吊丧，可潞州尚在围困之中，大敌当前，这时候撤军恐怕对战事不利，不知大帅如何打算？"周德威道："在本帅看来，于情于理，本帅都应回晋阳。战事方面，敌强我弱，敌众我寡，内有夹城高筑，外有八寨连环，围困我军，夹寨坚不可摧，虎视眈眈，非是我等所能破。晋王这时候召本帅回晋阳，或许他们已商量出破敌之策。吊丧方面，晋王平素待我有知遇之恩，今少主即位，理当回师奔丧。"诸将官纷纷点头。周德威思虑片刻,又道:"传令各营,今夜二更做饭,三更起营拔寨。动作要轻,手脚要快,以免让梁军察觉。"众将得令,便各自行事。

当夜,梁军安枕梦乡,星空寂然,晋军举着火把,悄然离开了乱柳,直奔晋阳……

次日一早,梁宫中,太监面带喜色,报告朱晃:"启禀皇上,有探马来报,驻扎乱柳的五万晋兵,四更天时已杳无踪影。前日传闻李克用已病死,想必周德威回晋阳吊唁旧主亡灵了。"朱晃听了,笑道:"朕十年劳师,也未能降晋。今李克用死了,周德威已败阵,少主年幼,剩下一个李嗣昭守城,孤立无援。趁此李克用丧期,晋上上下下都沉浸在哀痛中,处于松懈状态,正好收复潞州。"太监恭维道:"皇上英勇无敌。晋不自量力,哪里是皇上的对手?这次天助我大梁,潞州对于皇上来说,就像探囊取物。"朱晃得意地说:"那是自然的。"说着,朱晃立刻召集朝中文武前来议事。

大殿里,满朝文武听说晋王李克用死了,周德威回去奔丧,都纷纷建议此时出战。朱晃连连点头,微笑不止。他问大臣们,谁想此次出征。朱友珪自告奋勇说:"儿臣愿请缨出征,为我大梁效劳。"朱晃沉思片刻,说:"二皇子勿急。李克用诡计多端,说不定他是'诈死'。"朱友珪着急地说:"父皇,那我们这次还攻潞州吗?"朱晃哈哈大笑道:"当然要攻,朕御驾亲征。"朱友珪未挂成帅,心里虽有些失落,但依然夸赞朱晃说:"有父皇出征,潞州之战必定大捷。"朝中文武得知朱晃要亲征潞州,都纷纷响应,称赞朱晃英明神武。

朱晃择良辰吉日,领十万精兵来到潞州。一到潞州,朱晃连续几日都在营中饮宴欣赏歌舞。这日,朱友珪沉不住气了,问朱晃:"父皇前日说,李克用用兵狡猾,我们要先静观其变,以免中了埋伏。可是我们已经等了十天了,不知父皇打算何时出兵攻潞州城?"朱晃摸着朱友珪的头说:"朕的友珪长大了。朕看你最近非常关心潞州的战况,你是不是很想打仗立功啊?"朱友珪瞪大眼睛,看着朱晃说:"不瞒父皇,儿臣确实有此想法。父皇转战南北,辛劳大半生,如今您把儿臣哺育成人,儿臣自认为可以为父皇分忧解难,请父皇信任儿臣!"朱晃说:"我军在潞州驻扎了十日,也不见晋军的风吹草动。看来这回李克用是真的死了,周德威撤军回晋阳吊丧了,我们是时候考虑出击了。既然友珪有心代朕分忧，那么朕就把这次立功的机会给你吧！"朱友珪听了异常高兴，忙跪地叩谢皇恩。

当日，朱晃升帐，召集手下文武众臣议事。朱晃告诉众臣："朕要离开潞州了。假如我们把所有兵力都集中在潞州，岐人这个时候乘虚而入，断大梁后路，后果不堪设想。"众臣面面相觑，觉得朱晃的话无不在理。朱晃接着说："因此，朕决定亲自率兵先取泽州，令大将葛从周及三万兵马随行。至于潞州，李思安久围潞州却不能破，免其大将军之职，改任刘知俊为行营都督，任符道昭为招讨使，二皇子朱友珪为南营大将。"

朱晃、葛从周率兵走后，朱友珪直奔中军。朱友珪求见刘知俊，道："刘都督，今十万大军连环八寨围困，久不能破敌，末将愿调南营将士攻城拔寨。"刘知俊道："潞州城地势险恶，易守难攻，加上李嗣昭诡计多端，治军有方，不那么好对付。康怀贞、李思安二位将军连攻数月也无功而返。因此，我劝殿下三思而行，不要急于出兵。"朱友珪道："大都督多虑了！潞州城被困已久，李嗣昭孤立无援，此时不攻城更待何时？都督要是不放心，本王愿立下军令状。"刘知俊虽觉得朱友珪鲁莽轻狂，不识戎马，轻易上阵，必有损伤，但又不敢得罪，只得应允发兵。

出战前，朱友珪先派出使臣前去招降。李嗣昭收到降书后，速召集城中文武将官共商此事。听说先王李克用已病死，援军已撤，朱友珪派使臣前来招降，任圜言辞恳切地劝谏李嗣昭道："将军数月守城，其功可表。如果此刻放弃，功亏一篑。请将军务必坚守潞州，等待援兵，不可有不忠之心。"其他将官纷纷应和。任圜的一番话更加坚定了李嗣昭守城的信念。当即，李嗣昭令手下斩来使，然后传令全城军兵严守潞州城。

朱友珪得知李嗣昭杀了他手下的使臣，十分气愤，立即下令攻城。瞬间，潞州城下，战鼓擂动，炮车高架，战马奔腾，步兵紧随其后。只见黑压压攻城的士兵一波波涌上云梯，努力攀越城墙……晋军万箭齐发，竭力守城，两军陷入混战。

由于梁军攻势猛烈，李嗣昭在城上督战时，不慎腿上中了一箭，但他依然带伤作战……

话说周德威率兵回到晋阳，距晋阳城还有十里的时候，周德威考虑到，李克宁之乱刚刚平息,如果他擅自带兵入城,必然引起不必要的误解。于是他叫军兵停止前进,就地安营扎寨,稍作休息,他则带其子周光辅,大将李存审、李嗣恩、李嗣本几人一起进城祭拜先王,觐见晋王李存勖。其他一切待他回营后再作打算。

周德威等策马来到晋阳宫,只见城门紧闭。周德威呼唤城上守城士卒,事先说明原委,并说他们要觐见晋王。传令卒问,军队在何处?周德威说,暂时在十里外候着。传令卒将周德威此举报知晋王,晋王当时十分高兴,心中自语:"部众议论说周德威手持重兵,要防他兵变,谋篡王位,因此孤王特令城门关闭,士兵埋伏,严加防守。看来本王误会周都督了,周都督果然是忠臣。"想着,李存勖令八太保李存璋迎接德威等将士入城。

周德威等先入前堂,祭拜李克用的英灵。跪在李克用的灵柩前,周德威缅怀往事,慷慨伤怀,泣不成声,待他们祭拜完先王,李存审就带周德威等拜见晋王李存勖。

只见晋王李存勖身着孝服,坐在王椅上,神情威严,文武将官分坐两边。周德威见了晋王李存勖,恭恭敬敬地跪拜高呼:"南面行营都招讨元帅周德威拜见晋王千岁,千千岁!"其他几位将领也应声而拜。李存勖大喜,道:"诸公平身,赐坐。"待周德威等大将坐下后,晋王说:"得知周都督已回晋阳城,孤王特召集诸官前来,一起共商政事。之前数月,周都督一直忙于潞州战事,辛苦了!"周德威叹息一声说:"卑职无能,至今未能破贼,请晋王责罚!"李存勖宽慰周德威道:"梁兵多将广,作战经验丰富,所筑夹寨,非常人能破。周都督能与之抗衡,已经很不错了。先王将潞州托付给您,潞州是否能解围,日后还要靠周都督鼎力支持。"周德威听了,心中十分感动。他想,先王眼力不错,这晋王李存勖相貌堂堂,一表人才,还知道体恤手下兵将。

一会儿,李存勖问及周德威潞州军情,说道:"潞州被围数月,不知现在情况如何,请周都督从头至尾细细道来。"周德威说:"此次潞州之战是由朱晃挑起的。朱晃即位之初,曾下令各镇禁用前唐年号,各镇中,唯有晋王李克用、岐王李茂贞、吴王杨渥、蜀王王建抗旨不遵,且拟檄文征讨大梁,以复兴唐室。朱晃即派大将康怀贞,率兵调集青州、陕州、冀州诸路兵马,共计十万人攻打晋之潞州。当时是李嗣昭守城，因潞州城易守难攻，康怀贞日夜攻城，最终损兵折将，未能得逞。康怀贞恼羞成怒，令人在潞州城外四面筑垒，分兵屯守，围困潞州城。李嗣昭被困城内，无计可施，只好向晋请求援救，先王这才委派微臣为行营都指挥使，率同李嗣源、安金全等前往增援潞州。微臣领援军途经高河时，遇梁将秦武阻击，我军大败秦武。康怀贞请求梁帝朱晃再添新军，为此，朱晃很气恼，认为康怀贞无能，一气之下将康怀贞降职为行营都虞侯，改授亳州刺史李思安为潞州行营都统。李思安上任后，继续加固包围圈。在潞州城下，更筑重城，内以防奔突，外以拒援兵，因形状如蚰蜒，取名'夹寨'。因敌众我寡，微臣一时想不出克敌办法，于是只好每日派轻骑袭扰梁军，毁坏其夹寨，并令老弱士卒，拖动树枝，扬起尘土，击鼓呐喊，来回奔跑，以壮声势。如此，梁军不敢前来进攻我军。"李存勖颦眉深锁，他问诸将有何破寨良策，在场的将官一个个不是摇头就是叹气，有的说丧气话，假如老晋王李克用在世就好了，或许潞州还有一线希望。如今，老将周德威出马也不能摆平，真是手足无措啊……有的甚至劝李存勖投降，或许大家还有一条生路。张承业劝诸将少安毋躁，说办法总是会有的，在危难时刻，大家千万要沉住气。既然老晋王临终前将王位传给存勖，托付他实现宏图大业，他们就要相信存勖。说着，张承业问李存勖："晋王有主意了吗？"李存勖沉思片刻，说："此次周都督撤兵回晋阳城，梁军定会趁机攻打潞州城，潞州必然危险。因此，我们要速派援军前往。朱晃向来只怕先王和周都督，想必他定认为孤王少不更事，不习戎马，不能出师。孤王若日夜勤加练兵，领兵将出其不意攻其不备，打他个措手不及，何愁夹寨不能破？解围定霸，在此一举！"张承业在旁应声道："大王所言甚是，请即刻出兵。"诸将亦同声赞成，只有周德威依然叹息："由于持久作战，敌强我弱，目前我军士气屡受挫伤，士兵们多有厌战情绪。用兵之道，士气很重要。"郭崇韬站出来说："军心不振，并非难事。唐哀帝李柷数月前被朱晃毒死，殿下何不借哭李唐之丧，挂孝南征，使之出师有名。"李存勖说："说得好，这次突袭就以哭李唐之丧，匡复唐室为由，一举讨伐梁贼。"说毕，李存勖即命参军郭崇韬拟写檄文，发布四方。

郭崇韬当即拟好檄文，双手恭恭敬敬将檄文呈给李存勖。李存勖细览檄文后，甚是满意，只见檄文上写道："朱晃，本是萧县村中泼痞，游手好闲，不学无术。借国内动荡不安之际，投效盐贼黄巢，大动杀孽，危害四方州县，令生灵涂炭。我主皇恩浩荡，未责其罪，将其招安为臣。朱晃虽受李唐恩典，却恩将仇报，陷害忠良，弑君篡位！今本王调度蕃、汉马步军十万，举兵南下，讨伐朱梁，匡扶李唐大业，共济江山。"

檄文一发布，晋王李存勖便汇集蕃、汉马步军六万八千余人，战马两万余匹，大小将官五百人，讨伐朱梁。军中上下皆内着丧服，外披铠甲。李存勖自封为"蕃、汉兵马大元帅、内外诸军都招讨"，令张承业为总监军，郭崇韬为祭酒军师，周德威为左军都督，李嗣源为右军都督；李存审、李嗣恩、李嗣本、周光辅为左军大将；石绍雄、安休休、安金全、李建及为右军大将，李存璋保驾中军，孟知祥押运粮草辎重，丁会为正印先锋官，号称天军十万，校检三军。

出战前，李存勖率领校军场上将士一起悼念唐哀帝李柷，为其供奉果品酒水，焚香祷告。将士们无不缅怀大唐厚恩，仇恨朱晃弑君篡位。

祭拜后，李存勖大阅兵马。他命都招讨使丁会、周德威等先行，自己率军随后。

李存勖部署此次潞州突围。他令将士们都拿着黑色的旗帜，手持器械，口中衔枚，乘着夜色行动。他们进入潞州后，兵分三路，分别攻破敌营北面三扇门。周德威领李存审、李嗣恩、李嗣本、周光辅带兵从东北门夺营；李嗣源领石绍雄、安休休、安金全、李建及带兵从西北门夺营；其他兵将随他一起从正北门进攻敌营。等大军打开通道后，老弱士卒和车骑在中间行进，伏兵则在后掩护大部队行动。部署完战事后，存勖叮嘱兵将们务必沉着应战，谨慎从事，不要惊慌。

当军队衔枚而进到大冈山时，天色已暮。有士兵传丁会的话，问李存勖说："参见晋王，前面距离十里就是潞州了，不知是继续前行还是就地整军休息？"远处青峰叠嶂，绵延天际。李存勖望一望四围的山峰，问："这是什么地方？"士兵告诉存勖："启禀晋王，此地是三垂冈。"听说这是三垂冈，存勖感慨万千，陷入一段回忆。十八年前，即公元889年，他曾随父亲来过三垂冈，那年他仅五岁。先王李克用大败昭义节度使孟方立后，在三垂冈大设酒宴,犒劳三军,席间还有歌舞助兴。李克用听完一位伶人演唱西晋陆机的组诗《百年歌》后,感慨人生苦短,所幸令他欣慰的是,膝下有儿李存勖将来可继承他的大业。他对众兵将们说:"我儿李存勖是军事奇才!二十年后,等我老了,他能继承我的事业。"兵将们听了,都纷纷夸赞李存勖,回首往事,历历在目。

于是,李存勖传令三军将士当夜在此地宿营。

皓月当空,存勖因怀念父亲,他特备果品,设香案,祭祀李克用的英灵。存勖及诸将齐跪在地上,祭拜李克用。李存勖手捧先王李克用临终前赐给他的三支雕翎箭,喃喃地说:"父王,您在那边一切可安好?孩儿存勖明早五更欲率文武众卿到潞州攻寨,请父王在天之灵保佑我们凯旋归来!"其他的将官都纷纷默哀、祈祷。

翌日晨,天降大雾。晋军在浓雾中悄然挺进……

晋军兵分三路,进入梁军北营。

当北营的梁军还在依稀睡梦中,营外晋军已经战鼓紧擂,号角长鸣,杀声四起……梁军这才一一惊醒。看营外,大雾深重,遮挡视线,不知晋军来了多少兵马,只听到鼓号声、喊杀声震天。晋军各自手里拿着火具,连烧连杀。梁营寨渐被大火包围,瞬间,梁军个个惊慌失措,营中到处乱作一团……

东北寨主将符道昭被战声惊醒后,慌慌张张,来不及拿武器,正要跳上马背准备逃走。在溃逃过程中,招讨使符道昭,心慌意乱,策马狂奔。他手中皮鞭乱挥,不小心打到马尾,马受惊了,把符道昭掀落于地。周德威追上,举刀将符道昭剁成两段。见主将阵亡,东北寨梁兵都吓得纷纷溃逃。

晋将李嗣源领兵攻入西北门后,西北寨主将牛存节本想击退晋军,不料,手下士兵逃的逃,躲的躲,剩下一些零散的士兵,也是心虚胆怯,根本无法招架住晋军来势凶猛的侵袭。俄顷,又有石绍雄、安休休、安金全、李建及率领骑兵杀进来,牛存节吓得调转马头逃窜,其他梁兵,大部分也跟着牛存节逃走了。

正北门,李存勖率八千精兵冲入。大将李思安见李存勖年纪尚轻,身高八尺,样貌清奇,浑身透着一股英武之气。他说:"我不与无名之辈交手。小孩,请你报上名来。"李存勖说:"废话少说,想活命就放下武器,快快投降!"说着,他挥舞着一柄游龙精钢剑,劈面砍来,李思安抢枪来挡。二人战了三四十回合,不分上下,突然李思安手下的两员副将前来助阵,李思安在二人的掩护下,赶紧卖个破绽,策马逃走了。于是,北寨也溃败了。

八寨连环,三寨已被攻克,刘知俊却浑不知觉,此时他在南营睡得正香。被战声吵醒后,刘知俊才从侍从口中得知北三寨的败讯。他追悔莫及,急忙更衣,召集将士出寨抵御,令人传西南、东南二寨兵马火速迎敌。命令刚下达,这时,战报频传。一会儿,有士兵来报:"不好了,晋军布成四面都有警戒的'四武冲阵'战斗队形,战车和骑兵势不可挡,我军已陷入一片混乱。"一会儿,有士兵来说东北大营主将符道昭被诛,又一会儿有士兵说,李存勖已攻陷正北大营,向东寨杀来……战败的消息接二连三,刘知俊越听越心慌。他速穿上铠甲,带上头盔,全副武装,携兵器翻身上马,向北冲去……

晋军左都督周德威攻完东北寨,又领兵转战正东寨。他的部队所到之处,鲜血飞溅,尸横遍野,一片狼藉。李存审、李嗣恩、李嗣本、周光辅分头踏营,杀得梁兵片甲不留。周德威正杀着,突然前方一员大将拦住他去路。此人豹头鹰眼,燕颔虎须,头戴七宝鎏金盔,身披罕皮宝甲,跨一匹五花驹,手抢一条冲天大枪。他对周德威大喝道:"行营都督刘知俊在此!快拿命来!"说时迟那时快,刘知俊抢枪横扫周德威的脖子,周德威轻轻一闪,便躲过一枪,刘知俊又挺枪直刺周德威的心脏,周德威不慌不忙用刀挡枪……一时间,二人杀作一团……正杀着,忽闻一阵急切的马蹄声,东南寨主将李檀率欲领救兵来助阵。李存审跃马而出,来战李檀。未战几合,李檀自愧技不如人,败逃而去。

李嗣源作战勇猛异常,出了西北寨,又相继攻克了正西寨、西南寨。西寨主将张存敬被李嗣源诛杀后,西南营寨主将杨师厚闻风逃走。李嗣源连闯三寨后,又传令三军直取南大营。此时,李存勖、周德威也从东面杀来,东西夹击。朱友珪在南营听到情报,得知东、西皆传败报,大都督刘知俊生死未卜,晋军即将赶到。他心生胆怯,对部众说:"目前,八寨已失七寨,夹城已破。大势已去,与其硬拼落入敌人阵中,全军覆没,不如趁敌军未来,速退兵回晋州，日后寻求良机再战。"于是，朱友珪领兵将弃寨而逃。

朱友珪没逃多远，身后李存勖领兵将追来。他对兵将们道："现我军已突出重围，继续乘势击败敌军。众将听本王号令，以我左军迅速向敌左翼发起攻击，以我右军迅速向敌右翼发起攻击，不要和敌人争夺道路以免分散兵力，同时以我中军向敌轮番突击，或击其前，或抄其后。这样，敌军虽多，也能将其打败。"诸将纷纷响应。

李存勖大败梁军后，即领兵带着各路人马凯旋来到潞州城。周德威叫守城的士兵传话给李嗣昭说，先王李克用病故了，嗣王李存勖亲自领兵破了夹寨，城中李嗣昭简直有些不敢相信这是真的。当他站在城门上，远望城下一片白茫茫，所有兵将都身穿孝服，佩戴孝巾，便知先王李克用已病故了。李嗣昭大开城门，跪迎李存勖入城。

入城后，李存勖表扬李嗣昭守城有功，问起李嗣昭周德威撤兵后，城中情况时，李嗣昭百感交集，说："不瞒晋王，援兵走后，梁军进犯，城中几近断粮，潞州陷入困窘的紧要关头。当时，不少士兵颇有怨言，散失守城信心，情况不乐观，连末将也犹豫是乞降还是继续守城。正在生死存亡之际，观察支使任圜力谏守城，鼓舞士气。在众兵将团结奋战下，终于守住了潞州城。"李存勖听李嗣昭讲任圜的事迹，深受感动，对任圜赞赏有加。

几日后，梁太祖朱晃在泽州收到战报，得知潞州十万军兵已被李存勖击退，现溃退到晋州。朱晃惊叹道："生子当如李亚子，克用虽死犹生！若似我诸儿，简直与豚犬一般呢！"

第
八
章 ｜ 李存勖偶得贤内助
　　　赏歌舞玉娘露头角

　　话说晋军攻破夹寨后，将士们将此仗俘获的美女献给晋王存勖。众女见到晋王，都一一下跪请安，服服帖帖。只有一女见了晋王，不肯下跪。押解她的士兵喝道："大胆贼女，见到晋王还不下跪。你活腻了？"侯氏依然不动。士兵用脚踢她，身穿囚服，头戴枷锁的侯氏，身子一歪，敏捷地躲闪开了。士兵又抽出一截皮鞭来对付她，她毫不示弱，与士兵较量。二人斗了不到三十回合，士兵就被侯氏飞脚踹倒。这时，晋王发话道："大胆女贼！竟敢藐视公堂，目无王法，在这里撒泼，报上名来。"侯氏正眼也不看存勖，缄默不语。周德威说："此女乃亡将符道昭之妻侯氏。"侯氏目燃怒火，满腔仇恨，骂晋王道："李存勖，还我夫君命来！你杀我大梁这么多弟兄，我不会饶恕你！"众兵将听了哈哈大笑，李存勖也面带微笑地说："素闻夫人不仅花容月貌，还文武双全，今见果然不凡，本王甚是喜爱，今后你就做本王的王妃可好？"侯氏唾骂道："呸！我宁死也不嫁。"李存勖又说了一席话，想劝服侯氏，可侯氏依然态度坚决。李存勖无奈,只好示意身边的一名士兵过来一下,对他耳语一阵。一会儿,士兵端来一杯酒,对侯氏说:"天堂有路你不走,地狱无门你偏行。晋王看上你是你的福气,你却惹恼殿下,自毁前程。目前有两条路,任你选择:一是马上与晋王拜堂成亲;一是喝了这杯毒酒。"侯氏听了,思虑片刻,说:"把酒给我!"士兵走近,把酒杯奉上。侯氏举起酒杯,悲戚地仰面道:"夫君,等一等,黄泉路上,你且慢点走,为妻就来陪你。"说着,侯氏一仰头把杯里的酒喝个精光,随之,她便倒下了……

待侯氏醒来,睁眼一看,发现自己躺在一个陌生的房间里,房间里的布置、器具都十分讲究。屋里还有两名侍女,侯氏问她们这是哪里,侍女们微笑着告诉她,这就是晋王的寝宫。她回忆赐毒酒的场面,纳闷自己怎么还没死。她嘀咕着:"我不是已经死了吗?"一个侍女说:"夫人,晋王殿下爱你都来不及,怎么舍得赐你死呢?那杯酒里下的是蒙汗药呵!"说着,两个侍女都掩面笑了。侯氏低头看看身上衣服,已不是原来那套粗布囚服,而是颜色鲜亮、上好的锦衣。她问侍女们:"我的衣服呢?"侍女们不答。侯氏想,不管她与李存勖有无这层关系,已进了这扇门,她到哪都说不清了。她回想营中战火熊熊,兵荒马乱,雾晨梁兵突遇袭击的悲惨情景……又想到将来她到了九泉,如何面对亡夫,面对列祖列宗……她一时难以遏制内心的悲痛,泪如泉涌,哀伤至极,悲极生怒。她问侍女们,晋王在哪?侍女见她神情不对,都连连摇头说不知。侯氏边哭边说:"既然唯一相爱的人被晋军杀了,我却报不了仇,我的清白也已经没了,不如一死了之。"说着,侯氏一头朝墙撞去。两个侍女急了,一个侍女赶紧拦住她,另一个侍女跑出屋去找晋王。

"你别拦我,否则我杀了你!"侯氏说着一把掐住侍女的脖子,侍女急着喊救命。正在这时,存勖带着几个护卫赶到,他请求侯氏放过侍女,她要死不挽留,说着,把自己别在腰间的佩剑递给侯氏。侯氏接过剑,趁存勖不备,立刻用剑锋勒住存勖,只听她冷笑一声说:"我终于有机会报仇了。李存勖,我要将你碎尸万段!"周围的人都吓住了,存勖命悬一线。侯氏叫众人放下武器退后,众人不动,侯氏把刀逼得更近了,存勖只好命令众人都退下,众人这才犹豫着撤出。

"动手吧。"李存勖很淡定地说,"只要你觉得杀了我开心,杀了我能讨好弑君盗国的朱晃，杀了我能让大唐苍生远离战灾，那你就动手吧！"说着，存勖闭上了眼。"你不怕死吗？你怎么不还手？"侯氏问。存勖依旧原地站着不动。侯氏说："我下手了，那你不要后悔！"嘴上虽这么说着，心里却纠结："这个李存勖，虽然与我初次交锋，但往日对他有所耳闻。知他少年才俊，可亚其父，唐昭宗赐名李亚子。今日得见，相貌堂堂，举止不凡。李克用生前可与朱晃相抗衡，这李存勖岂不胜过朱晃。他胸怀天下，体恤军民，还怜香惜玉……"想到这里，侯氏不由得打从心里敬佩起存勖来。突然，"唰"地一声脆响，宝剑从她纤纤玉手中滑落下来。存勖听到剑落声，悄声问侯氏："夫人为何迟迟不动手？难道是怜惜本王，那就做本王的王妃吧？"李存勖道。侯氏泪流满面，说："你走，我再也不要看到你。"存勖没有走，却张开双臂一把将侯氏抱住，说："梁营你现在是回不去了，忘记过去，留下来做本王的王妃吧！本王不会亏待你。"侯氏边摇头边挣扎，她越挣扎，存勖越搂得紧了。侯氏挣脱不开，只好告饶道："先夫尸骨未寒，过段时间再说吧。"存勖见侯氏态度有所转变，他继续劝说道："夫人请节哀！保重凤体要紧。道昭乃一良将，可惜选错了主人，以致英年早逝，本王深感惋惜。朱晃本是萧县村中泼痞，借国内动荡不安之际，投效盐贼黄巢，大动杀孽，令百姓生灵涂炭。唐皇龙恩浩荡，未责其罪，将其招安为臣。朱晃虽受李唐恩典，却恩将仇报，陷害忠良，弑君篡位。"侯氏觉得存勖说得有理，心里逐渐平静下来。

当日，晋营里张灯结彩，大张宴席，三军将士一起庆贺晋王和侯氏喜结良缘。因侯氏为破夹寨时迎取，存勖封她为"夹寨夫人"。

散宴后，众将军纷纷前来与存勖、侯氏作辞。周德威借辞别之机，对存勖说："晋王英明神武、好福气，这次潞州之战在您的带领下，打得很漂亮，梁军阵亡人数逾万，晋军收缴粮食兵械堆积如山，而且您还得一贤内助，侯氏乃将门之后，她虽然年轻，智勇无敌，且身经数战，有作战经验。日后，有她在晋王身边，晋王如虎添翼。"存勖说："多亏将士们齐心协力，共同御敌，才有今日。"周德威说："下一步晋王有何打算？"存勖说："周将军有什么想法吗？"周德威说："梁军大败，朱晃定然不会善罢甘休。为防梁军反扑，我军不妨乘胜追击。毗邻潞州的泽州，位于潞州与洛阳之间，如果我军能够攻占泽州，今后就能够控制太行山口，不仅能阻止梁军北上，也可以南下威胁朱梁的都城洛阳。微臣愿孝犬马之力,前赴泽州。"存勖说:"周将军勇气可嘉。只是周将军年迈,久在阵前,是否有些疲劳?梁军刚吃了败仗,士气低落,一时不敢贸然行动。周将军不妨趁这时候整饬军兵,积蓄力量。"说到年纪大,周德威闷闷不乐,他想起昨夜一个士兵告诉他,自从打了胜仗,军中就有人议论说,周德威毕竟老了,没什么用了,先王克用派他攻潞州,迟迟攻不下来。晋王存勖虽然年少,却是军事奇才。存勖初次领兵出征,梁军就被打得翻天覆地,七零八落,溃不成军。为了这事,周德威耿耿于怀,难以释怀。他自语:"我老了吗?我真的老了吗?"周德威不想承认自己老了,他想,只有打场胜仗,才能唤回过往的威风。周德威企图说服存勖让他去攻泽州,他继续劝解道:"前两年,晋军屡次进攻泽州,梁军张归厚、徐怀玉等勇将守卫此城,晋军都无功而返。这次梁主朱晃又亲自驻守泽州,倘若在这个时候,我们不主动进攻,如果等朱晃缓过神来,他带着大军反扑潞州,那该怎么办?"存勖听着也有些担心,就答应了周德威的请求,并派李存璋等将及五万精兵与他随行,李存勖则带领其他部众班师回到晋阳城。

得知李存勖打了胜仗,曹夫人十分高兴。她吩咐家仆准备一桌最丰盛的美酒佳肴,为李存勖接风洗尘,为了活跃气氛,她还专门叫来一支乐队表演节目。

存勖将至,乐队成员们都赶着更换服装、化妆。"晋王殿下快到宫里了,大家动作放利索些。"更衣室门口,乐师总管双手叉腰,颐指气使地催促着乐队的男女老少道。说罢,他走到这次首个节目的领舞面前,柔声道:"玉娘,今天你真漂亮!这次咱们的赏钱都捏在你手里了,你可要好好表现。"镜子里,印着一个天仙般的美人,身后,化妆师正在为她施粉。

玉娘装扮一新,凡见过她的人,皆赞不绝口。玉娘穿过一个紫藤萝交织的长廊,恰逢花期,紫藤萝花开满枝头。墙上、地上、屋顶上……到处爬满了阳光浅金色的足迹。微风阵阵,花香宜人,三五只雀儿,在花枝上跳跳蹿蹿,悠闲自得。玉娘微微撩起裙摆,在青葱的草地上走着。她轻巧的步子,惊飞了雀儿们。它们震颤着彩翅,一下子飞入湛蓝无瑕的云天……绕过一个精巧的亭子,在回廊一隅,玉娘遇到两个熟识的丫环。双方亲热地打过招呼后,玉娘向她们打听道:"姐姐们,听说晋王这次班师回宫带来一个新宠。她不仅美貌如花,而且文武双全,精通兵法。晋王可宠她了,自从与她见了一面,就魂不守舍,立刻纳她为妾,从此二人形影不离,是吗?"一个丫环说:"妹妹,论漂亮,谁比得上你呀?汉朝赵飞燕凭着美貌和舞技当上了皇后,母仪天下,名载史册。我看妹妹非池中之物,将来妹妹要是飞黄腾达了,可还会记得我们这些卑微的下人?"另一个丫环也随声附和。玉娘嘴上虽说:"哪有,姐姐们才是天仙下凡哩!妹妹从没想过这些,也不切实际,能侍奉好曹夫人,我就心满意足了。"她心里却想:"侯氏能靠着精通兵法讨晋王欢心,我刘某为何不能?"想着,她决计日后有空就钻研兵法,学习排兵布阵。

　　一会儿,晋王存勖携侯氏来后宫拜见曹夫人。二人向曹夫人问安后,曹夫人叫他们坐下,便吩咐丫环们把美酒佳肴端上桌来。然后,她击掌三下,舞池里,乐师和舞姬们一一从屏障后结队走来……随着钟鼓齐奏,优雅的宫廷乐音响起,扣人心弦。仆婢手挎花篮,伸手向半空中抛洒花瓣,一群身姿窈窕,面若桃花的舞姬,迈着轻盈的步子,欢快地舒展着柔美的舞姿,舞姬们不断变幻着队形,领舞的那名女子,美貌惊人,妆容最是艳丽。存勖看了直拍手叫好,心里异常兴奋。一场晚宴下来,李存勖回宫前,忍不住问曹夫人:"母妃,今天首个节目领舞的姑娘叫什么名字?"曹夫人道:"亚子打听一个下人做什么?她姓刘,名玉娘。她父亲是个江湖郎中,自号刘山人。那年你先父攻魏成安,玉娘年方五六岁,与其父失散,袁建丰将她送到晋阳宫,此后,母妃教她吹笙歌舞。不料她禀赋极高,一学就会,因才貌出众,在众宫女中脱颖而出。"李存勖本想再说什么,侯氏催促道:"时候不早了,母妃大概也困了,我们下次再来拜望母妃。"曹夫人道:"今天大家都辛苦了,你们早点休息,路上小心。"说罢,曹夫人送存勖和侯氏到宫门口。

　　自从这晚存勖回去后,脑海里满是玉娘的影子,挥之不去。他忍不住天天往曹夫人这里跑。起初,侯氏没在意,她想存勖是去看望陪伴母妃曹夫人,又不是去卫国夫人韩氏那里。一天,侯氏正在花园里的一株松树下舞剑,剑在她手里飞舞着,银光闪闪,剑舞到一半,突然一个声音打断了她的注意力。"听说妹妹前段时间与晋王殿下双宿双飞、形影不离,怎么这么快就形单影只了?"侯氏见是韩氏,收剑入鞘,忙施礼。侯氏告诉韩氏,很快又要打仗了,存勖是个孝子,让他多陪陪曹夫人。韩氏"扑哧"一声,笑道:"姐姐有一句话要送给妹妹："不要轻易相信男人的话。"侯氏心想："这个卫国夫人，难怪不得宠，她永远是那么高傲，冷若霜雪，让人难以接近。"侯氏知道韩氏是一片好意，就说："谢姐姐提醒。"

侯氏和韩氏闲聊几句后，她备好车马，来到曹夫人宫中。

窗外，好一个醉人的春天！繁花吐蕊，绿叶抽芯；江流欢畅，鸟声沸腾；春光柔媚，水影婆娑。宫里，好一派欢乐的气氛！钟鼓齐鸣，动人心弦。歌声杳杳，舞姿婀娜。侯氏掀起淡紫色的帷帐，宴会厅里有一群人在那里吃喝，但是她没看到存勖。她望望舞台上，刘玉娘梳着时髦的发髻，妆容艳丽，妖娆地旋舞。她跳着跳着，突然从幕后钻出一个魁壮熟悉的身影，与之伴舞。这不是晋王殿下吗？侯氏简直不敢相信自己的眼睛。侯氏回想战场上，晋王雄姿英发，而眼下，他却又似乎变成了另外一个人。此时，她觉得日思夜想的心上人存勖突然变得是那么陌生，她飞跑着离开了曹夫人宫中。

夜深了，存勖回到侯氏寝宫。往常这个时候，侯氏总会在灯盏下捧一本书，边读边等他回来。今天，存勖回来却不见侯氏的身影。存勖呼喊着侯氏的名字，没有人回答他，只有凉风安静地吹响窗外的一丛树叶。存勖扫视四周，空荡的屋子里，摆设依旧如故，灯火通明。存勖想，侯氏会到哪里去呢？想到侯氏喜欢在后花园习剑，他快步到后花园。

走到后花园，存勖仍不见侯氏。他心里急了，打着灯笼，满晋阳宫找，当他经过一片竹林时，突然闻到一股浓郁的酒香。他好奇地钻进竹林。在一个亭子里，他发现了侯氏。她坐在那里喝闷酒，身后还跟着两个丫环。存勖坐在侯氏对面的石凳上。侯氏见存勖来了，问他要不要来两杯。存勖夺过侯氏手中的酒杯，说："跟我回去吧！你醉了，别喝了。"侯氏醉得东倒西歪了，她还笑着说："我要喝，我高兴。"存勖说："好，好，回去我陪你一起喝。"侯氏喃喃自语："你说为何人们高兴也喝酒，痛苦也喝酒？"说着，侯氏就趴在了石桌上，存勖小心翼翼地抱起侯氏，出了亭子。

半夜里，侯氏酒醒后，发现自己躺在存勖的怀里。她猛然推开存勖，掀开被子，跳下床道："李亚子，你是个大骗子！我再也不想看到你，以后你别碰我。"侯氏边说着边跑到门边要走。存勖忙追过去，一把拽住她的手。侯氏挣脱着，甩也甩不掉。侯氏哭着道："真是冤家路窄。我上辈子欠了你的，我被你骗得好苦啊！这些天，你出门前，说你军务繁忙，说你要看母妃，我都相信了。哪知你却和一个丫环厮混，你眼里还有我吗？"存勖说："我本想告诉你实情，又怕你受伤害，所以才……"侯氏冷笑一声，说："我不要听你的解释。总之，以后我们完了。"说着，侯氏激动地要出去。存勖紧紧地抓住她。侯氏道："李亚子，你到底要干什么？"存勖说："我不要你走。我对天发过誓，今生今世要对你好。"侯氏道："没关系，你不用管我，我会对自己好的。"存勖道："你想害我做一个言而无信的人吗？"说着，存勖搂着侯氏，低头要亲她的额头，却被侯氏打了一个耳光，存勖没有生气，只说："只要你开心，你继续打我、骂我吧！我对不起你。"侯氏的心又软下来了，她啜泣着，存勖用帕为她擦眼泪。哭了半晌，侯氏问存勖，她和刘玉娘在他心里谁更重要。存勖不说话。侯氏心想："以后我不能享受被独宠的滋味了。难怪亚子喜爱刘玉娘，看她的身段、容貌、舞技，都是一绝，确实是个难以抵挡的诱惑。与其让亚子天天到曹夫人宫中去私会刘玉娘，不如成人之美，把刘玉娘从曹夫人那里赎回来，给存勖作妾。"想着，侯氏把这一想法告诉存勖，但前提是希望存勖不要喜新厌旧，将来冷落她。存勖十分感动，满口应允，他说："爱妃心地善良、宅心仁厚，谢谢你能体谅我，你真是我的贤内助。"

第九章 | 陈夫人弃俗修道
　　　　牛存节义保泽州

　　话说玉娘盛装出演,晋王李存勖被她迷住,每日都到曹夫人宫中去会玉娘。侯氏发现了,心里难受,喝了很多酒。酒后,存勖慰藉她,一辈子会对她好。

　　屋里,一盏昏黄的油灯,照亮着存勖和侯氏。一会儿,侯氏酒醒了,她爬起来,吹灭了床头的油灯。"睡觉吧!"侯氏对存勖说,她看不到存勖,她对漆黑一片的空气说。存勖张开手臂,似乎要触摸什么,他什么也没有摸到。侯氏没有挨着存勖坐在一块,她有意与他保持着距离,两颗眼泪悄然滑落,这是她失落的心情……

　　无眠的夜是多么漫长,侯氏辗转难眠,耳畔,存勖的呼噜声和树叶的沙沙声,交织在一起,分也分不开。月晖幽幽,从窗外射进来,白天屋子里的物什、器皿,此刻都不辨颜色,只剩下轮廓。侯氏想,存勖就是这抹月光,让她迷茫,又让她寄予希望。

　　翌日晨,存勖睡眼初开,绿纱窗外,日光高照,有些炫目。"爱妃,爱妃……"存勖边用目光搜罗着侯氏的身影,边呼唤着,没人回答他,只听见窗外一片鸟鸣。"爱妃去哪里了？"存勖嘀咕着自语,"爱妃心情不好,让她静静。"想着玉娘快要成为他的爱妾,存勖按捺不住内心的喜悦,满面绽笑。

　　存勖快步来到曹夫人宫中,玉娘的房间。见玉娘正在心无旁骛地看书,存勖蹑手蹑脚地走了过去,蒙住玉娘的双眼,换一种与平时说话不同的声音,道:"猜猜谁来了？"玉娘笑着说:"殿下真早!""你怎么知道是我？"存勖把手松了,紧紧地抱住玉娘道,"好想你!昨晚又梦见你了。"玉娘道:"'夹寨夫人'答应咱们的事了？"存勖松开手,惊讶地道:"是啊,你是怎么知道的？"玉娘便把侯氏来过的事情告诉存勖。存勖问玉娘:"她来做什么？"玉娘道:"她看到奴婢在看这本书,好像有些不高兴,当时脸都阴下来了。她说奴婢跳好舞就好了,兵法不是奴婢该碰的。你说她是不是怕奴婢懂兵法的话,将来会夺了她立功的机会呀……"存勖拿起桌上的书,快速翻阅着,只见封面上写着:《孙子兵法》。存勖含笑道:"想不到姑娘不仅貌美无双,舞技一绝,还对兵法感兴趣,以后不许你老称自己为'奴婢'了,就说玉娘,显得亲切。"玉娘道:"好好好!玉娘很崇拜晋王殿下,用兵如神,为匡复大唐而战。虽然玉娘愚钝,但学了总比不学好。说不定,将来还真能为殿下献计,打个胜仗哩!"存勖道:"好!你好好学,我等着你战场立功。"片刻,玉娘问存勖她什么时候过门。存勖说,这就去找曹夫人。玉娘告诉他,曹夫人这时候不在寝宫,到刘夫人那里去了。存勖别过玉娘,一径朝刘夫人宫里走去。

　　走着走着,存勖还没入宫门,就听到一阵哭声。他心下寻思:"这里究竟发生了什么事情？"想着,存勖加快了步伐。

　　进了大殿,存勖见刘夫人和曹夫人二人坐在椅子上边哭边用帕拭泪。存勖向二位夫人道个安,便挨着曹夫人坐下。他拿过曹夫人手中的帕子,替她拭泪,并悄声问曹夫人,怎么不见陈夫人?曹夫人泣不成声,她把一封信递给存勖,道:"昨晚,陈夫人彻夜未归,这是她留下的。"存勖展开书信,看完,道:"二娘怎能不辞而别？难道她不知这一走,多少人要为她牵肠挂肚,心忧如焚吗!世道纷乱,她孤身在外,要是遇到强人或是豺狼虎豹,后果不堪设想。"曹夫人道:"亚子,不要责备你二娘了。她是贤良之人,她走一定有道理和原因。"存勖就不再说什么,只安慰曹夫人道:"估计二娘不会走远,与其在这里伤心难过,不如让儿臣现在带一些人马去将二娘找回。""我已吩咐人去找了,还没消息。"刘夫人在一旁听了道。刘夫人回忆,前几日,陈夫人与她和曹夫人一起聊天时,她说,早在先王克用临终前,她曾许下诺言,倘若克用比她先走,她将弃俗修道,日夜诵经,为李氏家族祈福和超度他的亡灵。克用同意她的想法,并表示感谢,但刘夫人和曹夫人不能接受这个事实。当时,刘夫人恳切地挽留陈夫人道:"妹妹若喜欢那些深奥的经文,可以买了经书在家诵念啊!不一定非得去什么道观。一家人在一起,比什么都好。况且在道观清修,哪及家中舒爽。"曹夫人也跟着劝留。陈夫人一心想了却这桩心愿,于是只好出此下策。想着这些,刘夫人眼泪又来了,边揩泪边道:"有些事情是不能勉强的。都怪我,光顾着一己之私情,没有考虑到陈夫人的想法,她才要离开这里。"曹夫人也跟着埋怨自己。存勖安慰两位夫人说:"大娘、母妃,怎能怪你们呢?你们都很喜欢二娘,想她在身边,这是人之常情嘛!相信二娘吉人天相,会安全回来的。"说到"安全"二字,屋里,二位夫人和一群丫环泣声一片……

"找到陈夫人了。"正在这时,突然从门外跑进来一个家将,对刘夫人道。刘夫人道:"陈夫人在哪里?回晋阳宫了吗?她人怎么样?没受伤吧?"家将道:"小的该死。刚才我们在一个山洞里找到了陈夫人,要接她回来,可她不肯。我们又不敢强行带她回来,只好让几个兵将暗中保护她。"刘夫人夸赞家将做得对,然后叫家将引路,说带她去找陈夫人。曹夫人忙说:"姐姐,带上我吧!"刘夫人点头。刘、曹二位夫人快速准备了一番,就乘着马车,匆匆上路了。

马车出了晋阳城,在宽阔的道上奔驰着,马蹄儿"嘚嘚",不停地敲打着地面。刘夫人掀起帘子一角,车窗外,路边新绿的树群迅速从眼前闪过。风从耳边吹过,带着原野上泥土和草木的芳香。天空是那么湛蓝、澄澈,白云是那么晶莹、无暇……一只鹤鸟张开翅膀,穿过云霄,飞向遥远的天边……

翻过了几座山,经过快马加鞭地赶车,她们终于赶上了陈夫人。马车停下,刘夫人和曹夫人陆续下了马车。午后的太阳给大地山河镀上了一层闪亮的银光,陈夫人肩上挎着行囊,悠然徒步在树阴下。"妹妹,请留步!"刘夫人道。陈夫人止住步子,回过头来,站在那里。刘夫人笑着道:"妹妹,出外旅行乐呵也不带我们。"陈夫人有些尴尬,不语。一旁的曹夫人也笑着,附和道:"是啊,姐姐,我们姐妹仨发过誓,今生今世永不分离。你这招呼也不打,就悄悄地走了，太不够意思。你这是要去会情郎吗？"陈夫人赔笑道："是啊，我会情郎。你们来得正好，给我把把关。"说完，她又正色道："妹妹就别打趣妾身了。不瞒二位，此次出门，我并非游山玩水，也非会友，只想找一家合适的道观清修。"曹夫人道："妹妹在这附近可有熟悉的道观？"陈夫人摇头。曹夫人道："入道修行得有关系才能进。我有这方面的朋友，可以引荐姐姐。将来姐姐到了道观里，还能有个照应。"刘夫人问曹夫人："这家道观在晋阳宫附近吗？"曹夫人说："是的。"刘夫人高兴地道："那最好，一举两得。今后，妹妹回家方便，我们看妹妹也方便。"陈夫人赶忙谢过曹夫人。

刘夫人问陈夫人是否吃了午饭，陈夫人含糊地"嗯"一声。刘夫人问："吃的什么？"陈夫人道："在酒家吃的，饭菜很丰盛。"刘夫人质疑道："可我们一路上没经过酒家。"陈夫人改口说："吃了干粮。"说这话时，她咽了咽口水，肚子不会撒谎，"咕咚"唱着饥饿歌。刘夫人道："妹妹千万别委屈了自己。在家千日好，出门一时难。在外头，尤其是前不着村后不着店的地方，没有酒家、客栈，也没有户人家，吃住都成问题。妹妹此次真是受苦了！瞧我给你带来了什么。"刘夫人说着，回到马车上，提过来一个别致的雕花木篮子。当刘夫人打开篮盖，陈夫人闻到饭菜的清香，心里道："好像有水煮梅花鹿肉、烤绵羊肉呵！"她情不自禁地伸手去接篮子。刘夫人却把篮子拎走，说："外头晒，又没地方坐。要么你坐到马车上，舒舒服服地吃？"陈夫人答应着，跟着刘夫人上车了。

"好吃吗？"曹夫人见陈夫人吃得很香，故意问。陈夫人连连点头。这次刘夫人、曹夫人到处找她，还带来这么多好吃的，让她很感动。不一会儿，陈夫人就吃完了，刘夫人就叫马车夫驱车回宫。

一行人马穿行在山中，身后扬起滚滚尘埃，朦胧了远处的视线。太阳在云霄慢慢地爬着，逐渐回归到地平线上。马车驶到晋阳宫时，天黑了。护城河里，碧波荡漾，把晋阳城的万家灯火与月影星晖揉在一块儿……

夫人们各自沐浴更衣后，一起在曹夫人宫中用膳。膳后，曹夫人对陈夫人道："二姐长途跋涉，想必辛苦了，早些回去休息吧！"陈夫人道："确实有些倦了。"曹夫人和刘夫人起身送陈夫人。三人走到门口，陈夫人又说了一番送别的话，就转身上了轿子。刘夫人也要作别回寝宫，曹夫人留客道："姐姐，我新绣了幅牡丹，请指教！"刘夫人道："指教不敢当，欣赏一下，你心灵手巧,刺绣是你的绝技。"曹夫人引刘夫人回屋,她把牡丹给曹夫人看。只见淡蓝色的丝绸像天空的颜色,朵朵牡丹色泽艳丽,形态各异,栩栩如生。刘夫人夸赞了一番。曹夫人估计此时陈夫人已走远,她对刘夫人道:"姐姐,有件事要与你商量。"刘夫人好奇地问:"什么事?"曹夫人提起白天答应陈夫人引荐入道修行的事,转而道:"姐姐,其实我并无道士朋友,是诓二姐的。"刘夫人眉头一皱,道:"难怪以前从未听你说过有道士朋友。不过,我还是不主张她出家。修行的日子是很清苦的,非一般人能接受。"曹夫人叹息一声,道:"我也不赞同二姐出家,只是我们如不尊重她的想法,会伤她的心。"刘夫人默默点头,思虑片刻,她道:"按你说的,咱们就给她物色家门口的道观吧!"曹夫人连连说好。

次日一早,刘夫人便叫家仆走访晋阳宫附近的道观,把具体情况告诉她。她比较了一番,就定下了。择良辰吉日,刘夫人办了一桌丰盛的筵席给陈夫人饯行。筵席上,刘、曹、陈三位夫人把盏言欢,诉说往日情谊,难舍难分自不必说。饭后,刘夫人和曹夫人带着三五十个家仆,一二十匹马驼载着行李,一起送陈夫人到道观。

众人走了约摸半小时,突然听见传来阵阵寺庙撞钟的声响。前面是一片茂密的树林,上了弯弯曲曲的林阴小道,再走几分钟,便可见树林掩映着一座恢弘的道观。"以后这里就是咱们的常驻地了,风景还不错!挺幽静,是个养人的地方。"刘夫人望望四周,叹道。曹夫人也道:"是啊,二姐,我们会常来的。"说起这些,陈夫人不觉地眼泪又来了,她道:"欢迎姐姐、妹妹常来做客。我有空也会去宫里看你们的。"

进了道观,刘夫人把陈夫人交给道观主持,交代他多关照陈夫人,并给他一些银两。之后,等安顿好陈夫人住宿,她就和曹夫人一起回晋阳宫了。

曹夫人回到寝宫后,心里好像少了什么。突然觉得偌大的晋阳宫有些空荡。她的步履沉重而缓慢。一缕阳光,安静地从窗外射进来,照在身上暖暖的。忙活了大半天,曹夫人有些疲惫。她躺在床上,想睡却睡不着。她想起陈夫人,又想起一些李克用生前的往事,不禁潸然泪下……一会儿,她起身走到梳妆台前,望着镜中的自己,年近五十,面庞上,已褪尽年少的青涩,显出几分苍老。她感慨时光飞快,人生如梦。

"咚咚咚"一串门响,丫环进来禀报曹夫人,说晋王殿下有要事相告。曹夫人道："叫他进来。"存勖见曹夫人眼睛湿漉漉的，知她在想念陈夫人，又安慰她一番。他说："母妃舍不得二娘出家啊？二娘离得近，你们可以经常走往。"曹夫人擦干眼泪，道："唉，没事的，我这个人就是有些多愁善感。你来找我有事吗？是为了纳刘玉娘为妾的事吗？"存勖一惊，心想：母妃怎么知道这事？他问道："母妃同意这门亲事了？"曹夫人道："夹寨夫人来找过我了，把你的事情都说了，她代你求情，我不同意。"存勖听曹夫人说她反对纳玉娘为妾，他一下子急了，道："母妃，感谢您让玉娘姑娘来为儿臣吹笙起舞，以助酒兴。儿臣为了母妃，什么事情都尽心尽力。母妃却连一个丫环都舍不得赐予儿臣，这叫儿臣好伤心啊……"曹夫人思虑片刻，叹息一声，道："亚子，既然如此，母妃把玉娘姑娘赐予你吧！只是有几句话，我不得不说。"存勖马上眉开眼笑，转忧为喜道："母妃有何教诲？儿臣谨记在心。"曹夫人道："虽然我与玉娘主仆情深。她作为我的丫环，并无大碍，但给你作妾，我总感觉心里不踏实。"接下来，曹夫人又告诉存勖，玉娘自幼伴随她身边侍奉，她很是了解玉娘的为人和秉性。她才貌俱佳，聪明多智，口齿伶俐，但她有几个致命的缺点：第一，贪财。据宫里其他人反映，玉娘对于金钱财物方面，很是算计；第二，好色。玉娘姑娘喜欢主动搭讪周围的异性，对他们搔首弄姿，勾勾搭搭，魅惑人心；第三，性格古怪，嫉妒心强。她出身低贱，缺乏涵养，遇事欠冷静易冲动，言行举止轻佻。她没有大家风范，凡事喜欢与人争风，斤斤计较，工于心计……"存勖一只耳朵进一只耳朵出。说完这一席话，曹夫人补充道："不是我有意要说坏玉娘。婚姻大事，不仅是你们两个人的事，更是一大家子的事。因此，娘必须多考虑一点。娘怕你妾没选好，将来影响你的大好前程。"存勖为玉娘辩解道："娘，什么时候你也变得前怕狼后怕虎的。玉娘姑娘只是一个弱女子，无父无母的怪可怜。我们不该把她想得那么坏，不是么？'金无足赤人无完人'。谁没缺点？我看玉娘人挺好的，对儿臣百般关心，温柔体贴，善解人意。"曹夫人知道存勖此时正和玉娘打得火正热，哪里听得见旁人的劝告。她拗不过存勖，只好答应了这门亲事。待存勖欢欢喜喜地带着好消息走了，她独自望着窗外，长叹一声，自语："先王啊！亚子执迷不悟，我这个做娘的也没办法。这桩婚事不知是福是祸，但愿你在泉下保佑家里长盛不衰，平安吉祥。"

　　为了表达对玉娘的爱意，存勖把婚礼办得风风光光。先不说这迎亲的队伍多么浩荡，一桌桌丰盛的喜宴都快摆到宫门外了。这一天，玉娘浓妆艳抹，梳着云鬟，穿金戴玉，浑身上下华丽无比。玉娘本来就貌压群芳，如今这身打扮，贵气逼人，以致看到玉娘的人，都无不为之惊艳，称赞不止。在众宾客的簇拥中，存勖和玉娘举行完仪式，拜完天地、父母后，就开始给宾客敬酒。

　　喜宴上，侯氏在角落里喝了许多酒。她想起同样是婚宴，在潞州的时候，存勖可没这么重视自己，相比今日的场面，一切都显得寒碜。想着，侯氏心里难免有些郁闷。她找到存勖，不满地问他，为何要求她简朴，而对待刘氏却任其铺张浪费。存勖无言以对，只道是忙，以后慢慢和她说。

　　次日，侯氏又来找存勖。看到存勖边喝酒边看玉娘跳舞，自我陶醉的样子，侯氏就来气。她直接走进殿里，站在存勖面前，不打招呼也不说话。见侯氏来了，存勖马上叫仆人添一张桌子，请她过来坐下一起喝。他笑嘻嘻地说侯氏今日过来有口福，这是百年佳酿，是先王珍藏的异域进贡的美酒。侯氏又提起昨日的事，问她为何对刘氏这么好，心里还有没有她？存勖沉默不语。侯氏见状，心想，事情已过，老揪着这事不放，也没啥意思。她就笑一声道："好，为你厚此薄彼罚酒三杯！"存勖心想，只要玉娘开心了，夹寨夫人不再责备，什么他都认了，于是他端起酒杯认罚。

　　存勖还没饮完三杯酒，这时，门外突然急匆匆跑进来一士兵，送来战报，说周德威兵败泽州，已退守高平。存勖对士兵道："知道了。退下吧！"等士兵走后，存勖放下酒杯，再无心喝酒。他嘀咕："这个周德威，我当时劝他不要急于攻泽州，他就是不听。这下可好了，损兵又折将，白跑一回。"玉娘随声附和道："是啊，听说潞州之战时，周德威一直没法破夹寨，幸亏殿下亲征才挽回局势。周德威老了，该解甲归田了。"侯氏道："妹妹，胜败乃兵家常事。周将军宝刀未老，妹妹不知，周将军是个难得的将才。他从小就文武双全。十六岁时，他到五台山拜师学艺，使得一对紫金大铁锤，有万夫莫敌之勇。周将军在晋阳打擂一举成名，杀死恶霸后南逃至太行山，与山上寨主结为好友，并娶了寨主的女儿做夫人。此后，他带着夫人及一干人马回到马邑安营扎寨，自立门户。先王克用北伐至马邑，与周德威大战一百回合不分上下。先王见他英勇无敌，甚是喜爱，有意招降。为了显示身手，先王一箭射中天上两只高飞的大雁,周德威十分佩服先王举世无双的箭法,从此,他就效力于先王了。周将军初为帐中骑督,因军功显著,不久升为铁林军使,后加检校仆射。周将军曾先后生擒朱梁陈章和幽州单延珪等勇将,闻名遐迩,天下都知道先王手下有一员红袍猛将。"玉娘表面上笑呵呵道:"原来是我误会周将军了。姐姐知道的真多呀!今后要多向姐姐求教!"心里却想:"这侯氏仗着自己是将门之后,一副高人一等的模样,很是讨厌。"存勖叹道:"孤也希望周将军宝刀未老啊!"

周德威领兵马乘胜攻打泽州城,本是稳操胜券的事,怎么会突然兵败而回呢?

这话还得从头说起。

那日在潞州,晋王存勖令李存璋等大将与周德威偕行,领五万兵马攻泽州,自己则领其他兵马班师回晋阳城。

周德威的兵马还没抵达泽州城,报信的探马就把军情送到泽州城新任刺史王班的耳朵里。当时,王班正懒洋洋地斜躺在睡椅上,半眯着眼,舒舒服服让丫环替他按摩。一听周德威要来攻城,王班惊得打了一个哆嗦,险些从睡椅上摔下来。"都下去!"王班摆摆手,探马和丫环都退下。

王班起身,在窗边徘徊。此时夕阳西下,天快要黑了。飞鸟一一还巢,树由翠绿的大伞逐渐变成了巨影。王班想到即将爆发的战争,前两年,晋军屡次进攻泽州都无功而返,因为有张归厚、徐怀玉等勇将守城。现今,张归厚、徐怀玉等都被梁帝朱晃调走了。他知道自己不是周德威的对手,没有信心守住城门。他极悲哀,心中自语:"我还不想死哩!"他想起泽州有一个避难的好去处,于是立刻召集兵将开会。他把兵马分成两拨。一拨守城,一拨则随他到刺使官署的小城——牙城里保护他。将士们虽然不满于王班这种不仗义的做法,但是他们敢怒不敢言,因王班是大梁有名的酷吏,仗着梁帝朱晃对他的宠信,平时对待兵将心狠手辣,经常动刑,泽州许多兵将们对他既恨又怕。这次听说晋军要来攻城。当天夜里,一部分兵将悄悄聚在一起,盘算着如何对付王班。有人说,王班向来欺压他们,对他们苛刻无情。此次不造反更待何时?又有人说,要不是他们顾忌梁帝朱晃,早就杀了王班这个恶霸,以解心头之恨。现在趁乱,正好下手……说着,他把计划告诉众兵将,众兵将觉得可行,便纷纷响应,喊着杀王班,等着晋军到来就开城献降。

深夜,人们大多都睡了。泽州城一片安静。寂寥的星空,发着冷冷的绿光。远处的山林里,偶尔有不知名的鸟,时常发出奇怪的叫声。站岗和巡逻的士兵,像往常一样,守卫着城池。约摸到了凌晨,换班轮岗的时候,突然有一伙黑衣蒙面人每人扛着一大捆柴,蹿上城头,点火引燃城楼。火借着风势,越燃越急,火苗向上蹿跳着,不一会儿,火光冲天,三十里外都看得见。

士兵们正忙于救火,突然,冲出五十上百个黑衣蒙面人持刀,见人就砍。一时间,救火声、喊杀声、乱成一片……

天空中,月亮一会儿躲进云层,一会儿又露出半边脸,显得神神秘秘。刺史王班此刻正伴着月光酣睡。突然,房门被轻轻推开,一个魁梧的人影闪了进去。那人径直走到王班的床边,抽出大刀,正要一刀劈下去。这时,王班翻了个身,换个睡姿,门是开着的,王班借着门外廊上昏暗的灯影,瞅见眼前一个黑衣蒙面人,手持利刀,朝他逼近。他吓得一骨碌爬起来,迅速从枕头下摸出一把宝剑,边挥剑边喊道:"抓刺客!"黑衣蒙面人见王班醒了,只好转身撒腿即逃。黑衣蒙面人走后,一群士兵集中在王班的卧房里。

天还没亮,但王班再也睡不着了。他听到城中闹哄哄一片,问士兵外面发生了什么事,士兵把情况如实禀来,王班心里虽知,晋军还没来,内部就已经乱了,可能是有人通敌叛变,放火接应。情势紧急,保命要紧,他慌忙召集亲兵随他马上到牙城避祸。

泽州城起火,晋营中有士兵发现了,一群士兵纷纷起来观看。听到议论声,周德威出来了。见泽州城的上空火光一片,他将须笑着道:"太好了,泽州城失火,为我们打赢这场仗造了声势。"他叫士兵们抓紧时间休息,一会儿还要赶路,为作战养足精神,士兵们这才一一散去。到了五更,营中造饭,军兵吃罢,放起一个信炮,晋军直奔泽州。

快到泽州城时,离泽州城仅十余里,有三五十个泽州士兵跑来归降晋军。李存璋叫他们马上滚,否则杀了他们,士兵们哭着求饶,请求收留。周德威问他们,为何投奔晋。士兵们就将泽州刺史王班素日滥用刑罚,杀人不眨眼,引起群愤的丑恶事迹一一说明。又将泽州兵变一事的原委告知周德威。李存璋还是不同意,他说:"周将军,就算他们刚才所说的属实,那又怎样?我生平最痛恨这种卖主求荣的狗奴才。"周德威道:"要么这样。既然他们诚心来投靠咱们,不如先将他们收下,平时盯紧了他们,若日后发现他们有异心,斩立决。"周德威替他们求情,李存璋只好答应了。士兵们见周德威同意了,万分高兴,他们还告诉周德威,泽州城中,还有他们弟兄,等军队到了泽州城下,到时候他们会叫他们的人打开城门请降。他们的人占多数,晋军只要将少数王班的残余力量制服,泽州城就算是拿下了。周德威听了眉开眼笑,心里道:"太不可思议了。这简直是天上掉大馅饼!哦不,掉一座大城池。我该不会是在做梦吧!"

正当周德威想象着成功之后的辉煌场面,突然后方有探马急报:"不好了!附近出现了新的梁兵。"周德威笑着道:"瞧你紧张的!又是来归降的吧!"探马回报,牛存节连夜赶回了泽州城,带了上万兵马。周德威敛住笑容,道:"这个姓牛的来得真是时候,正好让他见识本帅的大铁锤。"虽然口里说得轻巧,但周德威知道,这下有场硬仗要打。于是,他叫兵将们整装待发,准备作战。

且说,那日,牛存节本来奉召率本部军士及右龙虎军、羽林军等前往接应潞州。不料,军队经过天井关时,遇见许多溃兵,才知夹寨已破。晋军正在乘胜进攻泽州。牛存节慨叹一声,痛苦极了,他双手取下马甲头盔,面朝潞州的方向,双膝跪下,磕了三个头,然后对着远方致哀,说:"潞州的英烈们,你们一路走好!"他身后的兵将们也都脱下帽子,跟着他一同默哀致敬。哀悼片刻,牛存节站起来,正义凛然,转身对众兵将说:"有件事,想和大伙商量。泽州内乱,刺史王班被困,晋兵来袭,泽州危难当头。泽州是我大梁的要塞,一旦丢失,危及洛阳,急需有人挺身而出,解围泽州。"顿时,众兵将都沉默不言。半晌,有将士谏言道:"牛将军古道热肠,爱国至上,实在值得称颂。可是,末将有两点担忧。其一,没有皇上的谕旨,枉自出兵,万一兵败,皇上降罪,臣等担待不起呀!其二,晋军趁胜袭来,兵马人数比我军多数倍,敌众我寡,根本无从抵挡。请牛将军三思!"牛存节目光坚定,道:"见危不救,非义也;畏敌强而避之,非勇也。兵圣孙武言,'将在外,军令有所不受'。泽州我去定了。时间紧急,想随我一道御敌守城的弟兄们请赶紧列队站好,不想应战的弟兄,现在就可以解散回家。本将军绝不怪罪。"说完这话,兵将们大部分都哀叹着走了,余下的人寥寥无几。牛存节对愿意跟随他的兵将们说:"你们不走了?"兵将们说:"我们愿与牛将军共生死。""好!"牛存节十分感动,泪花在眼眶中打转。他带着这少量兵马,上路没几分钟,刚才离开的兵将突然又掉头追回来了。他们齐跪在牛存节跟前,领头的将军对牛存节言辞恳切地道:"牛将军,我们特地前来请罪。方才我们不该离开您身边,您对我们有恩,我们不能不义。为保大梁家国平安,恳求牛将军不计前嫌,收下我们一起守泽州城。"一席话语,让牛存节非常高兴。为了想在周德威进泽州城之前赶到泽州城,他带领兵马日夜兼程拼命赶路。

当牛存节带着军兵抵达泽州城时,城内大乱。只见城头到处蹿着火苗,喊杀声、刀剑声一片。地上被染红了,横七竖八躺着一些尸体……牛存节一声喝令,要缉擒这些作乱的黑衣蒙面人,黑衣蒙面人慌得纷纷逃离现场,几个动作慢的,被士兵抓住了。牛存节摘掉他们蒙面的布巾,问他们是什么人,如不说实话,立刻叫他们人头落地。这几个黑衣人主动脱掉外面这层黑衣,露出大梁军服。他们一起给牛存节磕头认罪,哭诉,他们都是泽州士兵,请求牛存节宽恕饶命,然后,把整个事情的原因和经过告诉牛存节。牛存节听了,思虑片刻,道:"你们以下犯上,通敌卖国,可是死罪!不过,难得你们有悔改之心。现在正是用人之际,本帅暂不追究你们的过失。准你们戴罪立功,守城杀敌。如果发现你们再次投敌,休怪军法无情。"士兵们连忙磕头谢恩。虽然牛存节赦免了士兵们的死罪,但士兵们依旧不敢起来。牛存节感到蹊跷,问:"几位为何久跪不起?"士兵们互相对视一番,然后继续给牛存节磕头,夸赞牛存节爱兵如子,再请求他原谅城中闹事的其他同伙,牛存节一脸严肃,思虑片刻后,笑道:"泽州士兵倒挺讲义气的。好!本帅答应你们。"士兵们又是一阵感激涕零的磕头。

一会儿,从城外传来一声号炮,震响云空,晋军要攻城了,牛存节即刻命令士兵收回吊桥,紧闭城门,然后分兵把守。

周德威带领众兵将来到城门下,牛存节就站在城楼上,周德威叫他下来受降,否则他的数万雄狮即将踏平泽州城。牛存节大笑着说:"嘿谁呀?两年前,晋贼想攻此城,屡攻屡败,吃尽苦头。我看你胡子发须花白,大把年纪,不想欺负你,快回去带小孙孙吧!"城上的兵将们哈哈大笑。周德威道:"城上的士兵们请听好,识时务者为俊杰,目前晋强梁弱,昨晚有数千泽州士兵已改投我军。如果你们不想死,聪明的话,现在归降我军还来得及。"牛存节转头对身边守城将士道:"弟兄们,你们休听周德威胡言乱语。泽州城固若金汤,只要我们坚守城门,他根本无法攻进来。"说完,他又对城下投敌的士兵们怒道:"泽州地据要害,万不可失。堂堂铁血男儿,你们为何自馁呢?!"周德威驳斥道:"牛存节,你从了弑君逆贼,难道可称义勇么?"牛存节无言以对。周德威举起马鞭,一声令下,开始攻城。

奈何晋军人多势众,牛存节拼死守城,他箭法精湛,百发百中。凡有士兵来攻城,都躲不过他手中的利箭。城下的晋军,目睹此状,皆畏惧牛存节,互相观望,踟蹰不前。知道强攻不成,周德威就命令士兵将泽州城紧紧包围,先将梁军困在城中。

双方互不侵扰,僵持了两天。这天,周德威与众将商量出一个新对策。即让士兵环绕城池,挖个地道。晋军好通过地道潜入泽州城。

为了尽快攻破泽州,晋军不分昼夜地挖地道。一个多星期后,地道竣工了。周德威在营中摆宴席,犒劳挖地道的兵将们。待兵将们吃好,休息好,周德威就指挥众兵将带着武器,拿着火把,穿过地道去攻城。

周德威本想,这回应该胜券在握。不料,晋军在地道里,才走不到一半的路,突然从黑暗的远处,射过来一阵乱箭。前排的士兵倒下不少。接着,传来梁军的震天的锣鼓声、喊杀声,众多梁兵持武器杀将过来。晋军且战且退,狼狈不堪,一片混乱。杀了半天,梁军又引燃火线,地道里一下子着火了。火苗"嗞嗞"地乱窜着,他们还时不时扔来一些炸弹,声声巨响,把晋军吓得六神无主,魂不守舍。可怜晋军被梁军偷袭,有的被战死,有的侥幸逃出地道。

这一次战斗,伤亡众多。周德威看着手下的兵将们一个个死的死、伤的伤,心痛不已。梁军是怎么发现地道的? 营里一定出了奸细。周德威正要调查此事,重新规划进攻时,突然有士兵来报:"周将军周将军,大事不妙,梁将刘知俊收集了上十万溃兵前来援助牛存节。"

此仗连续失利受挫,营中将士们心存畏惧,溃不成军,都纷纷喊着要回家。"周将军,我们撤兵吧!"李存璋也忍不住劝周德威道。周德威想,梁军人多势众,既然没有必胜的把握,不如来日再战。于是,当日,他让士兵们烧了军营,烧毁攻城的用具,撤军回保高平。

晋军走了,泽州得以保全。梁帝朱晃知道这事后,在朝廷里,文武百官面前,表彰牛存节的义举,还赐予他丰厚的奖励。

第十章　三诸侯晋阳会盟
　　　　　周德威计取柏乡

　　话说晋王李存勖得知周德威兵败泽州的消息后，叹道："牛存节乃忠臣良将啊！"

　　再说解除潞州之围后，晋王李存勖犒赏三军将士，整顿内政；严肃军纪，赏罚分明；抚恤孤寡，厚待军兵亲属；任用贤才，惩治贪腐及其他犯罪行为，如此举措使得官民称颂。晋王统辖的区域更加民富兵强，三晋之地竞相归附，晋王李存勖已成南下之势。梁帝朱晃为防晋军进犯，派遣梁将张归厚率十万大军屯兵柏乡，以野河之水阻止晋军南下，随后又致信给义武节度使王处直和成德节度使王镕，以借赵定之兵合围晋兵。

　　成德节度使王镕接到朱晃的救援信，并不想出兵，想起一件事，他心中就悲愤难当。

　　那是梁开平四年八月，层林尽染，大雁南飞。远空明净，茫茫大地上，菊桂飘香……

就在这个美好的季节里,一日,成德节度使王镕的祖母何氏悄然辞世。梁帝朱晃及各诸侯纷纷遣使臣来吊唁。梁使奔丧完回到朝中,朝见梁帝朱晃,说这次丧礼上,他在赵王宫中发现有晋人进出。朱晃疑心王镕已成晋爪牙,意图吞并河北。为此,他召来大将杜庭隐和丁延徽,赐封他们为赵监军,命二人发魏博兵数千,分屯深、冀二州,对外宣称是助赵守城,实则叮嘱他们暗中袭赵。

深州守城的赵将石公立闻声,忙遣人快马加鞭送信给王镕,请求他速派援兵抵抗梁将。王镕见信后,哀叹一声,在这之前,王镕已去过皇宫向朱晃求情,请他撤兵,但朱晃有意避而不见。王镕只好回去,他焦急万分,与朱晃硬拼的话哪里是对手?无奈之下,王镕只好妥协。他给石公立回信说要他开城门,迎接梁将。石公立站在城楼上,两颗硕大的眼泪滚落面颊,仰天悲叹一声,指着城下,对众兵将和百姓大声哭诉道:"朱氏是逆臣贼子,弑君篡唐,我王竟与之结为姻好,归附他旗下,如今又一再妥协让他屯兵,这叫开门揖盗,眼看全深州城百姓即将沦为俘虏了!"说完,石公立甩袖而去,身后,烟霞凄婉,远山朦胧,一缕残阳遥挂树梢……城门大开,梁使杜廷隐等,率魏博兵入城。沿路,百姓吓得纷纷逃窜,街头一片混乱。等军兵们都进城后,杜廷隐喝令手下关城门,将赵兵一网打尽,随后,又用此法,很快占领了冀州。

王镕的管辖地一下子由镇、赵、深、冀四州,变成只有镇、赵二州。祖母过世,加上事业受挫,让王镕最近情绪低落,样貌憔悴。母亲何夫人很是担忧,她耐心地开导王镕,但也还是收效甚微。

这日,王镕正闷闷不乐地把自己关在书房。"咚咚咚"突然门响了,王镕不理会。叩门声更急了,王镕对着门外道:"不是已经交代下去了?本王今天谁也不见。"这时,门外传来熟悉的声音:"是我。"王镕纠结了一阵,还是起身去开门。"没看见孤王正烦着吗?你来做什么?"眼前,王镕的夫人手里端着一盆水,立在门口。王镕不等妻子开口,就摆摆手说:"我洗过脸了。"夫人把水盆放在王镕的书桌上,道:"仔细照照,最近你都成了啥样?"王镕并没有照,他要夫人出去,并将水盆端走。随着"拍啦"一声巨响,王镕顿觉半边脸发烧巨疼。他摸着脸,一副很无辜的样子。"夫人,你从来没打过我。"王镕低声自语。夫人冷笑道："你是时候该醒了！"一句话,拉开了王镕消极情绪的闸门,他开始一个劲地吐苦水,说梁帝朱晃怎么能这样对他？他到底做错了什么？夫人听了,道："说你糊涂还真糊涂,深州守城的石公立将军知道朱晃是什么样的人,全天下百姓也都知道,你却不知道,助纣为虐,现在自食其果。"王镕激动地道："我怎么不知道？可是知道了又能怎样？我们谁是他的对手？我不这样做,又能怎样？"夫人道："你为奸人所用,倒是有理了？我真想杀你来祭奠深、冀二州那些屈死的亡灵。"王镕听了,立刻把别在腰间的佩刀递给夫人,叹道："我悔啊！我罪孽深重,的确不是个好大王。这把宝刀伴随我多年,你现在正好用它来结束我的生命。"夫人接过别致的宝刀,在宝刀出鞘的那一瞬,王镕双眼紧闭。一秒、两秒、三秒……生命进入倒计时。说起死,王镕紧张得心里"扑通"乱跳。夫人该不会真的下手吧？沉默了片刻,只听一声宝剑入鞘的声响。随后,夫人缓缓地道："深、冀二州已丢失,人死不能复生。杀你有何用？眼下还有许多事情等着你去做,你还不能死。"王镕听完夫人此番话,庆幸地睁开眼,道："夫人舍不得我离开？"说着,王镕张开双臂,将夫人揽入怀中。夫人道："才不是呢！像你这样的人,死有余辜。"王镕道："吃一堑,长一智。以后我一定远离朱晃。"见王镕醒悟,夫人赞许道："这就对了,一个人的力量有限,但你可以寻求援军。比如晋王存勖小小年纪就在潞州打败了梁兵。他遗传了父亲李克用的军事天赋,是个可造之材,且为人慷慨随和,体恤军民。李克用临终前最大的心愿是其子李存勖能匡扶大唐。大王曾与李克用建立盟约,颇有交情,不如与之恢复旧好？"王镕听了,连连点头。他突然觉得有一股无比强大的力量萌生,他仿佛看到一束阳光,驱散他心底的阴霾,他不再感到孤独无助。

　　接下来的日子,王镕忙着四处求援。他先遣说客备了厚礼,去说服义武节度使王处直与晋结友邦。说客见到王处直,施礼请安后,就将礼盒献上,并告诉他,是赵王王镕派他来的,一点小心意不成敬意,请笑纳。王处直接过礼盒,打开一看,惊呆了,盒里是一颗价值连城的珍宝。王处直微笑着问说客："这次来有何贵干？有什么事就直接说吧！"说客叹一声,道："实不相瞒,有件事想请大王帮助。"说着,他谈起前不久王镕祖母去世,朱晃听信梁使谗言,猜忌王镕暗中私通晋,遣魏博军抢占深、冀二州一事。王处直听了,也跟着叹道："此事本王略有耳闻，真没想到会发生这样的事。"说客脸带怒色道："我王十分后悔归顺朱晃。朱晃是个逆臣贼子，他弑君篡位，为人荒淫残暴，薄情寡义。因此，这次朱晃要向我王借兵围剿晋军，我王不想答应。"王处直剑眉深锁道："可朱晃得罪不起呀！"说客说："我王孤军奋战是不行，但如果有北平王您助力，咱们都一起归顺晋王李存勖，共伐梁兵，并非难事。倘若大王不与我王合作，朱晃打完晋，恐怕下一步就要扫平河北之地了……他这是假道伐虢之计啊！"王处直听了，思虑片刻，道："如此说来，本王还得好好考虑这件事。"说客催促道："此事宜快不宜迟，北平王就不要犹豫了！"王处直有些犯难，道："本王曾叛晋降梁，惹怒李克用，如今怎好再向李存勖求援？尴尬呀！"说客道："听说晋王存勖为人慷慨磊落，体恤官民，广受爱戴。或许他不会因旧日恩仇而坏天下大义……管不了那么多了！大战在即，晋王急需援助。我们不妨去试试。"王处直道："言之有理。既然时间紧迫，本王会派使臣速往晋军大营面见晋王。"大功告成，说客十分高兴，当下，他与王处直约好赵、定二州使臣会合的日期、地点，同去高邑晋军大营觐见晋王。

说服了王处直，王镕又派使臣来到幽州。燕王刘守光正和群臣在宫中欣赏歌舞，饮酒作乐。突然士兵前来相报，说有赵使在门外求见，还带来了礼物。刘守光心里嘀咕："王镕刚丢了深、冀二州，想来是向我求援的。我若搅和进去，便得罪了梁廷，给自己带来麻烦。不如坐山观虎斗，保存实力。先看看热闹，等他们互相残杀，损耗实力，有朝一日我再一统江山，称霸天下。"想着，刘守光叫士兵传话，说告诉赵使，礼物他收下了，非常感谢。因他年纪大了，最近偶染风寒，不便见客，还请见谅！士兵遵嘱，将此意传达给赵使。

到了约定的日子，赵、定二州使臣一起来到高邑晋军大营。此时，晋王正与将士们在一起商议军务。听说赵、定二州使臣来了，很多臣子都感到气愤，反对晋王接见赵使等。其中有臣子谏阻道："成德归附梁朝已久，今赵、定二州来使求见晋王殿下，必有不轨图谋。请殿下叫人将他们赶走！"存勖思虑片刻，轻轻摇头道："诸卿不要生气，不要着急。眼下，梁贼来犯，我军正是用人之际。成德一镇在唐时期就存在，至今已有百年之久了。王镕对唐叛服无常，怎肯死心塌地忠于朱梁？现在，因朱梁与王镕之间有嫌隙，王镕来求助于我们。我们若能得到赵王王镕和义武节度使王处直的协助,与之共抗梁贼,更添胜算。何乐而不为?过去了的事情就让它过去,只要对我们有好处,何必计较那么多?"听完晋王存勖的肺腑之言,将士们觉得有理。当下,众将纷纷应允,不再反对赵、定二州使臣觐见晋王。

两位使臣进了帐,一起向晋王存勖叩首,再逐一禀报姓名,道明来意。只听赵使道:"梁帝朱晃遣张归厚率十万大军屯兵柏乡野河之滨,致信给我王和义武节度使王处直借兵,因朱晃前不久抢占了我深、冀二州,又弑君篡唐,为人阴险残暴,贪吝无情。我王再三考虑,决定推举殿下为盟主,合兵攻梁。"存勖听了十分高兴。他说:"孤王正欲挥师南下,能得赵王相助,三生有幸。目前,梁兵前锋已在柏乡屯兵,战事迫在眉睫,随时可能爆发,你回去要赵王尽快率兵来此。"赵使连连应允。接着,定州使臣道:"我王义武节度使王处直愿联合镇州,推晋王为盟主,合兵攻梁。"存勖允诺。存勖与赵、定二州两位使臣商议好了三军会盟的具体事宜后,两位使臣就走了。

赵州会盟这天,晴空万里。晋军军营门外,高竖的大旗在风中鼓荡,热血在心中沸腾。将士们身披铠甲,头戴头盔,列阵旗下。义武节度使王处直和成德节度使王镕公开推举晋王李存勖为盟主,统领晋、赵、定三州八万余兵马。

梁后宫中,歌舞升平,几位朝臣,陪梁帝朱晃在饮酒作乐。嫔妃宫女们像蜂蝶一样,热闹地聒噪着,说说笑笑,甜言蜜语。朱晃左拥右抱,心里乐开了花。正当大家玩得开心,这时,门外一个太监紧张兮兮地跑进来,对朱晃耳语几句。朱晃再也没有心思饮酒了,气得咬牙切齿,心里怒道:"王镕、王处直,你们竟敢与朕作对!"他遣散了众人,立刻命王景仁、韩勍、李思安诸将,领兵十万,进逼镇州,直至柏乡。

发兵的消息很快传到王镕耳朵里,他立刻写了救援信,派使臣送给晋王存勖,告诉晋王,王景仁等麾军前进,很快将抵达镇州。

存勖接到援报,召集众将开会商议一番后,他认为柏乡之战事关重大,决定亲征,让番汉副总管李存番等留守晋阳,王处直另外派来五千兵从行。

出发前,晋王存勖反复研究地图,思考用兵战略。突然门被推开了,曹夫人立在他面前,问:"亚子,听说这次你要亲临柏乡战场?"存勖放下地图,扭过头来,微笑着说:"是啊,此仗非比寻常。"曹夫人情绪激动地道:"不许你去!太危险了!梁有十万大军,敌众我寡,力量悬殊,如何对抗?"存勖并不在意,摇摇头,笑着安慰曹夫人道:"母妃,用兵打仗靠的是智慧,您要相信儿臣能打败梁军。上次您不让我去潞州,我后来还不是大获全胜了吗?"说起潞州一仗,曹夫人颤抖着嗓音道:"还说呢?你不知道上次为娘在家多么提心吊胆,坐卧不安。你让周德威将军他们去就好了!总之你不能去!"存勖央求道:"母妃多虑了,我保证毫发无损回来。"曹夫人哭着道:"叫我怎么相信你?你还小,先在家多习武、读兵书,打仗的事以后再说。"存勖跪在地上,认真地道:"我十一岁那年,代父进宫面圣,昭宗说我将来有大作为,还给我赐名'李亚子',父王生前对我也很器重。母妃若怀疑我的能力,就是怀疑昭宗和先父。上次潞州告急,是我出奇兵突出重围,攻破夹寨。这次柏乡危难,多少性命攥在我手中。母妃如不答应,我愿长跪不起。"曹夫人见存勖心意已决,虽然舍不得他去冒险,但还是不好再阻拦了。

出发前,晋王存勖来与曹夫人辞行。他叫人准备了一大桌曹夫人爱吃的菜,但曹夫人几乎没动筷子。想着儿子此次出征,生死攸关,曹夫人不禁心情沉重,她千叮咛万嘱咐存勖在战场要小心。

存勖领兵马直抵赵州,与周德威合军,在离柏乡五里处的野河附近扎营。

梁军统帅王景仁听说这次战场由存勖亲自指挥,又有王镕、王处直合盟,不知来了多少兵马。因此,先派士兵前去打探情况,暂时按兵不动。

存勖和德威定下计策后,德威令一名游骑进梁营叫阵。游骑接到命令,背上弓箭,跨上马,拍马驰入梁营门外,放声痛骂梁军,再取弓箭出来,搭上箭,拽满弓,"嗖——"地一箭射入营帐。梁军统帅王景仁和众将士都十分恼怒。副统帅韩勍主动请战,愿击退来犯的晋军,王景仁令他领兵三万,与晋交战。

一时间,梁军涌出,万马奔腾,尘土飞扬。两军厮杀了片刻,德威突然指挥军队撤退。韩勍哪里肯放过晋军,他下令兵分三路,追击晋军。晋军很快就被包围了。德威见手下的兵将们有些惧敌,士气不振,就鼓励他们道:"敌军皆汴州屠户草莽,看起来高大威猛、衣铠鲜亮,其实武艺并不精通,统统都是废物。不必畏惧他们,凡杀敌者,有重赏。"兵将们这才振奋精神,与敌搏斗，又厮杀了一会儿，德威兵分两路，攻击梁军两头。俘获梁敌百余人后，德威指挥兵将们有意识地边打边将敌军引到野河。到了野河，存勖的兵马前来接应，梁兵见状，连忙撤退。

周德威骑着马，回到营地。他向晋王存勖汇报军情，并献议道："启禀殿下，此刻梁贼士气锐不可当，我军宜按兵不动，待梁贼疲惫，再进攻。"存勖道："为何不速战速决？"德威道："我兵虽擅射骑，但要在空旷的地方才便于施展技艺，镇定兵不擅长野战，只能守城。现在梁寨有重兵把守，不利于我军施展。我军与敌军仅一水相隔，如果敌军造船、造桥过来袭营，那就麻烦了。不如退兵高邑，固城自守。先诱贼离营，彼出我归，彼归我出，再派轻骑抢他们的粮饷。不出月余，定可破敌。"存勖听完，称赞道："周将军好主意！吩咐下去，一切就按你刚才所说的做。"德威领命告退。当晚，晋军主力悄悄拔营回屯高邑。

不久，晋将李嗣昭觐见晋王存勖，说探马回报，梁营有新情况。梁军统帅王景仁正下令士兵们赶着编竹筏、造浮桥，以便进兵。存勖听了，感叹周德威神机妙算。

营帐外，北风呼啸，天空飞舞着雪花……这段日子，两军休战。梁军继续忙着赶造竹筏、浮桥；晋军则休整军队，养精蓄锐，准备应战。

到了次年正月，梁兵差不多要造好竹筏、浮桥，晋军开始袭扰梁营。梁兵怕有埋伏，紧闭寨门，守寨不出。因长期不能外出牧马，梁战马饿死不少。见梁兵连日不战，一日，周德威与史建瑭、李嗣源，带着精骑三千，到梁营诱敌。

到了梁寨门前，周德威令一名骑士辱骂梁帝朱晃及梁将，寨门仍寂然无声。骑士下马坐下来，耐心地把汴梁君臣的丑史宣扬出来，足足骂了两个多时辰，才把寨门骂开。寨门开处，梁将李思安挺枪跃出，身后一万兵将尾随其后，摆开阵势。周德威忙令骑士上马，与梁军交战，双方斗了数合，周德威突然命令士兵假装撤退逃跑，将梁军引到野河边……

前面就是浮桥，宽阔的河面上，水流湍急，翻滚的波涛，不时掀起层层浪花，桥头布满了守桥的晋军。晋将李存璋见周德威他们来了，赶紧让他们过桥。周德威再三嘱咐他，务必要坚守浮桥，不能让梁兵过桥。李存璋拍着胸脯道："放心吧！周将军，我与镇定士兵们一定尽力而为。"话罢，周德威领兵将迅速过桥。晋军过桥不到几分钟，后面梁兵就追上来了。梁兵眼睁睁看着河对岸，周德威他们渐渐远去，他们却无法过桥，桥头晋军封锁了道路。梁兵迫切过桥，士兵众多，攻势很猛，镇定兵奋起抵御。一番激烈的厮杀后，镇定兵有的渐招架不住，一点点往后退……

晋王李存勖在山上观阵，见形势不妙，忙对身边的将领说："如果敌军过了桥，将势不可挡。"匡卫都指挥使李建及听了，忙上前道："殿下，末将愿领兵前往增援。"存勖便让他领两百长枪精兵下山助阵。镇定兵经过一番血战，总算稳住了局势。

天要黑了，最后一缕晚霞也沉下去了。晋营里升起炊烟袅袅……这场仗从早打到晚，此时，梁兵满身疲惫，饥渴难耐，有些力不从心了。

存勖对德威道："两军对峙已久，现在是决雌雄的关键期。我愿做先驱，周将军你们跟在我后面，一定要打败梁军！"说到这，存勖跳上战马，领着主力部队奔下山去……

打了一阵，周德威察觉到梁军阵形松动，战斗力大大减弱。他指挥骑兵一边齐声大呼："梁兵逃走了！"一边加强攻势。梁兵听了，心慌不已，个个东张西望，无心作战。王景仁、韩勍和李思安等见势头不好，掉头逃跑，其他梁兵也跟着纷纷溃逃。李存璋率兵追击，且令军士齐呼道："梁人和我们一样，也曾是大唐子民，放下武器，解下铠甲，可以免你们一死！"梁兵相互对视一番，纷纷卸甲投降。瞬间，武器、铠甲堆积如山，但赵军不能原谅梁兵曾袭占他们的深、冀二州，仍操刀追敌，一直追到柏乡，杀尽残兵。

柏乡一仗，晋军收缴武器、粮食不可胜数，俘获马匹三千，俘虏二百八十五人。

第
十
一
章 ｜ 急称帝守光惹祸患
贪美色梁太祖殒命

柏乡大捷后，晋王李存勖立刻屯兵赵州。

这天，王镕收到燕王刘守光的来信，此时，他正和存勖及诸将在议事厅议事。王镕看完信，就将信转给晋王存勖，并告诉他，这是燕王刘守光的来信，信上说他有精兵三十万，想与晋、赵和定结盟，由他任盟主，破梁南下。存勖接过信，看完，冷笑道："刘守光也配做尚父？"旁边有将士说："云、代二州与燕接境，倘若我们不与他合作的话，他必将来犯。不如我们先取燕，再南讨？"存勖说："他想乘虚袭晋？不自量力！他曾背叛过先父，我正要找他问罪哩！"存勖正要举兵伐燕。有将士劝谏说："殿下，我们刚与梁军打了一场硬仗，伤兵满营，需要整饬休养，眼下不便马上发兵讨伐燕。刘守光平庸无才，荒淫残暴，性情反复，难成气候。不如咱们将计就计，姑且先答应与刘守光结盟，推其为尚父兼尚书令，待他放松警惕时，我们再群起攻之。如何？"存勖觉得有些道理，说："好，此乃骄兵之计。"于是存勖要成德节度使王镕、义武节度使王处直给刘守光回信,同意他的请求。当日,存勖留周德威等在赵州助守,他则率大军返回晋阳。

收到晋、赵和定的回信后,刘守光高兴得合不拢嘴,连在梦里都笑。这不,"咯咯咯",母鸡下蛋似的笑声吵醒了夫人祝氏。深夜寂静,熄灭了油灯的寝宫里,只看见一团漆黑。屋里没有别人,祝夫人狐疑地问守光:"大王,什么事令你这么开心呀?"守光道:"睡觉,妇人不要多问。"祝夫人道:"你不说我也知道。你要升官了,对不对?"守光道:"你怎么知道?什么时候我的傻夫人变聪明了?"说着,守光笑了,忍不住告诉祝夫人他的打算。祝夫人听完,道:"要是大王能做皇帝,居高临下,高高在上,那该多好呀!我就是母仪天下的皇后了。"守光笑呵呵地道:"说不定真有这么一天呵!"说着,他心里美美地想象着,有一天,他穿上龙袍,坐在龙椅上,接受百官朝拜,会是怎样的景象……

翌日天明,窗外鸟雀儿在枝头上蹦跳着,叽叽喳喳。阳光从树上泻下来,浅影铺了一地。出了宫门,钻出路边的两排密树,上了阳光大道,郊野的天空逐渐变得明亮开阔,轻快的马蹄声在耳边响起,守光乘着马车,向皇宫驰去……

进了大殿,守光觐见梁帝朱晃。他向朱晃请安后,即禀明来意:"陛下,近日晋赵等纷纷遣使臣来劝我与他们结盟,并一致推举我为尚父。身为梁臣,属下蒙受皇室厚恩,当忠心爱国,扫灭逆贼。请陛下授臣为河北都统!臣愿为陛下赴汤蹈火,在所不惜。"说完,守光将随身带来的奏折呈给朱晃。朱晃看完,道:"刘爱卿爱国赤诚之心可表天地,朕就暂且封你为河北采访使吧!"说毕,拟了一道诏书给守光。守光正要谢朱晃,只见朱晃眉头紧皱,疑虑道:"刘爱卿前段时间都做了什么?怎么才想到要为朝廷办事?"守光支吾半天,虚嗽几声道:"不瞒陛下,那段时间臣一直抱病在床……"朱晃打断他的话道:"你是真病假病?有人告诉朕,王镕曾派使臣到你那里,你收了他礼,答应以后为他办事,有这么回事吗?""这……"刘守光不敢直视朱晃那异常犀利的目光,想再次撒谎隐瞒,但一时心慌不知从何说起,只好又装咳嗽扮可怜。朱晃无奈,叫他退下。

官是封了,但刘守光并没有感到丝毫风光,方才梁帝朱晃那一番审讯,还言犹在耳。刘守光想:"当今天下,四分五裂,大称帝,小称王。我占地三千里,拥兵三十万,何不自立为国,做河北天子呢?这样不用再忍辱受气。"想着,他回到幽州后,草定帝制,准备择日称帝。

群臣听说守光要称帝,纷纷前来劝谏守光不应为帝,说西有河东,北有契丹,燕实力不足,急于称帝对他不利。守光称帝心切,哪里听得进去,为了阻止大臣们继续劝谏,他立刻颁布禁令:"敢谏者斩!"接下来几日,宫里果然清静了。

后梁乾化元年(911年)八月上旬,刘守光即燕帝位,国号大燕,史称桀燕国,改元应天。登基大典举行之初,突然孙鹤求见守光,进谏道:"沧州一仗,臣本该死,幸得大王饶恕,才得以幸存至今。臣感激涕零!臣最近为大王称帝之事,反复思索,寝食难安。臣想,眼下大王还是不宜称帝啊!"守光一听孙鹤说他不能称帝,本来和悦的脸,一下子阴沉下来。他眉头一竖,怒道:"你敢违我号令?来人,拖出去斩了!"可怜孙鹤忠心耿耿,瞬间遭此劫难。临死前,孙鹤大呼:"大王愚昧!百日以外,必有急兵!"守光远远地听到这句话,气得浑身发抖,心里道:"该死的蠢臣!要死了还诅咒我!"

晋王存勖得知刘守光称帝,他想:这段时间,将士们也休息得差不多了,趁守光还沉浸在称帝的喜悦之中,举兵攻燕,为父报仇。于是,他马上召集文臣武将商议如何攻燕。计策方定,这时,有使臣送来急报说燕军进犯定州,请求援兵助战。存勖只好临时调整作战计划,遣振武节度使周德威领兵三万赴定州破敌。

德威与赵将王德明在易水会师,合攻岐沟关。晋、赵二军兵强将勇,刺史刘知温令偏将刘守奇守涿州城,他自知不是对手,主动开城门迎降。占领涿州后,德威一方面亲自率兵直奔幽州城,另一方面,他派神将李存晖等攻瓦桥关。守关将吏及莫州刺史李严都不战而降。

败报连连,眼看德威马上就要直捣幽州了,守光惶恐不安,再也坐不住了。他把文臣武将都聚集来,要他们想办法。大臣们此时都噤若寒蝉,守光发怒说,一个个都是饭桶,平时白给俸禄白养活他们了。大臣们面面相觑,窃窃私语。有人小声埋怨说,当初怎么劝陛下不要急于称帝也没用,现在真落入了窘境。守光唉声叹气,搓着手,走来走去。他想,走到这一步,只能向梁求援了。梁帝朱晃本不想援救刘守光,因守光花费重金,并一再在信中乞怜、悔过,朱晃只好答应,下旨命梁将杨师厚督兵攻枣强,贺德伦等进攻蓚县。

杨师厚的军兵一到枣强城,就发起猛烈的攻势。枣强城小而坚,虽然敌军人数众多,几日猛打猛攻下来,也没占到便宜,双方死伤惨重,但杨师厚依旧坚持继续攻城。

一天夜里,有一名赵兵来到梁营,说是来乞降投靠梁军的。李周彝召他入帐,问及枣强城中的情形。赵兵敷衍他说,城中粮食、兵器足以应付半月,要周彝赐他剑,他愿做排头兵,冲在最前面,取守城将领的首级。周彝对该赵兵还不了解,心里不放心。他对赵兵说:"剑暂时不能给你,你先把包袱放下,我一会儿给你安排部队。"赵兵趁周彝不备,用挑行李的木棍袭击周彝的头。周彝顿时惨叫一声,昏倒在地。周围的梁兵纷纷围过来,将赵兵砍死,急忙抢救周彝。梁军对此很气愤,接下来,师厚亲自率兵冒矢石昼夜攻城,两天后,便攻破枣强城。

听到杨师厚得胜的消息,梁帝朱晃十分高兴,立即召师厚随他一起赴蓚县助阵。刚到蓚县,梁营中,梁帝朱晃将枣强城的捷报告知贺德伦,要他务必迅速攻破蓚县,他与师厚在此督战。朱晃问起贺德伦战况,贺德伦给朱晃倒一杯美酒,笑了笑,拍拍胸脯说:"陛下请!听说我军到来,晋军吓得城门紧闭,到现在还不敢出来应战。哈哈,依末将看,晋军只不过是一群乌合之众。陛下就等着看我们将晋贼手到擒来吧!"说完,贺德伦就出营领兵攻城了。

面对梁军猛烈的攻势,又听说朱晃、杨师厚前来,晋军一时慌了手脚,士气低落。眼看蓚县快守不住了,守城主将李存审召集史建瑭、李嗣肱等大将在一起商议破敌之策。有人唉声叹气,说要是晋王存勖和周德威他们在这里就好了,现在敌我力量相差悬殊,如何应付?不如开城门乞降。有人说乞降颜面尽失,不如生死一搏……众将争论半天,也没个破敌之策。李存审沉默半晌,突然想出一个主意。他把想法告诉诸将,众人听了,将信将疑,但与其投降,不如权且一试。当即,李存审与建瑭、嗣肱分道巡逻,存审交代兵将们,如遇梁兵,立刻擒到下博桥,交由他处置。

天色渐晚,暮霭沉沉。师厚正在陪朱晃下棋,这时,只听营外有人大喊救火。瞬间烟雾弥漫,火光冲天,继而锣鼓喧天,噪声大作,箭镞齐来。朱晃和师厚不知到底什么情形,赶紧藏起来。直到一两个时辰过后,天黑了,喧闹声才逐渐散去……这时,有一群受伤的梁军惊慌地跑来,向朱晃汇报军情:"李存勖、周德威带兵杀来了!贺将军全体陷没了。"朱晃信以为真,吓得立刻命人毁去营寨,在夜色中逃走。德伦听说梁帝朱晃逃跑了,也草草鸣金收军。

　　援兵已撤,幽州一下子成为一座孤城。没了援兵,刘守光只好亲自领兵守城。幽州城大且固,晋将周德威久攻幽州不破,晋王李存勖便调李存审带领吐谷浑、契苾两部番兵援应德威。晋军兵力充足,便开始四面筑垒,围攻幽州,幽州城一下子被围个水泄不通。守光正愁不知怎么突破重围,大将单廷珪,素来骁勇,主动向守光提出要单独挑战周德威。守光赞赏他勇气可嘉,并拨精兵万人,令他开城破敌。城门一开,廷珪领军兵杀去,晋军节节败退。两军直杀到龙头冈,峰峦险峻,周德威倚冈立寨,据险自固。单廷珪领兵上冈捉德威,德威假装胆怯,往回跑,把廷珪引到一处险要悬崖。廷珪杀敌心切,当时没多想就追着德威冲上悬崖,眼看快要追上了,廷珪猛然朝德威背后一枪刺去。德威早有防备,身体往旁边轻轻一闪,就躲过了枪头,德威右手迅速掣出马鞭抽打廷珪的马头,瞬间,人仰马翻,廷珪和马一起跌下山崖。廷珪皮开肉绽,满身鲜血,伤得不轻,他刚要爬起来,还没走几步,就被山下的晋军围住并捆绑起来。主将被擒,燕兵慌忙退走,晋军乘胜追击,歼灭三千燕兵。

　　转眼,幽州已被围困一年,四面犄角均已被毁。晋军主力准备从南门攻城,守光一下子慌了。自从德威斩了廷珪,又分兵攻下顺州、檀州等,李嗣源攻陷武州,燕军接连战败,晋军势如破竹,守光自知晋军早晚要攻进来。他拟一份降书,请使臣送到晋营,德威不同意。守光又遣将周遵业送重礼给德威,企图收买他,并捎话说梁帝朱晃是逆臣贼子,不想再做他的臣子,所以才背梁称尊,哀求德威放过他。德威依然拒绝和谈,反而加大兵力攻城。

　　不久,又传来平营、莫瀛等州降晋的消息,守光心中苦闷难言。这天他喝了点酒,站在城楼上吹风,夕阳西下,天空依渐黯淡,整座城市都暗沉了,就连他脚下的那抹影子,也如老人的须发苍白了。看看这座熟悉、亲切的城市,很快将落入他人之手,守光悲叹着,远处的风"呜呜"地刮着,似弃妇的哭声,也似他人的嘲笑。渐渐沉没的夕阳,即将离开之前,它献给大地万丈霞光,百鸟带着白天自由飞翔的梦——归巢。夕阳沉落那一刹,灯光亮起来了。远方,一点点卑微的灯火与星天接壤……守光俯瞰城下，晋军队伍稀稀拉拉。守光暗自高兴，回去召集众将士换上晋军的军服，然后兵分两路，部分军兵将敌军引开，其他军兵则跟随守光出城，燕兵衔枚疾走，很快抵达顺州城下。

月光幽幽地照着大地，燕军立在城门外。"砰砰砰，砰砰砰……"一阵紧急的敲门声惊扰了守城士兵的夜梦，守城士兵望城外，一团漆黑，朦胧中，可见一丛晋军的轮廓。紧接着，门外有人大呼："开门，快开门，晋军入城，请兄弟放行！"一听说是晋军，守城士兵怕误了军机，当时没多想，就打开了城门。门开的瞬间，守城士兵立刻被刺死。刘守光及众兵将如潮涌入城中，击败晋军，顺利占领城池。

紧接着，守光又带兵将，乘胜转战檀州。守光正举兵攻城，突然德威率援兵赶来。两军混战，守光不堪一击，领着百余残兵败将，败逃幽州。

守光致信契丹酋长阿保机，请求援助。无奈阿保机素闻他无信义，给他回信推说有事不便出援。守光无计可施，已是瓮中之鳖。

晋王存勖认为破城时机已到，当晚升帐，唤大小军兵上帐商议。次日五更造饭，饱食后，全营出动。到幽州城门下，军兵们列成阵势，骑兵在前，步兵在后，个个身披铠甲，头顶盾牌。门旗下，晋王存勖勒住战马，发号施令，鼓擂旗摇，瞬间，晋军如惊涛骇浪，席卷而来。在骑兵发射一阵阵箭雨的掩护下，稳住了阵脚。步兵高架云梯，一波接一波攀墙而上……幽州城墙四面八方都是攻城的晋兵，燕兵人数不足，无暇应付。守光料不能守，赶紧携妻李氏、祝氏，子继珣、继方、继祚仓皇逃出城外……

待晋王存勖等攻入幽州城后，立刻下令紧闭城门，不得放走一个燕人，严禁士兵扰民。授德威为卢龙节度使，兼侍中，改命李嗣本为振武节度使。存勖等进宫搜捕，擒获了刘守光之父刘仁恭及家族三百口人。"守光何在？"存勖问刘仁恭。仁恭悲愤至极，道："我没有这个儿子！"存勖不禁想起外面风传的守光囚父杀兄的事来：守光因慕于庶母罗氏美貌与其通奸，被父亲刘仁恭发现后，被施以家法惩罚，守光记恨在心，囚禁父亲。守光之兄义昌节度使刘守文，与之反目，守文打不过守光，只得花重金向契丹借兵。守光率幽州所有兵马与兄在鸡苏决战，眼看守光要被射死，守文不忍见，出面阻止。迟缓之间，守文被守光的部将元行钦一箭射中，守光命人将守文囚禁起来，不久又派人暗中谋害他……存勖用剑逼问幽州城内的守城燕兵们守光的去向,有燕兵告诉存勖,燕帝守光及嫔妃、皇子等皆已在破城之前就从后门逃走了。"往什么方向去了?"存勖继续追问,燕兵摇头说他不知。存勖又问其他燕兵,也都说不知。存勖说,知道实情不说的要被斩首,说了的马上释放。等了半天,燕兵们互相对视着,不语。存勖耐心地对众燕兵道:"燕帝守光杀兄囚父淫母,丧尽天良,其罪可诛;梁帝朱晃篡唐建梁,残暴不仁,荒淫无道;只有我晋军,护国安民除奸,大势所趋。鸟择高枝而栖,士择明主而仕。你们好好想想,三天内等你们答复,但愿你们不要执迷不悟,否则后果自负。"说完,存勖就叫人把这些士兵都关押起来。接着,晋王存勖派兵将四处追捕守光,同时令城中画师们画出守光等逃犯的肖像,张贴在各城门、要道,并在画像上注明,发现此列人者有重赏。

可怜守光等四处逃窜,他们几人乘坐马车,在荒野跑了数日,身上未带干粮,个个精疲力竭,饥渴难耐。一日,他们来到燕乐界内的一个村里,守光实在饿得难受,要妻子儿子们去乞食,众人互相推脱,最后祝皇后答应去给他们想办法。祝夫人来到一户农家乞食,田家主人张师造打量祝皇后一番后,盘问道:"看夫人容颜姣好,华裳丽服,不像乞丐,怎会落到此般田地?"祝夫人叹息一声,不禁道出自己的身世,张师造惊讶不已,忙跪下给祝皇后请安问好。他表面上百般殷勤地留祝皇后及守光等在家食宿,暗地里却差人送口信给晋军。很快,晋军赶到,守光等人都被抓走。

晋军将守光等人交给晋王存勖。此时,存勖正在设宴犒赏将士,存勖当众笑问守光:"本王素闻燕帝善骑射,特来讨教。燕帝作为幽州城主人,为何出城避客?"守光忙跪地叩首乞求饶命,存勖命士兵将守光他们和仁恭等关在一起。

晋军将守光押至守光父母面前,父亲刘仁恭对着守光一阵唾骂:"我上辈子到底做了什么孽,怎么生出你这样的儿子?奸淫庶母,囚父杀兄,败家亡国,坏事干尽。"守光听着,突然发笑起来,嘀咕着:"上梁不正下梁歪,您老不和我差不多?"仁恭气得扬起巴掌,说:"说什么呢?我真恨不得拍死你!"众人赶紧拦劝,叫仁恭消消气,好歹是一家人。这时狱卒送来酒食,守光打开一看,有酒有肉,还挺丰盛。他立刻拿起筷子,吃得挺香。仁恭道:"你也吃得

下去？厚颜无耻,我们都快归西了!"刘守光道:"那么悲观干嘛?说不定晋王
存勖舍不得杀我们,他刚还夸我箭术好哩!不行的话,咱们改投他帐下?"一
句话引起群愤。众人都说与其向敌人乞怜,没有尊严,不如去死。

几天后,晋王存勖率军启程回晋阳,途经赵国时,赵王王镕特备酒宴,迎
接晋王存勖。王镕邀请存勖坐上席,为存勖斟满酒,并举杯敬他。酒过三巡,
存勖微醉,二人聊到燕王父子,感慨他们曾经是多么地不可一世,如今已成
阶下囚。王镕道:"愿见大燕皇帝刘守光一面,不知晋王能否行个方便?"存勖
应允着,命士兵带仁恭父子上来,一会儿仁恭父子带着手铐来了。见到晋王、
赵王,仁恭父子俯首叩拜请安,王镕请二人一起用膳,仁恭父子称谢。王镕代
他二人向存勖求情,暂为除去手铐。存勖示意士兵除去仁恭父子的手铐,王
镕吩咐仆人在主席下方增设一张偏桌,并摆上酒宴,请仁恭父子坐。仁恭父
子坐过来,神态自若地吃着饭。饭罢,王镕又赠给他们衣服、马匹,仁恭父子
都欣然接受,没有丝毫愧色。

到了晋阳,晋军将仁恭父子押解到太庙,存勖亲往监刑。法官一声令下,
令牌落地,刽子手高举大刀,突然,守光哀求道:"且慢!我善骑射,甘愿放弃
帝位,促成大王霸业。请大王饶命!"存勖不答,瞬间大刀挥下,守光身首异
处。接着,存勖又处斩了其他刘氏族人,最后剩刘仁恭一人时,存勖派节度副
使卢汝弼,将仁恭押至代州,先王克用墓前,存勖给先王克用上炷香,然后杀
仁恭祭父。

幽州城破,仁恭父子被斩的消息传到梁宫。梁帝朱晃感慨:"自古英雄出
少年。将来收复天下的,定是那李亚子啊!我也未必是他的对手。"

朱晃年逾花甲,连年征战,近年,身体每况愈下。最近他老是梦见张惠,
说她太孤单,想朱晃过去陪她,大概是有些思念吧!虽然天人永隔,但他永远
怀念张惠。张惠生前,朱晃只听她一人的。那时,朱晃还没称帝,张惠仙逝后,
朱晃登基称帝,为纪念张惠,朱晃不立皇后,皇后的宝座一直空着,无人能代
替张惠在他心目中至高的位置。他俩一见钟情,数年前,一个春天的早晨,阳
光明媚,朱晃骑着马背着箭在树林里转悠打猎,走到一处山头。望见山那边
一片翠林里,有数百名士兵拥着两辆华丽的马车,缓缓前行。朱晃顿时心生
好奇,想看看马车里坐着什么人,于是策马追着队伍走,弯弯绕绕,在树阴下

走着走着,前面是一片大禅林,两辆马车都停在了路边,就在佛门阵地,从一辆马车里走出一个十七八岁,仪容秀雅的富家小姐,自从见了这一面,朱晃从此念念不忘,此女就是宋州刺史张蕤之女张惠,也是后来朱晃的妻子。朱晃杀戮心太重,好淫逸,只有张惠才能约束他。张惠生前总劝朱晃戒杀远色,张惠死后,不仅朱晃难过流泪,就连众多将士也是悲伤不已。

　　张惠走后,朱晃又回到本性。称帝后的朱晃,对昭仪陈氏、昭容李氏及其他妃嫔,总是朝三暮四,多多益善。起初嫔妃们都以美色得到宠幸,渐渐地年老色衰就被冷落了。朱晃放纵淫欲,后来又暗与子友珪之妻张氏有鱼水之欢。

　　一天,朱晃卧病不起,博王友文携妻王氏来看望朱晃。朱晃见王氏貌美如花,很是喜欢,就以照顾他病体为由,想要王氏留下,在床边陪侍。王氏并不推辞,反而很是乐意。友文走后,朱晃叫王氏坐近一点,陪他说说话。王氏搬张凳子过来,朱晃叫她直接坐床边上,王氏就坐床上。朱晃又说想摸摸王氏的手看她冷不冷,王氏把手伸到朱晃面前。朱晃紧紧抓住王氏的手,久久不肯放松。他对王氏表白:"朕喜欢你。以后你不要走了,就一直呆在朕身边,好吗?"王氏想想,虽然子众多皇子中,皇上最喜欢友文,但毕竟友文不是他亲生的。如果她能讨得朱晃欢心,将来友文就更有希望继承帝位了。于是王氏满心欢喜地答应了朱晃的请求。不久朱晃宠幸王氏的事,宫里人都知道了,友文十分恼火。王氏回到家,一见面他就狠狠地扇她一巴掌,直打得王氏头发晕,摔到了地上。王氏摸着火烧火辣的半边发红的脸蛋,委屈得哭诉道:"我这是为了你的前程着想啊!"友文更加恼怒,他反问道:"你个贱货,和我义父干上了,还堂而皇之说是为了我。狗屁!"王氏就把其中要害说出来,说虽皇上最喜欢友文,认为他有才华,品行兼优。但宫里的文武大臣都反对呀!哪有皇位不传给嫡子,而传给外人的?夫君莫不知古往今来女人的枕边风最奏效?听王氏这么一说,友文觉得有些道理,瞬间气消。他道:"既然如此,那委屈夫人了。"王氏道:"你好我才好,我们是一家人。一荣俱荣,一损俱损,你能体谅就好,为了将来,这点委屈不算什么。"友文夫妇一下子又重归于好。

　　王氏得宠后,张氏就失宠了。张氏乃友珪妻室,虽有几分姿色,但略逊王氏一筹。失宠后，张氏情绪很低落，一连几日不进米食，憔悴了不少。这一天，她对镜自怜道："难道我老了吗？"身边的丫环奉承道："王妃娘娘年轻貌美，是宫里最美的女人。"张氏"哼"一声，道："可是皇上最近被那只骚狐狸迷得团团转，我是一点法子都没有呀！自从皇上有了她，根本都把我给忘了。"说到这里，张氏气愤得把梳妆台上的东西一股脑儿都扔到地上。"王妃娘娘息怒！保重凤体要紧。奴婢有个主意，不知是否可行。"丫环边收拾残局，边道。张氏道："什么办法？快说！"丫环对张氏耳语一通后，张氏赞赏丫环道："多亏你提醒了我，不然我还一直光顾着生气哩！"从此，张氏又打起了精神，恢复了正常。

原来丫环是要张氏买通宫女，监视王氏的一举一动，如有风吹草动，立刻采取措施，张氏依言照做。不久，张氏从宫女口中得知，朱晃病重，王氏让他写好遗嘱，传帝位给义子友文。张氏回到家，把这事告诉友珪，并哭道："父王糊涂啊！怎么能把王位继承给外人呢？王氏夫妇向来容不下我们，今他二人得志，恐怕我们要大祸临头了！"友珪听了，也唉声叹气，叫苦不迭。正当友珪夫妇犯愁时，突然仆人冯廷谔插话道："要求生，须早用计。"友珪问他有何良策。冯廷谔望望四周，道："能否借一步说话？"友珪就引他到密室谈话。

计策定下，朱友珪赶紧换上普通军服，趁人不备，潜入左龙虎军军营。他敲开韩勍的房门，韩勍见友珪这身打扮，惊讶地道："二皇子?怎么是你?有何吩咐？"友珪"嘘"一声，叫韩勍小点声，他这次来有要事交代。韩勍便出屋，把他的两个心腹唤来，在门外把风。二人坐定后，友珪把对朱晃的意见直接道来。他说："我父王已老。最近，他真是越来越糊涂了，把功臣老将都杀死，还要立博王友文为皇位继承人。据说是因为友文怂恿他妻王氏与皇上奸淫，皇上被妖女迷得神魂颠倒，才做此蠢事。"韩勍听了，道："郴王友裕早薨，皇上应当立二皇子为嗣，怎能把皇位传与养子？皇上淫昏，二皇子是要早做打算啊！"友珪告诉韩勍，他已有计策，但是需要他协助，然后对他一阵低语。

当夜，韩勍率五百牙兵随友珪混在夜巡守城的控鹤卫士中，一起入宫。过了禁门，友珪让牙兵分头埋伏好。待更深夜静，城头号炮响，牙兵群起斩关杀入，刀剑声喊杀声震天，皇宫内到处一片纷乱，当牙兵杀到梁帝朱晃寝室时，护卫、宫女都已逃光了。

朱晃病体卧在龙床上,迷迷糊糊做着梦,突然听到外面喊杀声震天,乱成一片。他吓得急忙掀开帐子,披衣起身逃走,刚走到门口,火把一片,友珪引着众人手持利器前来。朱晃怒视友珪道:"你这是要造反吗? 我是你的父王。你忍心害父,天地岂能容你? "友珪恶狠狠地道:"老贼,废话少说。我要把你碎尸万段! "说完,冯廷谔拔出利剑,向朱晃刺去。朱晃慌忙之中躲到柱子后,冯廷谔又连刺几剑,可怜朱晃病入膏肓,无力抵抗,就这样倒在了冯廷谔剑下,一摊鲜血里,享年六十一岁。

朱晃死后,友珪命冯廷谔用被褥裹尸,塞在床下,三日内不得发丧。接下来,友珪又派供奉官丁昭溥,持伪诏速往东都,令东都马步军都指挥使均王友贞速诛友文。

伪诏说,朱晃创业三十多年,为帝六年,不料朱友文阴谋篡逆,昨夜甲士入宫,多亏朱友珪忠孝,剿贼护驾;然而病体受惊,危在旦夕,此次朱友珪护驾有功,特委他主持军国大事。朱友贞身为三皇子,则代父除逆……友贞接旨后,悲愤交加。他邀请友文到客栈饮宴,饭吃到一半,酒微醉,突然从屋外冲进来一些杀手,将友文杀害。

王氏得知夫友文遇害的消息,一时无法接受,痛哭不已,正要进宫面见皇上。半路上,在一个僻静的角落,她被一伙黑衣人拦住,劫了车马。王氏告诉黑衣人她的来头,企图将他们吓退。一个黑衣人说:"我们要杀的就是你。"说罢,不等王氏回话,手起刀落,只听一声惨叫,四周重归寂然。

友文夫妇被诛,心腹之患已除,友珪不甚欢喜,他再下一道矫诏,称先皇遗命传位次子,然后命手下人将朱晃遗骸入殓,准备发丧。友珪身穿孝服,跪在灵柩前,假装悲痛,大哭不止。当日,即乾化二年六月十六日(912 年 7 月27 日),朱友珪在朱晃灵柩前登基即位,升任韩勍为忠武军节度使,任命其弟朱友贞为汴州留后,为稳定朝政,军心稳定,友珪厚赏百官。

第十二章　友珪弑父惹众怒　欲篡位友孜被诛

梁太祖朱晃驾崩后，友珪在位时间还不到一年。

友珪的身世本来不光彩，他是朱晃当年镇守宣武时，与一亳州娼妓行乐所生。因他出生在宫外，其母给他取了个小名叫遥喜，并差人送信到宫里，梁帝朱晃这才派人将友珪接入宫抚养。平日里，兄弟姊妹都看不起他，骂他野种。友珪却不争气，他居然起歹心手刃生父，还把罪名嫁祸给友文，凭空诬陷他，更加引起公愤。原以为只要收买朝廷百官就可以掩人耳目，息事宁人，却不知真相总要大白，千古罪人岂能容他逍遥法外？

友珪初登帝位，整天歌舞升平，纵情享乐，荒淫无度，荒废朝政；还爱慕奢华，大造亭台楼榭，修筑都城，劳民伤财，激起民愤。大臣们一一劝谏友珪要勤政廉政，友珪却指责他们小题大做。大臣们看在眼里急在心里：照这样下去，太祖艰难创业三十多年打下的基业不会长久，加上本来就对友珪弑君篡位的做法很不满，因此大臣们纷纷要求离京。

有的称病告假在家；有的申请调离京城；有的辞官归隐……宫里留不住人，友珪只好把地方官调入都城来。

一次，友珪遣使臣到河中，封朱友谦为侍中中书令，并征他入朝。

朱友谦字德光，许州人，原名朱简，成为朱晃义子后，被赐名"朱友谦"。朱晃称帝后，命朱友谦镇守河中（今山西永济），任河中节度使、检校太尉，拜中书令，并被加封为冀王。

使臣奉旨到河中，见到友谦，宣诏完后，友谦推辞说："北有寇犯，微臣不能离开河中，请皇上收回成命！"使臣劝说友谦道："将军三思！抗旨不遵，后果自负！不要怪我没提醒你！"友谦回想，朱友珪贪恋色欲，后宫已有众多嫔妃，还不满足，贪得无厌，四处强行征集宫女。洛阳城的百姓，有女儿的人家，白天都不敢开门。官兵一旦发现街上有年轻漂亮的姑娘，统要抓进宫里当宫女，进了宫，其父母想再见一面女儿就难了。朱友珪还弑父篡位，那日，他去洛阳城办事，在一家客栈里，听到百姓们的议论，说梁太祖朱晃是被二皇子朱友珪所杀。友谦听完事情过程后，当时悲愤交加。回去后，他召集手下部众聚在密室，说起这件事，并信誓旦旦地说，他们要一起为太祖报仇雪恨，讨个公道，擒拿逆贼，部众们都一起附和……想到这里，友谦忍不住对使臣揭发友珪罪行道："当今皇上无才无德，穷凶极恶，不值得我跟随。先帝勤苦数十年，才得此基业，在位期间，爱护臣民，捍卫疆土。郢王朱友珪却趁他病重，与冯廷谔等人合谋，一起弑君篡位。可恶朱友珪蒙蔽私情，嫁祸朱友文，到现在我才知实情，友珪弑父，天理难容！况他在政期间荒淫无度，无任何建树，如不扫除此逆，大梁岂不危矣！"使臣顿时惊愕，无话可说。

使臣回到洛阳后，将友谦要反朝廷一事禀报给友珪。友珪得知十分恼怒，他心里叹道："岂有此理，越来越多的人要谋反，朕这次要给朱友谦点颜色瞧瞧！"前些日，有大臣禀报友珪，匡国军听闻宫中内乱，纷纷要求节度使韩建反友珪。因韩建对此事置之不理，竟惨遭毒手，被人所害。当时，因没有危及友珪，他并没把这当一回事，想不到，这个朱友谦如此大胆。想着，友珪当即遣韩勍等率兵前往河中擒拿友谦。

本以为可以手到擒来，不料，友谦早有所准备。在这之前，他遣使臣给晋王李存勖送来厚礼，示好称臣，然后把梁廷宫变之事告诉晋王。因他不想再拥护友珪,友珪即遣兵剿灭他,请求晋王李存勖援助。晋王遣兵到河中,慷慨相助。有晋军镇守河中,韩勍等无功而返。友珪惧怕晋王存勖,只好作罢,从此不再提此事。

半年后,已是梁乾化三年元旦。友珪择良辰吉日,祭祀圜丘,大赦天下,改年号为凤历。

尽管内忧外患,战事连连,但友珪依旧不问政事,夜夜笙歌,醉生梦死。一日,又有前朝功臣要辞官归隐,友珪并不挽留。老臣离京途中,在一家客栈歇脚,他刚坐下,叫了酒菜,没吃两口,突然听到背后有人唤自己,老臣转身一看,是均王友贞。友贞好奇老臣怎么会在这里,老臣叹息着,告诉友贞他已辞官,并请友贞过来一起用膳。友贞坐过去,二人边吃边聊。友贞说老臣是国之栋梁,国家和人民都需要他,为何突然灰心丧气作此打算?老臣感慨,现在宫里留不住人才。友珪弑父篡位,小人当道,昏君误国,长此以往国将不国了。友贞听了老臣这一席话,惊骇不已。想当年,友珪弑父后,假传圣旨,蒙骗他误杀友文,取代友文的职位,任东都留守、开封府尹、检校司徒。友贞很是懊恼,他简直不敢相信这是真的。

得知先帝仙逝另有隐情后,友贞情绪异常激动。回到府上,他即写了请柬,差人邀请驸马都尉赵岩来家做客。友贞特备丰盛的筵席款待赵岩,二人在筵席上,边饮酒边叙话。友贞对赵岩道:"有件事一直想向你打听,我们是郎舅至亲,有什么话,不妨直说。"赵岩点头道:"你尽管问。我一定知无不言,言无不尽。"友贞道:"关于先帝的死因,外面说辞不一。你常在朝中当差,对这事应该很了解。"赵岩听了,不禁流泪半晌。他把事情过程娓娓道来,然后哀叹道:"朝臣们得了友珪的好处,又畏他强权,都不敢与友珪作对。要想推翻暴政,声讨逆贼,全仗外镇了。"友贞道:"此贼不讨,有失公道。我要替天行道,扫除凶逆,告慰先帝冤魂。"赵岩称赞道:"那就最好了!均王果然忠孝!皇位本该属于均王的,若能除逆,均王必受万人拥戴。"友贞问:"不知具体该如何行动,请驸马明示!"赵岩想到魏州都招讨使杨师厚手握重兵,威名远扬,就向友贞推荐了他,并说,友贞若能得到师厚的支持,事情就好办了。

散席后,友贞遣心腹马慎到魏州见杨师厚。马慎见到师厚,先将来意禀明,他道:"郢王谋逆篡位之事天下皆知,均王友贞决定乘机起义,想请杨将军相助。事成后,给犒军钱五十万缗。"师厚设好茶果款待马慎。师厚想,此事事关重大,不得轻易作决定,就托词有点事,要马慎稍坐片刻,晚点再谈。趁此间隙,杨师厚立马召集众将到密室商议此事。师厚将均王友贞起义一事道来,便问众将此事是否可行。众将议论纷纷,都说这是皇室家事,作为臣子,不便插足。师厚听了,叹息道:"是啊。先帝已故,不能复活道明真相。此事错综复杂,真伪难辨。郢王友珪好歹是先帝骨血,不如就此作罢,不予追究,就算给先帝多留个后吧!"正要散会,俄顷,有一人道:"郢王友珪弑父罪大恶极,理应绳之以法。均王兴兵复仇,忠义可表。如果我们按兵不动,若他日均王破贼,恐怕我们就无容身之所了。"一席话令师厚惊讶不已,他称赞道:"说得好!多亏你点醒我,险些坏了大事,我当为讨贼先驱!"此事商量妥定,师厚到花厅给马慎回话,表明态度。

马慎回去告知友贞,师厚同意起义。友贞很是高兴,问及马慎具体情景,马慎告诉均王:"一见面,我就直接把要交办的事及酬金与他说了。对于这次发兵,师厚起初面泛难色,犹豫不决。他中途离开过,不知去干什么,时间较长。后来,他才告诉我,同意助均王一臂之力。"为防师厚变卦,友贞随即又派校王舜贤到洛阳与龙虎统军袁象先(朱晃的外甥)商量讨逆计谋,再遣都虞侯朱汉宾屯兵滑州,作为外应。

怀州以刘重霸为首的三千龙骧军多年来一直不肯归顺朝廷,友珪即位后,也未能将其剿治。近日,友珪召令汴梁守卒入都城,守卒中有部分是龙骧军。象先、舜贤考虑到友珪与龙骧军之间有嫌隙,可利用这些龙骧军来对付友珪。谋略已定,均王友贞即叫人激怒龙骧军,道:"皇上因龙骧军怀州叛变,所以不信任你们,打算将你们引到洛阳后,就将你们处死。均王有密诏,因不忍心让你们白白送死,特地冒险透露风声。"龙骧军听了,信以为真,一起跪在均王府前,呼喊着要均王给大伙指条生路。友贞将事先准备好的伪诏拿出来给众兵看,然后泪流满面道:"你们追随先帝九死一生,打下江山,经营社稷三十余年,才有今天。如今先帝惨遭奸人谋杀,死得好冤!你们曾是先帝的人,奸人怎会放过你们?"众兵恨友珪入骨,但又没有计策,便担忧道:"怎么办?我们不想死,愿誓死效忠均王!请均王指点一二。"均王引士兵们到大厅梁太祖朱晃画像前。均王带头在画像前跪下，众兵也都跟着跪拜。只听均王哭道："郢王害死先皇，还要屠杀亲军，其罪可诛！你们若能击毙凶犯，推翻暴政，告慰先帝英灵，便可转祸为福。"众兵齐声呼应，在朱晃画像前立誓为先帝报仇雪恨，共讨逆贼。接着，均王带龙骧军到兵器库，给每个士兵都配备一样武器。起义事成后，友贞速遣使臣快马加鞭将这边的情况告知赵岩等人，要他们今晚开城门，放龙骧军义军入都城。

深夜，友珪睡得正香，突然听到窗外一片混乱，锣鼓声、刀剑声、喊杀声交织在一块。友珪更衣下床，问宫人屋外发生了何事。宫人说，反兵杀进来了，皇上赶紧逃命。友珪慌忙带着妻张氏及冯廷谔一起逃到北垣楼下，正要翻墙出城，后面追兵纷纷赶到，呼喊着："逆贼哪里逃！"友珪自知不能逃脱，恳求廷谔先杀妻，后杀自己，省得她落入反兵之手受辱。廷谔哀叹一声，快刀斩了友珪夫妇，然后自刎。

得知友珪夫妇被诛的消息后，友贞命杨师厚率各路义军乘势在都城中搜捕友珪的亲信、党羽。都虞侯朱汉宾则引兵从滑州杀入都城，两面夹击，朝中百官纷纷逃散，部分伤亡，直到第二天黄昏，骚乱才渐渐平息。

取得传国宝后，均王友贞在东都即位，废凤历年号，仍称乾化三年，追尊父温为太祖神武元圣孝皇帝，母张氏为元贞皇太后，恢复友文官爵，废友珪为庶人；天雄军节度使杨师厚为检校太师，兼中书令，加封邺王；西京左龙虎统军袁象先为检校太保同平章事，加封开国公；赵岩及以下诸臣皆升官晋爵。朱友谦曾反友珪，友贞又遣使臣前去招抚友谦。友谦是骑墙派，虽答应继续归顺大梁，用回梁年号，但同时继续与晋保持往来。

梁主友贞即位后，梁廷安定不久，继而又起风波。

一日，友贞的幼弟康王友孜在街上闲逛。街上商品琳琅满目，人来人往，非常热闹。友孜走过街边一角，突然被一个相师叫住，相师说："施主请留步！施主乃帝王之相啊！"友孜听了，转身看看相师，将信将疑道："你说什么？"相师又将方才的话重复一遍。友孜警告他："江湖术士，不要胡言乱语。这可是要杀头的啊！"相师道："相书上说，重瞳象征着吉利和富贵，是帝王的象征。历史上有重瞳的只有八人，即仓颉、虞舜、重耳、项羽、吕光、高洋、鱼俱罗、李煜。他们非圣即贤。仓颉造字，虞舜禅让、孝顺，晋文公重耳、项羽称霸群雄,后凉国王吕光横扫西域,高洋建立了北齐,鱼俱罗是隋朝名将,南唐后主李煜是著名文学家。施主也有双瞳,可喜可贺!"友孜虽然满心欢喜,但假装满不在乎。他严肃地对相师道:"那又怎么样?无稽之谈,纯属巧合!"说着,友孜甩袖走了。

自从见过这个相师,听他言语,友孜心里一直平静不下来。他想:友珪弑父篡位,确实不仁;但友贞为满足一己私欲,借故替父报仇,煽动义军,弑兄即位,也是不义之举。我是太祖第七子,刚才那个相师都说了,我有双瞳,我才是真命天子。友孜来回想着这件事。

回到府上,他接到友贞送来的丧报,一看是友贞的宠妃张氏病亡了。张氏是梁功臣张归霸之女,才貌双全。半个月前就听宫里人说张氏忽然害病,起不了床,这可把友贞急坏了。友贞叫把宫里的御医都依次叫来瞧过,张氏得的是怪病,连宫里最好的御医也束手无策。御医无法,友贞焦急万分。只好又张榜说各地郎中若能治愈张氏的病,他出重金酬谢,但没想到还没等到人来揭榜治病,张氏这么快就病死了。张氏生病期间,友贞无心政事,天天陪伴在张氏左右,喂药、哄她开心。连日下来,友贞寝食难安,憔悴不少。

这日,张氏病重,她面色苍白,嘴唇毫无血色。张氏昏睡了半日,醒来看到友贞坐在床边,静静地看着他,眼睛一眨也不眨。她脸上泛起一丝淡淡的笑容。她问友贞,自己病了这么久,是不是变得很丑。友贞摇着头说:"无论你是什么样子,朕都喜欢。"一会儿,张氏浑身发抖不停,说:"冷。"友贞赶紧将她抱住。张氏说:"恐怕以后我不能继续侍奉皇上了。"友贞道:"快别说话了!多休息。你会好的,你不会死。为了朕,你一定要活着!"看着张氏没精打采、奄奄一息的样子,友贞就心疼,他好想让张氏开心起来。他想起一直承诺张氏要册立她为后,因连年战争,友贞无心改元,所以郊天大礼延宕过去。现在张氏病重,再不册封她恐怕以后没有机会了,想着,友贞就立刻行礼册封张氏为德妃。

到了半夜,张氏突然病情发作。张氏告诉在一旁陪伴她的友贞道:"恐怕臣妾将要离开皇上了,臣妾有些不放心爹娘。"友贞道:"一切都有我。你不要胡思乱想,你会好起来的。朕相信,天下这么大,肯定有人能医好爱妃。"张氏继续道:"臣妾走后,皇上要……要小心,保……重!"说完,张氏突然心口一阵剧痛，一口气没上得来，闭了眼，眼角挂着两颗硕大的泪珠。友贞瞬间觉得天都要塌下来了，他趴在张氏身上，哭晕过去……

接下来几日，是张氏的丧期，友贞悲痛万分，如此长时间折腾，友贞精疲力竭。这一天，天还没黑，友贞早早地就睡了。到了夜间，友贞梦见一道亮光从窗外闪进房里，剑匣突然自动打开了，剑飞出来，悬在半空中。这时，门外起了一阵风，把门吹开了，张氏走了进来，她披着一头秀发，穿着一身素服，她告诉友贞，有人要刺杀他，说完，张氏瞬间化作一团雾气消散了。友贞被梦惊醒，他披衣起来，打开剑匣，取出宝剑，仔细检查，剑安然无恙。他心中自语："难道真的有事要发生吗？"正想着，突然寝室的门开了，有一人持刀直入，进来行凶。刺客见友贞早有防备，手持利剑，怒目觑着他。他心里一阵慌乱，急忙转身逃跑。友贞大喊一声："有刺客！护驾！"然后追上前一剑将刺客刺死。

一会儿护驾的卫士们赶来了，友贞要卫士们指认尸首。有卫士认识说死者是康王友孜的门客，友贞即刻令卫士们速速擒拿反贼友孜。

很晚了，刺客还没回音。友孜在屋里等待，黯淡的油灯，映着墙上友孜单薄的影子。想着行刺的事不知怎样了，他十分紧张，心似乎随时都会跳出体外。他想，如果万一这次行刺失败，刺客身份又被暴露的话，后果不堪设想。为了舒缓紧张情绪和畏惧心理，友孜反复告诉自己："我有双瞳，相师说我是帝王之相，友贞必死，此次行动定能成功。"聊以慰藉。

正当友孜在屋里诚惶诚恐，坐立不安之时，屋外有敲门声。友孜想应该是他派出去的刺客回来了，于是赶紧开门。门一开，门外立刻冲进来两个卫士，迅速将友孜绑了。友孜挣扎着，说："大胆！我是康王友孜。来者何人？居然敢半夜擅闯康王府，无故乱绑人。"卫士冷笑一声道："什么康王，不过是一死囚。你派人行刺皇上，贼胆包天，怕是活腻了。"友孜一路上情绪激动，呼喊着："我有双瞳，我才是真命天子，友贞杀兄篡位，罪该万死！"一个卫士劝他道："嚎什么？省省力气吧！干此勾当，还说皇上不是，估计皇上是不会饶恕你的。"黑暗中，友孜流泪自语："父皇，为何友珪、友贞都能做皇帝，而我不能？我不甘心！"

待卫士将友孜押入内廷，梁帝友贞坐于堂上。见囚犯友孜带到，友贞开始审讯。他道："台下所跪者何人？所犯何罪？如实禀来，不得撒谎。"友孜大叫："三哥，冤枉啊！这几个人胡乱抓我来此地，硬说我派刺客杀你。天地良心，我们是亲兄弟，怎么舍得伤害你呢？快释放我吧！"友孜怕死，抵赖道。友贞一敲惊堂木，道："带人证！"一会儿，两个卫士抬进来一副担架，担架用白布盖个严实。友贞叫卫士掀开白布，然后问友孜："死者可是你手下人？"友孜瞥了一眼尸首，心里悲痛，不敢再看。友贞道："有人认识此人，确定是你府上的。你作何解释？人证在此，休想抵赖！深夜行刺，图谋众所周知。朱友孜，看在先皇面上，我平日待你不薄。你身为康王，为何突生歹念，欲加害于我？"友孜听友贞振振有词，因心虚，半天低头无语。梁帝友贞一声喝令，友孜随即被处斩。

第十三章　　存勖义释王铁枪
　　　　　　　　夏鲁奇突围救主

　　斩了康王友孜,友贞悲泪道:"康王一时生出非分之想,做此勾当,年纪轻轻,枉送了性命。可怜可悲又可恨!列祖列宗、父皇母后,我本不忍心处置康王,但人有情而法无情啊!如果我不秉公处理,岂不是包藏祸心?国法威信何在?愿康王一路走好!"

　　友贞派人安葬料理了友孜后事。风波止息,朝中大局总算稳下来。

　　近日,天雄军节度使杨师厚告病在家,不问朝事。师厚是三朝元老,有功之臣,友贞对此有意见但不敢言。先帝朱晃在位时,师厚就是重臣。那时,朱晃与晋王开战,师厚总是作为先锋,指挥最精锐部队作战。师厚助友贞夺得王位后,被授为邺王,加封检校太师、中书令。友贞每次下诏,为表敬重,不直呼其名,而以官爵号称呼他,事无巨细,必先与师厚商量。为此,师厚在友贞及诸臣面前有些傲慢,直言不讳。朝中部分大臣平日与师厚有嫌隙,趁机在宫里制造闲言碎语,说师厚称病是假,想自立为王是真。友贞本就敬畏师厚,师厚的确功高盖主,不是自己所能把持。听到这些话,友贞心中更是惶惑不安,但碍于师厚实力强大,一时也没法对付,只能听之任之。

乾化五年(915)三月,一日午后,友贞正在御书房批阅奏折,天突然黑了,电闪雷鸣,风雨大作。友贞搁笔起身到窗前观雨。这时,有宫人进来禀报说,天雄军节度使杨师厚刚病逝。友贞日夜正愁师厚举兵谋反,现终于如释重负。他喝令文武大臣停止上朝三天,举国哀悼,并追赠师厚为太师。

没过几天,一日上朝,赵岩提出将天雄军魏、博、贝、相、澶、卫六州分为两镇,便于管制。友贞问其他大臣有何看法,澶州刺史王彦章站出来反对,说此举行不通,不但不利于保存天雄军实力,还会引起天雄军内部骚乱。赵岩说,天雄军所管辖疆土广、势力大,必须要减削其兵权,否则危及朝廷。王彦章说他危言耸听,天雄军向来忠于朝廷,怎会突然生变?又说赵岩是奸佞,误国误民……二人为此事争得面红耳赤。友贞素日与赵岩走得近,就偏袒赵岩,说王彦章多虑了,当即采纳赵岩的计策,将天雄军一分为二。他派贺德伦为天雄节度使,领魏、博、贝三州,另派张筠为昭德节度使,领相、澶、卫三州,又遣刘鄩率六万军兵,屯兵镇、定,以防魏人变乱。

散朝回去,赵岩宴请张汉杰、段凝小聚。聊到白天朝上所发生的事,三人都斥责王彦章自以为是、目中无人。段凝是王彦章的副官,因他无才无德,毫无战功,靠裙带关系才坐到这个位置上。王彦章及将士们都看不起他,都知道段凝升官的来历:当年他还是怀州刺史时,有次梁太祖朱晃路过怀州,他把年轻貌美的妹妹献给朱晃。妹妹深得朱晃宠爱,并被带回洛阳宫中,封为美人。有朱晃这层关系,一般人不敢得罪段凝,他一直都盼着坐上彦章的位置,将其取而代之。他故意对赵岩说:“我与王彦章长期一起共事,没有人比我更了解他。他其实也没什么能耐,只是运气好,靠吹牛吹出点名气。王彦章曾多次对我说,要我远离赵岩、张汉杰,说你们都是小人。他还信誓旦旦地说,总有一天,他会铲除奸佞,重振朝廷。”赵岩、张汉杰听完,都气得半死。张汉杰对赵岩说:“咱们可不能坐以待毙,得先下手为强。”赵岩点头,沉默半晌,赵岩把对付王彦章的想法悄声道来,二人拍手称赞。张汉杰道:“好一个釜底抽薪的计策,这回王彦章恐怕将死无葬身之地。”

德伦上任后,即依照圣旨,将魏州将士其中一半分派到相州。因魏、博等六州多年统一,魏兵之间互相联姻,血脉相承,根深蒂固。如今突然要拆散,魏兵彼此不愿与亲友分离,故多有不满,怨苦连天,甚至聚在一起痛哭。德伦见场面有些失控,担心魏兵谋变,即将魏州情形报知刘鄩。刘鄩遣人送信给澶州刺史王彦章,命他率五百士兵前往援救。

彦章接到刘鄩的书信,愁眉不展。很是不巧,前些日,皇上一道谕旨,主力部队都随段凝出征在外,现在军营里只剩下一些新招募未经训练的士兵,重新训练已来不及了,就凭这些士兵如何对抗乱党?彦章给刘鄩回信诉苦。刘鄩也没办法,只好回信安慰他说,魏州不一定会乱,鼓励他就算有乱兵要反,以他的能力定能克服困难,化险为夷,万一实在不行,他再出面援助。彦章万般无奈,只好赶鸭子上架,领着五百新兵到魏州。

不久,魏兵暗地聚众谋反。乱军首领张彦道:"杨师厚将军在世时,朝廷一直畏他强势,不敢对我军怎样。如今他走了,朝廷顾忌我军强盛,所以乘机使我军分离瓦解。我六州历代世居,如今一旦分开,就面临着骨肉分离,生不如死。朝廷对我们不信任,如此无情,不如反了。"其他士兵随之响应。当晚,张彦叫人纵火烧营,包围了王彦章军营。

彦章早有戒备,他安排了士兵昼夜在营外巡逻,并交代他们,一旦有突发情况立即向他汇报。彦章得到情报后,先稳住士兵们的情绪,叫他们不要慌,以免乱了阵脚。眼看军营已被大火包围,火光一片,火苗到处乱窜,越烧越旺,火势助长魏军气焰,尽管魏兵来势汹汹,但是在彦章的指挥和带领下,士兵们并没有被围困住,而顺利杀出了营外。杀了一会儿,彦章见魏军人数众多,且都是精兵强将。他自知不是对手,边杀边领残兵后撤,直奔刘鄩军营。魏兵追了一段路,张彦恐彦章有诈,不敢穷追,继而号令魏兵转头去牙城擒拿德伦。

魏兵拥入牙城,一路上见人就杀,杀死德伦手下亲兵数百人。魏军直杀到德伦寝室门口,德伦还在酣睡。魏军一脚踹开门,"砰"地一声巨响,有如平地一声滚雷,把德伦吓得魂飞魄散。他一睁眼,门外魏兵蜂拥而至,将他团团包围。他们一手举着火把,一手拿着利剑对准他。德伦知道逃不掉了,吓得浑身乱颤。他掀被下床,跪在地上给张彦作揖,乞求饶命。

张彦叫手下士兵拿来笔墨纸砚,用剑逼着德伦道:"贺德伦,眼前有两条路任你选。一条路是,你写一封书信,上表朝廷,恢复旧制,我给你留条活路。另一条路是,立刻死于我剑下。"德伦怕死,哭丧着说:"好!好!你把剑放下,我写。"首领张彦边收剑边道:"你已落入我手,最好老实点!如果你要耍什么花招,叫你吃不了兜着走。"德伦头点得跟鸡啄米似的。待德伦写好信,将信恭恭敬敬地呈给张彦。张彦看完默默点头,德伦替自己求情道:"任务完成了,可以放我走了吗?"张彦道:"皇上还没答应呢!你不能走。只要你乖乖的,我们会好酒好肉款待你。"德伦哭笑不得。

梁帝友贞收到德伦的书信,顿时大惊。他立马颁布诏书,遣供奉官扈异送到魏州,封张彦为刺史,但不准规复旧制。张彦一再要德伦写信劝友贞规复旧制,几次往返,友贞始终不许复旧。张彦没耐心了,一怒之下撕碎诏书,指责友贞愚不可及。考虑到魏兵虽强,但难自立为国,于是张彦又要德伦写信给晋王,以晋作为外援。德伦保命要紧,只得依言照做,向晋表达诚心,请求援助。

晋王收到德伦来信,即命李存审进据临清,自率大军东下,与存审会合。还在路上,晋王又收到德伦来书,说梁将刘鄩领军快到洹水了,恳请速进军。晋王担心中魏人心怀不轨,不敢贸然进军,令军兵们安营扎寨,停下休息。

休息了大半日,突然营外有人来求见晋王存勖。来者判官司空颋,说是德伦派来的,有要事向晋王禀报。晋王召他觐见,司空颋详述魏州起乱情由,且向晋王献言道:"张彦阴险狡诈,兴风作浪,祸国殃民。晋王为民除害,切记斩草要除根,不要纵容乱首!"存勖道:"我自有处置。"

晋王率军到永济,召张彦到营帐中议事。张彦率五百人,各持兵仗,见晋王。晋王令军士严守驿门,然后登上驿楼,见张彦等跪下,存勖立刻喝令军士将他及党目七人一并拿下。张彦等大呼无罪,晋王道:"你冒犯主帅,残害百姓,能说自己无罪?今我举兵来此,是为安民,并非贪人土地。你对我有功,对魏有罪,功小罪大,不得不杀你以谢魏人。"张彦无话可答。当即晋王下令处斩了他们,其他士兵在一旁看着,担心被斩,都吓坏了。不料晋王宣布:"八个罪犯均已处置,其他人等不予追究。以此为戒,不要重蹈覆辙。"众兵感激涕零,皆伏地跪拜,大呼晋王万岁。虽然晋王赦免了他们,但士兵们还心有余悸，双腿直颤，不敢离开。晋王见他们还不走，并关切地道："你们若是怕回去被降罪，也可以留下效忠大唐，非常欢迎。"这些被赦免的牙兵听说晋王愿收留他们，再次叩头谢恩。虽然招募牙兵入伍，但晋王有意疏远这支叛军，不把他们安放在身边，以防哗变。

听说晋王到魏州，贺德伦率诸将官出城迎接。入城后，德伦奉上印信，请晋王兼领天雄军。晋王谦让道："城中生灵涂炭，我来此只是为了救民于水火。印信就不需要了，还是由贺将军保管。"德伦再跪拜道："德伦不才，制服不了逆贼张彦，有辱梁廷使命。晋王英明神武，若能得晋王扶助，不再惧怕寇敌。请晋王别再推辞！"晋王这才受了印信，调德伦为大同节度使。

晋王设酒宴为德伦饯行。德伦别了晋王，来到晋阳。他把晋王的书信给张承业，告诉承业，是晋王调他来任大同节度使的。张承业看完，将信撕了，立刻令人将德伦囚禁起来。德伦哭喊着："你怎么可以不听晋王的命令呢？我不当大同节度使了。求你快放我走！"可怜德伦此刻叫天天不灵，叫地地不应，纵然喊破嗓子也没用。

晋王存勖得了魏城，令沁州刺史李存进为天雄都巡按使，巡察城市，严惩罪犯，维护社会治安，又派兵袭德、澶二州。

晋军攻陷了澶州，随即来到梁将王彦章府上，但彦章不在家，到刘鄩军营中去了。晋军捕获了彦章家属，晋王存勖一方面要部下好好招待他们，不得怠慢，另一方面，遣使臣前往梁营招降彦章。

晋使劝彦章降唐。忠孝两难，彦章反复思索一番后，还是决定忠于大梁，大义灭亲，于是他喝令手下斩杀晋使。

晋军得知彦章斩杀使臣，都十分愤怒，要求处决彦章家属。晋王存勖只好下令三天后处置彦章的家人。

三天很快就过去了。执法这天，彦章所有家属被押入囚车，游街示众，然后再押至法场。午时三刻，三声追魂炮响，监斩官边大喝道："时间已到，开始行刑！"边将斩首令牌扔地上。刽子手们一齐高举磨得雪亮的大刀……正在这时，法场外突然有人大喊："住手！刀下留人！"晋军循声望去，见一人手持铁枪，英姿飒爽，骑马飞驰而来。有士兵认识这是王彦章，此人骁勇有力，一手铁枪无人能敌，号称"王铁枪"。彦章自报姓名，说要见晋王。监斩官不同意,说:"晋王岂是你说见就见的吗?"并叫人拿下彦章,自己趁机骑马跑了,士兵们一拥而上。彦章手中的枪使得灵活有力,恰似游龙,威力无比。一般的士兵岂是他的对手?他对付这些小兵,就像割禾一样,转瞬间,将他们砍倒一地。彦章对其他士兵说:"我不想伤害无辜,请你们让开,否则休怪铁枪无情。"士兵们退后几步,手执兵器,怯怯地围着彦章,踟蹰不前。虽然彦章武艺高强,但是士兵人数众多,因此他也一时难以突出重围。

一会儿,传来一阵马蹄声,几匹马闪电式地驰来,是监斩官引着一群人回来了。几个将士簇拥着一位身高八尺,相貌堂堂,身披甲胄,腰悬佩剑,浑身散发着英武之气的白袍猛将。"参见晋王,千岁千岁千千岁!"见此人到来,众兵皆跪拜道,唯有彦章依然站着不动。存勖掀眉对他淡淡地一笑道:"你就是鼎鼎大名的澶州刺史,被封为'开国伯',人称'王铁枪'的王彦章?幸会!"彦章沉默不语。晋王又道:"你胆子好大!杀了我的使臣,又来劫法场……"王彦章眉头紧皱,道:"晋王有什么话,不妨直说。"晋王含笑道:"王将军果然豪爽!梁太祖朱晃弑君篡唐,滥杀无辜,荒淫无度。其子朱友贞昏庸无能,残害忠良,欺压百姓。我看大梁气数将尽,将军是当今世上难得的帅才,不知是否愿意跟随我匡扶大唐?日后必不亏待你。"彦章谢过存勖,叹息道:"梁太祖对我有知遇之恩,非死不能报。如果我朝侍梁暮侍晋,世人将如何看我?如果晋王仁慈,请放过我家人,他们无辜,来世我再谢你厚恩。至于我,请大王赐我一刀,我无怨无悔,只会感到很荣幸。"存勖想,王彦章这样的良将不多,不舍得他就这么走了。他试图再力劝彦章留下为将,但彦章心意已决,只求一死。存勖无奈,只好赐他一刀。晋王安排彦章与其家人见最后一面,互相说了些惜别的话后,彦章就慨然举起了刀。就在他举刀那一刻,有人一脚踹落了他手中的刀。只听"哐"地一声,刀被打落在地,彦章吃惊地回过头来,望身后,存勖泪流满面。半响,存勖对他道:"你走吧!尽管你愚忠大梁,不能为我所用,但我敬你是条好汉,不杀你!"彦章赶紧谢过晋王不杀之恩,带着家小告辞别去。

知彦章宁死不降的事迹后,刘鄩深感敬佩。他对将士们道:"彦章忠义大梁,不惧生死,是我们的榜样啊!"

这日,晋军探得刘鄩已进驻魏县,在洹水附近扎营。晋王李存勖召集诸将商讨破敌计策,他决定亲往洹水(今洹河)侦查,诸将都纷纷阻拦,认为不可,此行太危险了。存勖不以为然道,不入虎穴焉得虎子,他已经决定好了,诸将只好依他。当即,存勖引百余骑兵来到洹水边。

洹水河静静地流淌,河两岸青峰叠嶂,峡谷里树林密集,偶有鸟儿掠过云空。存勖叫兵将们小心,附近可能有伏兵。正说着,突然听到山上战鼓擂响,从树林里蹿出几百梁兵,存勖领众将士上前杀敌。梁兵且战且退,把晋军引到西南边一片葭芦丛中,突然就不见了踪影。远方,风鸣葭芦舞,存勖正准备离开,不远处,东边葭芦中钻出一群梁军,存勖忙领兵杀过去。梁军只顾逃,逃到一个地方就隐藏起来了。存勖正寻找梁军踪迹,一会儿,西边葭芦中又钻出一群梁军。存勖再领兵杀去,可是,梁军依然只是逃而不战。如此,东西交错,把存勖耍得头昏脑涨、疲惫不堪。时值晌午,远处袅袅传来一曲舒缓的琴音,叫人昏昏欲睡。存勖觉得不对劲,提醒众将士警惕,一起速速撤离此地,没走多远,就被前面梁兵挡住了去路。存勖忙率军改道而行,不料,走到哪里,前面都是梁军。存勖环顾四周,伏兵齐起,摇旗擂鼓,呼喊着奔来。他心里暗暗叫苦:不好!中了刘鄩的埋伏。存勖忙叫将士们列阵站好。

两军对阵。两阵圆处,刘鄩亲自出马,四个小将分开站在左右。四口宝刀,四骑快马,齐整地摆在阵前。刘鄩身后,铠甲士兵云集,星罗密布。刘鄩仰头笑道:"哈哈,李存勖,你已被我们包围,快快下马受降吧!"四员小将随声附和,都跟着一起哈哈大笑。存勖气坏了,道:"刘鄩,胜负未分,你别得意太早!"刘鄩将一将胡子,道:"都说李亚子智勇双全,用兵如神,善用谋略。我看不过是匹夫之勇!如今你已深陷我军埋伏圈,黔驴技穷,即将困死在此。取你性命如探囊取物,有何遗言快说吧!"旁边四员小将前俯后仰又是一阵哄笑。

那边刘鄩争先出马,直奔而来。存勖舞刀拍马,挥剑上前。夏鲁奇等四员将士紧随其后,掩护晋王破阵。存勖和刘鄩兵刃相迎,其他四对小将在阵前厮杀,打得难舍难分。存勖和刘鄩杀了几十回合,突然刘鄩卖个破绽,策马往一边跑,存勖追着刘鄩一阵风出阵而去。

刘鄩且杀且退,将存勖引到山脚下密林里。存勖一路追着,追到一处,他按住手中枪,扯弓搭箭,正要射刘鄩。这时,从树上坠下一张渔网,盖住了存勖。存勖被吊到了树上,在半空中摇晃。随后,又跳出一伙梁军,朝存勖舞刀弄枪围过来。存勖使劲撕破了渔网,与这几个人对抗着,很快就降服了这几个人。四周又是一片寂静,存勖望望这片树林,溪流鸟儿鸣,刘鄩早已不知去向。存勖正要往回走,回到阵中,不料,脚下突然一塌,他陷入一个深坑。暗箭齐发,幸亏他躲闪快,才幸免被伤到,瞬间,存勖被困在阴暗潮湿的陷阱里。他直喊救命,呼救了半天,救兵没来,反倒又上来了一伙梁军。为首的士兵,叫士兵们快速往陷阱里填土。眼看着存勖快被掩埋,这时,一匹快马赶到,马上的勇士,挥舞着一杆铁枪,打死了这一伙梁军。

随后,勇士从身上掏出一根绳子,把存勖拉上来。存勖感慨刚才险些丧命,幸亏手下勇将夏鲁奇及时赶到。他问夏鲁奇,是怎么来到这里的。夏鲁奇如实禀报晋王:"刚我看殿下和刘鄩打着打着就走了,我担心刘鄩有诈,就撤出来,朝着你们走的方向跟过来……殿下,这里不安全,我们赶快离开。"二人正说着话,走了没几步,突然树林里草丛摇晃,蹿出许多梁军。他们身披铠甲、头戴头盔,身上都背着一副弓箭。离存勖只有十米的时候,诸弓弩手皆伏于遮箭牌下,随着一声号炮响,数百弓弩手一齐发箭。瞬间,箭如雨下。夏鲁奇跳上前,飞身下马,插住一竿长枪,手持短剑。剑飞过处,如一道霹雳,梁军纷纷坠马。夏鲁奇一口气刺死了十几人,其他众兵被唬得连连后退。夏鲁奇又挺枪冲杀过去,枪林弹雨中,夏鲁奇拼死护主,身上多处重创,杀死梁兵百余人。

二人一路杀敌,回到晋军阵中后,存勖高举宝剑,对将士们道:"弟兄们,我们深陷敌军包围圈,眼下已无退路。只有杀出一条血路,冲出重围,才有一线生机。"众将士听了,都觉得有道理,纷纷响应。他们都一下子变得勇猛异常,视死如归,一起跟从存勖冲杀过去。存勖命将士们列阵站好,先用强弩射住阵脚,再往人少处左冲右突,冲杀出去。众将勠力同心杀了半日,日头偏西了,才冲破敌军防线。

梁军依旧穷追不舍,杀退了一波又来一波。面对蜂拥而至的梁军,存勖一边命人快马加鞭送信到军营,要李存审速领援军前来救应,一边叫将士们再坚持抵挡一阵。

　　斗了一会儿，晋军快抵挡不住了。突然只听万马奔腾，锣鼓喧天，但见远处晋军如海潮，铺天盖地席卷而来。黄沙漫漫，黑压压一片，似乌云遮天。

　　一士兵跑来报告刘鄩："刘将军，不好了，晋援军已到。"刘鄩双手叉腰，不屑一顾地道："来得正好！一并收拾！真是自动送肉上砧板！"说着，刘鄩命令士兵们摆成圆阵，将所有晋军围个水泄不通，并喝令，不能放走一个晋兵，否则杀无赦。

　　晋将李存审引马步军数万，飞奔前来，上前助战。晋王李存勖和李存审两军会合。存勖望四周，见梁军摆成圆阵，密密匝匝地将他们围个严实，便与士兵们道："刘鄩足智多谋，梁军兵多将强，训练有素，你们不可小觑。"存勖想，梁军的圆阵虽然坚不可摧，易守难攻，但只是以防御为主，方阵内外相维，四面如一，可攻可守，较圆阵更为灵活、更有攻击性。于是，存勖令晋军摆成一个巨大的方阵，从四面进攻梁军。

　　两军对峙。在战斗过程中，晋军的"大方阵"，变幻成一个个重叠的"小方阵"，在防敌的同时，诱敌入阵，逐个歼灭。天黑之前，梁军的"圆阵"就被摧毁了。

　　阵已破，梁军伤亡惨重。刘鄩低头看着满地伤员，血流成河，悲愤交加。他又转身看看身边，仅余下几十个骑兵，只好一声哀叹，带着残兵败将向南奔逃。

　　晋军凯旋回营。晋王清点人数，发现此次随他前往侦查的骑兵，虽然多数负伤，但阵亡不多，只有七人。随后，晋王对这次上战场的兵将进行论功行赏，因鲁奇护驾有功，晋王格外厚赏他，并赐名为李绍奇，封为磁州（治今河北磁县）刺史。

第十四章 ｜ 李存勖大战刘鄩
　　　　　 张承业怒斩德伦

　　刘鄩兵败后回到营中,正气恼,突然有卫兵来报,说营外有一名晋兵想来投诚。刘鄩一听说是晋兵,心想,来得正好,杀他祭奠阵亡的士兵。想着,刘鄩对卫兵道:"带他进来。"一会儿晋兵进来了,刘鄩立刻令人将他绑了。晋兵告饶道:"将军息怒!并非小的怕死。小的真是来投奔您的。"刘鄩沉思片刻后,道:"凭什么相信你?除非替我杀个人。"晋兵说没问题。刘鄩狞笑道:"好!杀晋王,你敢吗?"晋兵满口允诺。刘鄩又叫来六个士兵,对他们交代一番后,就把一个小纸包给了晋兵,并叮嘱他,不得随便打开看,这是军令。七人走后,刘鄩暗自笑道:"李存勖,只要你服下这包药,华佗再世也救不了你!"

　　当晚,六个梁兵乔装为商人模样,跟着晋兵混入晋营。

　　翌日一早,晋兵找到伙夫,先将来意告诉伙夫,他的几个兄弟在做菜生意,想请他关照生意,菜保证物美价廉,价格比原先的低,让伙夫从中赚差价,然后给他见面礼。伙夫摇头道,这事不由他独自做主,还得与其他人商量,然后伸出手来,示意再给点好处。晋兵吹一声哨,屋外闪进来六个梁兵,迅速将伙夫绑起。伙夫慌张地道:"你……你们……想做什么?"晋兵掰开他嘴,给他强行喂了一颗药丸后,再把小纸包放在伙夫跟前,道:"刚才给你吃的是秘制毒药,想活命容易,你把这包东西下在晋王的饭菜里。事成之后,刘鄩将军会许你高官厚禄。"伙夫惊愕万分,道:"你是走狗?"晋兵道:"话别说那么难听,你的半条命还在我们手里。好好考虑吧!三天之内,如无解药,你会肝肠寸断。"说完,晋兵丢了一把匕首在伙夫脚下,就与那六个梁兵一起离开了。

伙夫回到营里,每次准备下毒,都纠结得下不了手。三天很快过去了,这天傍晚,已是最后的机会了,伙夫正在犹豫。这时,晋兵与那六个梁兵又出现了。晋兵提醒伙夫赶快下手,伙夫十分紧张,浑身发抖。晋兵看不下去,走过来,替他把药粉撒到晋王的汤和菜肴里。

一会儿,侍女把有毒的菜肴端走了。晋王拿起碗筷,正要勺汤喝。突然有士兵闯入,叫住晋王,说饭菜有毒。晋王一吃惊,手里的汤洒到了地上。顿时,地板上涌出一层黑色的泡沫。晋王吓呆了:"这是怎么回事?谁想害我?"士兵跪在晋王跟前,将实情娓娓道来。那天他早起练功,发现有陌生人闯进厨房,就暗中盯住他们,不料,发现了一个阴谋……晋王听完,立刻给士兵重赏,又叫手下速缉拿伙夫、叛节士兵及六个梁兵同谋。

叛节士兵及同犯来不及逃出晋营,就均已被捕。存勖叫他们把毒饭菜吃了,他们纷纷告饶。存勖又审问他们主谋是谁,众犯不语。存勖道:"谁能说出元凶可饶他不死。"众犯面面相觑,依旧不语。存勖道:"其实你们不说我也知道,是刘鄩叫你们来的吧!"叛节士兵道:"是我要他们这么干的。"存勖冷笑道:"恐怕你有这胆也没这谋,身为晋兵卖国求荣,谋害主人,理应处斩。"说完,叫人先将叛节士兵拉下去斩了。其他同犯惧死,争相道出事情由来。存勖知此事是刘鄩的主谋,不禁叹道:"居然他也会出此阴招。"然后将这一干犯人打入死牢。

接下来,一连几日,梁营都无任何风吹草动。一日,观察哨又站在城楼上望远处。只见魏县城上,一如既往地竖着几面大旗,偶有马匹在走动,一切都是那么宁静如画。观察哨把情况汇报给存勖,存勖心中纳闷,刘鄩善谋略,世称"一步百计",为何近日魏县城毫无动静?他该不会又有什么诡计吧?于是存勖问观察哨:"你仔细想想,魏县城与平日有什么不一样吗?"观察哨想了片刻,惊呼道:"差点忘了,这几日,魏县城上空不见炊烟。"存勖眉头一皱,叹道:"刘鄩很可能是在唱空城计,或许他根本就不在城里。糟糕,他该不会想乘虚袭我晋阳吧?"于是,存勖命观察哨再深入梁营去打探详情。

观察哨来到魏县城,发现城上守兵是稻草人,所谓的马匹是一群驴子……观察哨把实情告诉晋王存勖,存勖道:"刘鄩真是高招!骗了我们好几天。刘鄩精通兵法,善于袭击,但弱项是决战,我们要与他速决。"当下,存勖立刻发一万骑兵昼夜急追,另派信使快马加鞭赶到晋阳城,要张承业全城戒严。

梁军一路跋山涉水,逶迤行到黄泽岭时,突然有流星马报说,晋军从不远的地方追来了。为了不让晋军发现,刘鄩只好领兵马弃官路走小路。官路宽阔平坦,走起来便捷,山间小路险峻,行路难,梁军只好把马车及一些笨重的军械推下山崖。走了一段路,天公不作美,突然下起了瓢泼大雨,梁军一个个被淋成了落汤鸡。更令人叫苦的是,本来陡峭的山路,一下子变得泥泞不堪,寸步难行。梁军顶风冒雨,攀藤揽葛,往前走着,稍有不慎,就有士兵坠落山崖,就这样,他们艰难地前行着。一路淋雨,不少士兵病倒了,产生了畏难情绪,其他士兵也受影响,皆心生倦怠,思乡之情像干柴上的火苗一样迅速蔓延。刘鄩鼓励士兵们克服困难,再坚持一下。士兵们虽极不情愿,但也没别的办法,只好继续前行。

一路走来,当梁军走到乐平时,军粮已殆尽。刘鄩正愁怎么解决粮食问题,这时,探马轮番回报,一个说,前面晋阳城已接到军报,全兵戒严,另一个说,后面晋王的追兵马上赶到。刘鄩叫探马退下,他忧心忡忡,心里叹道:"该如何是好?进退两难啊!"

连续几餐稀粥,士兵们抱怨清粥不解饿,现在连粥也没了,众兵都催饭叫饿。刘鄩无奈,只好向士兵们坦白,军粮已断。士兵们怨声一片,有的说这仗没法打了,遣散军队各自回家吧!有的说反了!杀刘鄩,改投晋王!周围士兵连忙起哄。看到军中一片混乱,刘鄩对众兵含泪道:"我等腹背受敌,身陷困境，只有力敌，或许还有一线生机。如果大家实在要走，或是想投降晋军，我也无能为力。所憾我未能报国，只能一死谢君了。"说罢，刘鄩拔出宝剑要自刎。一个士兵阻止他道："将军这是何苦呢？我们跟从将军多年。将军是我大梁要将，经纶满腹，能征善战，体恤士兵，相信你一定会有办法使我们走出困境。"将士们都为刘鄩的忠诚所感动，又想起素日刘鄩待他们不薄，才免于异图。不过，士兵们还是散了一大半，留下的士兵，也是心中不安，一脸惊慌。

刘鄩领余兵下山。从邢州绕出宗城，一路上，没有粮食，刘鄩就和士兵们就靠吃树根草皮充饥。刘鄩想着要断晋粮草，于是引军前往临清，快到临清时，有几个哨马来报，周德威引数千骑兵已到临清。刘鄩顿时大惊，喝令兵马停下休息，待观察一段时间再说。

翌日上午，刘鄩看到德威的军队经过营地附近，正往临清方向行进。他愤恨被德威所骗，立刻把昨日谎报军情的几个哨马叫来，指着周德威的军队问他们这是怎么回事。哨马们一个个瞠目结舌，只好向刘鄩交代实情。原来，他们去敌营打探军情，经过南宫时被抓。周德威令人砍去他们的手腕，并交代他们如此传话，不然马上杀掉他们……

计划已落空，刘鄩只好引兵至贝州。德威探得消息，火速追来。刘鄩知德威要来，又率军离开贝州，来到堂邑。一路奔波劳累，士兵们又饥又渴，正好前面不远传来"哗哗"一片水流声，刘鄩就让兵马稍作休息，到河边饮水。阳光普照，河水清澈，河岸两旁，是郁郁葱葱的树林，微风徐来，翠影映清波。人过处，惊起一群飞鸟……梁军正闲散，忽听得一声炮响，树林里四面伏兵皆出。"刘鄩，你已被包围，哪里逃！"德威一声大喊。刘鄩环顾四周，锣鼓喧天，黑烟四起，尘土遮天。晋军摇旗呐喊，前来搦战。刘鄩忙号令兵将们准备与晋军拼杀一场。只见两军相对，列成阵势，各用强弓硬弩，射住阵脚。梁军门旗开处，刘鄩坐在马上，高声道："周德威，现在下马受降还来得及，可免你一死！"晋军阵里，德威出阵大喝道："恐怕要降的人是你！看枪！"两军呐喊，二将打到垓心，两骑相交，斗了近百回合，仍胜负未分。两军交战，晋军奋勇杀敌，梁军拼死抵抗，双方旗鼓相当。打着打着，德威突然卖个破绽，往河边逃去。刘鄩随后即追，追到河边，从柳树上跳出几个小将，一起围住刘鄩。待刘鄩打散这几个小将，德威已不见了。刘鄩转身回到阵中，又与梁军杀了片刻。突然梁军鸣金收兵，晋军正要强追，德威想，这次战斗双方死伤不少，我军元气大伤，于是他叫兵将们回来，说刘鄩诡计多端，恐他有诈，日后再战。

刘鄩撤军后，转而来到莘县。莘县依山傍水，物产丰富，地势险要，易守难攻。于是，刘鄩就以莘县作为根据地，沿河筑甬道，以运送粮食。

一日，刘鄩正与手下几员大将商量怎么对付晋军，忽有哨马来报，晋王存勖差人来下战书。刘鄩拆书观毕，对诸将叹道："离开虎口，又入狼窝。我军刚受重创，周德威、李存勖二人轮番攻击。真是逼得紧啊！"正说着，又有哨兵跑来报告刘鄩，说有一簇旗帜从西边奔来。刘鄩忙上城观望，认得是晋王李存勖的旗号。刘鄩即刻交代城中所有兵将，死守城门，没他命令，任何人不得开城门。

晋王存勖率军走到莘县西边三十里处时，令全军将士停下，立栅扎营，与刘鄩烽火相望，然后叫军中造饭，让士兵吃饱休息好后，就召集人马准备攻城。晋军立于城下，几名小将轮番上前叫阵，刘鄩都不予理睬，坚守不出。一连几日，任凭晋军怎么说难听的话，刘鄩都依然毫无动静。晋王存勖就领兵马强攻莘县城。莘县城壕深城峻，三面环山，地势险要。城上守兵，见有敌军前来，就放箭、搬石头。城墙上，一会儿矢石如瀑，一会儿又有檑木炮石打下来。任凭晋军高架云梯，加大兵力，也无法攻入城来。即便好不容易攻上去几个士兵，也瞬间被城上大量的守兵歼灭。存勖连日攻城不下，只好令兵将城围住。回到营中，存勖升帐而坐，众将环立听令。存勖叹道："莘县城坚，强攻不破。眼下，我们只能毁坏其运粮甬道，试图引刘鄩出来。"又问众将还有无其他计策，众将皆是摇头。于是，军中传令下去，依晋王之计，派兵时常袭扰梁军，用斧头毁坏运粮甬道的木栏杆。每次粮道一被破坏，刘鄩就马上派兵修好。如此反复，粮道屡坏屡修，双方僵持不下。

梁帝友贞见刘鄩久战不胜，下诏要他速战速决。刘鄩犯难，回信说："启禀皇上：现在不是决战的最佳时机，恕臣暂时不能与晋军决战。如果我开城迎战，必受困于晋军，胜败难料。晋王李存勖虽然年轻，善用奇谋，英勇无比。晋将周德威武功盖世，功力深厚，老谋深算。此二人互成犄角，对我军虎视眈眈。莘县地势险要,城池坚固,易守难攻。我军应该固守城池,慢慢拖垮敌军。不出一两个月,晋军就会粮尽。到那时,再乘虚掩之,晋军将不战而退。目前我军粮食紧缺,恳请皇上补足粮饷,给每个士兵千斛粮……"友贞看到这里,气得把信揉成一团,咻咻自语:"什么乱七八糟的。要粮要粮,就知道伸手要粮。我叫你快,你偏慢。眼里还有没有我这个皇上?"刘䛒不听自己指挥,友贞心中很是不快。

次日晨,朝鼓响时,文武百官各依品从,分列丹墀,向皇上跪拜行礼高呼万岁后,分班列于玉街下。梁帝友贞先把刘䛒抗旨不遵,不愿速战的事情道来,然后问百官,刘䛒到底该不该速战。诸将见友贞面有愠色,怕惹怒他,都一致说刘䛒久战未果,一直拖着的确不是办法,是该决战了。又有人说刘䛒违抗君命,有罪。散朝后,友贞又给刘䛒下了一道谕旨,责备他劳师费粮,拒绝给粮,且依是催他速战。刘䛒领旨后,万般无奈,心中喟叹:"朝中,皇上昏庸,奸臣当道。难啊!"

刘䛒自选精兵万余人,准备乘夜突袭镇定军营。

这天,夜深人静,镇定军营里,兵将都睡了,只有几个执勤的哨兵在城上巡逻。突然,城外有一个人影靠近城门,呼喊着要城上的士兵开门,说是镇定内部士兵。守兵张望城下,借着暗淡的灯光,隐约可见那个人确是军营里的士兵,于是去开城门。士兵笑嘻嘻地对守兵说:"兄弟,我这里有好酒好肉,一起分享。"守兵不敢,告诫他道:"军中规定,不能饮酒。"士兵道:"放心吧!将士们都睡了。你不说我不说大家都不说,谁知道呢?"说罢,士兵打开篮子,一股浓郁的酒香袭鼻而来,还有鱼、肉的清香,诱得城上其他士兵都围过来,几个人坐在一起大吃大喝。守兵们吃了几口就纷纷倒下,为首的士兵用力拍打他们几个,都毫无反应,便哈哈大笑道:"都被我麻翻了,大功告成。"

士兵先打开城门,然后放了一支号炮。接到信号,城外的伏兵皆涌入城来,待所有伏兵进城后,刘䛒喝令士兵紧闭城门。他们在城里,一路烧杀,火光冲天。城中将士毫无戒备,有的被杀,有的吓得四处逃窜……正当镇定军营处于水生火热之中,附近的晋将李存审、李建及等闻声,领兵攻城救援。刘䛒等光顾着占地杀人,城门防守力量薄弱,禁不起李存审、李建及等的强攻猛打,很快城池就被攻陷。刘鄩只好慌忙鸣金收兵,这一仗他丧失了千余人。从此,刘鄩又回到莘县,坚壁不出。

直到贞明二年,一日,有探马来报刘鄩,说晋王已回晋阳,留下李存审守营。刘鄩十分高兴,心想,袭击魏州的机会来了。于是刘鄩上奏友贞,请求发兵袭击魏州。友贞准奏,说此事涉及到社稷存亡,望他勉力。刘鄩令杨延直引兵万人,袭击魏州。

当夜,延直率兵到城南。四周皆是山,延直正准备据险立栅寨。突然,山那边号炮喧天,马蹄奔腾,金鼓齐鸣,喊杀声一片。夜深天黑,延直不知有多少敌军,慌乱中,只好遣兵撤回。回到营地后,探马告诉延直,方才仅遇五百晋军。延直懊丧不已道:"晋军虚张声势,还以为人多势众,不料却中计了。区区五百晋军竟吓退我军万余人!"

翌日晨,延直又引兵至城下。他正指挥军兵准备攻城,这时,城中鼓声大震,城门洞开,放下吊桥,李嗣源领军杀出,前来接仗。延直摆开阵势,与他交锋。延直与嗣源斗了二三十回合,延直虚掩一招,回马便跑。嗣源在后紧追,追了约十余里,来到城东一片荒草地上,延直调转马头,二人又开始厮杀。打了没几合,突然从路边的杂草丛中跳出八员小将,将嗣源团团围住。嗣源拈弓搭箭,瞄准其中一员小将发箭,小将立马滚落马去,接着又连发两箭,再射落两员小将。其他几员小将,见嗣源箭无虚发,一个个惊得驱马便逃。嗣源想追,又恐梁军有诈,犹豫的当儿,只听身后一声喊:"李嗣源,哪里逃!"又杀出一员猛将。此人豹头虎须,剑眉星眼,头戴盔甲,身披战袍,相貌英俊,虽已年过半百,须发斑白,但双目有神,神采奕奕。嗣源认得此人正是刘鄩。嗣源道:"刘将军别来无恙!"刘鄩道:"久闻李将军英名。李将军乃晋王手下得力干将,久闻不如一见,今见果然气宇非凡。只身一人,战败我军中几员猛将。"嗣源道:"雕虫小技不足挂齿。嗣源向将军讨教了!良禽择木而栖,刘将军武功盖世,一世英明,何必明珠暗投,愚忠大梁?"刘鄩道:"梁太祖对我有知遇之恩,做人不能忘本。接招吧!"话罢,二人刀斧相交,战一百回合,不分胜负。嗣源料赢不了刘鄩,喝道:"以多欺少,是为不公。今日就到此为止,下次再战。"二人收了兵器,各归本阵。

晋营内,晋王召谋士们议事。存勖道:"刘鄩真乃良将,文韬武略。我实在不忍心杀他，要是他能为我军所用就好了。"一个谋士道："梁将朱友谦与我军关系好，不如请他出面劝降？"众人觉得可行。存勖就写信给朱友谦，并赐予厚礼，托他劝说刘鄩。朱友谦不好拒绝，答应一试。

这日晚上，朱友谦扮作普通士兵，混入刘鄩营中。只见刘鄩正挑灯夜读，友谦来到刘鄩跟前，拱手作揖道："刘将军，朱某深夜来此，多有打扰，还望见谅！"刘鄩见友谦这副打扮，感到很惊讶。他唤友谦坐，给他上茶，然后问他来意。友谦道："刘将军有勇有谋，是当今世上罕有的帅才，只可惜将军不被梁帝信任。唉，可惜呀可惜……"刘鄩也跟着叹息。友谦激愤地道："赵岩等奸佞之臣，卖官鬻爵，扰乱朝纲，祸害百姓。梁帝居然听信妖言，糊涂至极。"刘鄩道："不要怨主。朝中奸佞无法无天、作威作福，也有我们臣子的责任。我们势必铲除逆党，重振大梁。"友谦道："将军不愧是一代良将，真是忠君爱国啊！只是奸佞当道，将军好人难做，恐日后要遭小人算计。千万要小心啊！"刘鄩道："多谢提醒，我自有分寸。"友谦见刘鄩一心向梁，就不再多说。

一日，刘鄩又率兵来攻魏州，马军在前，步兵在后，列兵于城下。城门开门处，众将捧一名猛将先冲出来，后面浪潮似的跟着千军万马，皆出城来迎敌。刘鄩见号旗上写着："晋王李存勖"。刘鄩顿时惊得呆了，心里道："晋王不是已经回晋阳了吗？他怎么在这里？我又被晋王骗了。"正说着，晋王及诸将已飞马过来。晋王对刘鄩道："刘将军，盼了多时，我们总算碰面了。"刘鄩道："废话少说，有什么高招尽管使出来吧！"晋王叹道："朱晃弑君篡唐，是千古罪人。朱友贞勾结逆党，弑兄篡位，亲奸远贤，昏庸无能。刘将军不如弃暗投明，匡扶大唐。何必葬送大好前程呢？如果刘将军愿意，晋军大营之门将永远为您敞开！"刘鄩道："常言道，人不可有二心。老夫身为梁臣，理应忠肝义胆，报效家国，万死不辞。"存勖摇叹道："既然如此，那就决一死战。莫怪我手下无情。"话罢，存勖号令马步三军一起出兵。

梁军站成三队，一队青旗，两队红旗。刘鄩令众军擂三通画鼓，竖起将台，于台上用两把号旗招展，左右列成阵势后，就下将台来，上马令守将哨开阵势。然后刘鄩到阵前交代延直一些话。

晋王存勖登上云梯观阵，心中惊讶道："此乃九宫八卦阵，很少有人会布此阵。九宫八卦阵又称五行阵、五行八卦阵、八阵图等。三国时诸葛亮精通此阵,唐代李靖将此阵简化为六花阵。九宫八卦阵呈正方形,全阵开四门:生、死、惊、开,因死字犯忌,常不开。此阵回环往复,迷门迭出。若不熟悉此阵,误入迷门,会被敌军围困在阵中……"

刘鄩在将台上左右挥舞着号旗,指挥梁军逐渐把队形变成八阵图。

存勖观完阵,驱马入阵,对诸将道:"贼军阵势,三人为一小队,结三小队为一中队,合五中队为一大队。外方内圆,大阵中设小阵,阵中有阵,环环相扣,变幻无穷。"说毕,存勖叫人敲三通战鼓,兀自领嗣源等两千骑兵去打阵。

阵攻破后,十万余梁军死了一大半,刘鄩引兵冲出重围。晋军乘胜追击,追到河边,又杀掉不少梁军。经此一战,梁军仅剩数千人,刘鄩及余众过河,退保滑州。

败讯很快传到朝廷,友贞十分气恼,下诏要刘鄩速速回朝。刘鄩恐受诛,托辞说晋军未散,不能返朝。友贞授其为宣义节度使,要他屯驻黎阳。刘鄩只好移军黎阳。

魏州大捷后,晋王顺利攻下卫、磁二州。不久,晋军又拿下洺、相、邢三州。晋王命将相州仍归天雄军,惟邢州特置安国军,封李嗣源为安国节度使,管邢并兼辖洺、磁。随后,晋又捷报连连,先是嗣源降服沧州,继而存审占领贝州。从此,河北一带,均属于晋。黎阳有刘鄩把守,还是梁土。

一日,河南尹张宗奭奉旨来黎阳赐御酒给刘鄩。刘鄩听旨后,接过酒,皱眉道:"胜败乃兵家常事。晋军实在强悍,我为大梁尽职尽责,呕心沥血。皇上为何却对我如此狠心?"张宗奭道:"刘将军不要怪皇上。是朝中某些大臣作祟,他们早容不下你。这次魏州大败,见皇上恼怒,他们借机扇风点火,陷害于你,说你与叛乱的河中节度使朱友谦有密约,一起暗中勾结晋军,企图灭梁。唉,本官本不该多嘴。将军是大梁功臣,我打心眼里佩服你,所以忍不住多说了几句。希望你一路走好!你还有什么话要说吗?"刘鄩摇头叹息,沉默半响,饮下毒酒,享年六十四岁。

且说,德伦任大同节度使不成,却被张承业幽禁在晋阳城中。他总想伺机逃走,但一直未能如愿,最近都有些泄气了。他成天木头似的躺着,一动不动,连身都懒得翻。牢狱里,阴暗潮湿,不见天日。一扇牢门,关掉了外面偌大的一个世界。

狱卒送饭挺守时的,一日三餐,顿顿不少。

一会儿,牢狱又来送饭了。他打开铁锁,把饭碗搁在地上,叫一声:"起来吃饭啦!"往常,德伦吃饭总是很积极,这次,狱卒叫了半天他都毫无反应。狱卒瞅着德伦的后背,心想,这人该不会死了吧?最近他都不对劲。狱卒正想过去看一下,这时,德伦一骨碌爬起来。狱卒吓了一跳,道:"叫你半天都不做声,还以为你死了呢!"德伦冷笑道:"我这个样子,活着和死了是一样的。"狱卒道:"怎能一样?"德伦道:"没有自由,活着有什么意思?"狱卒道:"活着就有希望,死了什么都没有了。"说着,狱卒突然想起了什么,又道:"不过,我们可能都活不久了。"德伦听了,盘问:"为何都活不久?"狱卒意识到自己话说漏嘴了,忙补充道:"没什么,我瞎说的。安心吃饭睡觉,不要多问,省得惹祸上身。"说罢,狱卒正转身要走,德伦赶紧叫住狱卒:"等等,这个你拿去。"说话间,他从兜里掏出一枚玉佩递给狱卒。狱卒接过来仔细一看,惊喜道:"好宝贝!"他爱不释手地把玩了半天,道:"你当真送给我?"德伦笑嘻嘻地道:"当然。小兄弟,你刚才为何说我们都活不久了?能告诉我吗?"狱卒收了德伦礼物,四顾无人,便悄语道:"听说刘鄩要乘虚袭击晋阳,晋王叫监军张承业全城戒严,晋军主力都在与刘鄩周旋。张都督担心,晋阳城防守空虚,如果此时梁派重兵来袭,恐怕难以抵挡。"德伦听了,故意道:"应该不会的。梁军怎么知道晋阳实情。"狱卒摇头道:"一听说要打仗,梁军要来攻城,虽说戒严了,晋阳城内皆人心惶惶。"德伦听着听着,他想,与其老死在晋人狱中,不如向梁人透露军情。一来可为梁立功,二来可自救。如此想着,他心中暗喜。狱卒说完一席话,正要走。德伦叫住他,道:"小兄弟能否再帮我一个小忙?事成后,必不亏待你,高官厚禄、荣华富贵应有尽有。"狱卒听着像是在做梦,简直不敢相信自己的耳朵。他满心欢喜,连连应允。德伦即刻铺开纸笔,写了一封信,托狱卒找人交给梁匡国军节度使王檀。

梁匡国军节度使王檀接到德伦书信后,十分高兴,立即上奏朝廷,晋阳防守空虚,机会千载难逢,愿请缨出征,突袭晋阳。友贞召集朝中文武大臣商议后，都认为可行。友贞令王檀率三万人马前往破城。

"不好了！三万梁军已出阴地关，正朝这边杀来。"这日一早，监军张承业正在寻思，前几日，晋王叫信使来要他全城戒严，不知现在他们战况如何。这时，有探马飞报道。承业听了，顿时骇然。他与刘夫人、曹夫人一起商量此事。曹夫人叹道："这可如何是好？三万梁军，如何防守？亚子要是在这里就好了。"承业眉头紧皱道："远水解不了近渴。眼下，我们只能先找工匠加固城池，调集市民一起共同登城拒贼。同时，再向泸州告援，以解燃眉之急。"刘夫人默默点头，道："眼下只能如此了。"

王檀引兵到晋阳城下，叫承业开门受降，可免一死。承业拒守城门，王檀便集中兵力，昼夜猛攻。城墙坏了，承业命工匠马上修补好，他则亲自在城上指挥督战。但敌势浩荡，守城的士兵逐渐抵挡不住了，不断有梁兵登上城来。眼看晋阳城最后一道防线马上就要攻破了，承业手足无措，急得慌了。他仰望仓穹，心中自语道："晋阳快失守了，老臣无能为力，我对不住先王啊！"正说着，代北退职老将安金全来求见承业，请求对抗梁敌。他道："听说梁军入侵，我特召集子弟兵数百人，前来共抗梁贼。晋阳是我们的根据地，一旦失守，前功尽弃。我虽老朽，但多少还能出一份力。请张都督授我库甲，批准我们上阵！"承业听了，心中备感欣慰，言语大加褒奖金全。然后，他立刻叫人打开兵库，发放盔甲、武器给金全。

城下，观战的王檀见梁军马上要攻入晋阳城，无比欣喜。这时，城上突然杀出许多铠甲士兵，勇猛异常，一会儿就将城上的梁兵杀退不少，扭转了势头。王檀纳闷，不知这些士兵从哪冒出来的，他赶紧叫城下的士兵摇旗呐喊助威，鼓舞梁军不要松懈斗志。

双方激烈打斗着，梁军猛攻，晋军强守，彼此相持不下，互有死伤。天色渐晚，突然城外锣鼓喧天，扬起的尘土，遮天蔽地。有军队朝晋阳飞驰而来，到得城下，只听晋将石君立道："昭义全军都来了！"承业大喜，忙开城迎入。梁军听闻，只好暂时收兵。

当晚，金全与君立，兵分两路，一路烧杀掳掠，突袭梁营。梁兵疲劳作战了一天，此时，大多已入睡，于是被打得猝不及防，梁营中一片纷乱，士兵们或被杀，或溃逃。王檀见此情形，只好下令撤军。

牢狱中,德伦听闻梁军败讯,情绪激动,自语道:"王檀败退了,我没得救了,我将在狱中度过余生……不,等晋王回来,他知道我在这里,一定会放我出去的,他还封我为大同节度使呢!""做你的美梦去吧!"这时,一个声音回答道。德伦吓了一跳,惊讶地回头望去,只见承业及两员从将正朝他走近。走到牢门前,承业即叫狱卒将牢门打开。承业当众审问德伦道:"是你出卖了我们,告诉梁军晋阳防守空虚,引他们来攻城的?是你让部众都背晋投梁?"德伦大笑道:"是又怎样?不是又怎样?"承业道:"因果循环,报应不爽。天理昭彰,疏而不漏。已有人告诉我实情了,你不必再隐瞒。"德伦瞪大眼睛道:"哼!是啊,一切都是我干的,但那也是你逼的。你不把我关在这个鬼地方,我会这样做吗?你想怎么样?你背着晋王私自扣押我已是犯上,难不成你还想罪加一等杀我?"承业盛怒道:"我就是要杀你!悔没有早点杀你,险些坏了大事。"德伦道:"那你得先问问晋王吧!"承业道:"这种小事不劳晋王操心。"说着,背过身去,手一挥,刀起头落。

刘鄩已故,王檀袭晋阳无功,大片国土尽失。梁帝友贞忍不住长叹道:"我朝大势已去。"

第十五章 | 契丹兵败走幽州
胡柳陂德威升天

晋王存勖战罢回到晋阳,张承业将私斩贺德伦一事娓娓道来,并请罪。对于承业擅自做主,存勖心有不快,却不说出来,只道此事错不在承业。承业谢过晋王后,又向存勖汇报守城军情,提到这次守晋阳城的功臣,尤其是退职老将安金全等,在关键时刻挽回了大局。存勖听了,只是用言语褒奖守城的功臣,并不提奖赏二字。承业正犹豫是否要为士兵们讨个好,想到德伦一事,终未启齿。承业告退后,出了门,外面一群士兵围过来,笑嘻嘻得意地问他,这次他们功劳大,晋王给的赏赐应该不小吧? 承业张口结舌迟迟不语。思虑片刻,他骗士兵们道:"晋王劳累了,叫我代他请大家吃顿好的。今晚大家都要豪饮,不醉不归。"士兵们并不知是承业掏腰包,一个个脸上乐开了花,拥着承业去客栈了……

存勖在晋阳整军休息,重温儿女情长。没过多久,就警报频传,契丹兵屡屡来犯。先是契丹军攻入麟、胜二州,直抵蔚州,晋振武军节度使李嗣本,寡不敌众,守城不利被擒。接着,契丹军又入侵新州,新州防御使李存矩轻敌，滥用兵权，以致战况不乐观，偏将卢文进等惧敌，合谋杀死存矩，弃城投降……

接连败报，存勖只好调幽州节度使周德威率兵三万以抗契丹。

契丹军为何突然进犯幽州？

之前，存勖意欲先图河北，就暂与契丹言和。

当年燕王刘守光称帝，晋兵伐燕，守光命参军韩延徽出使契丹，去请援兵。延徽来到契丹皇宫，见到阿保机，将来意禀明，并不下跪。阿保机一怒之下叫人把延徽押下去，让他充当杂役，饲养牛马。皇后述律平得知此事，来找阿保机，替延徽说情道："延徽是燕国要臣，他守节不屈，是当今贤士。如果对他以礼相待，当或许能为大王所用。为何将他充当贱役？"阿保机觉得述律平说得有理，当日，盛宴款待他。

阿保机最信服述律平。述律平是回鹘遗裔，智勇双全。阿保机统一八部称尊，也是述律平的功劳。

契丹是北方强国，分八部：但皆利部、乙室活部、实活部、纳尾部、频没部、内会鸡部、集解部、奚嗢部。每部各有酋长，号为大人，再从大人中推举一人为领袖，统辖八部，三年一任。阿保机不服旧制，破例任了九年，才让位，分管汉城。汉城在炭山西南，素产盐铁，所得利润，阿保机与诸部一起分。

述律氏为阿保机拟定聚歼计，即借故他得了盐池，让诸部盐利，宴请诸部大人来汉城盐池相庆。酒行数巡，乘诸部大人酒醉，掷杯为号，两旁伏兵突然杀出，八部大人全部被歼。阿保机又迅速分兵杀往八部，八部士兵见主将已亡，都俯首归降阿保机，拥戴他为国主。

阿保机和延徽分主宾就坐。席间，阿保机考延徽军国大事，延徽对答如流。阿保机大喜，从此厚待延徽，凡军机要务都找延徽出谋划策。为感激阿保机知遇之恩，延徽竭力辅佐，助他收服党项、室韦诸部，又制文字，定礼仪，置官号等，立下汗马功劳。

一天，突然有人报阿保机，韩延徽不见了。延徽是阿保机的左膀右臂。突然失踪了，阿保机心忧如焚，他速召集人马到处寻找延徽。

原来延徽虽在契丹锦衣玉食，但时间长了，难免思乡心切。他几次与阿保机告假，想回老家幽州探亲，阿保机担心延徽去而不返，一直找借口朝中离不开他,没有答应。无奈,延徽只好乔装打扮一番,乘夜蹓走。

回到幽州,延徽与家人团聚,十分欢喜。他告诉家人,他现在契丹生活很好,此次特来接他们过去。延徽母亲年纪大了,习惯了幽州的生活环境,不愿搬离。延徽为此,去晋阳见晋王存勖。存勖赏识延徽才华,留他在幕府,封为掌书记。燕将王缄私下和晋王说延徽屡次易主,反复无常,不宜信任。晋王立刻派人暗中监视延徽的举动,且重要事情都隐瞒他。延徽感到被冷遇和排斥,他暗地里买通晋王身边的下人,查清了事情始末。于是,他向晋王告假,借回幽州探望母亲为由,又回契丹。

延徽回来了,阿保机大喜过望,为留住延徽,即令他为相,叫作政事令。延徽写信给晋王,在信中说他很不舍离开幽州,离开的真正原因是因为遭王缄排挤,又说只要有他在契丹,就保证契丹与晋和平共处,最后托存勖赡养他远在幽州的老母。

晋王存勖令幽州长官叫人看顾延徽母饮食起居,让老人安心、舒适,哪知契丹竟发兵大举南侵……

德威领兵至新州城下,遥望远方,敌兵铺天盖地,席卷而来。幡旗隐隐,戈戟重重。流星马飞报说,契丹兵有数十万之众,契丹兵个个剽悍勇猛,擅射骑,攻击性强。最近契丹兵攻下数城,接连得胜。此次敌军众多,叫人望而生畏。德威料不能敌,忙号令军兵回撤。

晋军急走了二三十里路,突然山后炮响,喊杀声齐天,一路契丹军马飞涌出来,挡住了晋军去路。众兵拥着一名悍将,只见那名将领身姿魁梧,燕颔虎须,声如洪钟。他大喊一声道:"周德威,哪里逃!这次,我皇阿保机率兵数十万前来征讨,想活命的话,趁早投降吧!"德威腹背受敌,无处可逃,心想只有力战方有生机。于是,他轻蔑地笑道:"我道是谁呢?原来是你。韩延徽,晋王善待你母子,你居然言而无信,引胡人犯我中原,略城扰民,今天要替天行道,教训你这个不忠不义之臣!"话罢,德威指挥兵将布阵,准备对仗。延徽望望晋军阵型,告诉手下兵将说,这是锋矢阵,锋矢阵弱点在尾侧,再教他们破阵窍门。延徽引数百精兵强将,锐气十足,杀入阵中。不久,阵已破,晋军溃败,德威只好麾军再走。延徽骑在马背上,挥舞着手中宝剑,大喝一声:"不要让周德威跑了!"又领着一彪胡骑,追杀过来。一会儿,德威逃窜的人马又被胡骑冲断。晋军惊慌,阵脚乱,士气低迷,面对来势汹汹的胡骑,不堪一击。经过一场恶斗,晋军死伤无数,德威狼狈地带着数千残兵奔回幽州。

契丹兵乘胜进逼幽州城下。毡车毳幕,漫山遍野。他们沿途烧杀掳掠,抢劫财物,所到之处,百姓逃的逃、死的死,到处尸横遍野,一片荒凉惨淡景象。

当日,契丹兵合力攻城。德威奋力守城,同时向晋王乞援。幽州城易守难攻,阿保机强攻不破,只好下令围困幽州城,再设法引德威出城。阿保机让士兵到城下叫阵,德威不睬,坚壁不出。正当阿保机为攻城一事犯愁,契丹降将卢文来献策,请造火车、地道,向上发射火箭,火烧幽州城;向下掘地道,秘密袭击。阿保机暂时没有别的主意,当即命令下去,依计行事,召集工匠打造火车,士兵日夜赶工开挖地道。哨马探得消息,报知德威。德威升帐,聚集文武官商议对策。有人建议抛洒铜铁镕汁,让契丹兵不能近前,众人觉得可行,德威就吩咐人照做。如此,铜铁镕汁漫天挥洒,契丹兵松懈了斗志。

如此相持了三四个月,城中粮草将近。不知援兵何时到,为了坚持久一点,德威令将士们喝稀粥。吃不饱的士兵们渐生厌战情绪,多数人想开门投降。德威耐心劝导将士们克服困难,再坚持一下,援兵很快就到。这样的话说多了,不奏效了。德威每日提心吊胆,战战兢兢,生怕兵将们会因饥饿起反心。

夏至后,天气变得更加喜怒无常,一会儿闷热燥人,一会儿又雷霆暴雨。酷暑难耐,阿保机久攻城不下,这日,他留部将卢国用继续围城,自己则带一支人马,班师回国。

话说晋王存勖接到德威援报后,命晋将李嗣源、李存审等率兵七万,进援幽州。

出发前,中军大营,诸将聚在一起商议破敌策略。阎宝道:“幽州一战,宜打持久战,拖垮契丹兵。幽州城墙坚固,易守难攻。契丹兵缺乏粮食、给养和支援。因此征战的时间越长,越对我方有利。”李嗣源反对道:“恰恰相反,依我对契丹兵作战方式的了解,契丹的大部队不需要自备军粮、器械,他们通常靠抢劫村民的食物和敌军的武器、资源来省去给养的累赘。”说到这里,嗣源建议将晋军资源转移,以防被契丹兵打劫,存审赞同嗣源看法。嗣源继续道:“敌军势大,善于在空旷的平原上驰骋野战。为避免暴露我军目标,不如我们悄悄从山中绕行,趋往幽州。遇到敌军,还可依险自固。"诸将觉得有理,均依计行事。于是,晋军过大防岭往东前行,嗣源与养子从珂率三千骑兵为先锋,衔枚疾走,行到距幽州城六十里处的一个山口,突然,号炮三声,万骑契丹兵潮涌杀出,阻住晋军去路。

嗣源率百余骑,奔至契丹阵前,免胄扬鞭,一口地道流利的胡语道:"昔日契丹皇帝耶律阿保机曾率兵三十万,来云州会先晋王李克用,二人互换赠礼,结为兄弟,决计共同举兵击梁。梁帝朱全忠弑君篡唐,涂炭生灵,祸国殃民。不料阿保机竟背盟食言,送厚礼笼络朱全忠,以求封册。朱全忠要求阿保机先灭晋阳,再给他封册。先晋王李克用恨不能手刃仇人,临终前特嘱咐子李存勖剿灭契丹。阿保机不义背盟,又犯我疆土,因此,今我王麾军百万前来,就是为了活捉阿保机,灭你种族……"契丹兵听了大惊,互相对视。嗣源乘机冲上前,手舞长矛,砍倒一个领头的酋长,霎时,身后晋军呐喊助威,一齐冲杀过去。拈指间,两军陷入混战。杀了一会儿,嗣源一声喊,引着众将,都上岭去把守关隘,屯住军马,待契丹兵攻来,忙将檑木炮石打将下去。契丹兵寸步难进,无计可施,攻不下寨栅,只好撤兵。不料,他们途经一处险恶的峡谷时,突然听到前面山头一声号炮,伏兵乍出,四面被围,乱箭射来,死伤无数。

且说,幽州城下,国用接到军报说晋援兵已到,列阵待着。

晋军迟迟未出,国用对诸将哈哈大笑道,莫非晋军被我军吓破了胆不敢来了?诸将也都跟着嘲笑晋军胆怯,议论纷纷。正说笑,有哨兵来报,说营外远处硝烟弥天,不知何故。国用止住笑容,叫哨兵再探明详情。一会儿,哨兵又跑来,告诉国用:发现有很多晋兵每人拖着大捆点燃的柴草,朝这边迈进。国用眉头一皱道:"青天白日,难不成晋军想烧毁我营?"话罢,国用立刻叫人吹响号角,整军出阵搦战。

营外,烟雾渐浓。浓烟遮挡人视线,国用及契丹兵皆不辨东西南北,一个个呛得咳嗽、掉眼泪,无法正常作战。为此,国用命令士兵们先挑水,将柴草熄灭。正当契丹兵忙于慌乱灭火中,突然阵后埋伏已久的步兵,手操利器,一齐喊杀着猛攻而来,摧毁敌阵。契丹兵大败而逃,存审又引晋军乘胜追击。这一仗晋军俘斩敌军上万。

　　幽州解围，德威叫人大开城门，列阵迎接李嗣源、李存审和阎宝等诸将，与他们握手言欢。次日，德威即遣士兵向晋王告捷。

　　晋王存勖听说契丹败归，十分欣喜，立刻召回嗣源等诸将，犒赏三军，自不必说。

　　转眼又过数月，已是十一月。一日，存勖在黄河边散步，河对岸就是梁的属地。存勖望着冰天雪地，白茫茫一片，回想先父克用离别人世那日，也是大雪纷飞，天寒地冻。父亲临终前的三个愿望，又在他耳边回荡。他感慨，刘仁恭父子已灭，契丹败走幽州，近年战果累累，所憾梁尚未能灭。存勖遥望河对岸，寻思如何灭梁，忽见有农夫踏冰过河，存勖大喜道："天助我也！往年，一水相隔，不便交战。今黄河冻固，不妨引兵攻城，定能获胜。"想着，存勖就回晋阳宫，速召集文武将官，把灭梁想法道来，众将应允。

　　存勖速屯兵魏州，准备渡河作战。择日，乘夜，晋王存勖率兵突袭杨刘城。晋军横渡冰河后，存勖号令兵将把河边的葭苇砍了，填塞城濠，再用斧头砍毁寨栅。杨刘城巡逻和站岗的守兵，手持兵甲，严守城池，一般人不能进。存勖兵分四路，骑兵在前，步兵随后，从城池四面进攻。晋军来得突然，来势凶猛，左冲右突，很快就冲破防守，杀入城去。霎时，城中一片骚动，喊杀声震天。守城主将安彦之正在夜梦里，突然听到战乱声，慌忙更衣，准备召集兵马指挥他们迎敌，才走到门口，见无涯夜海中，举火如星。晋军早已林立城上，瞬间将他围个水泄不通。存勖命人将彦之绑了，其他梁兵皆纷纷跪地投降。一夜之间，晋军占领杨刘城。

　　梁帝友贞正在洛阳举行祭天大典，突然有士兵送来败报，他激愤不已，心中自语："晋军贪婪无比，掠夺我大半国土，还不知足，现又来霸占我杨刘城。真是欺人太甚！"于是，他迅速赶回汴州，召集近臣议谈收复杨刘城一事。

　　梁相敬翔直言友贞，赞扬李亚子到处亲征，身先士卒，英勇无比，是为楷模；又批评友贞整日深居宫中，只与朝臣纸上谈兵，不深入一线了解军中详情，如何能商讨出一个破敌之策？赵岩、张汉杰等马上群起攻之，指责敬翔口出怨言，是对皇上大为不敬，要梁帝友贞责罚他。自登基以来，友贞确实一直在宫中享受安逸，他自知有愧，就谎称身体不适，此事他日再议，叫臣子们散去。

过了数日,友贞遣河阳节度使谢彦章领兵数万攻杨刘城。彦章领兵马到杨刘城三十里处,扎下营寨,筑垒自固;同时,在营四周开挖河道,再灌入水,以阻碍晋军袭营。

晋王存勖刚回到魏州,就接到警报。他立即率一支骑兵,直奔梁营。

飞驰着,前面就是梁营,可惜一条河挡住了军队去路。河面,湍流回旋,河波浑浊,不知深浅。存勖仅留下部分将领,遣散其他士兵回营,然后他乘船测量水深,发现水最深处仅没过缨枪。他笑着对诸将道:"梁贼决河灌水原来是想吓唬我们的,让我们知难而退,却不曾想到,这点小事难不住我们。我们依然要乘他不备,渡水攻营哩!"诸将随声附和,称赞晋王英明勇武。

翌日晨,存勖调集将士,下令攻梁营。存勖亲自率军涉水。隔了一夜,河水回落,才没膝,晋军欢呼着,冲过河去。

梁营内,梁将谢彦章接到急报,忙调兵遣将,出营搦战。

河对岸,晋军一波接一波过河攻营,屡次冲突,都被梁军数万兵马击退。

敌军士气高涨,如此强攻下去,不是办法。晋王沉思片刻,突然眉头一皱,计上心来。他索性佯装畏难逃跑,麾军到河中央时,回望梁兵快追上来了,他突然一声呼喊,又令兵将们转身杀回。冷不防,梁军竟被晋军冲散队伍。梁军或战死在河中,或狼狈逃上岸,溃不成兵。彦章在几名小将的掩护下,仓皇逃走,梁军大败。此仗伤亡上万,河水都染红了。

晋王存勖欲乘胜灭梁,到处征兵。四路诸侯,麟、胜、云、朔等各镇纷纷群起响应,所征兵将声势浩大。

这一日,筑台三层,列五方旗帜,上建白旄黄钺,兵符将印。晋王存勖整装带甲登坛,焚香祭拜唐哀帝李柷,宣读盟约:"唐室不幸,皇纲失统。贼臣朱晃生前毒死哀帝,涂炭百姓。其子朱友贞,昏庸淫逸,败坏国风。国难当头,存勖等结为义军,救国救民。凡我同盟者,必定齐心协力,忠君爱国。如有变节者,违背盟约,不得好死,断子绝孙。皇天后土、祖宗明灵为鉴。"读毕,歃血为盟。众人因其陈词慷慨,皆涕泪俱下。歃血已毕,存勖下坛。众人扶存勖升帐而坐,两边依爵位、年龄分别就坐。存勖行酒数巡,道:"今日既然立我为盟主,各位英雄不论爵位高低、年龄长幼,请都听从我号令。"众人都纷纷应允。稍坐片刻,存勖就领全军到麻家渡扎下营寨。

梁帝友贞命滑州节度使贺瑰为北面行营招讨使，谢彦章为排阵使，共率军十万，在行台寨驻扎，与晋军对垒。

梁兵深居营中，久不发兵。晋王存勖令兵将前来轮番叫阵，梁军概不理睬。存勖十分恼怒，召集诸将，道："我屡次遣兵将前往叫阵，想尽办法，梁兵却固守不出。看来非要本王出马，才能将其引出。"诸将听了，皆纷纷劝阻晋王。李存审道："大王万不可冲动！您是军中至尊，理当安坐营中。诱敌这种事太危险了，派存审及其他兵将去就好了。上次您领百余骑兵深入魏县洹水敌营，陷入包围圈险些出不来，幸有夏鲁奇将军救驾，这次就不要再涉险了！"存勖疑虑道："我不去，敌军就一直不肯出来，还能有什么办法？"存审思虑片刻，对存勖附耳悄语了几句。存勖觉得不失为一个法子，就点头答应了。

"二位将军，门外，李亚子领着一群人来叫阵。"梁营内，一名哨兵跑过来报道。贺瑰听了，仰面哈哈大笑道："李亚子，你总算出现了。本将军要生擒你回营！"谢彦章阻拦道："不可出营！"贺瑰皱眉道："苦等多日，今李亚子好不容易送上门来了，这是下手的最佳时机，为何却要放弃？"彦章道："这个李亚子定是找人假扮的。"贺瑰道："何出此言？"彦章道："既是李亚子前来，为何只见其人不闻其声？不信，你出去看看。"贺瑰无话可说，只好作罢。

梁军一下子就识破了存审计策，诱敌失败。为此，晋王心中十分懊丧。为了诱敌出营，一日，乘夜，存勖隐瞒诸将，悄悄带着几十余贴身侍卫驰往梁营……

到了梁营五里处，存勖兀自叫阵。贺瑰闻声，对彦章冷笑道："上次是假的，这次不会又是假的吧？"彦章沉默不言。贺瑰一声吆喝，引上千精兵前去围堵存勖。营门开处，锣鼓喧天，兵潮涌动。霎时间，梁军将晋王存勖及侍卫围个水泄不通。

存勖等猛杀猛打，企图突破重围。存勖虽勇武，长枪过处，无人能敌，但梁军人数实在太多了，一时根本无法逃出罗网。正当存勖打得精疲力竭，这时，一支铁骑飞来，跨过梁营长堤，从外攻入，杀开一条血路，救出存勖等人。

回到晋营，存勖惊魂未定。存审含泪道："存审来迟，大王受惊了！"存勖感激李存审护驾有功，对他赏赐有加。存勖心中感慨："今日私闯敌营，若存审不及时来救，后果不堪设想。"

两军相持了百日，晋王渐渐地又坐不住了。他令军兵在距梁营十里处下寨。梁招讨使贺瑰几次想出战，都被彦章劝阻住了。

一日，贺瑰与彦章一同在营外阅兵时，贺瑰发现一处地方适合安营扎寨，于是他兴奋地指给彦章看，道："这块地方中间平坦，四周山峦险峻，正好适合列营。"彦章不作声，贺瑰就不再说什么了。

不久，晋军进逼，就在贺瑰看中的这块地上竖栅。贺瑰十分气恼，怀疑彦章与晋私通，所以那日才有意回避。

于是，贺瑰与朱珪暗自商量，合谋设计杀彦章及濮州刺史孟审澄、别将侯温裕等。

一晚，贺瑰会宴彦章等群将。宴会上，贺瑰安排了舞姬伴乐舞蹈，还有丽人陪酒。诸将一边饮宴，一边听着悠扬的雅乐，赏着婀娜多姿的舞蹈，都沉浸在一片欢乐中……酒至数巡，菜过五味，贺瑰突然托事离席。俄顷，朱珪见彦章等酒醉昏迷，立刻掷杯于地。顷刻，数百武士一齐拥出，破门而入，砍倒彦章、审澄和温裕等将。为毁尸灭迹，掩人耳目，朱珪立刻叫人用芦席将彦章等将尸首裹了，用小车载到荒野，将尸首弃于乱冢坑内，再用柴草覆盖，引燃柴草，可憾几条英雄，瞬间皆付之一炬。

次日，朱珪上奏梁帝友贞，只说谢彦章等人谋叛，已处极刑。友贞日夜在朝中饮酒作乐，莺歌燕舞，也无心查验真相，追问具体。他轻信了朱珪的片面之词，且还升朱珪为平卢节度使，兼行营副指挥使。

彦章已故，晋王心中感叹："贺瑰善于带领步军，谢彦章善于带领骑兵，二人名气相当。贺瑰心生妒意，暗下杀手。将帅不和，互相残杀，梁离灭亡不远了。我们正好引军攻梁都。"于是他下令烧毁营地，整甲缮兵，向汴梁进发。

晋军一走，贺瑰就召集三军，日夜兼程追赶前去。

经过胡柳陂时，有侦骑来报晋王："梁将贺瑰率大兵追来了。"晋王道："来得正好，我正要好好与他一战。"周德威谏言："梁贼急追至此，士气正盛。不如我军避其锋芒，立栅固守，以逸待劳。令骑兵常扰乱敌营，使他惊慌、疲惫不已，然后再一鼓出师，将其速歼。如果现在与敌正面冲突，敌顾念家乡，内怀愤激，恐难得胜。请大王三思，按兵勿战！"晋王执意道："梁军强悍，我军也不弱啊！既然敌兵已来，不如速战速决。"知劝不动晋王，德威无奈，只好不再多说。

当日，前来搦战的梁军横亘数十里，像一条巨龙，盘踞在云山之间。晋王自领中军，镇定军居左，幽州军居右，辎重兵傍着幽州兵西侧前行。

贺瑰直奔中军大营杀来，到了营下，命兵将摆开阵势，晋王率银枪军驰入梁阵。两马相交，兵器并举，两人斗不到十合，贺瑰自感不是对手，虚掩一招，撒出兵器，拍马便跑。存勖紧随其后，穷追不舍，二人跑出阵中。贺瑰畏惧存勖勇猛，武艺高强，无心恋战，忙鸣锣收兵，望风而逃。晋军欲乘胜追击，存勖叫住他们，道："穷寇莫追。料梁军不敢再来，恐堕入敌军埋伏。"

当夜，晋军辎重营突然起火，火苗四窜，火借风势迅速蔓延开来。瞬间，火光冲天，辎重兵纷纷起来救火。在救火的当儿，突然听到营外锣鼓齐天，贺瑰引兵来突袭，梁军一路烧杀，一路抢夺粮草、军械、被服等辎重。存审事先没料到梁军会夜袭军营，因此毫无准备。存审指挥辎重兵仓促应战，自乱阵脚，如同散沙，局面混乱不堪。辎重兵们或被梁军杀死，或逃往幽州军德威帐下。

贺瑰乘胜追乱军至幽州兵军营。乘着幽州军营被溃逃的辎重兵所扰乱，贺瑰率部众冲杀而来。周德威来不及布阵，慌忙召集兵将拒战。怎奈梁军兵多将强，左冲右突，势不可挡，晋军很快就被冲散了。德威见势头不妙，忙撒了剑，拨回马先走。众将拥着他逃命，其他大小军兵，也都争相夺路而逃。

贺瑰马鞭一甩，宝剑一挥，大叫一声："周德威哪里逃！"喝令手下群将今夜务必拿下周德威人头，贺瑰及从将将德威等人赶杀二十余里。德威等人逃到一处山口，黑暗之中，突然前面火光点点，蓦地，又杀出一支梁军。前有堵截，后有追兵，德威身陷重围，势单力孤，无处可逃。可怜德威父子，一世英豪，竟战死在乱军中……

第十六章 | 张监军劝阻称尊
文礼叛乱弑王镕

　　德威已死，众兵溃逃，贺瑰抢占了晋营。晋王存勖听说德威殉国，心中无比悲痛。他领余兵败将，在高邱重新扎营，誓与贺瑰再决胜负。

　　此时，余霞向晚，百鸟归巢。晋王对诸将道："今要转败为胜，势必夺回此山。"说着，即引骑兵奋勇当先，攻入敌营，梁兵抵挡不住，纷纷逃下山。晋军又穷追至山下，贺瑰慌忙指挥兵将摆开阵势。晋将李嗣昭、王建及为先锋，策马扬鞭，盛怒前来，大刀长槊，冲入阵中，见一个杀一个，见两个杀一双，刀槊过处，人头滚地。所向披靡，震慑众兵。梁军逃命要紧，纷纷溃散。晋王存勖又率大军杀来，贺瑰慌忙拍马疾走。梁兵大败，死亡约三万人。

　　晋王存勖得胜班师回晋阳。一日，有士兵把一样东西交给晋王，道："此物是一僧人要我转交给大王的。"存勖打开锦盒一看，是传国宝，大喜。"他人呢？"存勖问。士兵说："没留姓名就走了。"

　　存勖召集文武将官前来开会，展示传国宝。有大臣称贺道："恭喜大王贺喜大王！唐京丧乱到现在已四十年了，今传国宝流落至此，乃天意！大王举兵征讨反贼，深得军民敬仰、爱戴，是人心所向，众望所归。大王战功显赫，四海扬威，震慑群雄。大王不称尊，谁敢称尊！"其他大臣随声附和。存勖思虑片刻，一脸肃然，叹道："先王临终前嘱咐我，我家世代忠良，他日若发兵诛贼，威震天下，当规复唐室，保全唐祚。我怎好背弃父训呢？"众臣皆默然。

存勖得传国宝的消息，一时到处风传，天下无人不知。

蜀王王衍、吴王杨溥等都致信给晋王，请他嗣唐称尊。各镇节度使又纷纷献货币数十万，以充即位之资……

正是这阵催称帝风，令本意志坚定、无心称帝的李存勖，心里渐渐动摇起来。

这日，存勖在书房看书，满脑子却是称尊之事，静不下来。他正苦恼着，突然门外一阵轻微的脚步声传来，一个窈窕的身影晃进来。玉娘来了，她夺走存勖手中书卷，莞尔笑道："大王，别看了。来喝碗银耳莲子羹吧！"窗外一缕阳光照射在玉娘雅致的面庞上，是那么美艳迷人。看到心爱的人，存勖顿时不烦了。他一把抓住玉娘的手，一脸笑意道："不喝，除非你喂我！"玉娘故意道："不！你又不是皇上，哪来这么多要求。"存勖止住笑容，低叹一声。玉娘道："听说大王最近为称帝一事烦恼？"存勖惊讶道："你怎么知道？"玉娘扑哧笑道："现在到处传得风风雨雨，恐怕少有人不知吧！"玉娘把事情说破了，存勖干脆道："是啊，为此本王寝食难安啊！"玉娘嘻嘻笑着。存勖不高兴道："本王烦恼，你却还笑。"玉娘止住笑，认真地道："你真是一个大大的孝子，父母说什么就是什么，真乖！做皇帝是多少人梦寐以求的事，你有这机会，却不想要。知道你不单是孝子，还是忠臣。可唐朝皇帝死不能复生，群龙不能无首，既然众人都拥戴你称帝，你就要对自己有信心。还犹豫什么呢？"存勖道："支持的人虽多，但也有人反对。"玉娘道："大王说了算，谁敢反对？"

"我反对！"说到这里，一个声音厉声道。存勖和玉娘转头一看，是张承业。"刚才你们的话我都听见了。一介女流，不恪守妇道，竟牝鸡司晨。大王，老奴不能侍奉您一辈子，望大王明辨是非，不要轻信小人之言，坏了大事。"

存勖叫玉娘下去,玉娘哼一声,甩袖走了。

　　承业是唐室老臣,起初他协助朝廷镇压匪乱,后任河东监军。公元904年,唐朝廷迫于朱温的压力,下令灭除七百个留守长安及外派各地方节度使的宦官。李克用暗地庇护承业逃过此劫,并留他在晋阳宫。承业感谢克用救命之恩,对他忠诚不贰。承业为人清正廉洁,富有政治、军事才能,还精通财政管理等,是个难得的通才。克用传位给存勖,李克宁觊觎王位,起兵叛乱,承业出谋划策,为存勖即位扫清障碍。后来,梁匡国军节度使王檀趁晋阳城中防守空虚,率三万梁军突袭晋阳城,承业克服万难,率军守住了城池。在职期间,他劝课农桑,蓄积金谷,收市兵马,征租行法,不宽贵戚,于是军城肃清,馈饷不乏,他把一个资源平平的内地小国变成了国库充盈的大诸侯国。承业全力辅佐两代晋王,刘夫人、曹夫人也都很信赖承业才德,凡晋阳宫要务总找他相商。晋王出征,所有军府政事,都委托承业处置。虽承业长存勖四十岁,但二人相处融洽,胜似兄弟,存勖称承业作"七哥"。承业乃忠臣,唐亡后,存勖加授承业为左卫上将军,兼燕国公,承业皆坚决推辞不受任,称自己一朝为唐官终身为唐官。

　　承业面谏道:"唐室不幸蒙难,大王父子为恢复唐室与盗国贼血战三十余年,令老奴十分敬佩。这些年,老奴辅佐大王,聚积财富,召补兵马,所为也是恢复本朝宗社。今朱梁尚存,大王就迫不及待要即大位,这与之前征伐初意自相矛盾。老奴思前想后,认为大王最好先灭朱梁,为列圣复仇。南取吴西取蜀,泛扫宇内,合为一家,然后再册立唐室后人。到那时,大王功德圆满,可与汉高祖、唐太宗等媲美。老奴所言皆出自肺腑,并无他意,不过是受先王大恩,欲为大王立万年基业,请大王勿疑!"存勖叹息一声,缓缓地道:"七哥所言极是,谢你及时提点。这事原非我意,众臣请求,难以拒绝。"承业摇头道:"老奴已把话说完,大王好自为之吧!"说完,他就走了。

　　承业前脚刚走,存勖后脚就到玉娘屋里。玉娘房门紧闭着,存勖连声呼唤玉娘,敲门半日不应,便道:"既然不在,那我走了?"正欲转身,门开了,玉娘走出来,蹙眉道:"还以为你有了七哥就把我忘了呢!"存勖见玉娘生气的样子都那么好看,心想,西施在世,也莫过于此吧!存勖一把搂住玉娘,道:"美人,怎么会呢?我这不是来了吗?"玉娘道:"七哥这么反对你称尊,你是下定决心听他的了？"存勖道："确切地说，不是反对，是时机未到。"玉娘道："那就是不反对啰！"存勖道："差不多吧！"于是把承业的话简要地转述一番。玉娘听了，忍不住一笑，道："既然不反对，早当晚当都是当，为何要拖来拖去？恐节外生枝。七哥要你晚当，是不相信你。"存勖道："不可造次，七哥不会的。"玉娘道："你想想嘛！先暂时当着皇帝，再灭梁、吴、蜀，不都一样吗？他还怕你赖账跑了不成？就像买东西先赊账，有何不可？何况现在大势所趋，诸臣及天下百姓也都渴盼大王早日即位。"存勖跟着玉娘绕来绕去，觉得她的话也说得过去，当下没有多想，就答应了立即称帝。

存勖称帝的消息传到承业耳朵里，他仿佛看到存勖登殿、群臣朝贺的场面，顿时昏厥过去，过了半日，方徐徐醒来，回想方才一幕，承业不禁捶胸大哭道："诸侯血战，征讨逆贼，本是为国雪恨，效忠大唐。今逆贼未取，大仇未报，大王突然要称尊。不仅误诸侯，还误老奴了！"为此，承业郁郁成疾，卧床不起。

听说承业病了，刘夫人和曹夫人一起来看望他。只见承业目光黯淡，憔悴不堪，全然没了往日的风采。二位夫人关心地问及承业病情，承业只是不断叹息、落泪，问他什么话，都是这个反应。二位夫人都非常难过，曹夫人心中纳闷："前几日都好好的，怎会突然生病了？"刘夫人问承业的仆人："御医看过了吗？"仆人说："看过了。御医说刘大人得的是心病，无药可医，需静养，不能受刺激。"刘夫人又问最近刘大人可受过何刺激？仆人禀道："自从刘大人听说晋王要即位大统后，顿时昏倒，醒来后就变成这样了。他整日躺在床上，不吃不喝也不睡，不是发呆，就是落泪，不与他人说话，偶尔咕哝着自语，说些让人费解的话。"曹夫人立刻明白了，她走至床前，给承业赔礼道歉，说他教子无方，又承诺承业，不让存勖登基称帝，但无济于事，承业依旧目光呆呆的，好像周围什么也没发生。曹夫人摇着头，对刘夫人悲叹道："难道真无救治的办法了？看到恩人这副模样，我心如刀绞。"刘夫人安慰曹夫人道："谁都不愿看到这一幕。可有什么办法呢？事已至此，只能听天由命，顺其自然。但愿刘监军他能长命百岁。"曹夫人听了，沉默不语，泪流满面。

回去之后，曹夫人把承业的病情转告存勖，并郑重地交代他不能登基。存勖允诺，并要求朝臣们在朝上一律不提登基一事。

为了医好承业,曹夫人一面差人四处寻访良医为承业治病;一面坚持去看望承业,关心、慰问他。不知有多少郎中上门为承业看病,都无策而回,倒是曹夫人对承业的病情并不悲观,从不放弃。起初承业反感见曹夫人,她也不急,坚持常去看望他,日子一天天过去,终于慢慢地,有一天,承业开口对曹夫人说话了。他小声地叫了一声曹夫人,曹夫人大喜。接着,她为承业准备好他最爱吃的水果,承业欣然接受。看到承业吃得香,心情好转,曹夫人别提有多开心。

转眼过了年余,因承业劝阻,存勖登基暂搁起。那些盼他登基的臣子,虽不再在朝堂上提此事,但生活中,还是忍不住议论几句。一日,散朝后,几个大臣在宫中一角悄声谈论群雄争霸,晋王将来登基一事。玉娘路过,在旁偷听了几句。她走上前,故作庄严地责问大臣们在说什么。大臣们慌忙向玉娘行礼问安,又解释说刚才什么也没说,请魏国夫人饶命!玉娘转而笑着道:"几位大人受惊了!"她四顾无人,悄语道:"今晚请你们喝酒,有要事请教!"然后告诉他们地点,大臣们只好答应。

当晚,玉娘迎大臣们进屋后,各叙礼毕,设宴相待。玉娘举起酒杯,致谢群臣来此聚会。酒至数巡,玉娘提起白天大臣们聊的话题,她道:"其实我也和你们一样,盼着大王早日称帝。可惜……"说到这里,玉娘哀叹一声。一个大臣道:"魏国夫人不必担忧,我有一计,不知是否可行?"玉娘转忧为喜,叫他道来。于是大臣将他的想法告诉在座各位,计议已定,翌日,依计行事。

清早,一个宫仆慌慌张张地跑来承业家中,拉着承业仆人的手,哭哭啼啼地道:"国贼未灭,晋王就要称帝了,谁也拦不住。你可千万要瞒住张大人啊!"承业仆人将信将疑,道:"我怎么没听说呢?你听谁说的?"宫仆自掌嘴,道:"该死!大王交代,此事千万不能外传,你就别为难我了。"说完转身就走。承业仆人正为此事纳闷,心想:"真的假的?晋王平日对母亲言听计从,曹夫人不是已承诺张大人,不让晋王登基吗?曹夫人可不是出尔反尔之人。不行,我得查问清楚。"想着,他追上前,给那宫仆打赏一个银钱,微笑着道:"老兄,能否把事情再说具体点?"宫仆对承业仆人一番耳语,然后再三叮嘱他一定要保密。宫仆走后,承业仆人还是有所疑惑,觉得此事蹊跷。他想,张大人好不容易病愈,不能再受刺激!或许这是小人奸计,要么再等等看。

一会儿，又接连来了两个宫仆，他们所言与上次那个宫仆如出一辙，无非告诉承业仆人，晋王将要登基。如此三番两次地不断有人上门来说这事，仆人想，难道这事是真的？这么大的事，要不要告诉张大人……仆人十分犹豫。为此，他整日心神不宁，做事总是出错，说话前言不搭后语。承业看出他有心事，他先关心地问仆人是否身体不适，让他告假回去休息。仆人支支吾吾，说没事，没有不舒服，叫承业不必担心。承业又道："我们主仆多年，有什么话，不妨直说。"仆人犹豫半晌，道："有件事不知该不该说，说了怕您受不了。"承业道："但说无妨。"于是仆人向承业反映，宫仆来报，晋王即将登基。可怜承业听说这几个字，立刻气极吐血，不等急救，就已不省人事。

承业走了，曹夫人悲痛不已，竟病倒了。存勖为此无心称帝，终日侍奉在曹夫人左右。在存勖的悉心照顾下，曹夫人心情渐渐平复。

一日，有赵使送来王镕养子王德明亲笔书信。信上说，成德军叛变，赵王王镕及王氏家族均被屠，特向晋告乱，求为留后。晋王见信，默哀片刻，心里道："王兄，安息吧！等我找到元凶，一定替你报仇雪恨！"一会儿，存勖召集众臣来商议此事。他把信让众臣传看一遍，然后道："我军与赵结为盟好，现在赵王遇害，我们务必剿灭反贼，让赵王瞑目。"众臣听存勖要征讨赵州，纷纷阻劝。无非就是说，晋军方与梁战，元气大伤，宜暂时整饬军兵，积蓄力量，以备他日再战。赵王王镕既已故，平定内乱是赵人朝廷内部自己的事。他们不宜干涉，多树一敌。众口一词，存勖只好暂准所请，任命王德明为镇州留后。

王德明成为留后后，即恢复本名张文礼。虽然晋王允了文礼做留后，但文礼忌于晋王与王镕友好，担心终有一天会查到元凶，而不放过他。符习曾跟从晋王驻扎德胜城，二人有些交情。文礼恐日后节外生枝，谎称宫中有急事，将符习召回，乘机令其他将领代任符习职位。符习无端被革了官职，心中愤慨不已，他垂头丧气回到家中。得知他处境，母亲劝慰他，千万不要想不开，活着就好，父亲鼓励他，世界那么大，总有容身之所。晋王乃当今贤主，所战无敌，又器重他，何不投奔晋王？当日，家中摆下盛宴，父母为他饯行。饭罢，符习跨马，一阵风驰往晋阳……

半路上，一阵马蹄声疾驰而来，符习回头顾望时，只见尘土漫天。符习心头一紧,不知何人追逐前来?他正要猛甩马鞭,加快速度,这时,隐约听到有人呼唤他,声音如此亲切、熟悉,符习这才放心,抓紧缰绳,勒住马蹄。原来是他的旧部们听说他离职了,都很着急,一路打听到此,总算得以重逢。众将一齐下跪,说愿誓死追随符习,请求符将军无论如何带上他们。部众不弃他丢了官职,依然要跟从于他,符习十分感动,当下,答应了他们的请求,并扶他们起来。

符习与部将三十余人来到晋阳宫觐见晋王。符习涕泪俱下,对晋王道:"没想到赵王是被他杀的。"存勖问:"他是谁?"符习道:"说来晋王或许不信。"存勖道:"不妨说来听听。"符习将详情娓娓道来。

都知道赵王有个义子叫王德明,赵王向来待他如同己出,但他总不满足,时有怨言。他打小就自尊心极强,凡事不肯输于他人,他怨上天对他不公,赵王对他不够好,他只是赵王养子,无法嗣位,要永远卑躬屈漆,低人一等。

一次,德明与一群要好的大臣一起饮宴作乐,酒醉后说像他这样有勇有谋的人应该称霸一方,不该屈为人臣,俯首帖耳。

此时,赵王王镕正在外游玩,由宠臣宦官李弘规、石希蒙等陪着。希蒙善于阿谀奉承,尤其深得王镕宠爱。

一日,有人跑来把德明酒后的话悄悄告诉李弘规,又说,德明前不久叫裁缝制了一套帝王穿的黄袍。莫不是想谋逆?李弘规想,自从赵王得晋这一强援,免于战事侵袭,不免居安忘危,骄奢淫逸。他常年四处巡游,每次出游留宿离宫总是连日忘归,一切政务,委任他和石希蒙代劳。赵王还大造府第,广选妇女,整日与一班文臣吟诗作对,舞文弄墨,歌舞升平,疏于政事。为了永享富贵太平,赵王令方士王若讷在西山盛筑宫宇,炼制长生丹药……长此以往,恐朝中生变。他屈指一算,赵王出宫已月余,是时候该回去了。于是,他向王镕进谏道:"大王是不是该起驾回宫了?我们离宫数日,一直不回去,恐怕快被群臣遗忘了。晋王英勇善战,南征北战,常以身示范,亲冒矢石,穿梭在枪林箭雨中,与敌交战。而大王却成日耽于享乐,四处游玩,荒废朝政。如果万一哪天叛臣起兵造反,关闭城门不让你进宫。大王将去何处?"王镕听了,心中顿惊,忙召集人马,准备摆驾回宫。不料,希蒙却拦驾道:"大王还没玩尽兴,怎能就回宫呢?弘规危言耸听,大王休听他胡说八道。"因弘规没有叛臣造反的真凭实据,驳不赢希蒙,赵王又驱马回庄上。

弘规为此恼羞成怒。当日,他即派亲事军将苏汉衡率兵擐甲,闯入庄中,用刀逼向王镕道:"军士们都很疲惫了,希望立即跟随大王回宫。"王镕没来得及回话,弘规继而又进言道:"石希蒙惊扰圣驾,罪不可赦。请大王斩了他,以儆效尤。"王镕不作声。弘规就立命手下甲士斩了希蒙,然后将他头颅献给王镕。王镕又惊又惧,悲痛万分,无奈之下,只好依从回宫。

回宫后,弘规杀希蒙那幕一直清晰地印在王镕脑海。一连数日,王镕都为此感到恐惧不安。他想杀弘规,但念及旧情,他又犹豫了。一夜,王镕梦见希蒙喊冤,要他为自己报仇,王镕顿时惊醒。"弘规胆子也太大了,当着我的面杀了希蒙,简直无法无天,丝毫不把我放在眼里。他这是要造反吗?"回首往事,希蒙曾与他朝夕相伴,侍奉他无微不至。想起这些,王镕就不禁伤怀落泪,喃喃自语。翌日天明,王镕召来长子王昭祚和义子王德明前来商议,命他们择日诛杀弘规、汉衡及他们家族、余党。

德明接到命令,回去一想,机会来了。他暗中派人给亲军通风报信,告诉他们王镕马上要杀他们了,要他们早做准备。士兵们都很害怕,请求德明给他们指条明路。德明大肆数落赵王王镕的罪过,说他在位期间如何昏庸、淫乱、荒废朝政等,又说希蒙是奸佞之臣,本来该杀,替弘规、汉衡鸣不平,然后德明撺掇亲军造反,亲军群起响应,跟着德明大喊杀王镕,推翻暴政,重振朝纲。

当晚,德明率千名亲军翻越城墙,悄悄潜入王镕寝宫,时值王镕与道士一起焚香受箓。德明大刀一挥,军士们像决堤的海,蜂拥着冲上前,将王镕和道士一起紧紧包围。王镕看看德明,又看看四周冷面无情手持利器的士兵,他又怒又怕,颤抖着声音道:"德明,我是你义父啊!我是多么地宠你。你引兵甲前来做什么?快将他们带走吧!"德明哈哈大笑了半天,道:"王镕老贼,从今以后,我与你的关系一笔勾销。想不到你也有今日,你在位期间,昏庸无道,沉迷酒色,奸淫妇女,四处游历,荒废朝政,广造楼宇,挖空国库,祸国殃民。最近你又滥杀无辜,将李弘规、苏汉衡等杀死,其罪不可恕!我早就想替天行道杀了你。"话罢,不容王镕分辩,德明就示意军校张友顺立即动手。可怜王镕毫无准备，手无寸铁，身边连个护卫都没，不待他挣扎，轻易地就死于乱军之手。了结了王镕性命后，德明叫亲军火烧赵王宫，再诛杀王镕的姬妾及子女。姬妾、子女们深夜闻乱，惊慌失措。有的吓得投井自缢，有的死于乱军刀下，有的陷于火海之中……场面凄惨。一夜之间，王镕百余姬妾、子女，除了昭祚之妻梁国普宁公主、昭海二人得以幸存外，其他无一生还。叛乱前，明德特命亲军士留梁国普宁公主性命，以通告后梁。至于王镕最小的儿子昭海，年方十岁，在祸乱中，幸遇军将被偷偷救走……

　　存勖听了，悲愤不已，道："我与赵王同盟讨贼，情同手足。不料，他遭此横祸，我心痛悼。你若不忘故主，能为其复仇，我愿助你兵粮，往讨逆贼！"符习及部将，一齐跪拜谢恩，且道，愿为故主复仇。不敢上烦府兵，情愿领本部前往讨贼，以慰故主亡灵。晋王大喜，立命符习为成德留后，领本部兵先进，且遣大将阎宝、史建瑭为后应，择日发兵前往镇州征讨逆贼。

第十七章 扫奸除恶晋军围镇州 光复唐朝李存勖登基

话说，晋王遣大将阎宝、史建瑭为后应，助赵将符习平定反叛。大军抵达赵州时，刺史王铤自知不能敌，开城乞降，晋王仍令其为刺史。

张文礼听说赵州已降，十分紧张，四处乞援，以抗晋军。

文礼给梁帝友贞修书乞援。友贞接到援报，召集群臣商议道，赵王宫内乱，王镕及族人被乱兵所屠，幸普宁公主无恙，想请梁军援助。群臣听了，议论纷纷。宰相敬翔说，此乃规复河北之良机，皇上不妨答应。赵岩、张汉鼎等却反对友贞出兵。他们一致认为，文礼品行不端，首鼠两端，不可信赖。于是，友贞按兵不发。文礼又一再写信向友贞乞援，来信多半被晋军拦劫。有一封信中说，王郁已说服契丹前来援助，如果赵、梁和契丹能联合起来，定能灭晋，友贞觉得有理。又拖了段时间，友贞最终同意发精兵万人以援赵。

一天，文礼突然卧病不起。这日，有探马来报，赵州不战而降。晋军已渡滹沱河，正向镇州挺进。文礼此时病危，一听晋军压境，强敌当头，当时惶恐万分,竟吓死了。家人知文礼噩耗,哀恸不已。为稳定军心,文礼之子张处瑾提出暂不发丧,等战后再说,对外只说文礼身体抱恙,不宜见客。

很快,晋军就到镇州城了。处瑾站在城楼上观望,只见城下烟火并起,旌旗摇曳,兵甲战马林立,黑压压一片。一会儿,有晋军前来骂阵,处瑾守城不出。晋军强力攻城,镇兵奋力守城。城上矢石如骤雨,晋军前仆后继猛攻而上。恶战中,晋将史建瑭不慎中箭身亡。

得建瑭死耗,晋王哀痛不已,正要派兵前去策应。这时,营外有梁军谍卒前来乞降,且禀报晋王说,梁北面招讨使戴思远将乘虚来袭德胜城。晋王亟命李嗣源在戚城埋下伏兵,李存审屯兵德胜。

李嗣源先引一支赢骑出来与梁军接仗。两阵对圆,嗣源出马,对思远道:"文礼寡情薄义,恩将仇报,弑主夺权,天地不容,其罪当诛。戴将军怎能追随此等人?晋王英勇无敌,礼贤下士,乃当今贤主,戴将军不如改投晋王帐下。"思远骂道:"你们贪心不足,到处攻城略地!晋与我镇州军既是盟好,何故借我军内乱来此袭扰?今日不是你死就是我亡!看刀!"话罢,思远舞刀拍马,冲上前与嗣源交锋。两军阵前,鼓声如雷,互相鏖战。二将战了五六十回合,嗣源卖个破绽,拨马跑回本阵,思远随即追赶,冲入阵中。嗣源鸣金收兵,且战且退,思远领兵乘胜追击。他直追到一个山头,突然,一阵鼓响,山上山下伏兵涌出,顷刻间将梁兵冲乱。思远急拨马回时,忽听得一声炮响,红旗开处,弓弩齐发。李存审一马当先,率众兵从城中杀出,将思远困在垓心。思远引中军左冲右突,奋力冲杀,杀了半晌,这时,晋王又率三千铁骑飞驰而来,兵分两翼,马兵先出,步兵后随,对梁军迎头痛击,思远在部众掩护下,侥幸逃脱。乘梁军混乱,晋军乘势攻击,斩获梁军二万余人。

梁军败走后,晋王正欲率兵攻镇州,忽接到定州来信,晋王启信一看,惊讶万分,王处直劝他不要攻打镇州。存勖心想:"王处直和我多年故交,怎么突然要阻拦我?"想着,存勖将文礼与梁蜡书寄给处直,且附信揭露文礼罪行,说他负晋,不能不讨!处直回信依是劝阻,并替文礼说情。存勖十分恼怒,定要讨伐文礼。处直劝说服不了晋王,无奈,只好聚集众臣,要他们一起出谋划策。

处直怎么会突然反晋王呢?原来,文礼杀赵王王镕后,立派使臣到定州劝说处直共同抗晋,说镇、定二州互为唇齿,不能分开,请他阻拦晋军入镇州。处直问赵使,听说赵王王镕是被张文礼所杀。赵使矢口否认,说是晋王想袭赵编的幌子,又说,晋王引兵来袭,才是重点,得先解燃眉之急。处直叹息说,他与晋王多年交情,恐怕下不了手。赵使说:"都什么时候了,还讲这些。既然晋王已经反目,大王难道任人宰割?事不宜迟,快准备抗晋寇。"赵使又欢喜地告诉处直,梁已同意救援,援兵已发,在前往镇州的路上了。只是契丹那边迟迟未果,不知他有何良策?处直思虑片刻,答应此事他代为想办法。

送走了赵使,处直聚集手下谋士分析形势权衡利弊。不料,众臣听处直说要与晋作对,群起反对,包括平时对他百般顺从的义子王都。他们都认为,晋王为赵王王镕报仇雪恨讨伐镇州名正言顺,是义举,文礼为人不可信。既然定州与晋是盟友,交情甚深,晋王定不会轻易打定州,叫处直不要多虑。但处直还是担心镇州亡了,定州会被牵连。他一心想联合契丹抗晋,宫中无一人支持他,为此他感到非常失望,郁郁寡欢,终日不思饮食。

新州防御使王郁听说此事,心想争取王位的机会来了。他立刻给父亲王处直写信,慰藉他道:"父王勿忧!还有我呢!我永远永远支持你!"又自荐与契丹乞援抗晋。处直见信转忧为喜,王郁乘机向处直提出要求,即事情办妥后,将来让他继嗣王位。处直起初有些犹豫,他告诉王郁,他曾许王位给了王都。王郁道:"哪有让外人继承王位的?况军机大事王都都不支持父王,父王难道还对他有什么寄托?"处直认为王郁说得也对,好歹王郁是他亲子,虽然他们父子俩一直不和睦,难得这时能力挺他,想着,他就答应了。

王郁给契丹送去厚礼,并在信中对阿保机说:"镇州美女如云,金帛如山。天皇若速取,可尽得。否则,迟了,将为晋所有了。"阿保机大喜,准备举兵南下。皇后述律平得知此消息,担心阿保机被镇州美女所迷,又担心他吃败战。她劝谏阿保机道:"镇州哪里比得上我契丹?碧蓝的天野,广袤的大草原,羊马成千上万。雄鹰在这里自由飞翔,白云一泻千里。牧羊姑娘的歌声,是那么粗犷嘹亮;骑马勇士挥着鞭儿,畅快地飞驰……晋王用兵,天下无敌。何必劳师远出,乘危徼利呢?"阿保机笑着道:"晋王无敌,我阿保机也不弱啊!张文礼有金五百万,待我取来献给皇后。"述律平见阿保机决心已定,只好不再拦劝。择日,阿保机挥师南下……

定州百姓听闻契丹兵要来,能逃的尽量逃,走不动的老人、妇女和小孩,只能躲在家中闭门不出。商户纷纷关门谢客,繁华热闹的街巷变得空荡、冷清。契丹兵进城后,手持军械,沿路杀人放火、打家劫舍、强抢民女,所到之处,鸡犬不宁,混乱无比。刀剑声、打砸声、婴童啼哭声、哀嚎声、惨叫声……汇成一片,凄惨无比,叫人不敢目视,不忍耳闻。王郁将契丹兵引来,实是祸害,定州臣民对此怨声一片。

王都听说处直要传位给王郁,眼看定州符节和斧钺将被人夺去,他心中不爽,气愤地道:"常言道,君无戏言。大王说好传位给我的,怎能朝令夕改,言而无信呢?"一旁的小吏和昭听了,为王都鸣不平,道:"大王年老昏聩,宠幸奸佞,听信谗言,刚愎自用,误国误民,是该退位让贤了。既然大王无情,我们就无义,不如咱们先下手为强,反了!"当晚,王都自称义武军留后,率新军数百人持刀闯入处直府第,大喝:"大王令孽子王郁私召契丹贼寇入城,让国家动荡,百姓不安,真是昏庸糊涂至极啊!大王已不能再管理军事,大臣们联名上书,请大王退居西宅,颐养天年!"不等处直辩驳,军士们一哄而上,把他拥出府中,赶到西宅。接着,王都又将处直妻妾捕获,一起幽禁在西宅,然后将所有王氏子孙及处直心腹将士诛除。

处直及妻妾被困西宅后,王都命士兵看牢他们,并吩咐士兵,物质上,对他们苛刻无情,只保证其不被饿死;精神上,对他们羞辱打骂,虐待他们。处直一下由诸侯变成囚徒,他无比悔恨、悲伤,心里久难平静。

这日,天空阴惨灰暗,飘着毛毛细雨。处直透过小窗怅望远方,王宫深院,高墙层层,与世隔绝。想着身处困境,孤立无助,他忍不住哭丧着脸,对妻妾们叹道,门外有重兵把守,他们插翅难飞了。没想到他对王都这么好,到头来却落得这个下场,又说妻妾们都跟着他受苦了,她们都安慰处直不要悲观绝望,只要活着就有希望,或许有人会来救他们呢!处直摇头苦笑道,一时没有人救得了他们,郁儿远在契丹,不知何时得以回来。

等啊盼啊,一连数日过去了。这天,门外传来一阵熟悉的脚步声,处直心里惊讶,他来做什么?一会儿,王都过来了,满脸喜悦。王都得意地告诉处直,因他处置处直有功,免为晋患,晋王特命他代掌兵权。说罢,他将晋王亲笔书信摊开给处直看。处直看了,激愤不已,捶胸大骂道:"逆贼!我何曾负过你?"处直所憾手无寸铁,气恼中急忙扯住王都衣裳,扑上去咬他。王都慌忙躲闪,瞬间,衣服都被撕裂了,处直竟被气死了。

话说,晋军击退梁军后,晋王留李存审、李嗣源守德胜城。他自率大军攻镇州,王都主动拨兵援助。

镇州城中,防守颇严。城墙坚固,城高池深,易守难攻,固若金汤,晋军强攻了十天仍攻不下来。

话说,契丹大举南下,涿州被陷。一日,幽州发来急报,契丹兵围困幽州。晋王正欲发兵前去援救。这时,定州也来告急,说契丹前锋已入境内。晋王二者不能兼顾,只好先救定州。

当下,晋王存勖摆布兵马启程,经过新城时,听说阿保机领兵万余已横渡沙河杀奔而来。晋军才五千人,于是吓得纷纷潜逃。有将领入帐,向存勖谏言道:"此次契丹兵多将强,锐气十足,势不可挡。士兵们还未战就闻风丧胆,诸多已逃离军队,拦也拦不住。我看此仗凶多吉少,不如趁早撤兵回营,保存实力,来日再战。"晋王听了,心中犹豫起来,叫军队暂时停下行进。

尔后,存勖升帐,召集众将前来商议此仗是进是退。中门副使郭崇韬道:"大王勿忧!契丹此次南下,只为钱财而来,并非诚意援救镇州急难。大王刚大败梁兵,威振夷夏。若挫他前锋,敌军自然逃走。"其他部分将领也纷纷附和。晋王思虑片刻,道:"强敌在前,不一搏,怎可轻易撤兵!"于是,他出营上马,自麾铁骑五千,奋勇先进。

铁骑直奔到新城北一片阔大的桑林里。存勖令一部分士兵砍下一些树枝,然后兵分两路,他叫士兵们骑马拖着树枝在桑林中往返奔跑,又令一部分士兵擂鼓呐喊,大造声势。

一会儿,契丹兵骤马前来。遥望桑林上空,尘埃遮天蔽日,听桑林里锣鼓声喊杀声震天,顿时,他们一个个望而却步,徘徊不前,甚至掉头就跑。正当契丹军犹疑之际,晋军分兵从桑林中蹿出,攻势猛烈,冲断契丹兵阵型。阿保机见契丹兵溃不成军,只好指挥军兵撤退,晋王亟分兵对契丹兵进行猛烈追击。契丹兵且战且逃,前面没有路了,是一条河,河水阻断了契丹兵的退路。无奈,契丹兵只好与晋军混战一场,死伤无数。战中,晋军擒获了阿保机之子。溃逃的契丹兵争相过河,沙河桥狭冰薄,契丹兵不识水性,多半溺死在河中。契丹主阿保机狼狈地带着残兵败将退保望都。

晋王凯旋回到定州，王都带着部众在城外迎驾。迎接晋王入城后，王都摆下盛宴，款待晋王。筵席上，王都起身把盏，对晋王道："感谢晋王抬爱，晋王是天下贤主，英勇无敌，令我万分敬仰、崇拜，王某今后愿随晋王执鞭坠镫。"说着，王都见晋王高兴，又提到想将自己小女许给继岌，与晋王结为亲家。晋王十分豪爽，笑着答应了这门亲事。继岌是晋王第五子，宠妃刘玉娘所生，众多子女中，他最受宠，晋王出征打仗也总要带着他。

在定州住了一夜，翌日，晋王引千余骑兵到望都。半路上，前面山口转出一彪皂旗来，众兵拥着一名将领奔驰而来。马蹄扬起一片尘土，存勖忙叫前军摆开人马。契丹兵拦住晋军去路，为首的大将奚酋秃馁见了存勖，双手叉腰，大喝道："李亚子，还不快下马受降，交出我契丹王子，暂且放你一条生路。"存勖冷笑道："休想！"当下，奚酋上将台，左右舞动号旗，调拨众军，摆一个阵势。四边四员小将，四口宝刀，四骑快马，齐整地摆在阵前。奚酋身后，层层罗列许多战将。存勖争先出马，舞刀拍马来迎。他与奚酋斗到三四十回合，忽奚酋虚掩一招，撤出兵器，往本阵跑。存勖骤马急追，奚酋领了士兵佯败逃走。存勖引军追赶，奚酋且战且退，将晋军引到山后。突然一声号炮，新杀出一支契丹兵，与奚酋形成两面夹攻之势，把晋军围得铁桶似的，晋军被困在垓心。晋王调拨众将，左冲右突，前后卷杀，四次冲锋，也未能突破重围。晋军渐有些泄气了，这时，只听鼓声喧天，不远处，一支军队疾驰杀来。晋将李嗣昭率三百骑兵从圈外救应。李嗣昭勇猛无比，从包围圈外面打开一道口子，晋王领兵乘势猛击，彻底打败了奚酋。

时值深冬，寒风凛冽，雪花肆虐。天地间，一片银白，树木、房屋、街道……一切都被冰雪包裹着掩埋。"咯吱咯吱……"阿保机走在松软的雪地上，脚踏下去的每一步，都留下一个深坑。战地沿途，横七竖八，到处躺着一具具尸体。阿保机看着手下兵将们的尸体，心情悲痛、沉重，回想皇后述律平劝谏他的话语，不禁感到万分后悔。"是啊，晋王李存勖天下无敌。我何苦费力不讨好，来此瞎折腾？"阿保机叹息着。当日，他即麾军返回契丹。

因阿保机连吃几败仗，心中郁闷。回到契丹，为了解气，他立刻下令将王郁关押狱中，永世不得出来。

契丹兵败走后,这天,晋王存勖接到德胜城送来的急报,说是梁兵乘虚袭魏。晋王忙率亲军,日夜兼程,直抵魏州。听说晋王回魏州,梁将戴思远慌忙烧营逃走。

晋王击退梁和契丹敌寇后,镇州一下子又变得孤立无援。存勖命大将阎宝围攻镇州。

阎宝率兵到镇州城下,张处瑾拒不接仗,坚守不出。阎宝连日强攻不破,为了加强防护,他四面筑垒围城,又叫士兵环城挖渠,引滹沱河水灌入,以阻断镇兵袭营。双方僵持了一段时间后,渐渐地,镇州城中粮食已尽。这晚,探马来报阎宝,说有五百士兵出城觅食。阎宝拟在粮仓周围布下伏兵,打开粮仓,诱士兵们进来,待他们全部进仓,关门一举歼灭。谁知这五百人并不去盗粮,而是呐喊着来攻营。阎宝见兵少,不放在心上。俄顷,又有数千人手持军械,砍断寨栅,突入梁营,引火烧晋营,顿时,晋营混乱不堪。阎宝毫无防备,措手不及,见晋军被杀的杀,逃的逃,他只好弃营退保赵州。

晋王闻败报,改任李嗣昭为招讨使,代阎宝统军,往攻镇州。

时值夕阳晚照,霞光万丈,大地披锦。阎宝一走,镇州守将张处瑾忙遣兵千人出城运粮。马车一辆接一辆,浩浩荡荡,十分壮观。突然,城外马蹄隆隆,黑旗招展,军刀林立,尘土遮天,一支军队朝这边驰来。处瑾远远地望见李嗣昭帅旗,忙一面安排士兵掩护运粮队伍入城,一面指挥兵将布阵迎敌。嗣昭骑在马上,弯弓射敌,箭无虚发,箭到之处,敌兵倒地,他一连射死数人。不料,城上有暗箭射来,正中嗣昭脑门。嗣昭忍痛拔箭,再用此箭射死那个守兵。箭被拔出后,他伤口鲜血直流,嗣昭只好撤兵回营,对伤口进行包扎,可血流不止,因失血过多,嗣昭离开了人世。临终前,嗣昭给晋王写了一封书信,即举荐任圜接替他的位置。

嗣昭噩耗传到魏州,晋王很是悲悼,几日不食酒肉。他按嗣昭遗言,暂将泽潞兵授判官任圜,令督诸军攻镇州,又调李存进为招讨使,进驻东垣渡。存进正与诸将商量屯粮,造船,置办军器——枪、刀、弓、箭、衣甲、头盔,安排寨栅、城垣,以在滹沱河对岸伐木筑垒,兵围镇州。突然,营外一丛镇兵奔突杀来,存进慌忙引十余骑兵,喊杀着驰出接仗。双方争斗片刻,镇兵忽调转马头,往回跑。存进一路急追,直追到河边一片芦苇丛中,镇兵突然不见了。存进正四下里寻找。这时，只听一声炮响，芦苇丛中伏兵四起。存进忙引兵上桥急奔，还没下桥，桥头又杀过来一队镇兵。镇兵前后夹击，存进在桥上与镇兵搏斗中，不慎阵亡。

且说任圜继嗣昭攻打镇州城。处瑾见城下兵戈森立，车马无声。阵前竖黄旄、白钺，迎风招展的帅旗下，主将任圜正督军搬土运石，填壕塞堑。处瑾深沟高垒，坚壁不出。城上矢石俱下，任圜强攻不下，只好退而围困镇州。

镇州城外，晋军披甲执戈，环城围个水泄不通，处瑾困在城中，无法出城。不久，镇州粮尽，处瑾召集群将商议对策。他心情沉重地道："事到如今，我已无计可施了。任圜为人聪敏，治军严谨，善于用计，是个难得的帅才。当年梁军筑夹城以围潞州，因李克用病故，当时援军撤回。朱友珪乘机强兵攻城，当城池快守不住时，梁使前来招降。任圜却劝主将李嗣昭坚守潞州，耐心等待援兵。真是忠义啊！眼下，我们制服不了任圜，被久困在城中。粮食已殆尽，大家要么活活饿死，要么……"说到这里，处瑾哀叹一声，诸将皆默然。俄顷，诸将合议后，一致认为为今之计只有降晋了。处瑾万般无奈，即刻遣使到魏州向晋王乞降。

接到镇兵降书，晋王一把火将降书烧毁。他冷笑一声，心里道："杀我爱将嗣昭，这时候才知降？不可能了，新仇旧恨一起算！"于是，速召存审前来，要他乘镇兵胸无斗志，松懈怠战，率兵将一举击破镇州城。存审得令，领一支精兵至镇州城下，擂鼓摇旗，呐喊搦战。处瑾在城上，与存审对话道："降书已写好，交于晋王。请将军放我们一条生路！"存审道："你父亲张文礼杀了赵王王镕，罪不可恕。你们三兄弟又与晋王对抗了一年，杀了我们数员大将。如果那时你们及时反省自首，或许可以从轻发落，但现在为时已晚。"求情不管用，处瑾只好作罢，叫诸将上城守护，两军交战到天黑，方鸣金收兵。

当晚，守将李再丰忧心难眠，心想，镇州城中已断粮，晋军早晚要打破城池，到那时，他等皆成刀下魂。唯有修一封书缄，拴在箭上，射出城去，与晋将李存审里应外合取城，立一功，方可保性命。

于是，待夜深人静，李再丰在城上望到有西门外探路军人走过时，忙将写好的书缄拴在箭上射下去，那军校拾得箭矢，立送回营寨。

月光朦胧，一会儿，晋军衔枚疾走，行至城下。见晋军已至，李再丰抛下一根绳子，让他们上城。晋军排队，依次攀援城墙而上，待到天明，全军登城。晋军进城后，立即擒住张文礼妻，子处瑾、处球、处琪及余党，将他们统押上囚车，送到魏州交由晋王处置，然后将赵王王镕遗骸，以礼祭葬。

平定了镇州叛乱后，晋王授赵将符习为成德节度使。赵人请晋王兼领成德军，晋王答应了。他又拟将相、卫二州合并，新设义宁军，命符习任节度使。符习忙推辞称谢，说魏博军不能分开，让他领河南一镇即可，如此方不虚糜廪禄。晋王就依符习之意，命他为天平节度使，兼东南面招讨使，加李存审兼侍中。

即日，晋王率兵返回晋阳。

一回到晋阳宫，就有大臣来觐见晋王存勖。他先夸赞存勖战功显赫，又立新功，打败梁军，又把契丹兵赶回塞北，再也不敢南下侵扰。存勖听了，春风得意，满面带笑。接着，大臣告诉存勖，最近发生了一件奇事。存勖惊讶万分，问何事？大臣道，前几日，有一五台山僧人献给大王一座鼎。存勖听了十分好奇，问鼎在何处？大臣就叫人将大鼎抬进来。存勖见此鼎造型美观、厚重典雅、气势恢弘、纹饰精美，十分喜欢，连连称赞。大臣见存勖高兴，忙称贺道，恭喜大王贺喜大王，鼎象征国家强盛、百姓富足，有人给大王送鼎，是祥瑞之兆呀！预示着大唐复兴，新的明君即将出现。存勖听了，心中不甚欢喜。大臣见存勖高兴，就试探着提及称帝一事。他叹道，自唐哀帝李柷仙逝以来，天下纷乱，群雄并起，需要一个像大王一样的君主来统领群雄。众臣及百姓一致认为，再没有比大王更合适的人选了。存勖听着，只是微笑，并不回话。

众臣见存勖并不反感登基一事，陆续上奏本，请求他登基即帝位。之前，存勖本想遵从先父遗嘱，先灭梁报国仇再即位。众臣、各镇节度使等一时皆劝说存勖速速称帝，渐渐地撼动了存勖的决心，但在监军张承业的阻谏下，所以才又延宕了一两年。如今，承业病故，众臣又开始了新一轮劝谏存勖登基。不久，存勖抵不住劝诱，只好答应了。

公元923年4月25日，良辰，存勖在魏州牙城南面升坛称帝，祭告天神地祇，改元同光，国号唐。大小公卿集于坛下，存勖亲捧玺绶登坛即位，受群臣八般大礼。存勖封官加爵，大赦天下，追尊曾祖父朱邪执宜为懿祖皇帝，祖父李国昌为献祖皇帝，父亲李克用为太祖皇帝，尊生母曹夫人为皇太后，嫡母刘夫人为皇太妃。

第十八章　李嗣源夜袭郓州城
　　　　　　王彦章三日破德胜

　　话说存勖登基，尊生母曹夫人为皇太后，嫡母刘夫人为皇太妃之后，翌日一早，刘太妃依照惯例，向曹太后请安称谢。曹太后慌忙起身迎接，心里局促不安，面带愧色。她愧疚地对刘太妃道："太后的位置本该属姐姐所有，怎能乱了先后尊卑？我去找亚子。"刘太妃却满面带笑，显得若无其事，她拉住曹太后的手说："你我姐妹情深，生死与共。太后只是一虚职，为此影响姐妹情谊实为不值。只愿国家昌盛，百姓富足，亚子能永享一国之主的荣耀，我能平安地度过晚年，将来与先君同葬，就万幸了！"曹夫人听了，忍不住含泪道："倘若哪天姐姐不在世间了，我也不想活了。"说毕，抽噎不止。刘太妃见曹太后神伤，忙用帕替她揩泪，自己也不禁欷歔。半晌，她安劝曹太后道："快别这样，大喜日子，咱们该好好庆贺，乐一乐。"曹太后这才渐渐止住泪来，命宫中开宴。二人对坐，饮宴畅聊。

　　后唐庄宗李存勖登基不久，一日，郓州守将卢顺来降。他告诉庄宗,近日,郓州守城士兵不到一千人。巡检使刘遂严、都指挥使燕颙皆不得人心,对下级兵将滥用权力,苛刻无情,动辄施暴。兵将们都怕他,暗地想反他。卢顺进言要庄宗速派兵袭取,并为他献计,说他可作为内应,到时开城迎战,他带兵佯装逃跑,引唐军入城。庄宗听了,说太好了,当即让卢顺先回郓州城,待日他亲自领兵攻城,到时卢顺再作接应。

回到郓州城,卢顺向刘遂严、燕颙汇报说,他按照二位将军的话做了,庄宗已答应攻城。刘遂严、燕颙听了非常高兴,二人立刻摆酒宴,提前庆贺。刘遂严哈哈大笑道:"李亚子不过如此,这么轻易地就答应了。"燕颙也跟着笑道:"是啊!刘将军英明!李亚子生性好战,虽然勇武,但易于冲动。等唐军来攻城,我们假装防守空虚,用老残弱兵引他们入城后,再叫伏兵杀出,活捉他们,然后向皇上领功请赏。"二人沉醉在幻想成功战胜唐军的喜悦中。

卢顺走后,庄宗召集群臣上朝商议此事,说想派兵前往攻城,问他们有何想法。诸臣互相议论一番后,郭崇韬上前谏道:"皇上,不可轻信梁人言。悬军远征,万一失利,将白白牺牲数千人。况我朝连年征战,损耗太大,国库亏空,百姓疲敝。不如先休养生息,养精储锐,待来日再一举灭梁。"其他大臣都纷纷附和,同意崇韬看法。庄宗一时不好怎么说,只好暂定不战。

散朝后,庄宗差人请嗣源来宫中赴宴。嗣源来到皇宫,见到庄宗,忙叩拜行礼请安,大呼万岁!庄宗叫嗣源坐,二人坐定。随着庄宗三下击掌。屏风后,一个身材窈窕,面容姣好的舞姬,笑容灿烂,轻移莲步过来了。她向庄宗、嗣源问好后,就开始献舞。她缓缓扭动着芊芊细腰,挥舞着一袭长袖,舞姿婀娜,飘飘欲仙……酒过三巡,庄宗有意把菜汤洒到身上,借故要更衣,起身离开一下。

"好!好!姑娘舞跳得真好!"趁庄宗不在场,嗣源连连拍手称赞,并含笑着对舞姬道,"在下可否能与姑娘共舞一曲?"舞姬停下舞蹈,回过头来对嗣源微笑着施礼道:"谢将军夸奖,能与将军共舞,小女子三生有幸。"嗣源一把抓住舞姬的手不放,见她不反抗,嗣源又一把将她揽入怀中。二人紧紧抱着,半晌,嗣源表白道:"自从见你那一刻起,我就忘不了你。好喜欢你呵!姑娘可愿意与李某终生相伴?"舞姬道:"久闻李将军大名,小女子梦寐以求!"……

一会儿庄宗回来了,嗣源和舞姬俩亲密地搂抱,被他撞个正着。嗣源慌忙跪下请罪道:"皇上,臣罪该万死,不该动您的姬妾……"庄宗含笑道:"李将军不必自责,自古英雄难过美人关。李将军骁勇善战,战功赫赫。一个美人算得了什么?只要你喜欢,朕就将她赐给你!"嗣源忙叩谢皇恩,道:"圣上如此厚爱,臣受宠若惊。今后圣上有什么事,尽管交代微臣。微臣愿尽心竭力辅佐圣上。"庄宗思虑片刻,道:"有一事令朕寝食难安,梁人现正在吞并泽州和潞州,东部地区放松戒备。若我军攻占郓州,则可击溃其心腹之地,但朝臣们一致认为不能打郓州。朱梁篡唐,大仇一日未报,我心一日不安啊!"嗣源进言道:"圣上想此时出兵不是不可。虽说我朝连年用兵,生民疲敝,是不宜长期劳战,以增加国民负荷。但梁廷内部将相不和,使我军有隙可乘。如我军有奇计,何愁大功不成?臣愿担当此任,前往破贼。恳请皇上降旨!"庄宗大喜,立遣他率五千兵攻郓州。

择日,嗣源率兵到郓州。半路上,行至河滨时,天黑下雨,路难行。士兵们情绪不佳,纷纷抱怨,不想继续前进,想回家。嗣源见后面的士兵跟不上队,就让前锋将高行周去鞭策他们。高行周大声对众兵道:"天助我也!雨夜敌军定放松警惕。乘敌不备,我们正好潜入,一举夺城。"在行周鼓动下,兵将们这才打起精神,继续挺进。一会儿,唐军上了船,横渡过河,向东直抵郓州城,在离城外三十里处,扎下营寨。嗣源让兵将们小憩一下,饱餐一顿后,即马摘铃,人衔枚,去夺城。

唐军来到郓州城下。雨一直下,趁夜深人静,大多梁兵都已入睡,城上防守松懈,唐军竖立云梯,飞炮攻打。从珂缘梯先登,后面士兵踊跃跟上。一时间,喊杀声震天,炮声隆隆,火光四射,打破了夜的沉寂……唐军已杀入城内,哨兵才慌忙向燕颙汇报敌情。接到军报,燕颙赶紧更衣,穿上战袍,带上盔甲,拿了武器,准备杀敌,出门一看,外面唐军来势汹汹,手持军械,呐喊着杀来。因事先没有准备,面对唐军的勇猛攻击,梁兵心生胆怯,自乱阵脚,不堪一击。不一会儿,梁兵就被杀退,纷纷溃逃……燕颙看到此番败相,不禁哀叹道:"可恶!唐军突袭我营!他日定不饶他们!"料不能敌,他趁人不注意,骤马而逃。

燕颙急鞭策马,逃出城外,在一条幽僻的小路上,看到阴暗的树丛里闪过一个影子。他吓了一跳,以为是唐军的伏兵,正要改道而行,这时,耳边清晰地传来刘遂严的声音:"是燕颙兄吗?"燕颙答应着。他心里哭笑道:"刚在半路上,我还担心刘遂严安危,看来他比我还逃得快!"

从珂率军入城打了头阵后,立即大开城门,放下吊桥,迎嗣源入城。两路兵马合一,再攻牙城。众兵一拥而入,将牙城围个水泄不通,当即擒住州官崔簹、判官赵凤,其他梁军皆纷纷投降。

庄宗得知嗣源破了郓州城,欣喜万分,即命嗣源为天平节度使。

郓州失守,梁帝友贞恼怒,立刻下旨撤去戴思远招讨使一职。"郓州失守,梁室将危。"想着,友贞急召群臣来朝中商议战事,并要他们推举一个新人挂帅出征讨伐唐军。赵岩、张汉杰等忙推荐段凝,朝中赵岩一派的臣子,也都纷纷附和。宰相敬翔却不满,道:"唐军强悍,段凝平庸无才,难堪重任,唯有一人能救梁室。"友贞问是何人。敬翔道:"王彦章神机妙算,骁勇善战,由他领兵出战,可救梁室。"赵岩、张汉杰等皆不服,说敬翔肯定是收了王彦章的贿赂,所以才坚持不要皇上选用段凝。敬翔气愤地道:"血口喷人。"一时间,双方争执不休。友贞左右为难,懊恼头疼,叫他们都安静,不要再吵了,一怒之下,喝令散朝,改日再议。

朝臣不和,让友贞心有不快。他来到后宫,令人设宴,与妃子们一同赏乐、饮宴,以寻开心。台上,舞姬翩翩起舞,雅乐声声;台下,友贞左拥右抱,与妃子们说说笑笑……"皇上,敬丞相在门外求见!"正在这时,有太监进来道。敬翔来做什么?没准是为那破事来的,友贞想着,眉头一皱,道:"不见!"太监出去片刻后,又转回来了,这次步子比方才迈得更快了。"不好了!敬丞相说,如果皇上不见他,他就……"说到这里,太监哭了。友贞生气地道:"难不成他还威胁朕?讨厌!"虽然嘴上这么说着,但友贞想,敬翔乃三朝元老,辅佐大业有功。于是他叫妃子和舞姬都退下,专门召见敬翔。

敬翔见了友贞,哭道:"大局日危,事机益急,不用王彦章为大将,恐怕难以挽回国之颓势!如果国家亡了,老臣老命将不保。与其将来死在唐军手中,被百般羞辱,含恨九泉,不如现在就自行了断。"说罢,他从靴中取出一绳,套在颈上……友贞吓得慌了,忙上前制止敬翔自缢。他点头道:"好,我答应你就是。"半晌,友贞有些怀疑地道:"用王彦章,就能救大梁吗？"敬翔言辞恳切地道："老臣纵观朝廷上下，王彦章不仅武艺卓绝，优于群将，且品行兼优，是个忠臣。老臣实在没有办法了，才出此下策。望圣上体谅！"友贞哭笑不得，无奈地摇叹道："既然老丞相以死荐贤才，朕这回不答应都不行呵！"

　　翌日上朝，友贞即选拔彦章为北面招讨使，段凝为副，赵岩等不服。赵岩启奏道："皇上，段凝才是名副其实的帅才。如果陛下令段凝为北面招讨使，一周内即可破敌。"友贞问及彦章破敌期限？敬翔紧张地看着彦章。彦章道："三日即可，如三日内不能破敌，皇上可取我项上人头。"赵岩当时哈哈大笑，其他朝中众臣也都难以置信，不禁失笑。

　　段凝眼看要被选上招讨使，不料，被敬翔插一足，段凝只能改任副职。为此，段凝心里郁郁寡欢，虽说有点遗憾，但他还是备了美酒佳肴，宴请赵岩、张汉杰，以示感谢。酒至半酣，聊起选任招讨使一事，赵岩十分气愤，道："该死的敬翔，老狐狸！看不出他还有这一招。王彦章究竟给了他什么好处？竟以死相拼。"张汉杰道："谁知道？有人说，王彦章在军营里和士兵们说，我二人乱政，待他成功还朝之日，将诛除我们以谢天下。"赵岩勃然怒道："好一个王彦章，我与你势不两立！"见段凝一个劲地喝闷酒，赵岩安慰段凝道："兄弟莫急，等着看好戏。这招讨使一位本来是你的，早晚还会是你的！"段凝不解道："已经板上钉钉了，还有什么办法？"赵岩诡谲地笑着道："到时你就知道了！"

　　彦章出征前，敬翔来为他送行。他左叮咛右嘱咐彦章一路要小心！不要轻敌，祝他打胜仗，彦章谢过敬翔的关心与祝福。自从朝上彦章说三日可破敌，敬翔心里就一直"砰砰"乱跳。于是，他问彦章，此仗可有十足把握？又说，为何当初不给自己多点期限？是否要他再向皇上求情，让他再多给点时间？彦章道，丞相勿忧，他自有把握。敬翔见彦章神情坚定、沉着，丝毫不慌，一副胸有成竹的样子，就释然地笑了笑。他紧握彦章的手，郑重地道："希望你不负众望，挽救大梁就靠你了……"

　　即日，彦章率兵出发，昼夜兼程，疾驰两日后抵达滑州。此时，日薄西山，霞晖满天。在一处山下，彦章摆下酒宴，犒劳军士。

　　段凝心想，已五月十八日了，只剩最后一天时间了，王彦章不但不着急赶路,反而有心停下来在这里吃喝。不知他葫芦里卖的是什么药,看他三天内怎么破敌?这回他死定了。

天渐黑了,彦章还在与士兵们一起把盏言欢。一会儿,彦章起身向兵将们拱手道:"天有点凉,我去更衣,就暂不奉陪各位了。"说毕,他离席,走到营后。一个将领向彦章汇报道:"王将军,遵嘱,一切都准备好了。刚有探马回报,甲士和冶工都已抵达德胜南城了。"彦章夸赞他干得好。随即,他点数千精兵,准备沿河南岸进发,直奔德胜南城。原来,尚在置酒大会前,彦章就已遣人到杨村准备好了船只。夜里,他命六百甲士,持斧,带上鼓风吹火用的皮囊和炭,与冶工一同登舟,先赴德胜城南,将浮桥、铁锁都毁坏,以便后面的主力军攻城。

战船分队依次摆列,旗分五色,军器鲜明。彦章坐在当中大船上,左右文武侍立两边。三声号炮,彦章叱令军士一齐开船,正好这日顺风顺水,船随急流而去。

到了离德胜城南二十五里处,彦章命人下了蒺藜,深栽鹿角,三面掘下深坑,安好营寨,然后升帐,唤大小官军,上帐商议。彦章道:"朱守殷及主力军都在德胜城北,德胜城南防守空虚,今我军正好乘虚袭击德胜城南。大家要速战,务必在朱守殷未发现前破城,以杀他个措手不及。"诸将纷纷应允。继而,彦章又将破敌计策道来。即将军士分为三路,各自行动。一队由段凝带领,先去城下诱敌,一队埋伏在河边的山上,还有一队趁敌分散兵力出城之际,随他突袭攻城。彦章见段凝在说话时,心不在焉地四处张望。于是,他问段凝,刚才布置的任务是否听明白了,段凝果然答不出。彦章当众批评他,作为副将,工作态度不端。段凝心中记恨道:"你让我在诸将面前难堪,他日,有机会,我定让你好看。"

段凝引军到德胜南城下,叫军士列成阵势,擂鼓摇旗,呐喊搦战。一会儿,城门开了,吊桥放了下来,许多士兵拥着一员首将纵马驰出。只见那首将鞭梢一指,军士们手挽强弓,一字儿摆开阵势。两军对阵,段凝与那首将兵器齐举,打了三四十回合,就撤招,拔了枪,调转马头,奔回阵中,佯装惧敌,领兵败逃,那员首将率兵乘胜追击。段凝且战且逃,将敌军引入山谷中。突然,一声号炮,树林里鼓声如雷,喊杀声震天,伏兵不断涌出,唐军想慌忙撤兵,但来不及了。霎时,两军陷入混战。唐军被逼到河边,此时浮桥已毁,皆无退路,唐军有的被杀,有的受惊投河而死……

趁段凝拖住首将的当儿,彦章率兵鼓噪前往攻城。唐军见城下旌旗浩荡,尘埃遮天,不知敌军来了多少人马,顿时心慌。梁军从四面突入,势不可挡,唐军吓得四处逃窜。当下,彦章夺了城,杀死守兵数千人。

"不好啦!王彦章已从城南攻进来了!"德胜城守将朱守殷突然得到急报,惊得神魂不定。他心里叹道:"皇上曾叮嘱我,王铁枪勇决过人,必来冲突德胜,要我提高戒备,严守城池。这下可好了,王彦章神不知鬼不觉地就破了城。我怎么向皇上交代?王彦章出兵如此迅速,始料未及,无从防范。"连忙点兵出城,乘船破浪而行,急往接应南城败残人马。

守殷急催战船快驶,还没到德胜城南,经过一处,两岸细柳如烟。突然柳林深处接连炮响,惊得守殷忙叫兵将们拿好武器,准备迎战,等了老半天,却无动静,守殷就令哨兵登岸去侦查军情。一会儿,哨兵回来了,说没有发现伏兵。原来是敌军的空炮计,守殷被戏弄了,十分郁闷,速叫船加速行驶。

船经过一处峡谷时,山间瀑布响震天,两旁有一片壮观的芦苇丛,枝叶在风中轻轻摇曳……忽然,山顶上,连珠炮响,战鼓齐鸣;芦苇中,"嗖嗖"作响,箭如雨下。顿时,不少晋兵死于乱箭。守殷急叫军兵棹船往回驶时,瞬间,从芦苇丛中,钻出数条小船,将守殷的大船团团包围。只见梁军个个背负着一捆柴草,随身带着火药,举着火把,冲上大船,放火烧船。霎时间,浓烟滚滚,大火四起,烈焰冲天。守殷惊得魂不附体,在群将掩护下,他带着残兵败将,弃船登岸,侥幸逃离,兵马折了大半。

彦章一举夺德胜城。自彦章受命出师,先后正值三日。当日,彦章大摆酒宴犒劳三军。捷报传到朝中,友贞大喜,夸赞王彦章王铁枪果然名不虚传,大梁有救了。

第十九章　郭崇韬博州筑营分兵势
　　　　友贞亲小人远贤臣亡朝

彦章三日破德胜城后，又接连破潘张、麻家口、景店等寨，军势大振！随即，他又引军往杨刘城进发。

败报频传，庄宗心中惊骇道："好个王铁枪，用兵神速，出手不凡！当年他被我军所擒，朕却不舍杀他，将他放走了。如今梁相敬翔以死举荐彦章重出战场，他成为大唐劲敌……"想到这里，庄宗低叹一声，立即升帐，召诸将前来商议。庄宗道清战况形势，说杨刘城是黄河下游重镇，必不可失。为免被敌所图，他打算增援兵至此，以绝后患，问诸将谁愿前往。宦官焦守宾请缨道："启奏陛下，微臣愿率援兵助守杨刘。"朱守殷也忙上前叩道："皇上，上次因臣疏忽，失德胜南城。今臣愿戴罪立功，奋力御敌，早日收复失地。"庄宗非常高兴，命二人即刻启程往援杨刘。守殷想起军中战船不够，又向庄宗请求增援船只。庄宗思虑片刻，叫守殷拆屋为筏，趁敌不备，迅速出击。于是，当日，守殷回城便命士兵将房子拆了，做成木筏，载着兵器，速往杨刘驶去。

　　流星马探得此消息,王彦章也效仿此做法,拆德胜南城屋材,做成战备用具,沿河而下。

　　守殷战船巨龙似的,沿河行驶着。河面上,波涛滚滚,两岸青山,延绵不断,远山接碧空。山中虫声不断,偶尔一阵鸟鸣,响彻云霄……

　　当战船行驶到一处水湾,只见不远处,旌旗烈烈,刀戈映日,鼓声喧天,梁兵阻住守殷去路。两阵对圆处,王彦章大喝:"朱守殷,哪里去!"守殷也大声道:"梁贼,还我德胜南城来!"彦章哈哈大笑道:"休想!"言讫,彦章即命弓弩手准备放箭,顿时河面上飞矢如雨,直插守殷战船。继而,彦章又宝剑一挥,号令前军在疾箭的掩护下,杀入唐军战船。梁军强,唐军也不示弱。守殷亟令军士摆成阵势,准备阻击梁兵。号角吹响,唐军万箭齐发,强弩硬弓射住阵脚,射毙大量前来攻战船的梁兵。彦章又叫弓弩手加大兵力,继续猛攻。霎时间,箭啸声、惨叫声、喊杀声……汇成一片,双方兵器密密交织成一阵箭雨,箭袭过处,尸首遍地。梁军踏着尸首,攻上了晋船,守殷叫兵将们力拼据敌,两军一场恶战后,互有死伤。守殷忽鸣金收兵,撤回船队,彦章怕有埋伏,并不强追。

　　守殷撤兵回德胜北城后,召集诸将商议如何领援兵速抵杨刘城。诸将皆无计可施,沉默不语。宦官焦守宾道:"皇上信任我们,并委以重任。我们不可被敌所惧,就算敌军挡道,也要奋勇而上。"诸将都点头称是。当下,守殷让兵将稍作休息,重整旗鼓,继续前往杨刘。

　　唐军战船驶到一处港湾,前面梁军战船密布,摇旗呐喊,突然听到一个声音大叫道:"哈哈! 朱守殷,本帅在此等你多时了!"守殷吓了一跳,心里道:"又是王彦章。他还真是阴魂不散,纠缠住我了! 怎么办? 进退两难啊!"想起方才守宾的话,他又壮起胆来,吓唬王彦章道:"我已发送援报,庄宗很快就要御驾亲征来捉你了,快快受降吧!"说到庄宗,彦章心中畏惧三分,但表面上装作若无其事。他道:"就算李亚子亲自来战,也未必能胜我。"话罢,王彦章宝剑一挥,梁军一拥而上……两军又在水上交战。一袭箭雨,横扫河上。双方皆有死伤,暂时收兵。

　　如此,一日数回冲突,守殷军队依旧被困在德胜北城。

　　彦章留部分军兵阻截守殷,自率兵进攻杨刘城。大军到杨刘城下,主将李周听探马飞报说,王彦章与段凝率十万兵众已至城下。李周问,援兵何在?探马道,皇上钦点的两员大将及援兵皆被梁军所阻,困在德胜北城,无法前来援助。李周心里哭丧着道:"大敌当头,这叫我该如何是好?"无奈,只好一面传令下去,叫兵将紧闭城门,坚守以待,一面飞报朝廷,速请救援。

庄宗接到李周援报,怒道:"好个王彦章,阻截我援将。看来这次非得寡人亲自出马。"于是他亲率兵前去救援。到杨刘城附近,见梁兵堑垒森森,防护重重,庄宗不禁叹道:"如此强兵围城,叫我如何入城援守?"困惑之际,他速召入郭崇韬问计。崇韬道:"臣有一计,不知是否可行。"庄宗道:"说来听听。"崇韬道:"王彦章看似据守津要,其实他想取东平。如果我军不能南进,他必麾军东下,郓州便不可守了。臣请皇上在博州东岸筑城,驻兵防守,截住河津,既可接应东平,又可分贼兵势。"庄宗听了,称善道:"妙计啊妙计!"崇韬又道:"筑城一事定要保密。一旦消息走漏,彦章定会带兵来袭。因此,恳请皇上招募敢死士,每日袭扰彦章,牵制住他,待十日后城筑好就好了。"庄宗应允,便下令依计行事。

黄夜,崇韬率兵万人,至麻家口渡河,去博州。

一切都按计划行事。翌日起,每天从早到晚,不分昼夜,总有死士袭扰梁营。他们成群结队,或劫走牲口,或放火烧粮仓,或暗设强弩杀伤敌人,或夜出奇兵袭扰敌营……故意激怒梁军,挑衅战斗。待敌军来攻,庄宗与梁军较阵一番,互有死伤,随后就鸣金收兵,回到营里,过一会儿又出来扰敌……长此以往,把梁军弄得惶惑不安,心力交瘁。

几天过去了,因敌人不断袭扰,彦章休息不好,渐觉得头昏脑胀,有些疲惫。这日,彦章忽生疑,庄宗刚到杨刘城时,惧梁军势大,久按兵不动,怎么突然主动前来挑衅?又想庄宗素爱冒险,自率兵深入敌营,诱敌出兵,且善于决战。这次他却一反常态。不仅作战风格变了,不亲自涉险,也不与自己决战,每次点到为止,就草草收兵,分明是在拖延时间。难道另有所图?想着,他立刻叫哨马深入到晋营仔细查探,看到底是什么情况。

哨马到晋营中查探一番后,回报彦章,唐军少了很多人马。六天前,晋将郭崇韬乘夜率兵悄至博州筑城……彦章听了,惊慌失色,心里大叫不好。当晚,彦章留副将段凝守营,知段凝生性好玩,担心他玩忽职守。走之前,他再三交代段凝,要他切忌饮酒作乐,守好营地。随后,他即率兵赴博州。

且说,崇韬正在督军筑城,和泥浆的,挑砖瓦的,砌墙的……个个都在紧锣密鼓地赶工。崇韬望着郎朗月晖下,兵将们劳作的身影及眼前即将落成的气派宏伟的城池,不禁感慨:多亏士兵们连日来齐心协力,紧密配合,城池总算差不多要完工了。

正当崇韬庆幸着,突然有哨兵急报,说王彦章率数万兵来了,共有巨舰十余艘,很快就到。崇韬眉头紧皱,心忧道:"城池刚筑好,沙土还没凝固,不甚坚固,还不具备守护功能,梁军却在这个时候想摧毁城池。将士们苦心筑就的城池,一定要守护好。但是,敌众我寡,加上将士们疲劳作战,恐怕难以抵挡敌军。"于是,崇韬急召众兵将,准备迎敌。他留部分士兵守护城池,其他则跟随他前去堵截梁军,同时,遣使快马加鞭到杨刘城,请庄宗济师。

梁军战舰一路驶来,弃舟登岸,火炬如龙,盘绕在山间,快到城池附近,有一片茂密的长林。彦章叫哨马探得林中竖有数旗,便对诸将道,此地恐有埋伏,要兵将们小心。于是他们驱兵大进,四面放火烧林,梁军点燃树林后,随即撤离到安全区。火借风势,迅速蔓延,瞬间树林成了一片火海。诸将望着这把大火,议论纷纷。有的说,唐军定均已被烧死了;有的说,林中或许无唐军,那旌旗是疑兵之计……

正议论间,忽闻连珠炮响,鼓声大震。黑暗中,从山后杀出一支人马。微光中,为首的大将正是郭崇韬,他命兵将们摆成阵势。彦章也喝令军士列成阵势,然后大呼道:"郭将军你逃不掉了!你的计策虽好,一旦被识破,就凶多吉少了!"崇韬道:"将军英明神武,怎地愚忠昏君朱友贞,何不改投大唐?"彦章道:"世人都知,'一女不嫁二夫,一臣不事二主'。郭将军作为一代贤臣,怎么还劝我叛国?看刀!"话罢,彦章舞刀拍马冲上前与崇韬交锋。刀斧相交,二人大战五十合,不分胜负,其他兵将也都杀作一团。

杀了片刻,两军死伤相当。崇韬忽回马而撤,其他唐军皆跟随其一起往山后跑。"郭崇韬哪里逃?"后面,彦章引军穷追,直追到一处山势险要处。随着崇韬发声喊,四周树林里,伏兵即出,乱箭齐发,射倒一大片梁军。彦章深陷埋伏,暗暗叫苦。他一边叫兵将们摆成阵势,准备冲突出去;一边叮嘱他们不要惊慌,以免乱了阵脚。在彦章得力指挥下,兵将们奋勇御敌,终于在天亮前冲出重围……

彦章引梁军直奔新建的城池。崇韬带着溃兵随后穷追猛打。眼看梁军已到城下，崇韬鼓励部众四面拒敌，誓死坚持到最后，又是一场激烈的厮杀。正当崇韬快坚持不住了，这时，从城外飞来一支军兵，金鼓喧天，喊声震地，列阵新城西岸。"王铁枪，我们又在这里相见了！"是庄宗的声音。彦章见庄宗带众多兵马来援，料不能敌，即解围退去。

彦章引兵回杨刘城，半路上，有哨兵来报，梁营连舰已被唐军烧毁，并将事情原委道来。原来趁彦章去了博州，庄宗令李绍荣突袭梁水寨。深夜，李绍荣先擒住梁谍牧人，再引十余条小船，潜入梁营。船内装载了柴草、鱼油、硫磺等引火之物。到了水寨，李绍荣发号施令，唐军齐棹火船撞入水寨，再用弓发射火箭引燃了船只。因船舰之间都用铁索连在一块，一时没法分开，火势窜在一块，燃得更猛了。此刻，梁营上下官兵都在入睡，段凝醋睡中忽听营外有人呼喊救火。他望望四周火势，顿时慌了，继而，又听隔江炮响，锣鼓震天，唐军喊杀着来劫营。段凝吓得魂飞魄散，未战先怯，领着部众冲出营寨，乘夜遁去。唐军奋力追击，斩获梁兵万人。杨刘城中已断粮三日，如今梁军一撤，杨刘城解围。守兵们欢欣鼓舞，共庆杨刘城失而复得……彦章得知，深感痛惜。

且说，那晚，唐将李绍荣突袭梁水寨，段凝领残兵败将逃回汴梁。因丢了水寨，怕皇上迁怒，于是，他一回府邸，就准备盛宴，请赵岩、张汉杰前来帮他一起想法子开脱罪名。

席间，段凝一个劲地敬赵岩、张汉杰酒。酒至半酣，段凝忽自掌嘴，哭丧着脸道："驸马，我给您丢脸了，是段凝没用，老打败仗，这次又……"说到这里，段凝心情沉重，泪水扑簌簌下落。赵岩道："去打仗的又不只你一人，那王彦章没责任吗？别太难为自己。有大哥在呢，一切好说。对了，有个好消息先向你透露一下。"段凝愁眉苦脸地道："我还能有什么好消息？水寨都丢了，捅了大篓子。皇上面前交不了差哩！"赵岩道："你见了皇上可千万不能这样说呵！"说到这里，赵岩附耳对段凝说了一席悄悄话。段凝听了，惊喜万分，大叫道："高招！多谢驸马起死回春，力挽狂澜。"赵岩含笑道："我们兄弟情同手足，帮你是应该的，不必言谢。这回，谁也救不了王彦章。估计敬翔这个老狐狸也没辙了。哈哈！"说到这里，赵岩不禁大笑起来。烛光摇曳中，三人一起大笑。

原来，赵岩向梁帝友贞谎报战果。从第一仗起，每次打了胜仗，就归功段凝，吃了败仗，就都归咎于彦章。友贞深居宫闱，并不知实情。当日，他立拟一道诏书将彦章召回宫。

彦章应召回朝。在朝上，友贞批评彦章说令他大失所望。彦章辩驳说，事实不是这样的。他用笏画地，讲述胜败的详细经过，话还没说几句，赵岩等用神情示意有司弹劾彦章对皇上不敬。有司打岔，提醒皇上道："皇上，王彦章自以为与敬丞相关系好，就可以不把皇上放在眼里。他败战连连，还把皇上当小孩，企图编几个故事来糊弄皇上。"敬翔站出来想替彦章说几句公道话，不料，友贞认为有司说得有理，当时更加恼怒了，道："大胆王彦章。败了就是败了。还有什么败的理由吗？"话罢，不容彦章再分辩，就将其削官夺爵，勒归私第，改任段凝为北面招讨使。友贞拟分道进兵，命段凝统领大军打劫澶、相二州，泽、潞二州接应，以牵制庄宗；再命彦章攻郓州，仅给保銮将士五百骑及新募士兵数千人，由张汉杰监督彦章军。

散朝后，彦章到丞相府，和敬翔道明真相。敬翔听彦章讲完，哀叹道："这回我也没有办法了。我当然信你！想当初，老臣舍命举荐你。没想到，皇上昏庸，奸臣当道，国将不国！"说毕，二人对泣。

庄宗、崇韬击退彦章，回到杨刘城中。一日，梁指挥使康延孝带着百余骑兵来投诚。庄宗得知，心想，康延孝曾在先父手下当兵，因犯了事，逃到大梁。在这十几年里，他屡立战功，后升为大梁左右先锋指挥使。他此番前来投效，叛梁降唐，为唐献议灭梁，心术不正，但庄宗又想，康延孝知梁廷机密，留他的话，对灭梁甚是有利，犹豫一番后，还是将他召入。延孝向庄宗请安，并将来意及原因禀明。他道，梁帝友贞昏庸无能，宠信赵岩、张汉杰等佞臣。赵岩等人揽权专政，一手遮天，卖官鬻爵，收受贿赂，不举贤任才。段凝非帅才，反被重用，位置却在王彦章等宿将之上。因此，他决定投效大唐。庄宗称赞他归顺唐朝是明智之举，又问及梁廷内务，延孝皆悉数道来。他说，友贞令董璋打太原，霍彦威取镇定，王彦章攻郓州，段凝统领禁军，预计十月大规模进军。梁朝虽兵多将广，兵力强盛，但分散了就好对付了。他建议庄宗养精蓄锐，趁梁都空虚之时,即率精骑五千,自郓州直抵大梁,不出旬月,天下可大定了。庄宗听了大喜,封他为招讨指挥使,在邺城赐给田地住宅,并将其收为义子,赐名李绍琛。

不到数日,流星马报说,王彦章正率兵准备进攻郓州。庄宗不由地心中惊叹,李绍琛消息挺灵!继而,又有哨马探得,阿保机自上次败回契丹,日夜想着报复,契丹兵们正摩拳擦掌,准备深入为寇。庄宗听了,很是担心:如何同时对付两个大敌呢?

庄宗速召百官聚议。宣徽使李绍宏道:"都说郓州难守,不如与梁讲和,调换卫州及黎阳,彼此划河为界,休养军队,来日再战。"其他大臣纷纷附议与梁求和,只有郭崇韬默不作声。庄宗问崇韬有何看法,崇韬进言道:"陛下征战十五年,无非为灭梁贼,以雪国耻。今时机成熟,断不能错失良机,陛下切莫犹豫。如果和梁换地求和,臣恐丧失军心,将士解体,将来谁为陛下守城呢?臣从康延孝那里得知伪梁虚实。梁帝一方面,授段凝为招讨使,令其督军河上,从酸枣决河,东注曹濮及郓州,以自固,使我军不能飞渡;另一方面,命王彦章率兵进犯郓州。兵分两路,同时下手,撼动我军心,计非不妙,但段凝本非将才,不懂调兵遣将,临阵只能瞎指挥。彦章统兵不多,又为梁帝所忌,亦难成事。最近有一些梁敌来降,都说大梁无兵,中都虽由王彦章屯兵防守,但兵不满万,且多是新兵,士兵们不熟兵器、不通阵法,没有实战经验。纵使有彦章统领,兵将不熟,配合无默契,战斗力不强。陛下若留兵守魏城,保杨刘,自率精兵与郓州合势,长驱入汴。此时,梁都空虚,敌将势必自降。"庄宗听了,高兴地说:"郭爱卿所言正合朕意!攻中都,直捣汴梁擒梁帝!"又称赞崇韬智勇过人。当下,他即命李嗣源为前锋,乘夜进军中都,自率大军与嗣源会师。

嗣源星夜率军到中都城下,只见城外士兵往来巡哨不绝,城中防护严密。嗣源叹服彦章虽在朝中遭受奸臣排挤,受到这么大的打击,依然用心守城。一发现敌情,哨兵速报知彦章。彦章忙选前锋数千人,出城十里处,堵截唐军。

快到中都了。庄宗望望前面的地形,左边有一座山,树木丛生。他叫兵将们小心埋伏。部队行至山下,忽一声炮响,茅草丛里矢石如雨。庄宗忙令弓弩手也用箭射住阵脚。双方对抗，死伤一片。随着彦章一声嗖哨，三军上马，杀将出来。庄宗纵马提刀，与彦章接仗，二将在马上交锋，大战五十回合未分胜负。唐军兵多将强，来势汹汹，令梁军难以对付。彦章忽听到梁军阵中阵脚已乱，料抵敌不住，立刻鸣金撤兵回城，传令紧闭城门，深沟高垒，坚守不出。于是，兵将们分门把手，伏在城中不出。唐军乘胜攻城，庄宗叫士兵在城下叫骂半天，城中毫无反应，于是又叫骑兵下马，步兵皆坐，引他出城，仍无动静。庄宗叱令三面高竖云梯，飞炮强攻。一时间，城外鼓角齐鸣，炮声大震。勉强守了半日，唐军强弓硬弩接连射倒不少城头守兵，梁军渐抵挡不住。眼看唐军要登上城来。梁军个个心慌意乱，一哄而散，逃下城去。

彦章见势，仗着两杆铁枪，领着一些兵将，突破重围，杀出一条血路，向前急奔……经过这场生死搏杀，彦章只剩数十骑残兵跟随身边。他们皆身负重创，遍体鳞伤。彦章精疲力竭，正想停下来休息一会儿，又怕再有敌兵追来，犹疑之际，忽听后面有人喊："王铁枪，总算让我找到你了！跟我走吧！"话音刚落，唐将李绍奇从林荫道上蹿出，手起槊落，刺伤彦章马头。顿时马倒，彦章跌下马去，立刻被擒。

这一仗，庄宗麾兵擒住监军张汉杰等两百余人，斩首数千。

彦章被绍奇绑了送到帐下，交给庄宗。庄宗立刻亲自将彦章解绑，然后叫手下人给彦章好好上药包扎伤口。他微笑着，关切地对彦章道："朕还给你最后一次机会，如果你愿投效大唐，朕立刻赦免你，并赐你高官厚禄，位置绝不比在大梁低。"彦章长叹道："我与庄宗父子交战十五年，今兵败力竭，不死又能怎样？哪有朝为梁将，暮作唐臣的？梁朝对我有大恩，怎可反叛投贼？与其叛国苟活，不如以死谢罪！"

庄宗劝不动彦章，只好先给他安排了房间，叫人带他去休息，然后再遣李嗣源前去劝降。一见到嗣源，不等他开口，彦章就直呼嗣源小名，道："邈佶烈，要是来劝降，就请回吧！我心意欲绝，宁死不降。"嗣源只好摇着头走了。一会儿，嗣源觐见庄宗，他对庄宗道："臣也无能为力，劝服不了王铁枪。既然此人不能为我军所用，留下也是威胁，不如……"说到这里，嗣源做了个手势，庄宗立刻明白了。他悲叹道："你说这王彦章怎么生性就这么倔强呢？那是愚忠！既然如此，那也只能这样了。"

　　翌日晨,庄宗率大军继进,令王彦章随行。走到一处山腰,军队停下休息。庄宗问彦章道:"我军此行必胜吗?"彦章道:"不见得,段凝有精兵六万,不好对付。"庄宗怒道:"你敢动摇我军心?"于是,即命人将他斩首并安葬。彦章享年六十一岁。

　　梁帝友贞得知中都已失陷,王彦章等已死,顿时心中惶恐不安。两天后,他又接到军报说,曹州守将已降。友贞慌忙召集群臣问计,群臣皆无主意。梁主心中悔恨:"朕用人不当,治军无方,才导致现在的危急局面啊!丞相敬翔曾说,重用王彦章,段凝不宜大用,又说不宜分兵攻敌,应出奇合战……朕当时怎么就是听不进去呢?眼看唐军就要攻入汴梁,可段凝远在河北,不能来援。这该如何是好呢?"想着,他心里着急,忙令张汉伦速追回段凝军。不料,汉伦在滑州时,不慎坠马伤足,未能如期而至。

　　追不回段凝军,情急之下,友贞只好召开封尹王瓒守城。王瓒无兵可调,不得已临时下令让市民护城。唐军未到,市民纷纷已吓得恐慌。

　　陕州节度使友诲,即广王全昱之子,颇得民心,势利庞大。友贞防他乘唐军将至之机举众谋反,就将他召回汴梁,与友诲兄友谅、友能,并锢别第,一并赐死。危难中,友贞还是担心皇弟贺王友雍、建王友徽篡位,又勒令他们自尽。

　　这日,友贞登上建国楼,望远空碧蓝,澄澈如明镜。秋风拂乱半天黄叶,远山如黛。友贞屈指算算,自父王朱温登基到他即大位,才短短十六年。如今,国难当头,不知是否能逃过此劫。想到此,他内心沉重,泪光闪烁。友贞对身边随行的大臣们说,段凝是他最后的希望了。控鹤都指挥使皇甫麟不禁冷笑道:"段凝本非将材,无从指望他克敌制胜。听闻彦章败阵,他已吓得胆寒,恐未必能为陛下尽节呢!"赵岩接着道:"事已至此,段凝靠不住,谁又能挽回局势呢?"众臣无一能答。友贞心烦,当即遣散众臣,独自在楼上静伫。

　　回到寝宫,友贞又召宰相郑珏等问计。众臣面面相觑,不知所答。友贞问郑珏:"卿有何良策?"郑珏支吾半天,勉强答道:"为今之计,恐怕陛下只有将传国宝送到唐营,主动示好言和,是为缓兵之计,然后再待外援。"友贞皱眉道:"并非朕舍不得此宝,但如卿所言,事情真能解决吗?"郑珏沉默片刻,低头小声地道:"恐怕很难。"其他大臣都忍不住在一旁偷笑。

　　次日一早，有探马来报，唐军将至城下。友贞不知如何是好，速传召租庸使赵岩。赵岩府上的人却回话说，昨夜赵岩有急事，已去了许州。赵岩在这个时候突然不辞而别，友贞感到大失所望，心里哭诉道："驸马，枉朕对你最信任，你却在朕危难时刻抛弃朕。你好狠心啊！"友贞身处绝境，命人将皇甫麟召来，诏令他杀了自己。甫麟死活不肯，跪下大哭道："陛下，万万不可！臣只可为陛下仗剑杀唐敌，怎敢奉行此诏？"梁主含泪道："唐军是不会放过朕的，与其辱死在敌军手下，我不如先走一步。"说毕，友贞忙夺过宝剑，剑刃只在颈上一抹，顷刻，血流如涌，就地倒下了。皇甫麟痛哭半天，随后也持剑自刎。末帝友贞在位十年，享年三十六岁。

第二十章 笼络权臣玉娘夺后位 宠伶官敬新磨乱官规

梁末帝友贞自刎后，第二天，唐前锋将李嗣源到大梁城下，王瓒开城迎降，嗣源入城后，抚安军民。不久，庄宗也到了，嗣源率梁臣出迎。梁臣拜伏请罪，庄宗温词抚慰，大赦梁臣，令仍履旧职。

唐军已入城。当晚，敬翔想着从明天起，江山就易主了。君亡国灭，万念俱灰。他恸哭了半晌，心里哀叹道："身为梁相，我却未能辅佐好国君，以致亡国。我还有什么颜面活在这世上呢？"说完，就投缳自尽了。

翌日，梁臣皆到元德殿朝贺庄宗。庄宗设宴款待戴思远、袁象先等两百多名叛将，赐给他们绸缎、美酒。筵席上，庄宗拿出一支箭，对众人道："这支箭是朕在战场上捡到的，箭上刻着陆思铎将军的名字，我现在将它物归原主。"陆思铎听了，吓得浑身乱颤，忙跪下请罪，请求庄宗饶恕自己的过失。庄宗微笑着走过去，将他扶起，并安慰他道："陆将军，不必惊慌，朕昨儿就已赦免在座各位了。君子一言九鼎，如果我没记错的话，当年此箭只射在我的马鞍上，箭法不精呀！回去了要多加练习！"群将面面相觑,方才紧张的情绪缓和了,大家接着互相敬酒。一会儿,庄宗见一人很眼熟,便笑眯眯地道:"刘玘将军,咱们又见面了!这些年来,我们好几次都在黄河边相遇。你麾下士兵训练有素,军纪严明,作战不慌不乱啊!"刘玘听了,心"砰砰"直跳,赶紧跪下来叩首道:"末将当年战场上有冒犯之处,还请陛下宽宥!"庄宗叫他平身,道:"瞧!打了多年仗,现在终于化敌为友了,都是自己人,相互关照!"这餐饭,叛将们吃得心惊肉跳的。

庄宗命军士缉捕梁帝友贞,正在这时,有梁臣来献友贞首级。庄宗令人将首级涂漆并存放于太庙,再将友贞遗骸安葬,又遣李从珂等率军至封邱,以招降段凝。

段凝接到庄宗诏敕,即贻书从珂,请愿降唐。段凝率众五万,进宫向庄宗请罪。庄宗好言抚慰,赦免其无罪,且保留将士原有官职头衔。

段凝降唐后,笑嘻嘻的,好像没事一样,毫无愧色。为此,其他梁臣皆感愤怒,大臣们互相议论,都说段凝厚颜无耻。有的在背后指指点点,有的甚至当面指责他,作为亡国奴,怎么不觉得难堪呢?居然还笑得出来。段凝记住这些人,并怀恨在心,背后,他对庄宗进谗言,于是庄宗将梁相郑珏等十一官员降职。

知这事后,其他梁臣更对段凝有看法了,连昔日与段凝关系要好的赵岩、张汉杰等,也都离段凝远一点,绕道三分。段凝见诸梁臣都排斥他,干脆一不做二不休,与杜晏球联名上书,说赵岩、张汉杰等仗势欺人,作威作福,残害苍生,不可不诛。庄宗再下诏令,敬翔、赵岩等是朱氏同党,共倾唐祚,要一并诛杀。这诏一下,除敬翔已死外,其他梁臣及其家属族人均被诛。

庄宗赐段凝姓名为李绍钦,杜晏球姓名为李绍虔。

知梁已降唐,河南尹张全义修书一封,请庄宗在洛阳举行郊天大礼。信上说,器用仪物都准备好了。庄宗大喜,加拜全义为太师尚书令。十一月,庄宗带着家属,从开封到洛阳。全义在城外跪迎,因他年迈,跪了一会儿,庄宗谕令平身,他脚软无力,一时没站稳,竟跌倒了,庄宗即命左右扶他起来。

到了洛阳,检查仪物齐全,庄宗正准备在城南郊外筑圜丘举行祭天大礼。因后位还未册定,玉娘有意说仪物不够齐备,不宜大祀。庄宗就嘱托全义增办仪物,改期来年二月初一行郊祀礼。洛阳宫殿比开封华丽,庄宗称赞洛阳宫殿建得好。全义忙劝庄宗迁都洛阳。庄宗道:"迁都要新建房屋、庙宇和活动场所,要耗费大量人力、物力和财力。"全义道:"开封东边缺乏自然屏障的保护,而洛阳西边的群山加上南北的河流,提供了更好的防御。"庄宗再三权衡后,拟迁都洛阳。

同光二年,庄宗遣皇弟存渥、皇子继岌,一起到晋阳迎接太后、太妃、正妃韩氏、次妃伊氏等回洛阳。

口信已送到,可刘太妃拒绝此行,这让存渥、继岌感到为难。他们知曹太后与刘太妃关系好,便托她帮忙劝说。曹太后爽快地答应了。

曹太后正准备出门。这时,刘太妃的丫环送来口信,说太妃已备好酒菜,今晚为太后饯行。曹太后哭笑不得,心里叹道:"看来这次姐姐是铁了心要留在晋阳了。不行,我得想法子动摇她的决心。"

曹太后来到刘太妃寝宫,刘太妃出来迎曹太后入席就坐。曹太后看看满桌都是她最爱吃的菜,十分高兴,感动地说刘太妃费心了。刘太妃道:"太后明天就要启程去洛阳了。一壶薄酒、几个小菜不成敬意,但愿你吃得开心。"

二人对坐。酒过三巡,菜过五味,二人微醉,逐渐打开了话匣子。曹太后劝刘太妃一起去洛阳。只听她说:"姐姐,和我们一起去洛阳吧!一家人在一起比什么都好!大家都去了洛阳,你一人在晋阳怪挺冷清的。"刘太妃微笑着道:"不去。"曹太后道:"姐姐若是不去,妹妹也不想去了。"一听曹太后说不去洛阳,刘太妃紧张起来了。她道:"那怎么行呢?身为太后,当居皇宫。若是随我一起留在晋阳,先不说皇上怎么想,对世人也说不过去呀!"曹太后再劝刘太妃道:"管别人怎么想呢!我只知道,我们姐妹俩不能分开。这些年来,姐姐一直对我很照顾,真舍不得与姐姐分开!"接着她又说起一些太祖皇帝李克用在世时,她们与陈妃三人情同手足的往事,感叹如今她们仨竟各奔东西,很怀念那段时光。说到这里,她不禁潸然泪下,涕泪涟涟。刘太妃听得也来了眼泪,她边用帕拭泪,边慨叹道:"不是我不想去,也不是我想与你们分开。只是若我们都去了洛阳,陵庙由谁供奉祭祀呢?"曹太后哭道:"今日一别,不知何时再相见?晋阳距洛阳路途遥远,今后我们想见一面都难了。"二人对泣,互诉衷肠,难舍难分。

到了洛阳,庄宗迎曹太后到长寿宫。庄宗道:"以后母后就居住在这里了。母后喜欢这里吗?我特地叫人精心准备的。这里都是按照母后所喜欢的风格布置、摆设的。以后需要什么,尽管吩咐儿臣去做。"曹太后看了看四周,很是满意,但总觉得少了什么,心里空落落的。她与庄宗道:"这里虽好,就是离刘太妃、陈太妃她们远了些。"庄宗想,刘太妃要在洛阳守陵庙,不能来。于是,他下一道圣旨,将陈太妃迁移到洛阳附近的寺庙。

正妃韩氏、次妃伊氏等都各分居宫中。

当晚,庄宗开筵为母亲、妻妾接风。筵席上,歌舞升平,以乐助兴。一家人开怀畅饮,其乐融融。玉娘表面上佯作欢颜,心中却焦虑不安。

玉娘为了册封为皇后,使出各种计谋,却都不见成效。

在庄宗登基之前,一日,玉娘特备一桌酒宴,把庄宗邀来。庄宗见如此盛宴,问玉娘:"今天是什么日子?"玉娘筛好酒,给庄宗敬酒道:"庆祝陛下即将登基,早日一统天下。祝大唐王朝千秋万代,陛下永享尊荣。"庄宗高兴地把酒喝了。玉娘又敬道:"这第二杯酒嘛,为我们的感情天长地久干杯!"庄宗又十分高兴,饮了此杯酒。继而,他含笑着问:"第三杯酒呢?有何寓意?"玉娘道:"祝我成为陛下的皇后!"庄宗听了,哭笑不得,道:"我没听错吧?你再说一遍!"玉娘道:"臣妾日思夜想,梦寐以求成为陛下的皇后。"庄宗道:"我也想你做皇后。可是,有点难。"玉娘认真地道:"只要大王同意了,这事就有希望!要么先立我为后,日后再行郊礼?"庄宗思虑片刻,道:"是这样的,你先不要急,你的事就是我的事,我会尽力为你争取。"玉娘赶紧谢过庄宗。

这天,庄宗为玉娘的事,专门去找曹夫人。他为曹夫人准备了许多礼物。有奇珍异宝,有上好的酒果糕点,还有名贵的首饰衣裙等。曹夫人看着这一大箱子的礼物,知庄宗定有要事找她。于是她开门见山道:"我什么都不缺,你能来我这里,看到你我就很高兴了。我们母子之间什么事都好说,不要见外。"庄宗道:"是。儿臣最近正在为选后一事发愁,想听听母妃意见。"曹夫人道:"韩夫人出身名门,温柔贤淑,孝敬尊长,富有学识涵养,各方面都不错,作为正室,她应是皇后首选。其他嫔妃,如伊氏、侯氏,出身都不赖,为人也好,都不失为候选对象。只是那玉娘,她自幼跟从我身边,我对她太了解了。你就不用顾及我的关系,考虑她了。"庄宗道:"玉娘虽出身平民,但各方面并不逊色他人。她不仅美貌无双,能歌善舞,多才多艺,而且善解人意。她对我关怀有加,悉心照顾,无微不至。"曹夫人听庄宗对玉娘大加赞赏,便知庄宗心中早已有了人选。她叹道:"册立皇后事关重大,涉及将来朝廷政治建设,不可草率。我一个妇道人家,水平有限。你多问问大臣们的意思吧!"

过了几日,玉娘催问庄宗立后的事。庄宗叹息一声,道出实情,说曹夫人极力反对,然后安慰玉娘,就算她不能做皇后,也会给她皇后的待遇,不会让她受半点委屈。玉娘哭道:"这能一样吗?"庄宗慌了。玉娘是个爱笑的姑娘,头一次看她哭,可见她真的很想册立为后。

庄宗也为立后一事苦恼,但是最近,他忙于战事,就暂时忽略了此事。

一日,突然,玉娘的丫环慌慌张张跑入营帐来,报知庄宗说:"陛下,不好了!魏国夫人她……"说到这里,她抽搐着肩膀,哭了起来。庄宗忙问:"别急,你慢慢说。"环边哭边道:"一连数日,小主都不吃不喝,奄奄一息。陛下老不去看她,她一时想不开,居然上吊了。我们几个奴婢怎么也拦不住。"庄宗听了,眼睛一闭,差点晕死过去。他说:"魏国夫人人呢?快带我去看看!"

丫环引庄宗一路小跑,来到玉娘寝宫。只见玉娘站在一张板凳上,梁上悬着一根飘带。玉娘将头放在飘带上,正在哭哭啼啼地自语着说:"李亚子,我们为何要认识?我恨你!再也不想见到你!从此,我们之间就结束了。"说着,玉娘正要踢开凳子。这时,门外,庄宗冲了进来,大叫道:"不要啊!要死我们一块死。"玉娘道:"傻子,这样太不值!你的命这么值钱。哪似我,出生低贱。"庄宗道:"不许你这么说自己,你是我的心肝宝贝,我不能没有你!"说着,他将玉娘抱了下来,看着她道:"以后再不许做傻事!有什么要求告诉我,都依你!"玉娘道:"我死了,一了百了,就不用为难你选后了。"庄宗道:"你死了,我也活不成了。"

此后,庄宗为了让玉娘开心,他到哪里都令玉娘母子相随。

玉娘正担心此次选后,会因自己的身世落选。这日,有哨兵报庄宗,宫外有一老叟自说是魏国夫人的亲爹,想入宫来认亲。来者骨瘦如柴,一嘴黄须,打扮像乞丐,破衣烂衫。刘玉娘五六岁时,晋王李克用攻打魏州,掠夺成安,是李克用的副将袁建丰得到玉娘,将她送到晋王宫里的。于是,庄宗叫袁建丰过来问话。建丰道:"臣起初得玉娘是在成安北坞,那时,有个黄须老叟保护她。"庄宗道:"你可还记得他模样?"建丰点头道:"记得!当年他留给我的印象很深刻。"庄宗十分高兴,即令他去辨认真伪。

建丰见了老人后,给庄宗回话说,正是此人。庄宗想,玉娘得知此事应该很高兴,于是叫人将老叟迎进来,带他去见玉娘。

"女儿啊!我总算找到你了!知道吗?自从我们父女失散后,多年来,我日夜都思念着你,到处找你。皇天有眼啊!今儿我们又重聚了!"老叟一见玉娘,就泪流满面,深情地望着玉娘道,玉娘却正眼也不看老叟一眼。她道:"臣妾离乡时,略有记忆,我父亲不幸死于乱军之中。当时,我环绕尸首痛哭而去。你竟敢冒称我父亲?来人!把他拉出去杖责一百。"话音刚落,不等老叟回话,他就被带下去受刑了。

可怜老叟年老体衰,哪里经受得起如此重棒?老叟被打得皮开肉绽,血肉模糊,昏死过去。待他苏醒过来,心中无比悲切,两湾浊泪沾襟,一拐一瘸走了。

老叟走后没多久,又有人来报玉娘:"娘娘,门外有人来认你做女儿。"玉娘心里紧张道:"该不会那死老头又来了吧?还缠上本宫了,怎么撵也撵不走?"她不耐烦地道:"不见!都说了我爹早已经死了。"丫环掩面偷笑着,走了。

一会儿,只听门外有人大声喊道:"刘山人来看女儿了!"玉娘听这个声音有些奇怪,走出去一看。只见庄宗穿着老人服装,一手拿着草囊,一手握着药包。继岌跟在他后面,手里捏着个破帽子。周围所有的人,包括玉娘手下的仆人和杂役都放声大笑。玉娘顿时脸色铁青,羞愤难当!作为惩戒,她狠狠地打了继岌一顿,然后把他赶了出去。

此后,再也没人当着玉娘的面提刘叟了。

这次家宴后,玉娘一直左思右想如何争得后位,忽情急智生,她想是该为册立后位活动的时候了。因玉娘受专宠,庄宗对她言听计从,大臣们都纷纷给她送礼。先是宋州节度使袁象先入朝为玉娘送来珍宝数十万,为此,他获得庄宗亲幸,被赐名为李绍安。接着,又有梁将霍彦威、戴思远等,为求内援,无一不打通内线,也都行贿玉娘。段凝因伶官景进引荐他献宝给玉娘,玉娘替他在庄宗面前赞赏他,他竟升任泰宁节度使。

于是,玉娘令人准备两份厚礼,先送到丞相豆卢革府上,豆卢革贪财,见玉娘给他送来这么多金银珠宝,很爽快地就答应她的请求了。

接下来,玉娘又遣人到郭崇韬府上送礼。郭崇韬位兼将相,一向廉洁,刚正不阿。他谢绝收礼，也不肯为玉娘选后一事向庄宗进言。

礼物被退回来了，玉娘很恼怒。她娥眉一竖，道："这个郭崇韬，我何处得罪他了吗？竟此般不给我面子？"但玉娘还是不甘心，思虑片刻，她眼前一亮，想起一个人定能帮她。于是，她又把仆役叫来，按她的旨意去办。

再说，崇韬自拒绝玉娘的请求后，心里一直有些不安。他感叹道，庄宗即位时，他不想让宦官马绍宏的官位高于自己，于是让张居翰担任了枢密使。马绍宏丢了职位，为此，对他心存怨恨，勾结同党，处处排挤牵制他，而庄宗又宠伶人和宦官，这些人令他头疼，不好对付。想到这些，崇韬又担忧伶人、宦官对自己不利。

这日，崇韬的老朋友父子俩来看他。见崇韬唉声叹气的，老朋友关心地问，郭将军何事烦恼？崇韬把他拒绝帮刘妃称后一事道来，然后愁眉苦脸地说："现在朝中小人相互勾结，兴风作浪。我想辞官归隐，回避他们，以免除祸患。不知这样做行吗？"老朋友也跟着叹息，沉默不语。一会儿，老朋友的儿子道："您现在位高权重，遭人嫉恨在所难免。如果放弃权势，就能使自己安然无恙吗？或许那只能使自己处于更危险的境地。既然庄宗专宠刘妃，心中早有册立她为后之意。郭伯父不如主动促成此事，今后上结主欢，内得后助，就算有再多谗言也不用担心。"崇韬听了，觉得确有其理，不禁点头。

崇韬不知是计，这两个人都是刘玉娘派来的。于是，他与豆卢革等联名上书，请立刘玉娘为皇后。

知道崇韬听得进他那个朋友儿子的意见，此后，他人有事想找崇韬帮忙，都来找崇韬朋友之子帮忙劝谏。一次，朋友之子又劝诫崇韬说："现在的藩镇诸侯，大多是梁投降的老将，一切都拒绝他们，他们难道不会反叛吗？况且把这些礼物藏在自己家里，和公家的钱币有什么不同呢？"为了不四面树敌，从此，崇韬也开始收受他人礼物。

但在庄宗举行祭天典礼时，崇韬献劳军钱十万缗，把之前家中所藏之钱都取来帮助庄宗赏赐大臣。庄宗举行过祭奠后，同光二年（924年）四月十五日，庄宗在文明殿遣使册封刘玉娘为皇后，封皇子继岌为魏王。这天，皇后刘玉娘头戴珠冠，身着象服，乘上用珍禽羽毛和皇家徽记装饰的观礼车，一路吹吹打打，阵容浩荡奔向太庙祭拜。沿路，洛阳侍女纷纷围观，称赞其美艳至极。回宫后，相率朝贺，只有韩、伊两夫人对此愤愤不平，不肯朝拜。庄宗不得已封韩氏为淑妃，封伊氏为德妃。

翌日晨，后宫嫔妃们都来向刘皇后请安问好，只有淑妃、德妃迟迟未到。玉娘遣人去请，淑妃、德妃传话说有事来不了。玉娘知道这是借口，就亲自上门去看是何情况。她走到淑妃寝宫门口，门是关着的。她正要敲门，只听里面隐隐有人说话。她躲在门外倾听，原来淑妃、德妃在一起议论册立皇后一事。淑妃道："就凭她这低贱的出身，从小跟着父亲流浪卖唱为生，也配做皇后？她除了会魅惑男人外，还有什么本事？"德妃说："小声点，当心被人听到。"淑妃道："怕什么？我就是不服。当着她的面，我也是这样说。"听到这里，玉娘气得走了。

玉娘向庄宗哭诉，说淑妃、德妃不服她称后，骂她没有一个像样的爹。庄宗好言好语安慰玉娘道："英雄不问出处。皇后貌若天仙，舞技一流，天下谁人比得上？"玉娘依是流泪不止。过了半晌，她道："臣妾有个想法，不知是否可行，需要陛下支持。"庄宗道："只要皇后开心，要我怎么做都行。"玉娘拭去泪花，将想法娓娓道来。庄宗听了，吃惊地道："这样做好吗？"玉娘道："没问题，谁不想攀龙附凤？"

庄宗随即传召张全义入宫。张全义是三朝老臣，年已七十。他出身农家，在前唐任洛阳尹。他严格治军，鼓励耕作，劝课农桑，因发展当地经济而闻名一方。后梁时，他成为中书令，但后来梁太祖霸占了他的妻女，以致他对后梁不满。当后梁覆灭，全义重投唐室，资助了大量的马匹、金银、粮食等给朝廷。

全义来到宫中，拜见庄宗。庄宗叫他平身，说有事要与他商量。全义道："有什么要老臣去做的，请皇上尽管吩咐！"庄宗道："皇后没娘家人走往，想要认义父母。朝中众臣她综合考虑了，认为你贤能，最适合，不知张卿是否愿意？"全义听了，沉疑不决。庄宗见他神情闪烁，似有不愿，就笑着道："如果不想也没关系。"全义想，宫中皇后专宠，诸臣争相贿赂皇后。如果他拒绝此事的话，恐怕会得罪皇后，于是他点头答应了，便道："怎么会呢？老臣高兴还来不及哩！只是老臣担心自己何德何能做皇后的义父？"庄宗开怀笑道："太好了！今后张卿也是朕的义父了。"

当晚，庄宗令人排宴设乐，宴请全义及夫人褚氏，以表庆贺。

　　翰林学士赵凤得知此事,拒绝起草庄宗对张全义以父事之的文书。他向庄宗进言说此举万万不可,史无前例,并批评庄宗操之过急将皇家私人事务公开化。但庄宗反驳他说,唐昭宗曾让两个王子拜访李克用,并让他们将李克用当作自己的父亲一样。君命不可违,赵凤只好照办。

　　自灭梁后,庄宗骄傲自满,渐生惰怠情绪,变得贪图安逸,耽于享乐。他整日不是出外打猎、游玩,就是深居宫中宴乐,生活崇尚奢华,喜欢铺张浪费,挥霍无度,又大兴土木,建造宫殿楼阁,引得臣怒民怨。庄宗和玉娘都喜欢戏剧,常召伶人入宫演戏。伶人备受欢宠,胆子越来越大,有的伶人居然调侃周围的大臣。大臣们有的不敢招惹伶人,便不予理睬。有的干脆与其搭讪,结交为友,依附伶人取媚深宫。

　　庄宗因重视伶人,给他们特殊关照和待遇,这引起不少朝中大臣的不满。

　　有个伶人周匝,失踪好几年,庄宗误以为他已战死。923 年,庄宗攻占开封时,邂逅周匝,惊喜万分。他馈赠了周匝大量金银绸缎,还答应将刺史的官职安排给周匝在梁朝时的两位恩人。郭崇韬得知此事,十分激动。他阻谏道:"帮助陛下取得天下的都是那些流血流汗、精忠报国的英雄。现在您大功告成,还没有对这些人论功行赏,就率先封赏伶人,恐怕会失去人心。万万不可!"庄宗依然道:"你说得没错,可君无戏言,一言既出,驷马难追,就委屈你一下,照我的命令去做吧!"

　　崇韬担心庄宗结交伶人,败坏了帝王形象,也担心伶人贪污和裙带关系愈演愈烈。他启奏庄宗:"按惯例,普通男性是严禁进出大内禁宫的,只有宦官才不受约束。但现在,数百个伶人随意出入禁宫,陛下不能再纵容伶人不守礼节啊!"但昭宗满不在乎,说不必大惊小怪。伶人们的表演,让他很开心。

　　朝中其他大臣也纷纷劝诫庄宗,天子可以在一定距离内欣赏戏剧,但如果他参与表演的话,会贬低自己。庄宗体会到朝臣们的关切,但他不认同此观念,继续保持与伶人们亲近。

　　庄宗从小就醉于化妆和表演。为此,曹夫人很苦恼,前车之鉴,后事之师。原唐太宗的继承人李承乾,富有艺术气质。因为他耽好声乐,和宫廷俳优过分亲昵,唐太宗就剥夺了儿子的继承权。曹夫人不希望庄宗步李承乾后尘,她多次劝阻庄宗,好好念书、习武,不要沾上这些。可是,庄宗打从心眼里喜爱戏剧,谁也拦不住。就连十年征战,也不能磨灭他对演剧艺术的痴迷。他还精通文学,曾填写词曲,如《歌头·大石调》《如梦令·曾宴桃源深洞》《一叶落·一叶落》等词作堪称经典,广为流传。(《歌头·大石调》:赏芳春、暖风飘箔。莺啼绿树,轻烟笼晚阁。杏桃红,开繁萼。灵和殿、禁柳千行,斜金丝络。夏云多、奇峰如削。纨扇动微凉,轻绡薄。梅雨霁、烁烁。临水槛,永日逃烦暑,泛觥酌。露华浓、冷高梧、凋万叶。一霎晚风,蝉声新雨歇。惜惜此光阴,如流水。东篱菊残时,叹萧索。繁阴积、岁时暮,景难留,不觉朱颜失却。好容光,旦旦须呼宾友,西园长宵、宴云谣,歌皓齿,且行乐。《如梦令·曾宴桃源深洞》:曾宴桃源深洞,一曲舞鸾歌凤。长记别伊时,和泪出门相送。如梦,如梦,残月落花烟重。《一叶落·一叶落》:一叶落,搴珠箔。此时景物正萧索。画楼月影寒,西风吹罗幕。吹罗幕,往事思量着。)

玉娘善歌舞,庄宗为了取悦她,常自施粉墨,与伶人们一起在庭院中嬉戏。

一次玩乐中,一个伶人称庄宗为"李天下"。庄宗觉得这个名字好,从此,他在伶人们面前就以"李天下"自称。

一日,庄宗和一群伶人在宫廷的庭院内嬉戏。当时,他环顾四周,忽然呼喊道:"李天下!李天下在哪里?"伶人敬新磨上前打了庄宗一个耳光,庄宗脸色大变,一旁的侍从都惶恐不安,其他伶人也都吓呆了。侍从抓住敬新磨问道:"大胆贱奴!你怎么敢打天子的耳光?"新磨从容地答道:"李天下只有一人,除了他自己外,还能有谁呢?"顿时,宫殿上掀起了一波笑浪,庄宗转怒为喜,转而厚赏新磨。

过了数日,庄宗到中牟打猎。经过一片田畴时,庄宗骑马蹿入田里,将庄稼践踏得面目全非。中牟县县令挡在庄宗马前谏阻道:"农民种地多么辛苦,有多少人还吃不饱饭。陛下作为一国之君,人民的衣食父母,怎能损害百姓庄稼呢?"庄宗听了,一时龙颜大怒,斥退中牟令,然后叫人将他押下去,处以死刑。新磨赶紧追上去,把该县令拉到庄宗马前,假装严厉斥责他道:"你身为本县县令,难道不知天子喜欢狩猎吗?为何要纵容百姓种这么多庄稼,妨碍吾皇狩猎驰骋?你真是罪该万死!"唐主听了此言,不禁哑然失笑。他立刻赦免该县令,并恢复他原职。

第二十一章 | 全义公报私仇 王衍淫昏亡蜀

且说，曹太后去洛阳后，刘太妃变得沉默寡言，不爱与人说话。她总是喜欢沉浸在往事之中，满脑子曹太后的音容笑貌，有时回想到一处，她会情不自禁地笑，一会儿突然地又哭了，有时甚至还自言自语，嘀嘀咕咕，说些令人费解的话。因心里总是挂念曹太后，刘太妃连吃饭也越来越不积极了，没有食欲，身体渐渐地差了，变得浑身无力，精神萎靡。不久，她就病倒了。

根据刘太妃身体状况和日常表现，郎中诊断为相思病。郎中叹息说，心病需要心药医，他也没办法。刘太妃身子虚弱，只能先给她开一些滋补、调理身体的药材。郎中走后，刘太妃交代身边所有人，不能告诉曹太后她病了，以免曹太后为自己担心，侍奉刘太妃的丫环奴才们只好照办。

刘太妃身体稍好转，她又开始不吃不喝起来，没过多久，又病倒了，这次病得比上次更严重了，连药也不肯吃了。刘太妃的丫环奴才们手足无措，都很着急，只得悄悄叫人传话到洛阳宫中。

　　曹太后闻讯，和存勖说她想去晋阳探视刘太妃。存勖说他也想去看刘太妃，只是近日宫中有些事情忙不开，想曹太后等他，过段时间一起去，又说，刘太妃病了，要为她请几个宫里好的御医去给她看看，太后只好依言。

　　过了数日，有消息说刘太妃病重了。曹太后对存勖道："刘太妃与我如同亲姊妹，我想现在就去看她，不能再等了。"存勖道，母后还是别去了，母后高寿，恐怕经不起长途跋涉。曹太后坚持要去，存勖只好叫宫里的大臣们一起帮着劝说母亲。于是，大臣们也都交相请求太后不可长途旅行。无奈，曹太后不得不打消这个念头。

　　这晚，曹太后睡着了，迷迷糊糊做梦。刘太妃来洛阳宫里了，样子看起来比以前更憔悴、苍老了，但还是那么精致。她对曹太后说："我要走了，特来向妹妹道个别。我走后，请妹妹将我与先王一起安葬在代州。"说完就转身往门外走。曹太后忙挽留说："姐姐，怎么才来就要走啊？你要去哪里？"正说着，刘太妃已经化作一道光不见了。"姐姐，姐姐……"曹太后连声呼唤，她从梦中醒来。窗外，雨声一片。"不行，我还是得去看看刘太妃。"曹太后醒后满脑子印着刘太妃的身影，再也睡不着了。她回想四十多年来，和刘太妃一起经历的风风雨雨。

　　翌日天明，曹太后对存勖道："今天我一定得去晋阳，谁也不得阻拦。"存勖哄曹太后道："不是儿臣不想让母后去晋阳，而是天意如此。您看外面雨欲罢不休，到处洪水泛滥成灾，不少路面被淹，桥梁被冲垮，您怎么去呀？要是路上有个什么闪失怎么办？还是让存渥代母后跑一趟吧！太妃她能理解的。"说毕，立刻传召皇弟李存渥进殿。

　　前段时间大旱，近日又一直下雨。曹太后也听说了，现在多地水位已升至二十尺，一些西北市镇城墙无法阻挡洪水，因此附近河流的堤坝接连被冲毁。路途遥远，大雨阻隔。曹太后叹息，现在更加去不了晋阳了，她只得作罢。

　　存渥还没启程，这时，从宫外飞来一匹快马，带来刘太妃死讯。听到这个消息，曹太后悲痛万分，立刻哭晕过去。

　　曹太后苏醒过来，想去晋阳为刘太妃的灵柩守夜。存勖告诉太后，他会在洛阳为刘太妃举行哀悼会的，以便所有在洛阳的皇族和臣子吊唁刘太妃。曹太后嘱咐存勖说，刘太妃想死后与先王克用合葬在一起。存勖说，葬礼已经布置好了，刘太妃的墓地也选好了，叫母亲不用操心了。

过了不久，曹太后得知刘太妃并未葬在代州，而是葬在了魏州。曹太后问存勖，为何不遂太妃心愿？又责备存勖礼数不周。刘太妃辞世，存勖没选用哀悼父母的辍朝，而是用的祭奠朝臣去世的废朝，也没给刘太妃封谥号。存勖说："儿臣想将来父皇母后合葬在一块。刘太妃既然已经安葬，入土为安，母后就不要想那么多了。最近您憔悴了不少，要好好休息。"曹太后心里叹道："我亏欠刘太妃太多了。刘太妃生前处处让着我，关心我。而今，她死了，却不能了却她的心愿。"存勖越偏袒曹太后，越令她愧疚、难过了。

虽然国库空虚，财政窘迫，但是为了让母亲开心，庄宗依然舍得花巨资为曹太后建陵墓。存勖本想母亲将来安息后能与父亲李克用葬在一起，但中书门下认为，皇帝以四海为家，选在都城洛阳附近安葬较好。洛阳是多个朝代的都城，有无数王陵在此。如魏孝文帝生前就特地选择洛阳而不是出生地为墓地。如果葬在代州的话，日后祭祀路途不便。存勖认为不无道理，便将曹太后墓地选在洛阳寿安县，然后安排张全义监督陵墓建造。

自从刘太妃去世后，曹太后每日心情悲痛，连日来不吃不喝，竟病倒了。为此，庄宗免去一切活动和应酬，日夜陪伴在母亲病榻前，既不外出游玩、狩猎，也不宴请亲友。

过了一个多月，曹太后也离开了人世。存勖丧母，心中哀痛无比。

庄宗辍朝后，一日，他带着大队人马到洛阳西南的寿安县察看陵墓修建进度。虽然仅三十五公里行程，但因连日大雨，道路泥泞，行路艰难、缓慢，他们走了半天还没到。存勖因察看陵墓心切，心里异常焦躁，他一路不断地催促轿夫快点。轿子行到一处，突然停了下来。存勖问："怎么不走了？这要什么时候能到啊！"宦官答道："皇上，前面桥断了，没法过。"庄宗走下轿来，望望急流的河水，不断打着漩涡，又瞅瞅那座崩塌的石桥，顿时大怒，问："谁是这儿的主管？"宦官答道："这里属河南县管辖。"庄宗立刻命人传唤罗贯。

河南县令罗贯，为人耿直，是由郭崇韬举荐的。张全义曾任河南尹，之后,这里的县令多出自其门下,都在他的羽翼之下。张全义与伶人、宦官暗中勾结,玩弄权术,残害忠良。罗贯拒绝和张全义同流合污,一身正气,奉行公事,对权贵、伶人及宦官的请托书,均不回应,让其都堆积在他案头,然后一总报给了崇韬。崇韬又将这些请托书呈给存勖看,存勖却置之不理。伶人、宦官等知道后,非常气愤,暗恨崇韬、罗贯。张全义和伶人、宦官常私下与刘皇后诉苦说,崇韬、罗贯等为争皇宠,处处对他们进行打压。此后,刘皇后就在存勖面前说罗贯等僭越不法。存勖心里很恼怒,但是没有惩罚罗贯,从此,对他记恨在心了。

一会儿,罗贯来了。存勖怒道:"罗贯,你怎么搞的?在你的管辖地,路桥失修,你都干什么去了?"罗贯道:"微臣不知陛下要来此地,事先并没有接到任何诏书指令。请陛下直接盘问当地的主事。"存勖听了,更加气愤,接着责备罗贯道:"这就在你的管辖范围内,还要我问谁?有功劳就抢,有过就推卸责任。难道这就是你的为官之道吗?"罗贯被说得一愣一愣的,百口莫辩。随即,存勖叫人取枷锁将罗贯钉下牢去。

罗贯入狱后,狱卒将他严刑拷打,用各种刑罚逼他招供。罗贯虽然浑身是伤,体无完肤,但他死活不认罪。回宫后,存勖即下令将罗贯处死。

崇韬得知此事,忙进宫代罗贯向庄宗求情道:"罗贯失修路桥,虽然有错,但罪不至死。请陛下开恩,饶他一命!"存勖怒道:"太后的灵柩马上就要运往墓地了。朕去寿安县察看陵墓修建,不料却遇断桥,无法过去。路桥不修,玩忽职守,如何能饶?"崇韬又接连叩首道:"罗贯仅一小小县令,陛下贵为天子。罗贯有罪,理当交由相应的司法机构处置,无须惊动圣上亲自审判。"存勖皱眉道:"你的意思是朕对他处置不公了?好,那么由你来裁决好了!你这么想替他开脱罪责,只能说明你们是同党。"说完,存勖气冲冲迅速地走回宫殿。崇韬赶紧跟过去,还想再分辩。存勖甩手把门关上,意思是峻拒退让,崇韬只好摇头叹息着走了。

罗贯被处死后,抛其尸首于府门前,示众三日。路过的百姓见了,都伤心落泪,替他道冤。只有伶人、宦官等暗自欢庆,互相道贺。

曹太后去世后的第十二天,宫中上下都来举哀祭祀。内棺外椁盛放在长寿宫正厅里。存勖着孝服跪在灵柩前痛哭,文武百官也都穿着孝服,依次列于垂帘外,跪拜志哀。

近日,存勖为曹太后守灵,日夜大哭,自绝饮食。百官连连劝慰,存勖依旧痛哭不止。直到第五天,一早,存勖哭着哭着,忽听身后有爽朗的笑声。他转身一看,是刘玉娘。存勖怒道:"朕在这里哭得死去活来,好不伤心。你却为何大笑?怎么笑得出来?"刘玉娘问:"你哭得再久,太后又能活转来吗?太后哭刘太妃,却把自己给哭死了。陛下节哀吧!"存勖不语。玉娘又道:"今天有个好天气,阳光明媚,不如我们一起去打猎吧?"存勖擦干眼泪,抬头望窗外,天空蔚蓝,阳光一泻千里,树丛在微风中摇晃,倾洒一地幽影……远山的鸟儿,呼朋引伴地飞来,那清越的鸣唱,是那么动听。存勖似乎也被这郎朗晴空和玉娘的笑靥感染了,饱餐一顿后,就和玉娘一起乘着马车出宫游玩了。往后存勖又恢复了心情,整日饮宴、游玩。

转眼到了三伏,一年中最热的时节。一日,存勖正在饮宴,欣赏歌舞。宫女为他挥着团扇,可存勖一直还在冒汗。窗外知了聒噪个不停,绿树在烈日下翻着白浪。存勖一热心里就躁,他叫歌舞班子退下,起身在宫里四处晃悠,走到哪里他都觉得热。存勖闷闷不乐地道:"皇宫这么大,却没个可以避暑的地方。"一宦官进言道:"长安全盛时,宫中楼阁数百,而今陛下却连避暑楼都没有,真是太委屈陛下了。"存勖听了,便传旨建避暑楼。宦官平日与崇韬不和,乘机又对存勖道:"郭崇韬常与租庸使孔谦说国库空虚,恐怕建楼一事有点难。"存勖怒道:"朕富有天下,难道还不能修建一楼?朕用内务府钱,与国库何干?"于是命宫苑使王允平赶造清暑楼。

存勖怕崇韬进谏,特遣中使传谕道:"朕昔日在暑天与梁军对垒时,从未感到疲惫与不适。今深居宫中,反觉得苦热难耐。不知为何?"崇韬即托中使转奏道:"那是因为当时强敌未灭,陛下一心想着报仇雪恨,而忘记了暑热。陛下要居安思危,像以前一样能吃苦,就会感到清凉了!"崇韬没提要为存勖修建避暑楼,存勖心中略有不悦。宦官于是又进谗言道:"崇韬居所像皇宫一样华丽气派,且舒适无比,怪不得他感受不到炎热哩!"存勖听了,暗恨崇韬。

听说宫中花巨资建清暑楼,工地上有万人施工,场面壮大。崇韬进谏道:"今年河南饱受洪涝、旱灾,军粮不足,愿陛下等丰年再造楼!"存勖听信谗言,并不接受崇韬意见。

自灭梁后,存勖一直在考虑,下一步是先灭吴还是蜀?

吴王杨溥最近显得很主动、友好。数月前,吴王才送给存勖一份丰厚的登基大礼。这次,他又派使节给庄宗存勖送来贡品:两千两银子、一千两百匹锦绮罗、五百斤细茶、四株象牙及十个犀牛角,存勖感到十分惊喜。相反,蜀国富庶,幅员辽阔,作为茶叶和丝绸生产的中心,却毫无表示,这让存勖不满。

南平是个弱小国家,一直依附于梁朝。它南接楚国,西临蜀国。公元 923年秋天晋王加冕,主动向高季兴示好。荆南节度高季兴,原名高季昌,知唐灭梁后,为避唐祖国昌庙讳,改名季兴。高季兴想上朝觐见庄宗存勖,司空梁震阻谏道:"今唐已灭梁,必将南下。大王严兵把守,或许能自保。前去归降,恐不能为唐帝所容。何必自投罗网,送上门去做俘虏呢?"季兴权衡一番后,道:"南平曾助梁抗晋,难得庄宗不计前嫌,这次特地遣人送来诏书,邀我上朝觐见。此行虽然有风险,但不去似乎不妥。"于是,他让两个儿子留下守城,自率三百卫士到开封。

"皇上,城外高季兴前来求见。"忽哨兵飞报道。存勖心里暗喜,正打算让高季兴进城后,一举将他拿下,监禁起来。郭崇韬劝谏道:"启奏万岁:大唐刚灭了伪梁得到天下,应当向世人显示陛下包容、诚信的美德。四方诸侯都只是派遣亲戚或手下入朝进贡,难得高季兴亲自前来觐见述职,是为各地诸侯的表率,理应施恩褒奖,以此劝勉后来者。如果将高季兴收监,会让天下人认为皇上气量小,而断绝了各地的朝觐者。所以,皇上万万不可这么做。"存勖听了,当即改变了主意,叫人大开城门,迎季兴入城。

存勖设宴款待季兴。席间,存勖说:"朕仗着十指,取得天下。现在各镇多已称臣,只有吴国和蜀国还没归顺。之前,这两国已接受封号,中途又背信弃义。朕想先拿下蜀国,但又担心从西北而下的北方骑兵会在秦岭山脉遭遇到危险。"高季兴暗想,蜀道艰险,不易进攻。于是他故意答道:"吴国不如蜀国富有。蜀国皇帝王衍荒淫无道,官怒民怨,国家内部一盘散沙。若陛下发兵进攻,定能一举扫平蜀国,再东下取吴,将易如反掌。"然后,又说愿出援兵辅助大唐进攻蜀国。存勖听了,很是高兴,为表盛情,当晚,存勖留季兴在开封过夜。

翌日一早,季兴拜别存勖,返回南平。

季兴走后,就有宦官和伶人陆续前来劝谏存勖擒拿季兴。众口一词,无非说季兴不肯降唐,就得杀之。说现在不杀他,将来他羽翼丰满了,就难以对付了。于是,存勖立刻下令叫人沿途去追捕季兴,别让他出城。

飞诏送到襄州刺史刘训那里,刘训率兵正准备捉拿季兴。他走到半路上,有几个受伤的守卒骑马跑来,报说半夜季兴及三百卫士杀死守城主将,逃奔走了。刘训大叫不妙,他估摸着这会儿季兴已经走远了,追不上了,只好据实回报。存勖藐视季兴,知他侥幸逃脱后,也没再追查。

原来,当日季兴行至襄州,天色向晚,季兴投宿驿馆。

躺在床上,季兴回想,他刚来开封时,城门迟迟不开,不知何缘故。后来,进了宫,庄宗身边那些伶人、宦官,贪婪地主动问他要赏银。他出门前没做好准备,身上银钱不多,没给他们多少银子。伶人、宦官们,一个个脸上露出嫌恶的神情。季兴担心这些伶人、宦官会对他不利……想着这些,季兴心里就忐忑不安。于是,他赶紧起床,更衣、收拾行李,然后命卫士随他出关斩将,乘夜遁逃。

季兴驰回江陵后,果然听说后来他走后不久,庄宗命人缉捕他。他心有余悸地握着梁震的手,感慨道:"这次没听你的劝告,险些回不来了。李亚子身经百战,才得河南。只可惜,他妄自尊大,骄奢淫逸,照此下去,怎能长享一国之主的荣耀呢?"

此后,季兴命人加固城池,积蓄粮草,招纳新兵,日夜操练,为打仗做好准备。

季兴说蜀王王衍荒淫,国内一盘散沙,存勖想攻打蜀国。公元924年春天,存勖派客省使李严率人马出使蜀国,探得情况属实,而且目睹了蜀王新落成的宣华苑,金碧辉煌,华丽无比。王衍日夜与后宫嫔妃们一起畅饮,有时还召近臣一起饮宴,令宫女在一侧为之斟酒,聊至兴酣,男女之间,卿卿我我,恣意取乐。最近,蜀国妇女流行一种"醉妆",即是由宫廷中蜀王王衍掀起的。他令宫女皆头簪金莲花冠,着道士服,面施胭脂,号"醉妆",因此而作《醉妆词》。(《醉妆词》:这边走,那边走,只是寻花柳。那边走,这边走,莫厌金杯酒。)有当地臣民百姓反映,王衍即位后,爱慕奢华,沉迷酒色,广造宫殿,到处巡游,使蜀人不堪重负,激起民怨。他常不理朝政,委政于宦官、狎客。太后、太妃卖官鬻爵,臣僚贿赂公行。李严还告诉存勖,他这次到成都险些回不来了,他把事情娓娓道来。

这次在上清宫的会谈中,李严列举了过去几年诸侯国大量的进贡,以显示大唐国威。大唐将一统天下,并告诉蜀国君臣,庄宗对归顺者将会施以仁德,否则顽抗的话,大唐只有采取武力来征服了,蜀臣们纷纷抗议。在李严与蜀臣激烈的辩驳中,蜀王王兄要将李严当场斩首。李严凛然就义说:"杀了我,起不到任何作用。蜀国更加没有机会与大唐和平共处,大唐武士照样会踏平蜀国的。"蜀王王衍气愤地说:"留他回去转告庄宗,蜀国是不可能归顺大唐的。"

说完,李严又将两百两黄金和一些毛皮交给存勖,并告诉他:"这是去蜀国前,用陛下交给我的那些名马换的。这次去蜀国,我本想按陛下所言,换些珍宝以装饰宫廷。不巧,蜀国禁止出口当地珍稀物品,因此微臣只好带了这些回来。"这是庄宗登基以来最小的一笔贡品。蜀国不肯和平归顺,不仅吝啬,还对他的特使无礼。为此,存勖很是气恼,决意攻蜀。

存勖召集群臣聚议伐蜀。存勖问众臣,此次由谁来挂帅?有大臣推举李绍钦(即段凝),也有大臣举荐李嗣源。一时,朝上议论纷纷。存勖问崇韬意见。崇韬道:"绍钦是亡国之将,不具将才,不能重用。契丹时常南下作乱,李总管不应调离河朔。"存勖又问崇韬:"郭爱卿认为谁最合适?"崇韬道:"魏王是陛下长子,又是皇后嫡出,作为储王,要立战功,才有威望。请陛下授之为统帅!"存勖道:"继岌年幼,恐难担当此任。如有郭爱卿一同随行,朕就放心了。"崇韬不好违抗君命,只好叩首说遵旨,并谢恩。于是,庄宗授魏王继岌充西川四面行营都统,崇韬充西川北面都招讨制置等使,择日率兵六万,向西进发。

王衍正在汉州游玩,忽武兴节度使王承捷快马来报,称西面边境有唐军来进犯。王衍听了,简直不敢相信自己的耳朵。他想,蜀国与大唐多年友好,怎么会突然来犯,定是王承捷弄错了,此番来戏谑他的。于是,他毫不在意,大笑道:"慌什么?唐军来得正好,就让他们见识一下我蜀国勇士的威风吧！"于是，接着与狎客赋诗。

不久，王衍又接到警报，说威武城守将唐景思已开城降唐。继而又闻王承捷已将凤、兴、文、扶四州都一并献唐。败报连连，王衍焦急万分，惶恐不安，亟令随驾清道指挥使王宗勋、王宗俨及侍中王宗昱三人为招讨使，率兵三万，抵御唐军。

蜀三招讨使率军到三泉时，只见唐军乘胜袭来，军马浩荡，势不可挡。唐军凭着锐气，冲杀过来。蜀兵见敌，未战就已惧三分。三招讨使本非将才，加上蜀兵日久不战，武艺生疏，战斗力不强，不比唐军身经百战，作起战来得心应手。一场混战，蜀兵死了五千人，其余兵将皆吓得落荒而逃。

蜀王王衍听说三泉又被唐军所破，非常气愤。他留王宗弼守利州城，且令其斩三招讨使，以振军心，自率亲兵回成都。

唐军声势浩大，所到城邑，不战而胜，势如破竹。近期，蜀国到处沦陷，梓、绵、剑、龙、普五州已归降唐军。武定节度使王承肇、山南节度使王宗威、阶州刺史王宗岳都纷纷奉土投诚，秦州副使安重霸举秦陇归唐，蜀土都快送完了。这些消息，让王宗弼无比惊惶。

宗弼正愁不知如何应敌，这时，有唐使送来郭崇韬亲笔招降书。信中言明利害，劝他归降。宗弼尚犹豫着是否要降唐，忽门外有人来报，降将王宗勋、王宗俨、王宗昱来求见。

王宗勋等见到宗弼，出示诏书，痛哭流涕。宗勋道："皇上荒淫，不理朝政，以致多地失陷，国家危亡。我等已尽全力御敌，怎奈唐军势大不可敌。将军就算今日依诏杀了我等三人，他日也不免要遭同样下场。将军不如与我们一起合作，或许还有条生路。"宗弼听了，觉得有些道理，便将招降书给三人传阅。三人看完，齐声道："将军降唐吧？"宗弼思虑片刻，定下计策。他要宗勋仨送礼讨好唐军，他则去成都，分头行动。

宗弼率兵回到成都，登上太元门，自布严兵守卫，乘徐太后与蜀王王衍来慰劳他时，令士兵将二人监禁在西宫。随后，他又将所有后宫及诸王，也都一同禁锢，拿走传国宝，将内库金帛拒为己有，自称是西川兵马留后。

因唐安抚使李严出使蜀国时与蜀王有一面之交，故宗弼逼蜀王写一封信给李严。要他在信中注明，等李严一到成都，他就马上请降。

　　李严接到蜀王书信,欲驰往成都。有将士阻劝李严道:"你上次去蜀国,险些被杀。蜀人恨你入骨,为何还要擅自前去?"李严笑而不答,率数骑风驰而去。到了城下,李严安抚臣民,说唐军将要进城,不会伤害百姓。要守城士兵报知宗弼,叫他现在撤去楼橹,不带兵器出城,以表示投降诚意。

　　一会儿,宗弼按照李严的意思,引兵将出城而来。李严不见蜀王王衍,便问他蜀王在哪里?宗弼说,蜀王不肯降唐,无奈之下,只好先将他及太妃等请到西宫,言毕,并引李严到西宫见蜀王王衍。

　　王衍见到李严,想起自己已成亡国之君,百感交集,恸哭不止。李严安慰他说,庄宗存勖仁慈厚德,出降以后,必会赦免其全部家族臣民,王衍这才止泪。他引李严见徐太后,将母亲和妻子托付给他,说如果将来他遭遇不测,就拜托他帮忙照顾她们了。李严又是一番安慰,说王衍不会有事的。于是,王衍即令大臣起草降表、降书。

　　继岌、郭崇韬等听说蜀王已愿受降,忙率兵众赶到成都,令李严引蜀国君臣出降。

　　投降仪式在成都北郊举行。李继岌主持仪式,蜀王王衍及臣子皆穿丧服。王衍头上系着草绳,口里衔着玉,手里牵着一头羊,走在前面。蜀臣跟随身后,打着赤脚,抬着一口棺材,以示投降请罪。继岌接受了王衍的献玉,崇韬将棺木烧掉,表示赦免蜀君臣罪。王衍率百官拜谢后,即面向东北,后唐都城的方向跪拜行礼,仪式完成后,迎唐军入都。蜀国自此灭亡,共历十九年。

　　蜀王王衍降唐后,王承旨有诗记载:"蜀朝昏主出降时,衔璧牵羊倒系旗。二十万人齐拱手,更无一个是男儿。"

第二十二章　刘后密诏杀崇韬
李绍琛反叛被诛

　　王宗弼逼迫蜀王王衍降唐后，即除去后患，斩了内枢密使宋光嗣、景润澄，宣徽使李周辂、欧阳晃等，并将他们的首级装在匣子里，献给魏王李继岌。宗弼说如果不是他们蛊惑蜀王，蜀国早投降了，又将不喜欢的官员文思殿大学士、礼部尚书、成都尹韩昭等也一并斩了。说他们是同伙。

　　宗弼又派王承班把王衍后宫的姬妾、侍女和财物献给魏王李继岌和郭崇韬，并请求封自己为西川节度使。继岌不同意，说蜀国已降，这些东西本来就是他的。

　　继岌拒绝了宗弼的请求，宗弼心有不甘。他又备了厚礼，差承班单独找崇韬再做工作，请他推荐自己。

　　夜深人静，忽有护卫来报崇韬，门外承班求见。崇韬道："不见！就说我已睡。"崇韬自语："魏王都已拒绝，还来烦我。"一会儿，护卫又跑回来对崇韬说："我和他说了，他说等老爷醒来。"接着，他又小声告诉崇韬，承班是专程来送礼的。崇韬眉头紧锁，说："那更加不能见了。"

承班在门外苦等着。忽然，风起云涌，天空下起雨来，雨流如柱，承班和随从狼狈地挤在屋檐下躲雨，身上都淋湿了。正值寒冬，风如刀割，雨如冰凉，随从纷纷劝承班道，就算他们冻死街头，估计郭崇韬还依然睡得很香，在做他的美梦哩！随从们叫承班别再等了，还是死了这份心，回去吧！承班情急智生，佯装答应他们一起返回。走了不远，半路又折回来。他叫随从敲门，就说有紧急军务要报知崇韬。护卫信以为真，把门打开的瞬间，随从们拥着承班一起闯入府邸。护卫拦也拦不住，府上其他护卫闻声赶来，顿时两边随从、护卫打成一团，喧闹一片。

经这么一闹，崇韬出来了。他怒问承班，你们深夜到访，搅得本府不得安宁，究竟何事？承班与随从们跪倒在地，向崇韬请安。承班歉疚地道："我有要事找您帮忙，可您有意避之。我们才出此下策。冒犯之处，还请见谅！"然后禀明来意。崇韬道："你们找错人了，应该找魏王。"承班道："我们要找的就是您，此事您说了算哩！"崇韬忍不住笑道："此话怎讲？"承班道："庄宗皇帝匡扶大唐，主要是依靠您和李嗣源才有今日。此次攻打蜀国，名义上是魏王李继岌出任西川四面行营都统，实际上实权在郭招讨。魏王年幼，二十岁不满，庄宗对他不放心，所以这次叫您同行。郭招讨善于治军，精通谋略，庄宗最信任的人也是您，谁都知道。臣等愿誓死追随郭招讨！此事请您帮忙，臣等千恩万谢。"话都说到这个份上，崇韬不好薄人颜面。他想，宗弼屡次差人前来送礼做工作，看来决心很大，但宗弼为人不足称道，他擅自幽禁蜀王，逼其投降，以下犯上，是为乱臣贼子，不可信任。但当着承班的面，他又不好直说，只好推诿道："此事不是我一人说了算，还得与魏王及其他大臣商量。"说完，叫人送客。

承班回去向宗弼复命，说崇韬答应了，但他回答得不是很爽快，言辞含糊，恐怕要做好两手打算。宗弼说知道了，叫承班下去。

过了一段时间，宗弼估摸着人选差不多该定下来了。他又把承班叫来，要他去打听一下，看事情办得怎么样了。承班打听了一番，回报说，周围人反映，郭崇韬从未与魏王提及此事。宗弼咬牙切齿地道："好一个郭崇韬，敬酒不吃吃罚酒！"承班问："大人想出办法对付郭崇韬了？"宗弼对承班耳语一番,承班赞道:"妙计,这下有好戏看了。"

听说廷诲喜欢酒,承班投其所好,给廷诲送来美酒。廷诲谢绝收礼,说:"东西都拿回去吧!我什么都不缺。"承班道:"这酒是西域贡品,珍藏多年了,我自己都舍不得喝。"说着,揭开瓶盖,酒香弥散满屋,香醇无比。廷诲闻着有些动心了,虽然他嘴上他还在推脱,目光却停留在别致的酒瓶上。承班心中暗喜,乘廷诲高兴,忙道:"久闻郭公子不仅相貌堂堂,而且武艺卓绝,能征善战,是难得的帅才。我仰慕已久,特来拜会。今睹郭公子风采,果不虚传。若能与郭公子结为朋友,那是三生有幸啊!"廷诲听了,微笑着道:"比起家父来,小辈又算得了什么?"承班道:"等你到令尊这个年纪,或许在武术和战略上更有造诣哩!"承班一番赞美,令廷诲心里喜不自禁。承班问廷诲:"是否初次来蜀地,对这里了解吗?"廷诲说:"初来乍到,不太熟。"承班就给廷诲推荐一些好吃好玩的地方。二人聊了很多,也很愉快。临别前,承班把酒给廷诲,廷诲推脱一番,但在承班的强力劝导下,最终还是收下了。

二人结识后,承班隔三差五往廷诲家跑,给他送东送西,陪他下棋,与他一起吃喝。

不久二人就打得火热。一次,承班把廷诲约出来喝茶,廷诲一进茶肆,掀开一卷珠帘,只见厢房里坐着一个身穿白衣、相貌惊艳的姑娘。廷诲看了一眼姑娘,顿时心里惊叹:"我莫不是到了天上,世间竟有如此美貌之人。"廷诲以为自己走错了地方,连连对姑娘道歉,说:"不好意思,小姐,我走错地方了。"姑娘并不认识廷诲,只是对他莞尔一笑。这一笑不打紧,廷诲竟看呆了。姑娘像含羞草,赶紧低下头去,面颊上飞上一抹绯红……廷诲忙退了出来,看看门号,发现自己没走错。他正在门口徘徊,这时,承班来了。他把廷诲迎进厢房中,给廷诲介绍说,这是他的一个远房亲戚……

一会儿,茶楼老板娘端来一些点心。三人一边吃着点心品着茗,一边说着身边趣事,屋内时常掀起一波笑浪。

回去之后,廷诲对姑娘念念不忘,茶饭不思,夜不能寐,相思难耐。

几日后,终于盼来承班上门来。廷诲忍不住问起,上次那个姑娘怎么没一起来?承班叹息一声,道:"家里已把她许配给了别人。"廷诲着急地道:"那么以后再也见不到了?"承班道:"看把你急得那样,她并不喜欢那个人,上次逃婚，躲在我家。我带她出来散心，才认识你。"廷诲听了，心里才稍微放心。他道："我可以帮她吗？"承班道："郭公子真热心！我妹妹对你评价不错。"廷诲听了十分高兴，并请承班为自己牵线，承班巴不得，廷诲却不知道这是承班使的美人计。

廷诲突然要纳妾，崇韬得知此女是承班的远方亲戚后，立刻反对，要廷诲远离承班等前蜀旧臣及他们的族人。廷诲说，没有此女他不能活，接着又骗父亲，他们已经生米煮成熟饭了。崇韬万般无奈，只好勉强答应，但要廷诲一定守住底线，不要贪污受贿。廷诲信誓旦旦地说："爹，您放心吧！我一定悉听教诲！"

承班以嫁妆为由，一下子给廷诲送来大量金银珠宝。廷诲和承班的妹妹成亲后，承班成了廷诲家的常客。他常给廷诲送礼，金银、古玩珍宝接连不断。廷诲起初不肯收，承班的妹妹说都是自家人，何必客气？廷诲就收下了。为了孝敬崇韬，廷诲偶尔也送些珍宝给父亲。

世上没有不透风的墙，没多久，廷诲收受贿赂一事，便传到了魏王继岌那里。继岌虽表示不满，但没有直接和崇韬言明，因此崇韬一直都被蒙在鼓里。

崇韬向来反感宫中宦官专权，他一直都想清理宦官，将他们赶出宫去。他知道，庄宗如此宠爱宦官，是无法指望了。于是，他希望储王继岌能完成他的心愿。这次唐军占领蜀国后，崇韬对继岌说："小王，你有破蜀的赫赫战功，班师回朝后，一定会被封为太子。日后等你做了皇帝，一定要把所有的宦官都赶走，连骗马都不要骑。"此话传到宦官耳朵里，宦官们更恨崇韬了。

这次宦官李从袭随继岌到成都，本想乘机捞点财帛。不料，军中崇韬管得太严，他根本无从下手。见前蜀官员一个劲地给崇韬、廷诲父子俩送财物，从袭看在眼里，恨在心里。

一日，王宗弼率一批前蜀官员拜见李继岌，要求让郭崇韬当西川节度使。继岌吃惊道："上次宗弼请求担任西川节度使，怪不得崇韬在一旁不作声。原来他是想自己上位呀！"从袭乘机向继岌进谗言："郭招讨专横，战利品几乎都进了他个人腰包，他还不知足哩！他仗着职权，四处敛财，收受贿赂。军中军用不足，他却钱财享之不尽。蜀国是块肥水宝地，他为了留下来，现在又使蜀人请自己为帅,司马昭之心路人皆知。魏王可要提防他呵!"继岌听了,道:"作为首都枢密使,皇上如此倚重他,怎么会让他留在这荒蛮之地呢?此事我管不了。等班师回朝后,你启奏皇上吧!"继岌回想此次战罢,自己得的战利不过匹马束帛及唾壶尘尾等,心下也觉得不平,他顿时气忿,开始质疑崇韬。

最近,继岌总是对崇韬说一些莫名其妙的话,对他冷嘲热讽,且用异样的眼光看着他。崇韬感到心里不舒服,但想不明白继岌为何如此对他。

一日,崇韬的一个部下告知他,有人在魏王面前举报他和廷诲父子贪污受贿。崇韬听了,苦笑道:"我清正廉洁一生,没想到到头来却被扣上贪污这个罪名。"部下安慰崇韬道:"清者自清,浊者自浊。郭招讨劳苦功高,那些嫉妒陷害您的人,得拿出证据来,总不能胡乱抓人吧!"崇韬又命人把廷诲召来,问他有无收受蜀人贿赂。廷诲自知闯了祸,怕父亲怪罪,且担心他年纪大了,经不起打击。犹豫一番后,他撒谎道:"怎么会呢?多年来,孩儿都时刻谨记父亲大人教诲,公私分明,从不贪恋财物,受人贿赂。"崇韬道:"我料你也不会这么傻,否则名声和前程将毁于一旦。"随后,他又告诉廷诲,最近谣言四起,说他们俩收受重贿,都传到朝中了。廷诲忧心地道:"那怎么办呢?"崇韬道:"我就是找你来了解实情的。既然没有受贿,那有什么可怕的?谣言始终是谣言,邪不压正,不久谣言就不攻自破了。"

自此廷诲心里十分慌乱,他悔不该接受承班的贿赂,更不该把赃物送给父亲,如此一来,连累了父亲,他想着如何补救此事。最近承班很少来他居所,廷诲便差人去请承班,请了几次,承班都推说有事来不了。廷诲恼怒,出了事,承班就躲避他。他幡然醒悟,这事许是承班等的奸计,于是叫手下人前去打探。他这才了解到,承班是宗弼的狗腿子,宗弼因崇韬不肯任命他为西川节度使,有心要报复他们父子。廷诲打算把一切罪责都推到宗弼身上,让父亲来对付他们。

这日,廷诲和父亲说:"儿臣派人查清楚了,散播谣言说我们贪污受贿的主谋是宗弼。因父亲拒绝让宗弼担任西川节度使,他怀恨在心,设法陷害我们。"接着,廷诲又编了一整套细节。崇韬听了,深感气愤。

崇韬差人写信给宗弼,向他索要犒军钱数万缗。宗弼不肯给,崇韬即速命军士将宗弼府邸包围了。

崇韬又面见继岌，以宗弼不肯缴纳犒军钱为由，状告他中饱私囊，私藏国库金银，不忠于唐朝廷，判其斩首，同时诛杀其党羽宗勋、宗渥及族人，没收他们的家产，归国家所有。继岌准了，要崇韬擒拿宗弼等前来行刑。并补充道，如果他顽抗的话，可将其就地正法。

为了引宗弼出来，崇韬叫军士在宗弼府外放话说，再给宗弼一次机会。如果他再不交出犒军钱，就一把火将这里烧掉。宗弼态度仍不改，崇韬就令军士在宗弼府邸四周布满柴草，说还给宗弼最后一次机会，若交出犒军钱，现在还可以放过他，否则，后果自负。宗弼依旧是那句话，没有，又要崇韬找廷诲去要这笔钱，说是廷诲不断地向他索贿。宗弼把责任都推在廷诲身上，崇韬气坏了，宝剑一挥，发号施令，顿时军士们一齐点火。不一会儿，柴草就烧起来了。火势很旺，火光冲天，烟雾缭绕，崇韬又令军士们呐喊示威。

火越来越大，眼看房屋多处着火，宗弼及家人被困在火海，被烟雾呛得直咳嗽、流眼泪。宗弼家人们相互抱在一起，哭诉着不想被火烧死。宗弼想着在这里是死，出去了，崇韬又岂能原谅他？看到家人们这么一哭，宗弼于心不忍，最终还是带着他们先走出火海……

崇韬见宗弼及家人出来了，叫军士们将他们统统杀了。随后，崇韬又包围其党羽宗勋、宗渥府邸，将他们都一并诛除……

将宗弼等处决后，廷诲夸赞父亲办事效率高，不愧皇上赏识。崇韬把宗弼生前推诿的话告诉廷诲，说："宗弼口口声声说你拿了他的钱。不管此事虚实，再提醒你一次，今后要注意，千万不能贪污。"廷诲答应着，向父亲保证。

最近，崇韬为一事烦恼。先锋李绍琛和邠宁节度使董璋都是他的副手，选谁作为行营右厢马步军都虞侯呢？他想，这次平蜀，李绍琛立了首功。按理，该选李绍琛，但考虑到他的政治背景，令人叹息。他毕竟背主降唐，是为不忠，这是为官大忌。论文韬武略，董璋稍逊一筹，但董璋为人耿直、厚道。早在数年前，在魏州时，他就已了解董璋这个人。董璋虽出身贫寒，给人做书童，没受过什么教育，但从戎后，发奋习武，上阵杀敌英勇无畏，立过不少战功。均衡考虑一番后，二者中，崇韬还是更偏向董璋。因此，他每次入议军情,只召董璋,而不叫李绍琛。

李绍琛位置在董璋之上,崇韬这样做,让他感到很是不平。一次,他主动找到董璋说:"我能征善战,有平蜀大功。你们这些庸才能和我比吗?可是你们却得到了郭公的重用,这是为何?一定是你们经常贿赂、讨好他……"李绍琛愤愤不平,满腹怨言。董璋听了,不禁感到惭愧,无言以对,转而将此话告诉崇韬。崇韬安慰董璋,不必在意李绍琛的看法。

不久,崇韬就选任董璋为剑南东川节度使。李绍琛知道后,更加恼怒了。他自语道:"平定两川时,我冒最大的危险,率军冲杀在最前面,功劳最大。我不被选为剑南东川节度使,谁有这个资格?不行,我不能让董璋白白坐享了本该属于我的位置,我这就找郭公理论去!"于是,他觐见崇韬,进言:"东川重地,不应让庸臣来掌管。"又自荐说,他文武双全,才华出众,应该担当此任,或者选用任圜也行。崇韬顿时满脸不悦,呵斥李绍琛,道:"我奉皇上之命指挥管辖各军,你这是想违抗我吗?"李绍琛只好怏怏退下。

孟知祥为人忠信,深富谋略,对崇韬又有举荐之恩。崇韬为报答他,来蜀之前,就已向庄宗举荐让孟知祥担任西川节度使。因知祥本留守北都,一时赶不过来,崇韬只好叫大军暂留蜀中。庄宗遣宦官向延嗣促令继岌、崇韬领大军还朝。

延嗣到了成都,崇韬没出郊迎接,延嗣很不高兴。延嗣与从袭关系要好,就去找从袭,从袭设酒食款待延嗣。席间,他进言道:"来蜀国后,军事统由郭公把持。他的长子廷诲,到处在外散播钱财,结纳豪杰。诸将皆是郭氏党羽,一旦变节,一呼百应,我等将死无葬身之地,恐怕魏王也不能幸免!"说着,从袭哭了起来。延嗣道:"不要担心,待我回去就启奏圣上。"

过了一天,延嗣分别向继岌、崇韬辞行,然后快马加鞭连夜赶回洛阳。

一到宫中,延嗣就觐见刘皇后,说崇韬父子俩专权敛财,准备谋变,继岌随时有生命危险,然后他又把事情添油加醋道来。刘皇后听了,焦急万分,立刻去找庄宗。

一见到庄宗,刘皇后就情绪不能自控,哭了起来。她拉着庄宗的袖子道:"陛下,你一定要救救继岌,他可是我们俩唯一的孩子。"庄宗见刘皇后抽抽噎噎的,非常心疼。他惊讶地道:"什么事令皇后如此忧心?"刘皇后就把延嗣来见她,对她所讲的话转告庄宗。庄宗听了,也有些怀疑崇韬。他即刻召见延嗣,问明底细。

延嗣统归咎崇韬,指责郭崇韬父子非法夺去了四十万两金银,仅留下一部分搪塞朝廷。宫中宦官也都纷纷诽谤崇韬对朝廷的忠诚,认为崇韬父子截留财富是为了建立自己独立国家的第一步。

庄宗很是恼怒,又遣宦官马彦珪速到成都召崇韬归朝,且面谕道:"崇韬如果奉诏班师,就什么都不提。如果他抗旨不遵,延误时间,就说明他有二心。你可与魏王继岌密谋除此患!"彦珪连声应允,领命西行。

临走之前,彦珪疑惑地与刘皇后道:"蜀国离洛阳这么远,万一郭崇韬父子在这期间突然谋反,奴才怎么来得及回宫禀命呢?"刘皇后再把彦珪的担忧告诉庄宗,并请示他,可否直接问斩崇韬父子,以绝后患。庄宗道:"此事还只是传闻,证据不足,怎能莽然执行死刑?"

孟知祥从晋阳到成都的路上,经过洛阳,他前去拜见庄宗,庄宗设宴款待孟知祥。二人说起这次平定蜀国,孟知祥为庄宗道贺,说魏王继岌这次立了大功。庄宗骄傲地道:"继岌前些日子还是乳臭未干的小孩子,今天就已为我平定了四川,真是后生可畏!而我却是徒然老去了。想当初先帝去世时,我们的领地不断被强敌入侵,最后只剩下一块地方。当时谁能想到我们现在几乎拥有了整个天下,四面八方的奇珍异产都源源流入我们国库。"说到这里,庄宗随意抓起一把来自蜀国的珍奇玩意,玩赏着。孟知祥又说到郭崇韬,功劳也不小。庄宗点头,冷笑说:"功劳不小,但罪过也不小。听说郭崇韬有了二心,你到了那里,替我解决了他。"孟知祥坚持说:"崇韬是赫赫有名的老臣,不应该有这样的想法。陛下不要被奸臣蒙蔽圣听,听信了小人谗言。等臣下到蜀地细细察看,如果郭公没有什么叛逆之心,就将他遣送回来。"孟知祥与崇韬长期友好。他认为此事只属他人一面之词,没有十足证据,不能妄下定论。庄宗觉得孟知祥说得在理,同意他的请求。宴后,他赏赐了大量珍宝给孟知祥,并对其褒奖有加。

刘皇后一心想除掉崇韬,怕他对继岌不利。因此,那晚她回去后,擅自做主,私拟教令,要彦珪与继岌密杀崇韬。

这日,崇韬刚部署好军事,准备与继岌一起回洛阳。正好彦珪赶到了蜀国,把刘皇后教令出示给继岌。继岌看了,道:"今大军将班师回朝,没有争端,怎可平白无故杀害人?"彦珪道:"皇后已下密敕,若不履行,崇韬要是知道了,那我们就里外不是人了。"继岌道:"只是皇后懿旨,并无皇上诏书。皇后不能插手朝政,懿旨只针对后宫,妄杀招讨使,恐怕不妥吧?"李从袭等在一旁,又给继岌施压,说出许多利害关系,恐吓他,继岌最终屈从。他命从袭召崇韬来议事,自己先上楼回避。命李环埋伏在阶下。

待崇韬到都统府,下马上台阶时,李环闪身而出,急步上前,用铁锥猛击崇韬头颅。崇韬毫无防备,被一椎击毙阶前。

继岌在楼上看李环已得手,亟下楼宣示皇后教令,诛崇韬子廷诲及其他家属族人。

崇韬手下官员听说崇韬被灭门的消息,都怕受牵连,纷纷逃命。只有掌书记张砺,跪在魏王府前的崇韬尸体旁,哀悼痛哭,表示抗议。

推官李崧进言继岌道:"大王没有圣旨就擅自杀了大将,就怕撼动军心,军士们起来造反,大王为何如此不明智,要行此举呢?"继岌也开始意识到事情的严重性了,他为自己一时冲动感到十分后悔。他向李崧问计,李崧召书吏数人,伪造敕书,盖上蜡印,以示众人,就说除崇韬父子该诛外,其他人一律无罪,于是军心略定。

为了隐瞒庄宗,自己擅杀大将的事情,继岌遣彦珪回都慌报朝廷,说崇韬不肯回京。庄宗于是下诏暴崇韬罪状,叫继岌杀崇韬及子,抄其家,要继岌办完此事后即回洛阳,又令蜀王王衍入觐,赐他诏书道:"我一定分封土地给你,不会在你有难处的时候薄待你。有日月星辰为证,一言既出,决不反悔!"衍奉接到诏书,大喜,遂转告继岌,愿率领宗族和宰相王锴、张格、庾传素、许寂、翰林学士李旻等人,随他一起到洛阳。

过了一段时间,继岌差身边的宦官去洛阳报信,就说已处决了崇韬及子,准备启程回都。宦官想到崇韬的亲党也应一并诛除,五弟保大军节度使、睦王李存乂之妻是崇韬女,为绝后患,他入奏庄宗道:"睦王闻郭氏被诛,连连说他们死得冤,对陛下有颇多怨言。"庄宗听了大怒,发兵围存乂府邸,将其一家赶尽杀绝。

护国军节度使李继麟(即朱友谦)平日与存乂走得近,常有往来。崇韬、存义被诛,继麟为此事深感悲痛,十分不平。这次大唐征讨蜀国,雇佣了继麟的河中军队,继麟子令德是这支雇佣军的总指挥使。继麟在想,仗都打完了,可令德迟迟未归,希望他能早日平安回来。

继麟想到平日宫里的伶人和宦官主动向他索要财物时, 常常拒绝他们。担心伶人和宦官会在庄宗面前进谗言,害他一家。他打算进宫,向庄宗表明心迹。

为避嫌疑,继麟只身一人进都城,未带武装随从。进了宫,他和庄宗会面。给庄宗献宝,并一表忠心,又把他心中所忧道来。庄宗笑着说:"李爱卿想多了,朕对你一直很信任,今后也将如此。"继麟赔笑道:"谢陛下厚爱!"继麟辞别庄宗,出门时,发现不远处有一双脚步飞快地跑了。继麟敏锐地感觉到,刚才他们的谈话被盗听了。

继麟正准备回家,还未出宫,就邂逅到宫里的一位大臣,大臣邀他一起到客栈赴宴。盛情难却,继麟就跟着他去了。筵席上,还有庄宗的几个弟弟。酒至半酣,有个皇弟突然说起康延孝是叛国贼,该死,又指着继麟,嘲笑他也曾卖国求荣。皇弟戳到继麟痛处,他恼羞成怒,借着酒劲,也回敬了一些挫伤对方的话。双方争执不休,差点打起来。

宴罢,继麟出了客栈,没走多远,总觉得身后有人跟踪他。他羁住马,回头望时,又什么都没发现。他继续策马赶路,驰到一处街巷,他进客栈要了一些酒食。不料,他才吃到一半,忽然从门外拥进来一群军士,将他团团围住。继麟感到纳闷,问他们是不是抓错人了。正说着,这时,又从门外闪进来一个熟悉的身影,伶官景进大模大样地走过来,奸笑道:"李继麟啊李继麟,想不到你的末日这么快就到了吧!"继麟道:"你们想干什么?"景进拿出圣旨,道:"皇上有令,李继麟曾与李存义通谋……"继麟怒道:"冤枉!你让我见皇上。"念完,景进大手一挥,示意军士们将继麟轰出徽安门外,一刀将他杀死,恢复他原名朱友谦。

原来,继麟那日与庄宗见面时所说的话,统被伶人景进偷听了。继麟走后,景进听说当天继麟与一皇弟发生龃龉。他暗地里怂恿该皇弟和宫里的宠信们一起攻击继麟。他们伪造了控告信,指责继麟是崇韬的同谋。景进将控告信交给庄宗,并进谗说:"继麟之所以让他儿子令德参加讨蜀,是为了逃避朝廷可能的惩罚行动。"庄宗看完控告信,勃然大怒,立即下旨处斩继麟及族人。

处决完继麟后,朝廷又速派军队将继麟府邸围住。继麟妻张氏率领族人出来,她亮出免死"铁券"说:"这是皇上去年赐的。"领兵的夏鲁奇和其他兵士起初都为皇上失信而感到不知所措,经一番讨论,还是行刑了。

接着,庄宗又传诏继岌军前,令诛李继麟之子令德。继岌还在蜀国武连,遇着敕使,即谕令董璋依敕行事,董璋接令后即杀令德。

李绍琛率领殿后军,与继岌相隔三十里。听说令德被诛,继岌是派董璋去执法的。"魏王为何不叫我去呢?"李绍琛心中自语,"当时殿后部队离魏王更近,士兵装备也很好。"他想,魏王已不信任他了。想到这,李绍琛无比愤怒,情绪激昂地对诸将道:"国家南取大梁,西定巴蜀,出谋划策的是郭公崇韬;战场上领军打胜仗的是我;与国家协力破梁的是朱公友谦。如今郭公和朱公皆无罪被诛九族,等回到朝廷,或许该轮到我了。"部将焦武等,曾是朱友谦的旧部。朱友谦无辜被杀,他们很是激愤,一齐在行营前哭道:"朱公究竟犯了何罪?竟被灭门!皇上昏庸,宠信奸佞。我们不回朝了!回去的话,或许会因我们曾是朱公的手下,被一同诛灭。"其他士兵也都议论纷纷,说朝廷确实不该乱杀有功之臣,与其等死,不如重回蜀地,另起炉灶。一时间,乱兵都拥李绍琛为王,今后只听他指挥,李绍琛即自称为西川节度使。他采用先发制人的办法,转而折向南方,并写了一封檄文,号召蜀地的民众联合起来,抗击后唐。短短几日,起义队伍就壮大到五万人。

继岌得知李绍琛变节,立授任圜为副招讨使,与董璋一起率兵数万,追击李绍琛。

这日,李绍琛引兵到汉州时,忽有哨马飞报李绍琛,说任圜、董璋率大军抄小道前来搦战,人数不少。李绍琛忙披挂上马,提刀引兵来迎。两阵对圆,董璋大唤一声道:"逆贼,出来!"李绍琛道:"你不配与我交手!换个厉害点的角色!"任圜劝李绍琛道:"绍琛,昔日你背弃梁帝,现在又反叛唐帝。屡次叛主,你不觉得差耻吗?既然庄宗皇帝器重你、信任你,待你不薄,你为何还要兵变谋反?不如悬崖勒马,及时悔改,我还可以替你说情。"李绍琛叹道:"不必了,庄宗一错再错,杀了郭公崇韬,又杀朱公友谦,我再不能原谅他。他不值得我效忠了，我很后悔当初不该跟从这个昏君。"董璋大骂道："大胆狂徒，诽谤天子，其罪当诛！任招讨，这儿交给你了！"他一边说着，一边连连策马往后退。任圜道："既然你不肯归降，那休怪我手中大刀无情了。"话罢，任圜挥刀纵马，直取李绍琛，李绍琛挺枪来迎。战了数十合，李绍琛诈败而走，任圜随后追赶。众军弓弩齐发，任圜只好拨马而回。李绍琛发一声喊，引军杀了过去。霎时，两军兵对兵，将对将，厮杀成一片，斗了半天，胜负未分。

打着打着，李绍琛发现后队纷纷溃乱。一员猛将率一支人马，前来接应任圜等军。援军勇猛无比，兵戈之指，所向披靡。李绍琛腹背受敌，渐渐支持不住了，当下引兵左冲右突，拼命杀出，好不容易，才逃了出来，仅率十余骑。

原来援军首将是孟知祥。他看到李绍琛的讨伐檄文后，料他必进窥成都，不如先行出兵，堵截李绍琛，正巧路上遇到李绍琛与任圜等对仗，便乘机夹攻……

李绍琛领残兵败将逃到绵竹时，唐军又追了上来，一把将他围住。任凭李绍琛本领通天，武功盖世，也插翅难飞，当下只好束手就擒。

当日，孟知祥、任圜与董璋举办盛大宴会，犒劳军士。

孟知祥叫士兵把李绍琛的槛车拉过来，他特地给李绍琛留了一个席位。席间，孟知祥斟满一杯酒，递给李绍琛，道："你立了大功，本可安享富贵，为何要作乱，自寻死路呢？"李绍琛把郭崇韬和朱友谦立了大功，结果被诛九族的事情道来，然后反问孟知祥，如果换作是他，是否也会这样做。知祥虽然心里也感到悲凉，但当着众人的面不便说，只好保持沉默。

宴罢，孟知祥去了成都，临行前，令任圜等押送李绍琛回洛阳。

李绍琛被押解至凤翔时，宦官向延嗣手持诏书，飞马前来。宣召说，皇上有令，立刻诛死李绍琛，恢复他原名康延孝。

康延孝死后，他的部下冒着生命危险将他的首级取回，葬在了昭应县。

第二十三章

朝廷失信魏州兵反
嗣源剿贼身陷困境

魏博指挥使杨仁晸，曾率兵驻守瓦桥关，任期已满，回到魏州。康延孝反叛被诛后，庄宗担心魏州空虚，恐士兵叛变，于是令仁晸留屯贝州。

最近魏州节度使张宪被调到晋阳任职，武德使史彦琼因此成了魏州城的总管事。

朱友谦被杀后，一日，史彦琼接到一封来自洛阳的密信，要他到澶州附近处决朱友谦的一个儿子，以绝后患。当天夜里，他带领一支全副武装的敢死队，悄悄出城。

待彦琼的人马走远了，守兵们聚在一块，七嘴八舌议论起来。一个士兵道："史大人深夜出城去哪里？"另一个士兵道："今天宫里有人传来急报，应该是宫里出事了，急召史大人入宫吧！"有士兵质疑道："入宫怎能带卫队呢？"说到这里，众兵疑惑。"胡乱猜测不如实地打听。"有士兵道，众兵应和，想到有个士兵在史府有熟人，众兵便起哄推举他去。士兵只好答应。

士兵初次打听后，告诉众兵，说史大人已交代身边所有人不得透露实情，否则杀无赦。众兵更好奇了，什么天大的秘密不让人知道？众兵叫这个士兵，再去详细打探一次。

士兵又把在史府干活的朋友约出来一起吃饭。这次，他不像上次一样直接问朋友关于史大人的事，而是说，既然兄弟不好直说，那我提问，你点头或摇头即可。朋友说，这也不行，任凭士兵怎么说，朋友都不配合。最后，士兵想了个法子回去交差，他向其他守兵编个谎，并煞有介事叫他们别外传。众兵信以为真，以讹传讹。不久，谣言就传遍了大街小巷，竟说成是郭崇韬在蜀地杀了魏王李继岌，激怒了刘皇后，她欲杀庄宗篡位，因此急令史彦琼回京商议。

最近，流言四起，人心惶惶。魏州留守兴唐尹王正言很是当心。他急召监军史彦琼，一起商量如何辟谣。伶人彦琼仗着皇宠，平日在魏州专横，藐视其他军官，不屑于与他们一起商议军务。而王正言又年老怕事，对彦琼一直唯唯诺诺，言听计从。彦琼与王正言，二人一天到晚单独密议。军官们被排斥在外，于是对彦琼更有意见了，想反叛他，但又畏于他的权势。

不久，谣言传得更广了。彦琼也不出来辟谣。

仁聂手下的士兵们，原本一直期盼着回魏州，和亲人团聚。不料，朝廷不信任他们，将他们改调到贝州。士兵们为此感到不满，一个个情绪激动，军中怨声一片。这次听到流言说宫里已乱，继岌已死，刘皇后杀庄宗篡位，士兵们想着，十年前，晋军没放过贝州投诚的数千士兵，将他们全杀了。新仇旧恨积攒在一起，燃起他们胸中的怒火，士兵们于是借机起事。

乱兵推举皇甫晖为头领。皇甫晖拟定讨伐檄文："后唐首先是取得了魏州，然后将河北的军队悉数收入囊中，最终才能打败后梁，一统天下。十多年来，魏军的将士盔甲不离身，战马不解鞍。现在虽然天下已安定，但天子并不体恤魏军长久卫戍的劳苦。所以，我们虽离家只有咫尺远，却很难与亲人相见。"以号召众兵反抗朝廷，士兵们纷纷响应。

当天，皇甫晖引众兵，来见仁聂。皇甫晖对仁聂道："皇上今日能拥有天下，多亏魏军立了首功。想当年，我魏军甲不离身，马不解鞍，苦战十余年。

现在天下已定,本朝天子非但不体恤魏军长年征战的劳苦,反而猜忌我们。我们虽然离家近,却不让我们回家与亲人团聚。听说皇后为了登基即位,杀了皇上。京师已乱,将士们愿与杨指挥使您一起到洛阳探明虚实。若消息有误,皇上万福金安,我们就讨伐他。以我魏、博兵力,应该不成问题,或许会有意外收获。请您不要迟疑!”仁晸怒斥道:“你们这是要造反吗?”皇甫晖道:“您若不答应我们,祸就在眼前。”仁晸正要叫军士来镇压叛军,皇甫晖已先一步指挥众兵,将他乱刀砍死。

接着,皇甫晖又指挥叛军劫持了一小校,欲逼他为帅。小校因拒绝,被杀。

皇甫晖忽又想起了一人。他引叛军直奔他宅邸,还没走到宅邸,半路上,一士兵大呼道:“大王,你看!”皇甫晖顺着士兵所指的方向一看,一棵大树下,墙角边,一道熟悉的身影,穿着便服,正攀墙而上。“抓住他!”皇甫晖手一挥,叛军齐上,曳住他脚,把他拉下来。顷刻,那人栽倒在地,吓得浑身乱颤。“赵将军,给你一份大礼。”皇甫晖说着,示意士兵呈上来两只匣子。士兵将匣子打开摆在裨将赵在礼面前,赵在礼一看,赶紧闭上了眼睛,是仁晸二人的首级,还带着鲜血。“你你你……你们……”他吓得连话都说不清楚了。“别紧张,只要你答应我们的请求,一切好说。你是聪明人,希望你别步他俩后尘。”皇甫晖一字一顿地道。赵在礼恐遭毒手,只好勉强答应。皇甫晖等即奉他为帅,焚掠贝州后,接连又夺了临清等县,然后准备直捣魏州。

魏州城内,都巡检使孙铎等接到警报,急忙报与史彦琼,请他授予甲胄。彦琼听了,心想:“孙铎等是否想要反我?平日里我对他们是有点冷淡与苛刻。”于是他不以为然地笑着说:“慌什么?区区几个毛贼,不成气候。等贼到魏州城下再布兵防守不迟。”

彦琼不相信孙铎,孙铎便要其他将官去说。将官们都纷纷摇头,他们认为,彦琼对他们同样的不信任。孙铎叹息道:“两年前,自从潞州兵变后,朝廷下令不许修复在战争中受损的城墙和护城河。本来防御系统已坏,如今又不肯做好迎敌准备,恐怕魏州城要不保了!”

黄昏时分,忽听城外喊声震地,彦琼大惊。他走到城上一望,叛军已到城北门下。军队阵容浩荡,旌旗遮天蔽日,盾甲森森,刀戈林立。彦琼仓促召集城中兵将,登北门楼拒守。随着一声号令,叛军开始竭力攻城,运土填壕。

土布袋与柴薪草交相堆砌在城边,用作梯凳。虽然城上矢石如雨,但叛军将士勇猛进攻,视死如归。因事先毫无准备,面对叛军突袭,守兵们未战先怯,自乱阵脚。彦琼见势不妙,忙乘一匹快马,一溜烟逃往洛阳。

听说彦琼跑了,守兵们也都无心守城,纷纷喊着弃城投降。孙铎等将鼓励士兵们坚守城池,并以身示范,带头御敌,这才勉强稳住军心。在叛军的猛烈攻击下,守兵渐抵敌不住,叛军很快就攻入城来。叛军争先上城,斩关落锁,拥着赵在礼进了魏州城。孙铎等将只好带着残兵冲杀出城,狼狈逃走。

皇甫晖等推举赵在礼为魏博留后,在礼出告示以安抚军民。

听说魏州节度使张宪被调去了晋阳,但他的家人大都还在魏州。在礼即派使臣上门去慰问,且写信给张宪,劝其入党。张宪收到在礼书信,并不拆开看,叫人立刻将送信的使臣斩了,然后再将信原封不动呈给庄宗。

庄宗得知叛军已占领了魏州,正考虑派谁去魏州剿贼。这时,史彦琼回宫了。他跪在庄宗面前,哭诉道:"陛下,臣下罪该万死!未能除去乱党守住魏州。"庄宗不但不怪罪彦琼,反而安慰他说:"史爱卿起来吧!你受惊了!魏州失守一事朕已知道了。朕打算派兵剿贼,准你戴罪立功。"说着,又问彦琼这次剿贼由谁挂帅好,彦琼推荐李绍宏(即马绍宏)。

庄宗即刻传召李绍宏。他问绍宏对这次剿贼可有得胜把握,绍宏知叛军难对付,谎称身子不适,转荐李绍钦(即段凝)。

庄宗只好又召见绍钦。他将魏州被叛军占领一事道来,并问绍钦有何良策。绍钦支吾半天答不上来。庄宗想,绍钦非将才,平定不了魏州,而此时别的将领都分散在各战役中。为此,庄宗感到苦恼。刘皇后知道了,劝慰庄宗说:"陛下勿忧!这些都是小事,几个士兵瞎胡闹,不成气候,派李绍荣(即元行钦)去即可平定。"虽然庄宗对李绍荣也不满意。他曾询问李绍荣作战人员部署,发现他能力有限,但是目前也别无他法。庄宗于是任命归德节度使李绍荣为魏州行营招抚使,命其领两千兵马到魏州招抚叛军,史彦琼同行,监李绍荣军。

李绍荣到魏州后,他一面猛击南边的城门,一面宣读诏书,安抚反叛的军官们,企图与他们言和,令其归顺朝廷。叛军首领赵在礼以羊肉和酒来款待朝廷的军队,以示友好。他在城墙上对李绍荣跪拜行礼,道:"我们这些将士常年离开父母家人,一直没得到皇上恩准回乡省亲。现在既然皇上已表达他的同情和理解,我们也对自己的行为感到十分后悔! 如果您能在皇上面前帮我们美言解释,我们可改过自新。"李绍荣道:"我相信你们是忠于朝廷的。"于是答应赦免所有人,但城上部分反兵并不接受招安,他们一起起哄。史彦琼见兵将之间意见有分歧,不耐烦地厉声高叫道:"你等反贼,谋反朝廷,损害生灵,人神共愤! 今日不把你这等贼徒诛尽杀绝,誓不回兵!"皇甫晖听了,对众兵道:"史监军这么说,可见咱们得不到龙恩赦免了!"说着,撕坏诏书。史彦琼更怒了,他要李绍荣令士兵列成阵势,准备攻城。

皇甫晖则令叛军坚守城门,布好防。他分调诸将,把守各门,深栽鹿角,城上列着踏弩硬弓、檑木炮石等,打算牢守城池。

当下,战鼓喧天,喊声震地。李绍荣督军攻城。城上,叛军防守坚实,无缝可乘。唐军一靠近城墙,叛军就往城下施放箭羽,唐军攻了半天都攻不进去,反而死伤不少。李绍荣只好鸣金收兵,令改日再战。

李绍荣领败兵退至澶州,招集兵马,摇旗呐喊,再来攻城。裨将杨重霸,率数百人,奋勇登城。皇甫晖拈弓搭箭,瞄准了杨重霸,满满地拽开弓。只听"嗖"地一声,重霸应弦倒地,继而,城上万弩齐发,又伴有火炮滚下。重霸身后,接踵而来攻城的士兵,皆中箭着炮,身首异处,无一生还。

庄宗正拟督师亲征。忽哨马来报,从马直宿卫王温等纠众叛乱,杀掉了军使。(庄宗亲军叫作从马直)庄宗立遣将前往平定叛乱。同时,又从刑州传来暴乱,赵太等结党四百人,占领了节度使府邸,自称留后。庄宗命东北面招讨副使李绍真(即霍彦威),讨伐赵太。不久,沧州也有叛乱……北方区域一时间到处有人反叛。庄宗大为震惊,亲军叛变,连心腹都不能信了,他哪还敢亲征魏州?

魏州久攻不下,庄宗还是想亲征,宰相等纷纷谏阻,并举荐李嗣源为帅,代替李绍荣。他们都说,"京师之地是天下根本所在,现在虽然各地有变动,但是陛下仍应居守在京师指挥平定。作战的事就交给手下的将官好了,无须陛下亲自参加。不然就如隋炀帝远征时一样,他的都城被攻下。"庄宗最终听从了众臣建议。他虽嘴上答应召嗣源来洛阳,但心里仍不放心。

嗣源应召来到洛阳。来之前,为了避免庄宗多心,他不带任何保镖,独自只身前来。庄宗多疑,他曾怀疑过嗣源对他的忠诚。嗣源回想,那年,周德威父子刚刚阵亡,他与李从珂失散了。听军中有人说,庄宗已北渡,他忙快马加鞭往北边赶,到了北边,找不到庄宗。有人告诉嗣源,庄宗打了胜仗,攻克了濮阳城,他又南渡到濮阳,进见庄宗。庄宗当时冷笑道:"你以为我死了吗?你为何北渡?"那日罚他饮酒一大觥。还有一次,庄宗称帝后,令他出任成德军节度使。他当时考虑到家在太原,上奏请求庄宗授从珂为北京内牙指挥使,以便照顾家里。唐主看到奏章,责怪他为家忘国,将珂贬为突骑指挥使,令其率数百人守石门镇。为此,他想进宫求庄宗开恩,庄宗却拒绝见面。

嗣源功高盖主,在军中颇有威望,一呼百应,庄宗感觉他威胁到了自己。嗣源到洛阳后,庄宗不直接令他进宫,先派都虞侯朱守殷前去暗中监视嗣源的起居。朱守殷反把庄宗的怀疑泄露给嗣源,力劝他回镇州,否则恐有祸。嗣源反复思考一番后,决定继续留在洛阳,一方面可避免庄宗的怀疑;另一方面,最危险的地方也是最安全的地方。最近到处兵荒马乱,他逗留在洛阳,要比踏上没有保护的路途更保险。于是,嗣源坚定地说:"我心不负天地。皇上没叫我走,我是不会离开洛阳半步的!"

听说嗣源来到了洛阳。朝臣们纷纷上奏庄宗,说李绍荣屡次剿贼无功,请庄宗将他召回洛阳,另选嗣源讨贼。庄宗道:"朕想将嗣源留在宫中,担任警卫,所以不便派他去。"李绍宏说,魏州是复唐成功的根据地,不能失去。李嗣源一人就能荡平魏州,宫里其他将领都不行。张全义也极力推荐嗣源,说最近北方形势严峻,就是因为李嗣源缺席。李绍荣不是将才,至今没有建树。庄宗思来想去,实在找不到更好的人选,只好命嗣源总率亲兵前往魏州。为防他叛变,庄宗在其军队中安插了首都的亲军。为避免嗣源和镇州那些跟他有个人关系的兵士更密切的接触,这些士兵由霍彦威率领。

当下,嗣源拜别庄宗率军启程,到了魏州城西南,正好李绍真荡平邢州,擒住赵太等叛徒,来魏州会师。嗣源与绍真相见,即令绍真推出赵太等人,拉他们到城下斩首示众,以儆效尤。

因考虑到军士们长途跋涉,车马劳顿,嗣源下令军中立营休息,待清晨再攻城。

不料半夜，从马直军士张破败，竟率众兵杀了都将、烧毁营舍，鼓噪着，直逼中军而来。嗣源率亲军出营，大声呵斥道："你们同样作为天子手下的亲军，怎么能追随乱臣贼子，行不义之事呢？"叛军道："魏州城中的人有何罪？我们这些驻守在外的士兵想念家乡却无法归省！天子不仅不体谅我们的苦衷，反而要剿除我们。我们还听说，魏州攻陷后，来自魏、博两地的将士都要被活埋。其实，我们当初并没有反叛之心，就是怕死而已。现经大伙商定，与城中合势同心。如果您支持我们，将拥戴您在河北称帝。"嗣源又耐心苦劝一番，说现在主动自首还来得及，兴许朝廷会宽恕他们。叛军依旧要反，嗣源只好叹息一声，道："你们不听我的，我就回京师。"叛军见嗣源不从，就手持兵刃，将他和绍真围住绑了，押着他们一起入城。

嗣源还是不肯走，李绍真在旁悄悄踩了一下他的脚，示意他先顺从叛军，以免遭不测，嗣源这才跟随叛军一起走。

过了护城河，张破败叫开城门。一会儿，城门大开，放下吊桥。皇甫晖引数百骑驰出，布成阵势。见到张破败，皇甫晖喝住众军，说外面的士兵统不得入城。张破败解释说："可是你们头领赵在礼已答应让我们入城的，为何忽又变卦？"皇甫晖仰面大笑说："我们这里不收平庸之辈。想过去可以，得先问问我手里这把刀。"说着，皇甫晖舞刀拍马，直奔张破败而来，张破败只好举刀相迎。不三合，皇甫晖手起刀落，将张破败斩于马下。见乱首已亡，余众纷纷溃逃……

剩下嗣源、绍真被绑，跑不了。皇甫晖正要杀二人，这时，身后一匹快马驰来。"刀下留人！"皇甫晖转头一望，是在礼来了。他下马后，叫人将缚在嗣源、绍真身上的绳索解开，率将校一起向嗣源下拜，道："我等愿跟从并听命于李将军！"说毕，迎嗣源和绍真入城。

在礼设宴款待嗣源二人。席间，嗣源一直给在礼斟酒，劝他多饮，自己则悄悄把酒洒掉。待在礼酒酣时，嗣源故意谈起反朝廷，谋定江山的大计。嗣源说："魏州城险固，可作为根据地。"说着，他又问在礼，现在手上有多少兵马。在礼附耳说了一个数，嗣源摇头，对他道："城中兵不敷用，必须要扩充兵力。应该由我出去多招集些军士，才好举事。"当下，在礼醉意熏熏，没有多想，随口赞成了，嗣源即刻与绍真出城。

　　嗣源二人先到魏县安顿下来，随行将士不过百人。听说李绍荣屯兵城南，麾下有数万兵马。嗣源写了一封密信，遣牙将高行周送给李绍荣，邀他合作，共同对付赵在礼等叛军。李绍荣不答应，引兵众走了。

　　嗣源在魏县才得百人，又无兵器，所幸绍真领镇兵五千人归顺于他。嗣源含泪道："国家患难，到处有反兵叛乱。我却无力剿贼，如今落到此地步，只有回封地等皇上降罪，再作打算。"绍真道："不能这样做。李公身为元帅，不幸被叛军所劫。李绍荣不战而退，回到朝廷，他肯定会说你也是反贼。你如果现在回到封地，便会落人口实，留下把柄，被人说成是占据地盘要挟君主。不如写信给皇上，还能证明自己的清白。"中门使安重海也劝嗣源不要回封地，嗣源于是率兵到相州。马坊使康福知道嗣源的处境，为助他成事，给他官马数千匹。

　　那日李绍荣率兵到卫州后，即飞报庄宗，说嗣源通敌。嗣源很着急，忙遣使上奏章为自己申辩，但接连写了几份奏章，都无回音。嗣源于是更慌了，不知所措。

第二十四章　刘后吝财失军心
洛阳兴教门兵变

　　话说绍荣上报庄宗，说嗣源通敌。嗣源接连写了几份奏章，差人送去，都无回音，嗣源因此更慌了，焦虑之际，想回洛阳向庄宗解释。左射军使石敬瑭劝阻嗣源道："从没听说一个总指挥手下的人在执行任务时叛乱，而他本人可以幸免于惩罚的。李公被叛军所劫，又进了叛徒所侵占的城池，皇上是不可能再相信你了。眼下是起事的最佳时机，望李公切莫犹豫。大梁为天下要会，请给我三百骑军，先攻占此城，李公引军亟进。以大梁为根据地，可成事。"又说庄宗昏庸无德，在军民中已失去信义，各地纷纷起兵造反，即将亡朝，守节必死。他劝嗣源不如另图大业，并建议嗣源先攻打离相州以南约二百公里的开封，说占领开封势必会加强嗣源力量，使其更逼近洛阳。石敬瑭是沙陀人，父亲臬捩鸡曾在李克用手下当差，因屡立战功，官至洺州刺史。臬捩鸡死后，敬瑭就在嗣源麾下任左射军使。

　　石敬瑭劝谏完，将领霍彦威和军师安重诲又依次劝谏，三人观点一致。嗣源最终听从他们建议,令安重海发布檄文,准备进攻大梁。

但如此一来,他又担心亲人安危。

且说,庄宗得绍荣奏报后,心中骇然,立即召见嗣源长子李从审,对他道:"你父亲曾对国家立下大功,朕相信他的忠孝之心是不变的。现在他被叛军逼迫,你应该代表我向你父亲表明我的诚意,不要有任何怀疑。"即遣他送御旨给嗣源,以示和谈。

从审和陪同的宦官经过卫州时,车驾摇摇晃晃驶过一片山林,忽背后喊声震天,有人大叫:"车驾休动!"车驾便戛然停下了。从审惊得掀起一角轿帘,望林中,密密麻麻顶盔贯甲、挽弓持枪的大小士兵如潮水从八方涌来,将他们的车驾和随行队伍包围了。从审取出圣旨,出轿微笑着对兵众解释道:"诸位兄弟,想必大家误会了!我乃洛阳金枪指挥使李从审,这次奉皇上圣命赴相州……"话还未说完,为首的将领绍荣厉声道:"李嗣源身为上将,持钺仗节,子孙家族,皆居显位,沐浴国恩,不料,今却堕入贼众,合谋叛国。作为国贼之子,李从审,你可知罪?"从审听了,道:"我父亲并无反心。他向来忠于朝廷,因被叛军所逼,才陷入此境,皇上也相信他的忠诚。因此,派我此番前往,表明皇上对他的信任。"绍荣道:"狡辩!只要你打得过我,就放你走。"话罢,跃马横枪而来,直取从审。从审拍马来迎,二马相交,战五十回合,不分胜负。忽然一支暗箭飞来,直插存审后背。存审转身怒道:"谁这么卑鄙无耻,暗箭伤人?"继而又对绍荣道:"你们既然不能原谅我父亲,看来是不会让我到我父亲那里去传达圣旨了,但总得看在皇上的面子上,让我回宫复命吧!"绍荣心想,嗣源前后奏辩,都已被他截住,不能上达皇上。久而久之,皇上就会死心了,不再寄希望与他媾和,想着,他答应放从审回洛阳。

从审回宫拜见庄宗,哭着把绍荣阻挠他们送圣旨的事道来,然后又向庄宗表明忠心。庄宗关心他伤势,赐他草药,收他为义子,赐名李继璟。

李绍琛(即康延孝)图变后,魏王继岌担心王衍逃脱,令李从曮发凤翔军,与李严押送王衍家族及蜀臣眷属三千人去洛阳。

不久,伶官景进听说魏州有士兵作乱,于是他扇风点火,对庄宗道:"蜀地也可能出现武装叛乱,叛军会利用被废黜的王室挑起祸端,或利用王室不在蜀地而制造危害。陛下应趁早铲除王衍家族及党羽,以免除祸患。"庄宗听了，当即拟定诏书，杀王衍一行。

枢密使张居翰趁人不备，取出诏书，将诏书中"杀王衍一行"的"行"字改为"家"字，然后交给延嗣。延嗣送诏到长安，西京留守接诏后，到秦川驿馆中，收捕王衍全家问斩。王衍母亲徐氏临刑前激愤地捶胸大呼道："庄宗曾赐诏书给我儿，要我们入都，并说不会在危难时薄待他，可现在突然又改变了主意。如此无信义，我看庄宗也不久要大祸临头了！"继而，王衍的妻妾也一并斩首。剩下蜀臣家属及王衍仆役统被赦免，不下千余人，这一切多亏了张居翰。

因近年两河南北闹洪灾，庄稼歉收，流民饿莩，号哭遍野。租庸使孔谦因仓储将罄，克扣军粮，引得各营怨声一片。

听说魏州起义，军中流言四起，为稳定军心，租庸使孔谦与宰相豆卢革道："国库已枯竭，但宫中的银库尚有节余。现在将士们连自己的家室都不能保全，如果这时还不出手援助，恐怕会使他们更离心离德。"宰相豆卢革于是与朝中大臣一起上表，请求庄宗将内库中的金银绸缎拿出来，作为对士兵的奖励。但刘后吝财不肯，她对庄宗怒道："怕什么？君权神授。我夫妇君临天下，臣民本都是为我们效命的！"庄宗即停诏不下。

豆卢革等又到便殿再次请求，刘后在屏风后偷听到大臣们的话。为了不让庄宗为难，她拿出一只化妆盒和三个银盆，对众臣宣称道："诸侯进贡的都已用完，只剩这些东西了，请你们拿去换点东西给我们的军队。"大臣们只好悻悻而退。

不久，警报频传，说嗣源举兵造反。河南尹张全义得知此消息后，想当初他极力推荐嗣源去魏州，如今出了事，恐自己脱不了干系，要连坐，想着，他惶恐不安，竟被吓死了。

为防亲军生乱，稳定军心，庄宗令指挥使白从晖守洛阳桥，从内府中拿出许多金银和丝帛赏赐给诸军。有军士骂道："我们的妻子都已饿死，还要这金帛有何用？"庄宗听了，后悔莫及，只好召绍荣回洛阳，商议对策。

绍荣见到庄宗，奏道："魏州叛军欲袭取郓州和开封，愿陛下趁早到关东招抚各军，以免被李嗣源抢了先。"庄宗应允，立即遣李绍荣带骑兵沿河先走，自率卫兵随后。

才到汜水,以前跟从过嗣源的士兵大多都逃走了。继璟身边的随从都竭力劝他离开此地,说留下的话,恐大祸临头。但继璟依然选择留下,说宁死也不能当叛徒。

庄宗命继璟再送诏书给嗣源,继璟拒绝。庄宗再三劝说,继璟就把心中所忌道来,并说:"臣抗旨不遵,请陛下降臣死罪!"庄宗听了,笑着道:"原来你担心他,好说好说。"说着,并摘下腰间悬挂的宝剑,赐给继璟说:"你拿着它,此行保你畅通无阻。"继璟不得已奉旨登程。

继璟在途中,经过一处山隘,又遇着绍荣引军截住去路。继璟亮出御剑,说:"皇上有旨,见御剑如君亲临!"士兵们看到御剑,顿时面面相觑,都连退几步。只有绍荣岿然不动,厉色道:"我多次劝皇上,李嗣源既已反叛,怎可能回头?将在外,君命有所不受,杀反贼!"话罢,指挥士兵们围攻继璟。可怜继璟纵使身怀绝技,寡不敌众,一场混战,竟被杀死。

嗣源得到长子继璟噩耗,悲痛不已,一连几餐都吃不下饭。

这日,嗣源正率军向洛阳进发,要为子报仇。半路上,后面有一支军马浩浩荡荡疾驰而来,旌旗遮天,尘土蔽日。嗣源不知是敌是友,忙叫探马快马扬鞭,前去查探究竟。一会儿,探马回来了,告诉嗣源,原来是虞侯将王建立和李从珂的部队,还有嗣源的家人也跟着一起来了,王建立杀了常山监军,救出嗣源的家人,正好半路遇到李从珂,从横水率军而来,两军会合,来找嗣源。嗣源听了大喜。

三军合一后,嗣源的军队声势倍增。他命石敬瑭为前驱,领三百骑兵,夜袭开封,李从珂为后应;又向齐州防御使李绍虔(即杜晏球)、泰宁节度使李绍钦(即段凝)、贝州刺史李绍英(房知温)、北京右厢马军都指挥使安审通急发檄文,请求援助。

听说嗣源前锋石敬瑭已占据大梁,庄宗忙命龙骧指挥使姚彦温率三千骑兵夺回大梁。彦温刚到大梁,又听说嗣源已先一步于黄夜赶至大梁城。彦温料不能敌,企图议和投诚。他脱下铠甲,入城觐见嗣源。为讨好嗣源,他归罪于绍荣。他道:"京师危难至此,都是因为皇上误听信了李绍荣的话,走到这一步,已经很难挽回局面了。"嗣源冷笑道:"你自己都不忠诚,有什么资格诽谤他人呢?"于是夺去彦温军印,没收他麾下的三千骑兵。

庄宗进军到万胜镇时,接到败报,只得转回汜水。士兵见势头不好,纷纷逃走。一下子,兵马人数少了一半。庄宗率余军西归,经过罌子谷时,峰峦险峻,行路艰难。士兵们长途跋涉,本就疲倦,加上怯敌,一个个都怨声连天,停滞不前。一将官挥鞭狠狠抽打一士兵,其他士兵群起反抗。顿时闹哄哄,一片混乱。庄宗见了,上前安劝道:"诸位不要闹情绪!魏王正在返京途中,他这次从西川带回了五十万两金银,到时朕好好犒赏你们!"将官道:"陛下现在才知道慷慨解囊,为时已晚!恐怕所有人都不会感谢圣恩。"庄宗悔恨万千,叫内库使张容哥赐袍带给诸臣。容哥说:"颁给已尽。"一士兵听了,情绪激动,冲上来,大骂道:"国家衰败至此,都怪你们这些太监!你还敢在这里多嘴!"说着,士兵拔刀相向,要杀容哥。幸亏庄宗及时阻拦,他才免遭不测。事后,容哥把此事告诉同党,并哭着说:"皇后吝财至此,军士们却怪罪我们,看来我们早晚要被杀害。"说完就投河自尽了,诸太监都惶恐不安。

庄宗刚回到洛阳,忽传来急报,嗣源前军石敬瑭已抵达汜水关下。李绍虔、李绍英等都已与嗣源合军,宫中上下都很是惊惶。

是日,宰相、枢密等上奏庄宗,说魏王率军即将抵达洛阳,请车驾到汜水接应,庄宗拟亲率军去汜水。

同光四年四月朔日,庄宗整装待发。骑兵列于宣仁门外,步兵列于五凤门外,专候御驾出巡。庄宗正在吃早餐,忽听到皇城兴教门口,喊声大震。庄宗疑有兵变,慌忙放下碗筷,召集近卫骑兵出去迎敌,到中左门时,叛军如潮涌入门内,气势汹汹,为首的是从马直御指挥使郭从谦。

郭从谦以前是伶人,十年前在德胜军立功后,被招为亲兵。他认郭崇韬为叔父,李存义为义父,与从马直军士王温是同事。崇韬、存义和王温三人都被朝廷暗杀。为此,郭从谦惊恐万分,恐自己难逃一劫。听说嗣源占领了大梁,一呼百应,声势浩大,李绍虔、李绍英等都已投效他,为了自保,他也暗中投靠嗣源,发动兵变。

庄宗麾兵痛击叛军,从谦抵敌不住,率叛军退出门外。当将城门关住,庄宗再遣中使到宣仁门外,速召骑兵统将朱守殷来剿叛军。朱守殷接到诏书,却叫东门援兵按兵不动。庄宗等了半天都不见守殷,心中焦急,正要遣人去催,忽烟雾弥天,兴教门火起。叛军鼓噪着拥入城来,这次叛军人数倍增。这时，东门朱守殷的数千士兵仍未赶到，庄宗只好领着一百名宦官和皇弟李存渥直接从皇宫冲向叛军。很快，这些叛军就已攀越城门，冲入了市区……庄宗手下的近臣宿将，见敌众我寡，叛军来势汹汹，很多人吓得跑了，只有散员都指挥使李彦卿，军校何福进、王全斌等，仍跟随庄宗浴血奋战，庄宗杀死叛军百余人。

庄宗正顾着与叛军厮杀，突然，一支箭飞来，正中庄宗面颊，痛得他快要晕倒。鹰坊人善友见庄宗中箭，忙上前搀扶住他的胳膊，将他送到绛霄殿走廊下。善友拔出庄宗脸上的箭头后，鲜血满身。此时，庄宗奄奄一息，他蠕动着嘴唇，轻声说："水……"一会儿，宦官却慢慢吞吞捧着一碗奶过来了，说是刘后命他送来的。刘后因急于逃难，不等庄宗死，就弃下庄宗血淋淋的身体走了。她临走前，给善友一支火炬，草草交办后事。庄宗喝完奶，一口气上不来，双眼一闭，骤然殒命，年仅四十二岁。

李彦卿、何福进和王全斌等见庄宗死了，都痛哭哀悼。待他们走后，善友按刘后懿旨，将庄宗生前最爱的乐器放在他尸体上，放火一起烧了——一代豪杰，瞬间付诸灰烬。

刘后收拾了一些金银珠宝，就与存渥、绍荣等一起烧掉嘉庆殿，引七百骑兵，出狮子门，向西遁走。身后，皇宫被烈火包围，火苗窜天，黑烟隆隆，宫里的人们，救火的救火，逃亡的逃亡，纷乱不堪。

朱守殷趁乱入宫，他并不设法平乱，而是先挑选一些自己喜欢的后宫嫔妃和乐器珍玩，带回府去寻欢作乐。不久，各军相继入都打劫。

嗣源到了罂子谷，守殷遣使来报，说京城大乱，请他进京平乱。嗣源于是引军入洛阳，禁止焚掠。为避嫌，他并不直接入住皇宫，而暂居宫外。

这日，嗣源召见守殷，说魏王继岌即将回宫，要他准备前去迎接，又说要善待后宫的韩淑妃、伊德妃，让她们生活有保障。如果她们思念亲人，想回故乡，就让她们回去。守殷劝说嗣源登帝位，嗣源说："等先皇葬后，社稷有主了。我仍回藩地履行旧职，为国捍御北方。"说到这里，即命守殷收拾庄宗遗骨，盛入棺中，放置西宫。

宰相豆卢革知嗣源回都，他率百官劝嗣源登帝位。嗣源道："我奉诏讨贼，不幸被叛军所逼，误入贼城。我曾多次想入朝向皇上解释，却都被绍荣所阻挠。庄宗已驾崩,其子魏王尚年幼,理当由他的弟弟继承皇位。"于是嗣源命人发丧,公告于众。

洛阳安定后,百官三次上表请嗣源监国,嗣源只好答应,择日搬到兴圣宫。百官列班进见,下令称教,即用安重海为枢密使,张延朗为副使。嗣源令内外有司,搜寻诸王下落,并进行昭示。

庄宗最小的弟弟通王存确、雅王存纪,在郭从谦叛乱后,马上向西南逃窜,躲在南山一农户家。安重海追查到庄宗的四个弟弟都还活着,就与李绍真密谋,遣人杀死二王。

存渥、绍荣协助刘后逃出宫,往东跑了七百公里,在洛阳郊外时,绍荣被擒。平陆刺史石潭县令令人将绍荣双脚斩断,置于槛车中,押送到洛阳。嗣源质问他道:"为何残杀我儿? 我何处对不起你?"绍荣道:"你为何要反叛? 先皇又有何处对不起你吗?"嗣源盛怒,即命推出去斩首。

存渥与刘后继续日夜逃奔,逃到晋阳时,存渥想投奔李彦超,彦超却拒他于门外。到凤谷时,存渥被部下所杀,刘后无依无靠,只好入寺庙削发为尼,监国嗣源手下的人查到她下落,将她刺死。

庄宗存勖次弟永王存霸,本留守北京,听说兄弟多遭杀戮,即携家人逃往晋阳。张宪的手下都劝他将存霸扣留起来,但张宪并没这样做。他说:"我只是一介文弱书生,没有任何战功,但皇上如此厚待重用我。在此关键时刻,我怎么能存二心呢?"手下诸臣随后又劝他像朝中众臣一样,请李嗣源登基为皇,张宪固执地拒绝了。手下诸臣诋毁他对庄宗的忠诚是"老皇历",不实用。不久,军中一些将官又逼迫张宪将存霸赶出晋阳,张宪置若罔闻。于是,有人造谣说宦官们和忠于庄宗的人,合谋要将晋阳变成抗洛阳过渡政权的基地。谣言漫布,朝廷于是下令缉捕张宪一家。张宪只好带着儿子逃亡,半个月后被俘。

存霸想投奔彦超。彦超欲收留他,但部众不肯,定要置他于死地。存霸打算出家为僧,惊骇逃离,他才出府门,就被军士拦住去路,一刀杀死。

庄宗三弟薛王存礼与庄宗子继潼、继漳、继憻、继峣等,都下落不明。惟皇弟存美有精神病,幸得免死。

魏王继岌到兴平时,得到消息说洛阳变乱,恐嗣源不能容他,想返回蜀地,以蜀地为依托,复辟唐王朝,于是又引兵西行,打算在凤翔定下来。

四月中旬,继岌率领着数千军兵到武功。宦官李从袭劝继岌回京师夺回政权,其他手下也都不断建议,说东行,因士兵们远征离家半年,都已疲惫,思念家乡。继岌也想念母亲刘后,担心她安危,于是又指挥军兵掉头东行。他们到了渭河,西都留守张篯折断浮桥,不让继岌等东渡,继岌只好叫军士沿河走。途中士兵们陆续逃走,从袭对继岌道:"大势已去,没有机会东山再起了,请大王为后事早作打算。"继岌含泪,对李环道:"我已穷途末路了,还是由你来取我性命吧!"李环迟疑多时,把继岌的话转告给乳母,并道:"我不忍心看着大王死哩!大王若无路求生,你在他睡着的时候,背着他的面下手吧!"乳母哭着将此语告诉继岌。继岌仰卧在床,李环取帛套颈,将他勒死。从袭到了华州,被都监李冲所杀。

继岌已死,百官又上表劝进。此时,嗣源觉得时机已成熟,便答应择吉日登基。

嗣源召孔循为枢密使。孔循、绍真都请监国改建国号。嗣源道:"我从十三岁开始起,就跟随献祖(李国昌)、太祖(李克用)、先帝(李存勖)祖孙三代一起打下江山,他们待我如家人,哪有同家异国的道理?当令执政更议!"礼部尚书李琪道:"若改国号,将视先帝为路人,殿下不忘三世旧君,确实是有情有义!前代也有义兄弟继嗣皇位的先例。"嗣源称好,群议乃定。

两天后,嗣源在西宫庄宗灵柩前即位。这天,百官都穿丧服,待嗣源登基后,百官受册,皆改穿回礼服,行朝贺礼。嗣源颁诏大赦天下,改同光四年为天成元年,封赏百官,安葬先帝李存勖于雍陵,庙号庄宗。

庄宗称帝仅四年就亡朝。他在位期间,骄奢淫逸,纵情享乐,荒废朝政,纵容皇后干政,宠信伶人、宦官,疏远和猜忌有功之臣,对百姓横征暴敛,对士兵吝惜钱财,以致激起军民怨愤。

契丹阿保机得庄宗死讯,叹道:"没有一块土地是李亚子的军队没有达到过的。"